novum
VERLAG

Thonlus Canaris

Mit Gottes Hilfe

für Wahrheit und Gerechtigkeit

novum
VERLAG

Bibliografische Information der Deutschen Nationalbibliothek:
Die Deutsche Nationalbibliothek verzeichnet diese Publikation in der Deutschen Nationalbibliografie. Detaillierte bibliografische Daten sind im Internet über http://www.d-nb.de abrufbar.
ISBN 978-3-85022-394-2

Lektorat: Mag. Sandra Zoglauer
Layout: Bettina Kirsten

Gedruckt in der Europäischen Union auf umweltfreundlichem, chlor- und säurefrei gebleichtem Papier.

www.novumverlag.com

Vorwort

Schiwitzskandal

Der Fall Schiwitz und sein Prozess bedeutete damals den bis dahin größten Wirtschaftskandal der Nachkriegsgeschichte und wurde bei den Höchstgerichten abgehandelt. Doch wurde wirklich alles korrekt behandelt? Die Zeitungen schrieben von Meineid im Schiwitzprozess. Doch scheinbar war alles in Ordnung, denn wir sind doch ein Rechtsstaat!

Leider trifft dies für mich, Thonlus Canaris, den Verfasser dieser Zeilen nicht zu. Denn nach dem Tode meiner Gattin am 24. Dezember 2003 erinnerte mich einige Monate später ein Schlaganfall daran, dass ich noch einiges in meinem Leben nicht wirklich aufgearbeitet habe. Bei meiner Kur in Bad Pirawarth wurde mir klargemacht, ohne meine Vergangenheit aufzuarbeiten, würde ich keine Ruhe finden. Ich habe es zwar versucht, aber scheinbar ist es mir bisher noch nicht gelungen.

Es ist auch gar nicht so leicht, wenn man zugeben muss, den falschen Gott angebetet zu haben. Für mich war Minister Dr. Strobl etwas Besonderes, aber auch für andere.

Bundeskanzler Dr. Dollfuß, der „Arbeitermörder“, wie er zum Teil noch heute bezeichnet wird, machte ihn 1932 zum Chef des „Konsum“. Der schwarze Genossenschaftsfachmann war bis 1949 Generaldirektor bei der roten GÖC. Diese menschliche Größe trug vielleicht wesentlich dazu bei, dass die Waffen ruhten und miteinander gearbeitet wurde.

Was mich aber bis heute belastet: Ich schrieb nach Rücksprache mit Dr. Strobl einen Brief, woraufhin kurze Zeit später die Firma Schiwitz Konkurs machte und – wie man aus den Unterlagen sehen kann – das Unheil seinen Lauf nahm. Was mir besonders zu schaffen machte, war die fristlose Entlassung von OV Karl Pöppel, war der plötzliche Tod des von mir sehr geschätzten Ministers Hartmann. Doch auch meine eigenen Probleme waren sehr groß. Ich besprach meine Sorgen mit Dr. Strobl. Ich war kein Judas, eigentlich konnte ich gar nicht anders, ich hatte auch keine Ahnung, dass ich hier eigentlich gegen Dr. Strobl handelte. Die Genossenschaft, bei der Dr. Strobl Obmann war, gab, wie aus den Unterlagen zu ersehen ist, Kredite, die wahrscheinlich hohe Zinsen hatten erwarten lassen, was aber nicht der Wahrheit entsprach.

Der Weltmann Dr. Strobl aber hatte schon einen Weg gefunden – wie aus den Unterlagen zu ersehen, hatte die staatliche Bank CA Creditanstalt schon alles übernommen. Durch meinen Brief kam es aber zum Prozess und ich fiel dadurch in Ungnade. Minister Olah wollte einen Prozess, doch nicht alles ist möglich …

Da ich durch meinen Brief eigentlich den Schiwitzprozess auslöste und damit OV Karl Pöppel in eine furchtbare Situation brachte, wollte ich eigentlich tätig werden. Unter dem Pseudonym Thonlus Canaris wollte ich (siehe Beilagen) auf das Unrecht hinweisen. 1977 schrieb ich an den ORF, um Karl Pöppel zu rechtfertigen, doch ich war leider erfolglos. Doch ich kann trotzdem nicht verstehen, dass ein Mann wie Dr. Strobl so weit sinken konnte.

Als aber die Prüfer am 1.3.1974 den obersten Genossenschafter des Landes wissen ließ, dass seine Handlungen laut Statut unzulässig seien, entschied der oberste Richter einige Tage später und beendete den Fall. Der Opfer hat bisher niemand gedacht.

klinik pirawarth

kur- und rehabilitationszentrum

Herrn
Anton Scharl
Sigmundg. 14/5
A-1070 Wien

Bad Pirawarth, am 15. Juli 2004

Sehr geehrter Herr Scharl!

Von Ihrem Versicherungsträger wurde Ihnen ein stationäres Rehabilitationsverfahren in unserem Haus bewilligt.

Wi ... 500 oder 615 von
Mo ... ng in
Ko

Di ... cher
N
G ... Der
Ei ... hung
ka

A ... tions-
z ... halten
S ... Haus
b

m

klinik pirawarth

Zentrale Reservierung
Sabine Sieber, Alexandra Grames, Sonja Stastny

Rudolf Buchinger, Niederösterreichs großer Genossenschaftspionier

durch die Kammer, der Geldverkehr durch die Zentralkasse, der Warenverkehr durch den Verband ländlicher Genossenschaften besorgt, das sind die drei Motive großzügiger Organisation, von denen ausgehend das Genossenschaftswesen im Verein mit der Kammer kommende schwere Zeiten überdauern wird", erklärte Bauchinger dazu mit geradezu prophetischem Weitblick.

Einen großen Aufschwung erlebten die Milchwirtschaft und die genossenschaftliche Milchverwertungsorganisation, als es mit Hilfe einer Völkerbundanleihe im Jahre 1924 möglich war, ein Netz von Genossenschaftsmolkereien in Niederösterreich aufzubauen und eine straffe Milchverwertung und -vermarktung zu organisieren. Diese Aktivität ging auf die Amtszeit des großen Genossenschaftspioniers Rudolf Buchinger als Landwirtschaftsminister — von 1922 bis 1926 — zurück. In dieser Funktion ist es ihm gelungen, den Aufbau der österreichischen Landwirtschaft ein gutes Stück voranzutreiben. Nach seinem Rücktritt als Minister widmete sich Buchinger mit ganzer Kraft der Genossenschaftsidee, der er Zeit seines Lebens mit großem Idealismus diente. Darüber hinaus entfaltete er auch eine fruchtbare Aktivität als Obmannstellvertreter des Niederösterreichischen Bauernbundes und im Führungsgremium des Reichsbauernbundes.

In diesen zwanziger Jahren der großen landwirtschaftlichen und genossenschaftlichen Aufbauarbeit haben sich die Bauern in echter Pioniertätigkeit auch Winzergenossenschaften, Holzverwertungsgenossenschaften, Weidegenossenschaften und ähnliche Einrichtungen für verschiedene spezielle Produktionsbereiche geschaffen. Doch nahm der bescheidene wirtschaftliche Aufschwung des Landes mit Ausbruch der Weltwirtschaftskrise im Jahre 1929 ein jähes Ende. Die Industrie setzte ein Heer von Arbeitern auf die Straße, und da sich der Durchschnittsverbrauch der Arbeitslosenfamilien auf etwa ein Drittel des Normalverbrauches verringerte, kam es sehr schnell auch zu Absatzschwierigkeiten für die Agrarproduktion. Der Rückgang des Fleischkonsums führte zu einem Verfall des Viehpreises, worunter vor allem die Bergbauern zu leiden hatten, von denen sich manche kein Brot mehr leisten konnten, wenn sie das Getreide zukaufen mußten. Im Winter 1931 wurde die „Winterhilfe" organisiert, um den Ausgesteuerten — Arbeitslosen, die nach einer bestimmten Zeit keine Arbeitslosenunterstützung mehr erhielten — aus der drückendsten Not zu helfen.

Politische Entwicklung in den zwanziger Jahren

In Niederösterreich hatte Landeshauptmann Mayer 1922 aus Gesundheitsrücksichten sein Amt zurückgelegt und der Bauernbundpolitiker Dr. Karl Buresch, Rechtsanwalt aus Groß-Enzersdorf, war ihm nachgefolgt. Als dann Buresch im Juli 1931 mit der Führung der Bundesregierung betraut wurde, wählte der Landtag den bisherigen Landeshauptmannstellvertreter Josef Reither zum Landeshauptmann. Reither war bereits 1925 als Nachfolger Zwetzbachers zum Kammerpräsidenten und 1928 als Nachfolger Josef Stöcklers zum Obmann des Niederösterreichischen Bauernbundes gewählt worden. Er blieb bis 1938 auch Landeshauptmann, die Funktion wurde nur von Juli 1934 bis Oktober 1935 unterbrochen, als er Landwirtschaftsminister war.

Über die politischen Verhältnisse, die um die Mitte der zwanziger Jahre in Niederösterreich herrschten, schreibt Professor Gutkas in der „Geschichte des Landes Niederösterreich":

„Die führenden politischen Parteien waren die Christlichsozialen und die Sozialdemo-

323 **Österreichische landwirtschaftliche Genossenschafts-Zeitung. Offizielles Organ des Allgemeinen Verbandes für das landwirtschaftliche Genossenschaftswesen in Österreich und seine Verbandsmitglieder (7. März 1936).**

Wien, Archiv NÖ. Bauernbund

Kat. 324

324 **Mitgliedsausweis der Gumpoldskirchner Winzer-Genossenschaft für Josefa Chorherr**

Guntramsdorf, Franz Hofstädter

325 **Rudolf Buchinger**

Rudolf Buchinger gehörte sowohl in der 1. als auch in der 2. Republik (bis 1950) zu den führenden Männern des Genossenschaftswesens.

Kat. 325

Buchinger wurde am 3. März 1879 in Staasdorf im Tullnerfeld geboren. Nach der Volksschule und zwei Klassen Realgymnasium besuchte er die niederösterreichische Landes-Lehranstalt in Edelhof bei Zwettl. Als Sechzehnjähriger übernahm er nach dem Tod des Vaters den Hof und ein dazugehöriges Gasthaus. Er erkannte sehr früh die Bedeutung des landwirtschaftlichen Genossenschaftswesens und war maßgeblich an der Gründung der 1. Niederösterreichischen Viehzuchtgenossenschaft in seinem Heimatort beteiligt. 1922 holte ihn Dr. Ignaz Seipel als Landwirtschaftsminister in sein Kabinett. 1927 trat er die Nachfolge von Matthäus Bauchinger als Obmann der Genossenschafts-Zentralkasse an. Bis zum Anschluß übte er die Obmannschaft aus. Nach dem Zweiten Weltkrieg war er noch einige Monate Landwirtschaftsminister, ehe er 1950 in Tulln verstarb.

Wien, Archiv NÖ. Bauernbund

Der Obmann
der Niederösterreichischen landwirtschaftlichen
Genossenschafts-Zentralkasse
Bundesminister a. D.
Rudolf Buchinger
Wien 1., Seilergasse 6
Telephon R 29-2-45 und R 29-1-44

Wien, am 14.3.1947.

Geehrter Herr S c h a r l !

Wegen einer Anstellung wollen Sie sich sobald als möglich bei Herrn Generaldirektor NIESNER des Verbandes ländlicher Genossenschaften in Wien 1., Seilergasse 6, I. Stock, melden und einen handschriftlich geschriebenen Lebenslauf, sowie diesen Brief mitnehmen.

Mit besten Empfehlungen,

hochachtungsvoll

Buchinger

Herrn Anton Scharl
Bärndorf 8
P. Zwentendorf, NÖ.

VERBAND LÄNDLICHER GENOSSENSCHAFTEN IN NIEDERÖSTERREICH

REGISTRIERTE GENOSSENSCHAFT MIT BESCHRÄNKTER HAFTUNG

Fernsprechnummer: R 27-5-45 Serie
Postscheck-Konto Wien: Nr. 109.900
Drahtanschrift: Ländlichband, Wien

Z.
Abt.: Dikt.: Gen.Dir./Sekr.A/2
Gegenstand:
(In Ihrer Antwort stets anzuführen.)

WIEN, 29. Dezember 1947
I/15, Seilergasse 6 (Marschakerhof)

Herrn
Anton S c h a r l ,

in W i e n XI.
Simmeringerhauptstr.101

Bezüglich Ihrer Anstellung bei unserem Verband legen wir folgende Bedingungen fest:

Sie traten am 13.10.1947 ein 3 monatiges Probedienstverhältnis als Kontorist in unserer Rechnungsabteilung an. Während der Probezeit ist das Dienstverhältnis beiderseits ohne Einhaltung einer Kündigungsfrist lösbar. Bei zufriedenstellender Leistung geht dasselbe in ein definitives Anstellungsverhältnis über.

Ihr Gehalt wurde mit

S 442.-- brutto monatlich

festgesetzt.

Auf die übrigen Anstellungsbedingungen finden die in Geltung stehenden Gesetze Anwendung.

Wir erwarten, daß Sie sich klag- und vorbehaltlos in unsere Betriebsgemeinschaft einfügen und Ihre Arbeit mit bestem Fleiss und Gewissenhaftigkeit verrichten.

Mit genossenschaftlichem Gruß !

Differenzen mit dem Verband ländlicher Genossenschaften

Ende der fünfziger Jahre wurde die Zusammenarbeit der Lagerhausgenossenschaft St. Pölten mit dem „Verband ländlicher Genossenschaften in Niederösterreich" durch grundsätzliche Meinungsunterschiede beeinträchtigt. Die teilweise seit der Zeit nach dem ersten Weltkrieg tätigen, stark im bäuerlichem Milieu verankerten Spitzenfunktionäre, Obmann ÖR Leopold

ÖR Leopold Kern

ÖR Hans Sassmann

BR Karl Eichinger

Kern und seine beiden Stellvertreter, ÖR Hans **Sassmann** und BR Karl **Eichinger** sowie Geschäftsführer OV Anton **Kleiß** fühlten sich bei der Behandlung mehrerer von einem Mühlenbetrieb zu Unrecht veranlaßten Mängelrügen vom Verband in Stich gelassen. Auch teilte die Genossenschaft St. Pölten nicht die Geschäftspolitik des Verbandes, über das rein landwirtschaftliche Zweckgeschäft der Produktvermarktung und Betriebsmittelbeschaffung hinaus auch im Landtechnik- und Konsumgütergeschäft aktiv zu werden. Dank dieser Einschränkung sollten die St. Pöltner Lagerhausmitglieder zu besonders günstigen Bedingungen die Geschäfte mit ihrer Genossenschaft tätigen können.

Der Geschäftsführer des Verbandes, Min. a. D. ÖR Dr. Ludwig **Strohl**, war anderer Meinung, er vertrat die Ansicht, daß genossenschaftliche Dienstleistungen und die Ausweitung der Warenpalette, trotz einer mitgliedergerechten Preispolitik, nicht zu kurz kommen durften. Das betraf zum Beispiel den Maschinenhandel, das Werkstättenwesen, den Holzhandel sowie das sich langsam entwickelnde Geschäft mit Haus- und Hofartikeln.

Diese Auffassungsunterschiede führten zu einer sehr eigenständigen Entwicklung der Lagerhausgenossenschaft St. Pölten, die unter anderem auch als Großhändler für andere genossenschaftliche Lagerhäuser auftrat. Der Konflikt endete damit, daß der Verband ländlicher Genossenschaften 1960 den Geschäftsführer der „Landwirtschaftlichen Genossenschaft St. Pölten", OV Anton Kleiß, kündigte. Die Geschäftsführer der niederösterreichischen Lagerhausgenossenschaften waren damals Verbandsangestellte und wurden vom Verband den Lagerhäusern zu Verfügung gestellt.

OV Anton Kleiß war Geschäftsführer der Genossenschaft von 1935 bis 1969.

Min. a. D. Dr. Ludwig Strobl war von 1949 bis 1967 Geschäftsführer des Verbandes ländlicher Genossenschaften in Niederösterreich.

Der Vorstand der Lagerhausgenossenschaft St. Pölten stellte daraufhin OV Anton Kleiß als Angestellten der Genossenschaft ein und betraute ihn weiterhin mit der Geschäftsführung.
Die Bereinigung dieser Situation, erfolgte erst Ende 1969, als OV Kleiß, der seit 1927 zunächst als Bilanzbuchhalter und ab 1935 als Geschäftsführer in der Genossenschaft tätig war, das Pensionsalter erreichte.

Neues Beginnen

Bei der Generalversammlung vom 2. Juni 1970 berichtete Obmann Anton **Schweighofer** über die Entwicklung, die die Genossenschaft seit der Bestellung eines neuen Geschäftsführers, Dipl.-Ing. Franz **Hausmann**, zu Jahresanfang genommen hatte. Gemeinsam mit dem Vorstand wurde ein dreistufiges Modernisierungs- und Ausbau-

1. Kapitel

Kurzer Lebenslauf

Ich, Anton Scharl, wurde am 27. Mai 1925 in Bärndorf, Gemeinde Zwentendorf, geboren. Mein Vater war Josef Scharl, Kaufmann, Land- und Gastwirt, meine Mutter war Antonia Scharl, geb. Wutzl. Mein Großvater, Michael Scharl, sowie dessen Vorfahren waren schon seit Generationen in der Gemeinde Zwentendorf ansässig. Mein Großvater mütterlicherseits entstammte einer alten Bauernfamilie aus Etzersdorf bei Herzogenburg. Durch Heirat am 8. 6. 1886 mit Antonia Gwiss kam er in eine große Bauerndynastie. Drei der vier Schwiegersöhne meines Urgroßvaters waren Bürgermeister, mein Großvater, Johann Wutzl, 33 Jahre in der Gemeinde Neidling. Sie waren 1898 Gründungsmitglieder der Genossenschaft St. Pölten. Schwiegersohn Josef Herbst war auch Vorstandsmitglied der Genossenschaft.

Als ich 1945 einigermaßen gesund aus dem großen Krieg zurückkehrte, machte ich ein Jahr lang ein Praktikum und dann meine Kaufmannsgehilfenprüfung. Mein Vater, der auch in der Gemeinde sehr aktiv war, vermittelte mir ein Gespräch mit Minister Buchinger. Nach kurzem Gespräch sagte mir Minister Buchinger, solche

Leute könnten sie brauchen. Am 14. 3. 1947 bekam ich einen Brief von ihm, dass ich mich beim Generaldirektor des Verbandes ländlicher Genossenschaften, Herrn Niesner, in Wien 1. melden solle. Minister Buchinger sagte auch: „Sie arbeiten hier nicht nur für sich, sondern auch für ihre große Bauernfamilie, für die es sich bei ihren Fähigkeiten lohnt zu arbeiten."

Ich habe meine Tätigkeit, so wie es in meinem Anstellungsbrief 1947 stand, mit Fleiß und Gewissenhaftigkeit verrichtet. Auch als 1949 der neue Generaldirektor, Minister Dr. Strobl, kam, fühlte ich mich korrekt behandelt. Da ich seit 1946 Jagdkarteninhaber war, fühlte ich mich dem Landesjägermeister Dr. Strobl eigentlich verbunden.

Als mir die Geschäftsabwicklung mit der Fa. Schiwitz vollkommen unverständlich schien und meine Einwände beim zuständigen Direktor Grün nicht gehört wurden, trug ich meine Sorgen Herrn Generaldirektor Minister Dr. Strobl vor. Minister Dr. Strobl bestärkte mich, meine mündlichen Einwände schriftlich zu bestätigen, was ich am 19. 2. 1963 auch tat.

Der von mir kritisierte Direktor machte mir das Leben nicht ganz leicht. Es wurde das Kartoffelgeschäft des Verbandes an die neu gegründete Fa. Lapro übertragen. Es kam ein Mann, dessen Vater im Krieg Direktor im Verband gewesen war. Wir waren beide sehr tüchtig und konnten den Umsatz ohne Schreibkräfte im ersten Jahr mehr als verdoppeln. Da der Vater und Ex-Direktor sich bei Dir. Grün immer wieder erkundigte, konnte ich mich bei den Gesprächen zwischen Vater und Sohn – wir hatten Apparate zum Mithören – auch von der Meinung des Direktor Grün überzeugen. Herr Dir. Grün stellte mich als das Letzte hin. Ich musste also im Fall Schiwitz in ein Wespennest gestochen haben, was mir sehr angekreidet wurde.

Herr Sandner war nicht bereit, in so einer korrupten Firma weiter zu arbeiten und beendete sein Dienstverhältnis. ***Natürlich*** wurde auch ich wieder anderweitig beschäftigt, meine Vorgangsweise war scheinbar unverzeihlich.

Doch es kam noch schlimmer. Mein Gönner, so schätzte ich Dr. Strobl ein, korrigierte an einer fertigen Gehaltsliste vom 17. 8. 1967, das war einige Wochen nach dem Schiwitzprozess, nicht nur die Gehaltshöhe, auch die Einstufung wurde von ihm persönlich auf k 4 festgesetzt. Laut Schreiben vom 19. 1. 1956 war ich in die Stufe 6 eingestuft worden. Jetzt war mir klar, ich musste hier etwas Schreckliches getan haben. Obwohl bei einer Überprüfung durch den Verbandsrevisor festgestellt wurde, dass allein der Zinsverlust für die Genossenschaften für 2 Jahre S 60 000,– betrug – was auch zurückgezahlt wurde –, ich also belobigt hätte werden müssen, wurde ich bestraft und geächtet. Doch auch der Mann, der eigentlich die entscheidenden Beweise für die unkorrekte Vorgangsweise der Verantwortlichen geliefert hatte, wurde kurz vor dem Schiwitzprozess entlassen, obwohl er nur seine Pflicht getan hatte, ein Landeshauptmann, Dr. Hartmann, musste sterben, weil er scheinbar Unrecht nicht hatte ertragen können, O. V. Karl Pöppel wurde im 63. Lebensjahr nach 37 Dienstjahren fristlos entlassen, nur weil er seine Pflicht getan hatte und sich in seiner Not wahrscheinlich an den Minister gewandt hatte.

Mich erinnerte ein Schlaganfall an meine bisherigen Versäumnisse, mir wurde in Bad Pirawart klargemacht: Unbewältigte Vergangenheit kann tödlich sein! Ich will mit meinen bisher unveröffentlichten Unterlagen die Wahrheit ans Tageslicht bringen. Ich will mich hier nicht zum Richter aufspielen, es heißt doch: „Urteilt nicht, damit ihr nicht verurteilt werdet!“ Doch vielleicht gelingt es mir wenigstens den Opfern ihre Ehre wiederzugeben.

2. Kapitel

Ich habe durch mein Verhalten zwar dem Staat Österreich sicher viele Millionen erspart, denn die Fa. Schiwitz war, wie man in meinen diversen Unterlagen und in Zeitungsberichten nachlesen kann, total pleite. Das Schicksal des O. V. Karl Pöppel, der ja eigentlich erst durch mein Verhalten in diese Lage kam, belastete mich natürlich sehr.

O. V. Karl Pöppel ersuchte mich, ihm zu helfen, wenn ich könne. Ich traf mich mit ihm am Friedhof in Raabs und war der Meinung helfen zu können. Das Opfer war natürlich auf alle im Verband böse. Ganz traurig war er, dass ein Direktor Steinböck seine fristlose Entlassung unterschrieben hatte, wo er doch immer so gut mit ihm gewesen war. Unverständlich war für Pöppel auch, dass Dir. Grün privat sagte: „Karl, dir ist Unrecht geschehen!" Der Mann war am Boden zerstört.

Natürlich war ich sicher, hier etwas machen zu können. Am 21. Dezember 1967 schrieb ich in dieser Angelegenheit einen Brief an den ORF. Die Antwort kam schon am 4. 1. 1978, unterschrieben von Dr. Christine Cermann, brachte aber leider keinen Erfolg. Ich hatte meinen Namen als ausgebildeter Bordfunker verschlüsselt. Aus einem Antonius Scharl hatte ich einen Thonlus Canaris gemacht – allein ich hatte keinen Erfolg. Diese Unterlagen werde ich meiner Dokumentation beigeben.

Ich konnte wie bei anderen Versuchen mit meiner Kurzzusammenfassung, nichts erreichen und musste alles geben, um überhaupt bestehen zu können.

Am 4. November 1966 gab es eine Besprechung über verschiedene Kompetenzen bei der Abwicklung im Bereich Kartoffelverwertung Hollabrunn. Hier sollte versucht werden, durch industrielle Erzeugung von Pommes frites und Kartoffelchips den Kartoffelverbrauch zu erhöhen. Die ***Idee*** dieser Produktion kam vom Verwalter des ***Lagerhauses Diplom-Ingenieur Kaiser*** aus Stockerau. Die Fabrik sollte eigentlich in Stockerau gebaut werden. Dipl.-Ing. Kaiser wollte billig und zweckmäßig bauen. Der Architekt von Generaldirektor Strobl plante aber großzügig und teuer. Es wurde daher in Hollabrunn gebaut, wo es keine Fachleute und keine Einsprüche gab.

Eigentlich sollte ich ja nur für die Administration zuständig sein. Ich war dann aber auch schnell für den Verkauf zuständig. Die Hauptschwierigkeiten gab es bei der Erzeugung, die Fehlplanungen ließen eine vernünftige Produktion nicht zu. Die zu verarbeitenden Kartoffeln wurden in einem 11 m hohen Silo gelagert, ähnlich wie Getreide. Die Anlage hatte eine Stundenleistung von ca. 1 Tonne, für die Auslieferung standen 2 Mercedes für je 2 Tonnen und ein LKW für 20 Tonnen zur Verfügung. Das Gebiet, in dem diese Ware verkauft werden sollte, umfasste Wien und Umgebung, denn hier wohnten etwa die Hälfte der Österreicher. Der Verkauf in den empfohlenen Gebieten brachte wenig. Als sich daher Interessenten aus den westlichen Bundesländern meldeten, versuchte ich gegen den Willen der Obrigkeit dort zu verkaufen, wo die Ware auch nachgefragt wurde.

Das Problem war aber die Qualität. Natürlich war die Erzeugung durch die Fehler in der Planung und

Bauausführung kaum anders möglich, aber es war ein Leichtes, die Schuld dem schwarzen Schaf beim Verkauf in die Schuhe zu schieben. Man sagte daher nicht: „Wir haben Schwierigkeiten in der Erzeugung", sondern: „Der Scharl macht die Ware schlecht und ist daher schuld an der ganzen Situation." Da die Haltbarkeit bei Pommes frites, es gab ja nur Frischware, nur einige Tage betrug, waren die Verluste schon beachtlich. Doch es gab hier wie gesagt auch viele Fehler in der Produktion. Was aber der eigentliche Skandal war: Während für Pommes frites international ein Kartoffelverbrauch von 2 kg Kartoffel für 1 kg Frites üblich waren, wurde vom Betriebsbuchhalter in Hollabrunn ein Verbrauch von 4 kg verrechnet. Dafür wurden der Firma Kelly für Chips, für die international ein Verbrauch von 4 kg für 1 kg Fertigprodukt üblich waren, nur 2 kg verrechnet!

Da mir diese Probleme 1975 einfach zu viel waren, meine Bezahlung noch immer mit dem Bannfluch des Ministers Strobl belegt war, ersuchte ich um eine Aussprache beim Obmann und Generaldirektor. Statt der Aussprache bekam ich aber die Kündigung.

Da ich damit im 50igsten Lebensjahr zum Nichtstun verurteilt war, versuchte ich so viele Unterlagen zusammenzutragen, wie ich finden konnte. Natürlich besagen die Unterlagen im Rechnungshofbericht und die Aussagen des Herrn Minister Strobl im Schiwitzprozess schon Widersprüchliches, auch war der Revisionsbericht, den Minister Strobl durch Delegierung der Revision von der Österreichischen Importvereinigung an die Wiener Landesregierung weiterreichte, so arg, dass Dr. Strobl kurz darauf verstarb. Die Leser mögen sich aus den Unterlagen selbst ein Bild machen.

In der Generalversammlung der Österreichischen Importvereinigung wurden die Revisionsberichte der

Jahre 1970, 1971 und 1972 verlesen. Es war der 14. Juni 1974. Entscheidend war der Satz auf Seite 12: „Es wird nochmals darauf hingewiesen, dass Dividendenausschüttungen aus dem Reservefond laut Statut unzulässig sind, da dieser einzig und allein zur Abdeckung von Verlusten verwendet werden darf.

Wien, 1974 03. 01/Sz

Prüfer: Eduard Gruber e. h.

Jörg Nowitsch e. h."

Dieser Prüfungsbericht sollte unbedingt verhindert werden. War doch mit Schreiben vom 21. 6. 1965 versucht worden beim Handelsgericht Wien die Mitgliedschaft beim Österreichischen Genossenschaftsverband zu kündigen, am 16. 11. 1965 abermals. Am 21. 6. 1965 war die Landesregierung der Stadt Wien um die Übernahme der Revision der Geschäftsgebarung der Genossenschaft ersucht worden. Die Versuche waren gescheitert. Der Revisionsbericht vom 14. Juni 1974 war das Todesurteil. Am 9. Juli 1974 starb völlig unerwartet Minister a. D. Dr. Ludwig Strobl.

Erklärung der Unterlagen

Bevor ich mit den Erklärungen beginne, möchte ich mich für die Freigabe der Unterlagen beim Stockerverlag, beim N. Ö. Bauernbund sowie der Raiffeisenzeitung bedanken. Außerdem möchte ich mich als Mitglied der Genossenschaft St. Pölten sowie als Mitglied des Bauernbundes für die meine Arbeit sehr erleichternden Unterlagen und den Wunsch für eine gute Besserung bedanken.

Jetzt zu den Unterlagen:

Seite 46 mit Bild aus dem Buch „Bauern" von Dr. Therese Kraus, Österreichischer Agrarverlag 1981.

Minister Buchinger war mein väterlicher Freund und Vorbild für Rechtschaffenheit.

Bild Nr. 2 stammt aus „Bauernleben im Wandel" vom Niederösterreichischen Bauernbund, Seite 67. Die nächsten Bilder stammen aus der Festschrift „100 Jahre Raiffeisenlagerhaus St. Pölten", Seite 18 und 19. Der Obmann der Genossenschaft St. Pölten hat nicht nur mangelnde Vertretung gegenüber den Mühlen nicht akzeptiert, sondern auch die Bevormundung durch den Generaldirektor Dr. Strobl. Vielleicht bin ich auch etwas vorbelastet, denn mein Großvater war der Bruder des Schwiegervaters von Ökonomierat Leopold Kern.

Die nächsten Briefkopien zeigen, dass auch andere Genossenschaften mit der Behandlung durch die Firmen und die Vertretung durch die Dion II., Herrn Direktor Grün, nicht gerade glücklich waren, aber die hatten eben nicht so aufrechte Obmänner, sonst hätte sich der Verband ja auflösen müssen.

Der Brief „Verband an die Genossenschaft Raabs" beweist, dass alles, was die Firmen vorbrachten, richtig war. Ein wirklich selbstbewusster Obmann der Genossenschaft Raabs hätte zum Beispiel den vor dem Schiwitzprozess grundlos fristlos entlassenen OV Pöppel nicht einfach fallen lassen dürfen, sondern auch aus dem Verband austreten müssen.

Der von mir am 19. 2. 1963 abgegebene Brief war von mir erst geschrieben worden, nachdem ich Herrn Minister Dr. Strobl gefragt hatte, was ich tun solle. Nachdem meine mündliche Vorsprache bei Herrn Dir. Grün nichts bewirkt hatte, die Firma Schiwitz aber wöchentlich mehr als eine Million Schilling kassierte, die Ware jedoch, wie ich inzwischen wusste, erst viel später geliefert wurde, war dies ein riskantes Geschäft. Ich musste ja unterschreiben, ob die Beträge ausbezahlt werden sollten. Das war Vorauskassa und betraf sehr hohe Beträge. Herr Generaldirektor Strobl sagte mir, ich solle meine mündlichen Einwände schriftlich bestätigen, was ich auch befolgte. Die Wirkung blieb nicht aus. Ohne die großen Beträge unserer Vorauskassen, denn es durfte ja nicht mehr gekauft werden, brach der ganze Schwindel zusammen.

Schon am 23. 5. 1963 schrieb der „Rundblick“, dass die CA bei Firma Schiwitz zwischen 80 bis 130 Millionen Schilling verlieren würde. Interessant ist vielleicht, dass der Herausgeber der Zeitung ein Ministerkollege des Minister Dr. Strobl während der Regierung Schuschnigg gewesen war. Ich hatte also hier niemanden denunziert, wie Herr Dir. Grün zu sagen pflegte, sondern die Gefahr richtig gesehen und das Richtige – wie ich glaubte – getan.

Am 15. 7. 1964 brachte die „Neue Ordnung“ einen offenen Brief an Finanzminister Dr. Schmitz und bat um Aufklärung bezüglich dieses Betrugs-Kridafalls. Am

10. August wurde der Finanzminister in einem 5-seitigen Artikel auf verlorene 144 Millionen Schilling aufmerksam gemacht. Der Aufsichtsratspräsident glaubte es nicht.

Es steht hier aber auch, dass man für eine stille Abwicklung war, ohne Konkurs, ohne Anzeige, natürlich auch ohne Gericht. Es wäre zwar ungerecht gewesen, denn dies hatte ja eigentlich mein Leben entscheidend verändert.

Als der Prozess ausgeschrieben wurde, gab es viele Sorgen. Ein wirklich aufrechter Österreicher, einer der angesehensten Politiker der Zweiten Republik, Minister Hartmann, starb plötzlich und unerwartet. Als Generalanwalt der Genossenschaften hatte er sicher von den Problemen gewusst. Aber als ein Mann, O. V. Karl Pöppel, zu ihm gekommen war und um Hilfe ersucht hatte, jemand, der nach 37 Dienstjahren fristlos entlassen worden war, war dies für einen aufrechten Menschen zu viel gewesen, das war über seine Vorstellung von Recht und Gesetz hinausgegangen.

Doch Dr. Strobl sah hier ein zu großes Risiko, er dachte nur an seine eigene Haut. Da ich aber auch eine mündliche Zusage der Rechtsnachfolger der „Volksstimme“ zu Veröffentlichung bekommen hatte, wofür ich mich natürlich auch bedanke, gab ich einige Seiten aus dem Schiwitzprozess weiter. Am 5. 1. 1967 schrieb die „Volksstimme“, dass die Schulden der Importvereinigung bei der Firma Schiwitz mehr als 17 Mio. S betrugen.

Inzwischen ging aber Frau Schiwitz eine andere Bankverbindung ein, nämlich mit der Österreichischen Importvereinigung. Es ist wohl kaum anzunehmen, dass

Dr. Strobl hier wirklich erkannte, worum es ging. Man kann hier wohl sagen, Frauen sind die besseren Diplomaten, ein Dienstmädchen – oder was immer sie war, es war ja die zweite Frau des Herrn Schiwitz – kochte den Herrn Minister Dr. Diplom-Ingenieur total ein. Natürlich, mit seinen Beziehungen, seinen Freunden war er der richtige Mann. Am 12. Jänner 1967 schrieb die „Volksstimme" – aber auch alle anderen Zeitungen – von Vorwürfen, wilden Tumulten im Schiwitzprozess. Ein Beschuldigter, Dr. Matznetter, wollte Dr. Strobl ins Gespräch bringen. Seine Anwälte versuchten ihn davon zu überzeugen, dass es ihm als kleinem Mann nicht gelingen würde, einen Dr. Strobl aus dem Sattel zu heben. Am 2. 2. 1967 schrieb die „Volksstimme" u. a., dass auch die Importvereinigung mit großen Schulden aufschien. Die großen Schulden der Firma Schiwitz würden der CA ebenfalls Kopfzerbrechen machen.

Überdies gab es eine Stellungnahme zu der Aussage der ÖIV Funktionäre Minister Dr. Strobl und Herrn Hampel bezüglich einer Zusammenkunft mit Dr. Treichl. Dieser konnte belegen, dass seine Aussage, die Herren wären bei ihm, Dr. Treichl gewesen, richtig war. Die Zeitungen schrieben groß: „MEINEID im Schiwitzprozess".

Am 7. 2. 1967 wurde im Urteilsspruch der Schaden mit 101 Millionen Schilling beziffert. Für die Importvereinigung wurde ein Schaden von 17 Millionen Schilling festgestellt. Wenn Sie, sehr verehrte Leser, feststellen werden, dass laut Statuten der Importvereinigung die Verursacher persönlich haftbar waren, so hatte Minister Dr. Strobl laut Urteil 17 Millionen Schilling zu bezahlen.

Die „Neue Ordnung" schrieb am 16. 2. 1967 auf Seite 16, dass Minister Dr. Strobl und Dr. Hampel unter

Eid ausgesagt hätten. Der „Bauernbündler“ schrieb, dass die Genossenschaften mehr als eine wirtschaftliche Interessensvertretung seien.

Vom 14. Juni 1967 gibt es ein Bild mit Minister Ferdinand Graf, für das nicht nur die Bauernschaft sondern ganz Österreich zu danken hat. Und vom 17. 8. 1967 gibt es einen Dienstzettel, auf dem Generaldirektor Dr. Strobl eine fertige Gehaltsliste korrigierte und auch abzeichnete. Mit dieser Korrektur war es aber nicht getan, mein Leben im Verband änderte sich total. Für Minister Strobl war ich ein Feindbild, dabei hatte ich ihn selbst gefragt, was ich tun sollte. Nachdem ich immer wieder versucht hatte, das Beste zu geben. Über mir schwebte ein Bannfluch.

1975 versuchte ich ein Gespräch mit Obmann und Generaldirektor zu erreichen, doch es gab keinen Gesprächstermin, sondern nach fast 30 Dienstjahren die Kündigung ohne Angabe von Gründen. Nachdem Dr. Strobl an dieser Lage nicht unschuldig war, suchte ich in seiner Vergangenheit. In der Nationalbibliothek fand ich ein Buch von Kammersekretär Dr. L. Strobl. Das Buch aus dem Jahr 1932 war ein Lobgesang auf Dr. Dollfuß als Agrarier. Ein besonderes Anliegen sei Dr. Dollfuß die Revision gewesen, für die er persönlich zuständig gewesen sei. Ich machte Hunderte Kopien um irgendetwas zu finden.

Auch das Buch „Vom richtigen Soll und Haben“ von Dr. Oskar Vetter aus dieser Zeit, in der auch Dr. Strobl mitgewirkt hatte, fand mein Interesse. Es stand für mich fest: Dr. Strobl wusste, was in der Buchhaltung sein darf und was eigentlich nicht sein dürfte. Natürlich kopierte ich auch den Rechnungshofbericht aus dem Jahre 1968, in dem der Schiwitzprozess ausführlich behandelt wird.

Es wurde aber auch hier festgestellt, dass die Aussagen von Dr. Strobl und Dr. Hampl eigentlich falsch wären. Doch entscheidend seien die amtlichen Unterlagen.

Im Genossenschaftsregister steht unter dem 29. 1. 1946: „Es wurde der Genossenschaftsvertrag neu gefasst. Als Vorstandsmitglieder bestellt: Dr. Ludwig Strobl."

In den Statuten ÖIV Seite 11 steht: „Die Mitglieder des Vorstandes haben die Sorgfalt eines ordentlichen Kaufmannes anzuwenden. Mitglieder, die ihre Obliegenheiten verletzen, haften der Genossenschaft persönlich für den dadurch entstandenen Schaden."

§ 35 regelt die Verwendung des Reingewinnes und die Deckung bilanzmäßiger Verluste. Auf Seite 21 steht unter §36: „Der Reservefonds ist ausschließlich zur Deckung bilanzmäßiger Verluste bestimmt. Seine Heranziehung erfolgt über Beschluss der Generalversammlung."

Seite 22 links: Unterschrift von Minister Dr. Strobl.

21. 5. 1965: Brief an das Handelsgericht Wien; Betrifft: Bekanntgabe der Kündigung der Mitgliedschaft beim Österreichischen Genossenschaftsverband; Unterschrift: Obmann Dr. Ludwig Strobl.

Auf den Seiten 2 und 3 wird über den Erfolg im Geschäftsjahr und den Kündigungsgrund berichtet.

Am 21. 5. 1965 wird mit Brief die Landesregierung der Stadt Wien um die Übernahme der Revision ersucht. Unterschrift wieder Dr. Strobl.

Am 16. 11. 1965 wird mit Brief an die Landesregierung Wien wieder zurückgezogen. In den Unterlagen vom 21. 5. 1965 wird über die Revisionen von 1962 und 1973 berichtet. Für das Jahr 1965 legte Dr. Strobl noch einen ordentlichen Geschäftsbericht vor.

1967 berichtete Obmann Dr. Strobl nur, dass die Dividende heuer nur 9% betragen würde. Aus der ordentlichen Generalversammlung zum Geschäftsjahr 1968 kann ich leider nichts herauslesen.

In der Generalversammlung am 30. Juni 1971 über das Geschäftsjahr 1970 war man schon wieder gefasster; es wurde aus dem Reservefonds wieder eine Dividende ausbezahlt. In der Generalversammlung am 28. Juni 1972 wurde nun auch wieder, obwohl gegen die Statuten, für 1971 eine Dividende ausbezahlt.

Für den 12. 6. 1973 fand ich leider nur eine Einladung zur Vollversammlung.

Brief vom 4. 6. 74: Einladung zur Generalversammlung.

25. 6. 1974: Unter Punkt 2 wurde der Bericht des Österreichischen Genossenschaftsverbandes vorgelesen. Doch die Prüfer waren hier scheinbar sehr mutig. Es wird nochmals darauf hingewiesen, dass Dividendenausschüttungen aus dem Reservefonds unzulässig seien.

Doch das war anscheinend für Minister Dr. Strobl zu viel. Es war auch nicht zu verstehen, dass ein Mann, der über das Genossenschaftswesen groß geworden war, sich selbst an keine Statuten oder Gesetze hielt. Es war die Schande, die hier wirkte, es war der Fluch der bösen Tat.

Es war der Pressedienst des agrarischen Informationszentrums, der über den Tod des Dr. Strobl am 9. Juli 1974 berichtete. Doch im Nachruf des Generalanwaltes Dr. Rassers wird erwähnt, nach dem dritten Anfall – nach zwei kaum merkbaren – sei es ernst geworden. Es gibt scheinbar doch so etwas wie ein Gewissen.

Dr. Strobl machte im Fall Schiwitz Fehler, das kann jedem passieren, doch wie diese ausgetragen wurden, ist schon dilettantisch. Die Österreichische Importvereinigung, deren Obmann Dr. Strobl war, war konkursreif. Die Schulden, die bei der Firma Schiwitz uneinbringlich waren, hätten die ÖIV mitgerissen. Dr. Strobl war aber laut Statuten persönlich haftbar.

Jedenfalls kann ich das nur deshalb berichten, weil ein geschädigter Oberverwalter einer Genossenschaft Opfer der unlogischen Handlungen des Dr. Strobl wurde.

Natürlich hatte ich von unterschiedlichen Interessen des Dr. Strobl keine Ahnung. Ich sah nur, dass meine unmittelbaren Vorgesetzten hier nicht korrekt handelten und dachte, hier bestehe für den Verband die Gefahr eines finanziellen Verlustes. Was konnte ich tun? Es wurden aber auch die eigenen Genossenschaften nicht korrekt behandelt. Mein Ausweg war der Generaldirektor Dr. Strobl, von dem ich glaubte, dass er immer gut zu mir wäre. Er hörte meine Sorgen und empfahl mir, meine mündlichen Einwände schriftlich zu wiederholen.

Vielleicht wusste Dr. Strobl momentan selbst nicht, was damit ausgelöst würde. Auf meine schriftlichen Feststellungen hin getraute sich Herr Dir. Grün nicht mehr bei der Firma Schiwitz weiterhin zu kaufen. In der Folge war die Firma Schiwitz ein paar Wochen später Pleite. Der Valutaunterschied für die Rechnungen zwischen Schiwitz und WOV betrug für 2 Jahre 60 000 Schilling, was den Genossenschaften zu Recht gutgeschrieben wurde. Doch das Schlimme an diesen Machinationen geschah mit Wissen des Herrn Minister Dr. Strobl und dadurch ich das erkannte, verspielte ich alle meine Sympathien bei ihm und seinen Gefolgsleuten. Doch ich war nicht der Einzige, der hier in Ungnade fiel. Einem sehr angesehenen und sehr tüchtigen Geschäftsführer der Genossenschaft Raabs/Thaya, der natürlich mit Recht nicht bereit war, eine Ware schon Wochen bevor diese geliefert wurde zu bezahlen, ging es ebenso. Da Oberverwalter Karl Pöppel auch seine Gedanken zu Papier zu bringen verstand und die halbseidenen Behauptungen der Verbandsleute einfach zerpflügte, war er für viele Lagerhausverwalter nicht nur Lehrmeister, sondern auch Vorbild und wurde vor dem Schiwitzprozess zu einer Gefahr hochgespielt.

O. V. Karl Pöppel wurde einige Wochen vor Beginn des Schiwitzprozesses fristlos entlassen. Es wurden Pöppel lächerliche Dinge vorgeworfen, beispielsweise Rechenfehler bei Saatgutabrechnungen oder einem Mann der Kartoffelverwertung Gmünd, einem befreundeten genossenschaftlichen Unternehmen, 6000 Schilling geborgt zu haben, was er am nächsten Tag wieder zurückgezahlt hatte. Interessant ist vielleicht, dass der damalige Buchhalter in Raabs kurze Zeit später Buchhalter, Betriebsleiter und Prokurist beim Verband wurde. Wahrscheinlich nur Zufälle.

Dr. Strobl hörte hier wahrscheinlich auch auf die falschen Mitarbeiter. Ich sah in ihm eigentlich nicht nur den Generaldirektor, sondern auch den väterlichen Freund, hatten wir doch beide eine ähnliche Vergangenheit. Der Vater von Dr. Strobl war Bauer und Kaufmann gewesen, meiner auch, er war noch dazu Gastwirt gewesen. Mein Wegbereiter zum Verband ländlicher Genossenschaften war Minister Buchinger gewesen, der von Minister Strobl hieß auch Minister Buchinger.

Ich glaube, Dr. Strobl hörte in entscheidenden Stunden auf die falschen Propheten und das war das Verhängnis. Es müsste eigentlich doch irgendjemandem aufgefallen sein! Dr. Strobl handelte hier sicher nicht richtig. Es kann doch nicht sein, dass man Mitarbeiter, die richtig und korrekt gehandelt hatten, einfach ausradierte, Mitarbeiter, die aber noch nichts Positives aufzuweisen hatten, in Führungspositionen bestellte. Es ist daher notwendig hier wenigstens einen Denkanstoß zu geben, wie den Ausspruch von Generalanwalt Dr. Rassers in der Raiffeisenzeitung vom 1. Juli 1976: „Wir sprechen jedem das Recht ab, die Raiffeisenorganisation wegen Vergehen einzelner insgesamt zu verurteilen, wenn man nicht bereit ist, die Opfer zu rechtfertigen.“

Denn diese Fehler brachten schon einige nachweisbare Fehlentscheidungen und ich werde diese unter „Kartoffelverwertung Hollabrunn“ aufzuzeigen versuchen.

Laut Aktenvermerk vom 27. Oktober 1966 wurden die Kompetenzen für die Kartoffelverwertung Hollabrunn festgelegt. Der Aufdecker im Fall Schiwitz wurde hier nur für die Administration eingeteilt. Der Verkauf sollte eigentlich von Herrn Scharitzer organisiert werden. Doch da die Erzeugung eigentlich nicht funktionierte, war kein besonders großes Interesse festzustellen. Es wurden für Wien drei Vertreter aufgenommen und ich sollte die Aufträge sammeln und nach Hollabrunn weitergeben. Aber es gab keine Bestellungen und Verkäufe – ich konnte also nicht tätig werden. Ich bot mich also an, die Vertreter zu begleiten. Ich konnte zwar den Vertretern beweisen, dass man verkaufen konnte. Doch auch ich musste erkennen, dass Wien nicht das richtige Pflaster für unser Produkt „Knusper Frites“ war.

Es gab sogar ein Bild in einer Ausgabe der Raiffeisenzeitung über die Produktion von Knusper Frites. Da aber auch der Verkauf sehr zu wünschen übrig ließ, ersuchte ich meine Frau, die in der Bundeswirtschaftskammer beschäftigt war, mir zu sagen, wer eigentlich in der Kammer für unser Problem zuständig sei. Bei einem Gespräch mit Kommerzialrat Lissbauer sagte mir dieser: „Nicht nur weil ich kein Wiener bin, sondern aus meiner Erfahrung kann ich Ihnen nur sagen, gehen Sie dorthin, wo Pommes frites gebraucht werden! Ich habe ein Restaurant in Hallstatt und wenn Sie zu mir kommen, werde ich sofort kaufen, denn wir brauchen dieses Produkt."

Ich vereinbarte mit Herrn Scharitzer, mich um den Verkauf zu kümmern. Aufgrund des Bildes in der Raiffeisenzeitung meldete sich ein Herr Ruhdorfer aus Salzburg. Die Firma erzeugte Chips, Backerbsen und andere Suppeneinlagen und war sehr interessant. Minister Strobl war aber der Meinung in Wien und Umgebung würde die Hälfte der Österreicher wohnen und das würde unser Werk auslasten. Man nahm aber nicht zur Kenntnis, dass hier dieses Produkt weder bekannt noch gefragt war.

Bei meinem ersten Treffen mit Herrn Ruhdorfer traf ich leider beim Mittagessen den Obmann des Verbandes, Herrn Kommerzialrat Holzschuh, der nach der Vorstellung auch gleich zu mir sagte: „Also ein Mann aus dem wilden Westen!"

Unterlagen Knusper Frites

17. Juli 1968:
Qualitätsreklamation der Firma Ruhdorfer aus Salzburg

12. Juli 1968:
Reklamation der Firma Wurm Linz

23. Oktober 1968:
Lebensmittelversuchsanstalt Blaasstraße – Ware entspricht nicht der berechtigten Verkäufererwartung.

15. November 1968:
Lebensmittelversuchsanstalt Blaasstraße – mangelhafte Beschaffenheit, Ware ist daher als verdorben und nicht verkehrsfähig zu bezeichnen.

14. 1. 1969:
Fernschreiben Werk Hollabrunn – „Herr Strobl, Ware für Unilever teilweise verzuckert."
Die Firma Frostpack reklamierte am 19. 11. 1970 totalen Lieferverzug

21. Juli 1970:
Firma WIKING reklamiert Qualitätsprobleme bei verschiedenen Abnehmern.

10. 3. 1971:
Zentraldirektor Ing. Flener Aufgabeneinteilung

3. September 1971:
Dipl.-Ing. Giefing bestätigt Probleme in der Produktion.

22. Juni 1972:
Besprechung Werk Hollabrunn – Hr. Scharl stellt fest, die Ware sei heute stark verzuckert.

12. und 13. 6. 1972:
Fernschreiben an DI Giefing;
Reklamationen Fa. Aichwalder und Dullinger

12. 6. 1972:
Aktennotiz Herr Wurz – „Habe Herrn Giefing gesagt, Ware sei stark verzuckert.“

13. 5. 1971:
Aktenvermerk GD Flener – „Einer von euch beiden muss gehen.“

12. 6. 1972:
Herr Lausenhammer bestätigt mit seiner Unterschrift nichts Ähnliches gesagt zu haben.

13. 6. 1972:
FS Herr Wurz bestätigt, 1400 Karton verzuckerte Ware im Kühlraum.

2. 8. 1972:
Adeg Salzburg reklamiert 197 Karton verdorbene Ware.

4. 10. 1972:
Firma Pfeiffer, Linz, reklamiert 126 Karton Pommes frites.

5. 8. 1974:
Aktenvermerk – „Sie machen immer die Ware schlecht, darum kann man Ihnen auch kein ordentliches Gehalt geben.“

7. 8. 1074:
GD Flener – „Sie beschmutzen das eigene Nest.“

21. 8. 1974:
Landgenossenschaft Ennstal, MARESI Reklamation 150 Karton, Vorjahr 180 Karton, noch nicht ausgetragen.

11. Oktober 1972:
Burger-Auswertung BAB Juni, Juli, August 1972
Betriebswirtschaftlicher Gewinn:
1971/72 entfallen auf Frites S 2 705 479,–
Verlust:
1971/72 entfallen auf Chips 544 377,–

8. 9. 74:
Aktenvermerk GD Fleners zu unseren 3 größten Kunden – „Ja, wir wissen, wir haben viel gutzumachen, Qualität war nicht in Ordnung. Wir haben bei Chips im Juni S 600 000,– verloren.“

31. 8. 1974:
Reklamation Aichwalder August 1974 – 513 Karton Pommes frites

3. September 1974:
Reklamation Dillinger S 10 972,80

31. 8. 1975:
Wr. Messe – der nicht anerkannte Verkaufsleiter kann wohl bei Messen oder anderen Veranstaltungen bestehen. Bilder zeigen hier im Gespräch mit Ministern und Präsidenten. Letzte Bilder zeigen, mit Obmann und Generaldirektor. Man hätte also immer mit mir reden können.

Letztes Kapitel Knusper Chips

Hier geht es eigentlich um das Wesentliche. Bei der Fertigstellung der Chips-Linie redete bereits ein Fachmann mit, Dr. Hetzendorfer, ein sehr kompetenter Mann, früher Brennereileiter. Doch auch hier möchte ich erst die Unterlagen vorlegen und nachher das fast Ungeheuerliche erklären.

14. 6. 1967:
Fernschreiben an Scharitzer – per kg S 23 lose im 4 kg Sack

5. 10. 1967:
Brief Bundeskammer an Hr. Scharl

16. Oktober 1967:
Rechnung Lapro an Fa. RAJSIGL, Verkaufspreis wie Kelly, davon 35 % Rabatt

27. 11. 1967:
Verkauf an Großhandel wie vereinbart minus 15 %

25. 1. 1968:
Bestellung Rajsigl an Lapro, Herrn Scharl, 4620 Karton plus 330 Kartons für Spar Österreich. Doch scheinbar waren die 35 % Herrn KR Hötzel zu wenig, er wollte alles geben. Am 23. Feber 1968 gab es den Vertrag mit Fa. Kelly. In diesem Vertrag gab es zwar keinen Preis, dafür war es aber ein Exklusivvertrag; wir durften nicht einmal die eigenen Genossenschaften beliefern.

Die Antwort auf dieses ungeheuerliche Vertragswerk waren die „Geschichten aus N. Ö.“ in der „Neuen Ordnung“ vom November 1969 und „N. Ö. wohin gehst du“ in der Ausgabe Dezember 1969. Die Herrn Direktor en Steinböck und Hötzel rechtfertigten sich in einem seitenlangen Brief. Es war leider alles Vorgebrachte falsch. Rajsigl zahlte wesentlich mehr als Kelly und hatte auch nicht einen solchen Vertrag versprochen bekommen. Der Kellyvertrag aber blieb eigentlich das große Geheimnis. Nicht einmal Landeshauptmann Maurer, der diesen Vertrag gerne gehabt hätte, war er doch auch Obmann eines Lagerhauses, konnte diesen bekommen.

Jänner 1970: Die „Neue Ordnung“ konnte hier etwas ändern.

11. 1970: „Neue Ordnung“-Leserbriefe ändern auch nichts.

Ausgabe 4 „Neue Ordnung“: brachte den Erfolg, es gab scheinbar nur falsche Informationen.

Ausgabe Oktober 10, 1971, brachte die Erklärung: Der Herausgeber der „Neuen Ordnung“, Dr. Graf Strachwitz und 2 weitere Kandidaten, waren an wählbarer Stelle in die Liste 2 aufgenommen und auch gewählt worden. Damit war die sogenannte Verleumdung aus der Welt geschaffen.

Am 4. Juli 1969 war den Genossenschaften mitgeteilt worden, wie diese in Zukunft Chips beziehen könnten.

Am 26. 7. 1967 war übrigens im Beisein des Generaldirektors Dr. Strobl angeführt worden, was alles an Ausnahmen vorgesehen wäre. Es war von Rajsigl vorgeschlagen worden, die Wiener KGW, die N. Ö. Molkereien, eventuell die Fa. Meinl und sonstige Firmen direkt zu beliefern. Die Behauptung eines gleichen Vertrages mit nur geringerer Bezahlung war also nur als billige Ausrede entstanden. Unklar ist nur, wie man so einen Vertrag überhaupt hatte machen können.

Bildbeschreibung:

1. Bild zeigt etwas in Österreich, vielleicht in Europa, Einmaliges, einen Hochsilo für Kartoffel.
2. Bild zeigt das Verhältnis Werk Hollabrunn zum gigantischen Kartoffellager.
3. Bild 3 zeigt die bescheidene Produktionsanlage. Doch man kann auch in der Festschrift „75 Jahre Verband“ nachlesen, dass der bei der Unternehmensgründung errichtete Kartoffelsilo nicht voll entsprach.
4. Hier zeigen 4 Bilder die Anlagen, die es zu nützen gab, und die freundlichen Herren, die Minister Strobl einen Bärendienst erwiesen.

Natürlich war es auch der Fluch der bösen Taten, denn Minister Strobl konnte einfach nicht zur Kenntnis nehmen, dass es eben auch andere schöpferische Menschen gegeben hätte. Die „Neue Ordnung“ berichtete übrigens ausführlich darüber. Ein besonders tüchtiger Lagerhausverwalter, Dipl.-Ing. Kaiser, wollte diese Idee ja verwirklichen, doch Gen.-Dir. Strobl wollte es anders.

Übrigens, die Artikel in der „Neuen Ordnung“ enthielten keine Fehlinformationen, diese stammten ja von mir und sollten das Schlimmste verhindern. Ich werde jenen, die das nicht glauben wollen, so viele Unterlagen vorlegen, dass ihr Unglaube hoffentlich geheilt werden kann.

1978, zum 65. Geburtstag des Generalanwalts für das landwirtschaftliche Genossenschaftswesen, schriebt die Raiffeisenzeitung wie sehr Dr. Rasser an der Entstehung und dem Ausbau dieser Betriebe interessiert wäre. Doch es war die Personalpolitik unter Dr. Strobl, die alles zunichtemachte. Wenn man einen Herrn KR Hötzel, der im Betrieb Kröllendorf nur Verluste gebaut hatte, zum obersten Chef machte und einen Fachmann wie Dr. Hetzendorfer, der übrigens die gleiche Ausbildung wie Dr. Strobl hatte, einfach in die Wüste schickte, weil man es nicht verkraften konnte, wenn jemand sich die Wahrheit zu sagen getraute, dann kann das eben nicht gut gehen.

Die Ereignisse „Kartoffelverwertung Hollabrunn“ waren aber auch ein Kind des Dr. Ludwig Strobl. Ich werde hier beweisen, dass ich für den Verkauf der Produkte Hollabrunn weder Herrn Hötzel, noch den Kellyvertrag, aber auch keinen Vertrag mit Firma Rajsigl gebraucht hätte. Es war nicht wichtig, dass ich im Fall Schiwitz eigentlich richtig handelte, den Genossenschaften für 2 Jahre eine Zinsgutschrift von S 60 000,– herausholte, nein, es war schlecht, weil Dr. Strobl für einen Teil der Verluste der Importvereinigung, für 17 Millionen Schilling, selbst verantwortlich gemacht wurde. Dabei hatte Minister Ferdinand Graf schon alles so schön der staatlichen CA aufgebürdet gehabt!

1970 brachte die WÖV im Eigenverlag unter „Österreichische Raiffeisenpioniere vom Bauernbund“ eine Broschüre, „Ein Leben im Dienste der wirtschaftlich Schwachen“, mit Foto von Dr. Strobl heraus. Hätte Dr. Strobl seine Fehler eingesehen – er hatte ja auch stets gesagt, wer nicht arbeite, könne keine Fehler machen –, hätte er sich und manchen anderen viel erspart.

6. 11. 1970:
Brief Dr. Aigner an Dipl.-Ing. Dir. Steinböck

Hier haben entweder Laien einen Vertrag unterschrieben oder aber Kriminelle. Denn es sieht so aus, als hätte man schon alle Rechte verspielt.

5. Juli 1970:
Tages-Produktions-Bericht – Kartoffelverbrauch
für Frites 3,90 per kg
für Chips 2,90 per kg

18. 12. 1970:
Bericht Produktion – Kartoffelverbrauch
für Frites 2,70 per kg
für Chips 3,20 per kg

1970/71 Aktenvermerk Revision des Verbandes ländlicher Genossenschaften:
7) Der Umsatz der KV Hollabrunn lag mit
31 Millionen S um 46 % über dem Vorjahresumsatz.
Seite 3) Ybbstaler Obstverwertung –
Verlust S 388 593,73;
alle anderen Gesellschaften brachten Gewinne;
Chef Kröllendorf, KR Hans Hötzel
(Unterlage 27. Juli 1972).

19. 5. 1971:
Aktenvermerk Kellyvertrag – Auf Seite 1 wird festgehalten, dass es sich um einen Schandvertrag handelt; Niederschrift Lausenhammer; neue Gespräche für Anfang Juni vorgesehen;

Eine Fotokopie auf der Seite zeigt Folgendes: eine Grußkarte aus Moskau, unterschrieben von Generaldirektor Flener, Obmann Hofstetter und Direktor Sandler an Herrn Lausenhammer. Zu beachten ist vielleicht, Herr Lausenhammer war früher im Verkauf der damals vielleicht bedeutendsten Firma in Österreich, Mautner Markhof, und empfohlen wurde er vom Generalanwalt Dr. Rasser. Es sollte aber auch festgehalten werden, Lausenhammer war nicht Kartoffelfachmann, sondern Getränkespezialist und daher eigentlich hauptsächlich für den Betrieb des Herrn KR Hötzel in Kröllendorf gedacht. Natürlich waren die Probleme in Kröllendorf kein Geheimnis und auch Generalanwalt Dr. Rasser bekannt. Warum Minister Strobl diesem Bankrotteur auch noch die KV Hollabrunn anvertraute, wollte

Dr. Rasser vielleicht gerne ohne Aufsehen etwas durchleuchten.

22. 9. 1971:
wieder Besprechung bei Dr. Heindl mit Fragen zu Kelly.

23. 9. 71:
gleicher Bericht wie vorher, nur diesmal von Lausenhammer.

22. 9. 1972:
Dieser Bericht enthält aber erstmals auch das Thema Kröllendorf, was im Bericht GD Flener bewusst übergangen wurde.

1. Juni 1953:
Der Bruder meiner Mutter, Herr Ing. Franz Wutzl, war disponierender Betriebsleiter bei Mautner Markhof, auch für Herrn Lausenhammer kein Unbekannter.

19. 10. 1971:
In diesem Aktenvermerk wird von Dr. Schönherr festgestellt, dass hier einige Punkte sittenwidrig wären und daher klagsweise vorgegangen werden sollte. Es kamen noch deutlichere Aussagen, doch die hier Beteiligten wollten das nicht. Was wollten die überhaupt?

Dezember 1971:
allgemeine Führungsanweisung
Auf Seite 14 kann man unter „Beschwerde“ lesen:
2. kommt ein Mitarbeiter zur Überzeugung [...] ist er verpflichtet, sich zu beschweren.
   [...]

8. Keinem Mitarbeiter dürfen aufgrund einer Beschwerde über seinen Vorgesetzten Nachteile, in welcher Form auch immer, entstehen.
9. Unterschriften: Obmann Hoffstetter, Generaldirektor Flener.

Jänner 1972: Stellenbeschreibung

I. Sachbearbeiter Vertrieb
Seite 2 unter 6) Er nimmt Reklamationen entgegen und erledigt sie, so weit keine finanzielle Belastung für die Kartoffelverwertung Hollabrunn entsteht.

Hatten die handelnden Personen überhaupt eine Ahnung von einer Geschäftsabwicklung? Ich muss das leider bezweifeln.

6. März 1972:
Brief an GD Flener mit 13 Beilagen
Die Beilagen beweisen, was hier alles falsch gemacht wurde. Für mich war dies alles wie in den Wind gesprochen. Doch meine Getreuen fanden im Papierkorb der Generaldirektion interessante Schreiben.

8. 3. 1972:
Brief Kelly an die Geschäftsleitung – Vorschläge, wie man die Verluste reduzieren könnte.

8. 3. 1972:
Kelly zahlt S 300 000,– nach Annahmebrief.

8. 3. 1972:
Brief GD Fleners an Herrn Balsen – Es wird ersucht einen Persilbrief zu senden.

16. März 1972:
Brief GD Fleners an Professor Dr. Erich Loitlsberger Vorstand der Fakultät Betriebswirtschaftslehre der Universität Wien

Es werden hier drei Seiten lang Fragen gestellt. Einen Antwortbrief konnte ich leider nicht finden, vielleicht wurde der zu gut aufgehoben.

Ausspruch von Prof. Loitlsberger zum Kelly Vertrag: „Herr Burger, ich möchte Sie darauf aufmerksam machen, dass es ein Glück ist, dass Sie mit dem Vertrag zu mir kommen. Denn wenn ein Bauer mit diesem Vertrag zu mir kommt und mich um ein Gutachten über diesen Vertrag ersucht, muss ich ihm bestätigen, dass die Leute, die diesen Vertrag von der Verbandsseite aufgestellt haben, entweder Narren waren und ihr Geschäft überhaupt nicht verstehen und deshalb eingesperrt gehören. Oder aber sie haben absichtlich so einen schlechten Vertrag aufgesetzt, dann sind sie Verbrecher und gehören auch eingesperrt."

So löste also mein Brief an GD Flener doch einiges aus. Für mich leider nicht das Richtige.

11. Oktober 1972:
Herr Burger – Auswertung BAB
Hier wird wieder auf die Verluste bei Chips (S 544 377,-) hingewiesen, die Gewinne bei Frites wollte Herr GD Flener ja nicht sehen.

8. Oktober 1974:
Aktenvermerk Burger
Hier kann man noch immer feststellen, dass der Gewinn bei Frites trotz großer Probleme noch immer beachtlich war. Wenn auch bei Chips durch Manipulation mit dem Kartoffelverbrauch ein kleiner Gewinn

gemacht wurde, so war das doch ein äußerst unwürdiger Zustand. Wer wollte diesen eigentlich nicht ändern?

Aktenvermerk 3. September 1974 zum Betriebsergebnis Frites

1) Der Kartoffelverbrauch war mit 3,24 kg pro Kilogramm Frites ungewöhnlich hoch.

Andererseits lag der Kartoffelverbrauch bei Chips sogar unter dem langjährigen Durchschnitt. Das heißt, die Gauner waren hier nicht nur in der Buchhaltung. Eigentlich ein unhaltbarer Zustand. Diesen wollte ich auch beenden und dachte an eine Aussprache, die ich auch schriftlich beantragte.

8. Jänner 1975:
Brief an GD Flener, in dem auch der bisher nicht beantwortete Brief vom 8. März 1972 angeführt wird.

10. Jänner 1975:
Brief an Obmann Ing. Karl Hofstetter mit 13 Beilagen und einer Zusammenfassung.

24. Jänner 1975:
Brief von GD Flener – Aussprache für den 31. Jänner 1975 vereinbart.

31. Jänner 1975:
Kündigungsschreiben per 30. Juni 1975, unterzeichnet von GD Flener und Direktor Steinböck.

Fotos von den 4 Obmännern, unter denen ich im Verband gedient hatte.

Obmänner Kraus und Steinböck: Bei diesen beiden war ich auch einige Monate in deren Genossenschaften Wolkersdorf und Horn tätig. Ich war auch jeweils einige Monate in den Lagerhäusern Amstetten, Dürnkrut und Herzogenburg tätig, weil mir in einem Gespräch mein Vorbild, Minister Buchinger, gesagt hatte, es könnte sicher nicht schaden einen gewissen Einblick in die Genossenschaften zu bekommen.

Obmann Holzschuh wurde ungewollt mein erstes Opfer durch meinen Artikel in der „Neuen Ordnung". Obmann Hofstetter, der dann eigentlich durch meine Aktivitäten Obmann des Verbandes geworden war, muss mir aber seine Unschuld erst beweisen.

Die nächsten Bilder zeigen die Geschäftsführer des Verbandes während meiner Dienstzeit.

Kommerzialrat Niesner war für mich ein korrekter Vorgesetzter.

Minister Dr. Strobl war eigentlich mein Ideal. Seine Art begeisterte mich und ich war eigentlich sein Jünger. Im Fall Schiwitz sah ich Gefahr im Verzug und es war für mich selbstverständlich mich an GD Dr. Strobl zu wenden.

Es war für mich dann eine furchtbare Enttäuschung nach dem Schiwitz-Prozess die Kopie einer Gehaltsliste zugespielt zu bekommen, durch die ich erkennen musste, Dr. Strobl war eigentlich nicht mein wirklicher väterlicher Freund. Für mich brach eine Welt zusammen.

Zentraldirektor Bruckmüller war eigentlich eine Fehlbesetzung, ein Mann ohne Durchschlagskraft; er wollte oder konnte keine Entscheidungen treffen.

GD Flener – ich hoffte nur, sein neues Amt würde helfen, ein korrekterer Mensch zu werden, sagte man doch schon von ihm, wenn es möglich wäre, würde er auch den Verband verkaufen! Es scheint erwiesen zu sein, dass er dies auch tat. Es ist also keine Schande, von einem Mann, der mir in Gesicht gesagt hatte, ich würde vor Anständigkeit stinken, gekündigt zu werden. Vielleicht konnte er diesen Geruch nicht ertragen!

Das nächste Bild zeigt ÖR-Ing. Karl Hofstetter mit einem Verkaufsfahrzeug Knusper Chips. Er wird über sein Fehlverhalten noch Rede und Antwort stehen müssen, weil er in seiner neuen Funktion etwas tun hätte können, aber untätig blieb und daher für mich auch nicht ganz unschuldig ist.

Die nächste Seite zeigt den Versuch, mit einer Broschüre, „Wahrheit aus der Zeit", einiges aufzuklären.

10. Mai 1955:
Brief an Landeshauptmann Maurer mit 9 Unterlagen

7. Juli 1975:
Aussprache mit GD Lunacek und Obmann Hofstetter

Die Aussprache war wirklich kurz, es wurde mir eigentlich nur erklärt, dass ich im Verband nicht erwünscht sei. Ob dies wirklich im Sinne des Landeshauptmannes Maurer war, glaube ich zwar nicht, war doch nach Lausenhammer selbst der Landeshauptmann nicht in der Lage, den berühmten Kellyvertrag zu bekommen. Doch in meinem Buch sollen ja auch all jene, denen die Wahrheit bisher vorenthalten wurde, wissen, wie sehr hier die Bauerninteressen verraten wurden.

Hier geht und ging es auch sehr um Personalpolitik, sagte mir doch damals Minister Buchinger: „Wenn Sie wirklich all das tun können, was Sie vorhaben, werden Sie eine Symbolfigur für unsere Bauern werden und das würde ich Ihnen nur wünschen."

Raiffeisenzeitung 51/52 vom 18. Dezember 1975

Das Bild zeigt oben Obmann Hofstetter mit alten und neuen Generaldirektoren. Wenn der neue GD sagte, wir müssten erst verkaufen lernen, sagt das schon auch einiges. Was aber der Obmann Hofstetter über VLG und Kelly sagte, sollte noch genauer hinterfragt werden. Hier sollte man vielleicht den Ausspruch von Prof. Loitlsberger gegenüberstellen, dann wäre einiges geklärt.

21. Dezember 1977:
Brief an den ORF – Versuch Oberverwalter Pöppel zu rechtfertigen

4. 1. 1978:
Brief ORF – Unterschrift Dr. Carmann: es wollte nicht gelingen.

4. 1. 1979:
Raiffeisenzeitung Nr. 46; 15.–11. 1979

4. 1. 1980:
Im Bild sehen wir den Betriebsleiter Prokurist Loidolt. Wir sehen im Bild auch „Kelly über alles“. War es doch auch Herr Loidolt, der die Ziffern nach Bedarf frisierte. Man sieht aber schon, mit Kelly konnte man gut leben.

Man kann aber auch lesen, der Betriebsleiter war unter Pöppel Bilanzbuchhalter in Raabs.

Gesprächsnotiz mit OV Pöppel – Grund der fristlosen Entlassung: Rechenfehler bei Saatgutabrechnung; der Angestellten-Agrarindustrie S 6000,– geborgt; kein Schaden entstanden.

Das Ende lautete: Millionen veruntreut – Ideale verraten.

Zusammenfassung: Wie sieht das Opfer die Täter?

Der Haupttäter ist eigentlich, nach genügend Nachdenkzeit mein von mir so sehr geschätzter Minister Dr. Strobl. Natürlich wurde er durch Unachtsamkeit in eine Situation gedrängt, in der er Dinge machte, die man nicht erwarten konnte. Auch wenn man versucht dies zu verstehen, man kann es eigentlich nicht. Dr. Strobl war schon in seiner Jugend sehr erfolgreich gewesen.

Es ist aber auch nachzuvollziehen, wenn man dieses erfolgreiche Leben etwas kannte, dass man sich so einen Menschen zum Vorbild nahm. Natürlich glaubte auch ich seinen Worten. Ich weiß aber auch, dass es heißt: „Nicht nach ihren Worten sollt ihr euch richten."

Es war auch natürlich, dass ich mich, als ich sehen musste, dass die Anliegen unserer Genossenschaften überhaupt nicht beachtet wurden, im guten Glauben an den Generaldirektor Minister Dr. Strobl wandte. Da Dr. Strobl mir empfahl meine mündlich vorgebrachten Sorgen auch schriftlich zu bestätigen, glaubte ich das Richtige getan zu haben.

Den Schiwitzprozess verfolgte ich schon, doch eigentlich war ich nur froh, dass wir hier nicht zu Schaden gekommen waren.

Doch eigentlich wurde mir erst alles klar, als eine fertige Gehaltsliste, und zwar für meine Person, von Dr. Strobl persönlich nach unten korrigiert und auch die Einstufung nach unten verändert wurde. Natürlich fiel ich aus allen Wolken, kannte ich doch sein Signum. Ich konnte dies aber auch nicht verstehen. Der Verband stand hier in großer Gefahr viel Geld zu verlieren, den Genossenschaften habe ich nachweislich eine Gutschrift für eine Zinsendifferenz von S 60 000,– erwirkt – wo war eigentlich mein Vergehen?

Dr. Strobl wollte dies alles wahrscheinlich ganz anders austragen. Doch als ich sehen musste, dass den Genossenschaften hier großes Unrecht geschah, hätte ich da einfach schweigen sollen? Wenn Minister Strobl wirklich in Ruhe darüber nachgedacht hätte, würde er dies sicher nicht gemacht haben. Doch hier hatten scheinbar alle etwas den Kopf verloren.

Dir. Grün war sicher nicht erfreut, weil ich auf sein Fehlverhalten aufmerksam machte. Doch was wäre gewesen? Die Fa. Schiwitz wäre in Konkurs gegangen. Die Beträge wurden ausbezahlt, weil der Herr Scharl dies nicht ordentlich geprüft hatte. Hätte er dies überhaupt unterschreiben dürfen?

Doch das Leben ging ja weiter, es wurde statt der Kartoffelabteilung die Gesellschaft Lapro gegründet und es kam ein Herr Herwig Sandner, der übrigens sehr tüchtig war, und wir konnten im Vergleich zum Vorjahr den Umsatz um das 2,13-fache mehr als verdoppeln! Doch Herr Sandner verlängerte seinen Vertrag nicht und auch ich wurde für eine andere Tätigkeit eingeteilt. Als gefragt wurde, ob ich bei einer neuen Tätigkeit, Kartoffelverwertung Hollabrunn, mitarbeiten würde, sagte ich gerne zu. Doch auch hier gab es wieder unangenehme Dinge. Die Zusammenarbeit mit Herrn Scharitzer war nicht ganz einfach. Scharitzer war der Sohn eines Kartoffelhändlers aus Zwettl.

Die Produkte Hollabrunn passten vielleicht auch nicht wirklich in die Lapro (Landesproduktenhandelsgesellschaft). Doch als dann mit KR Hötzel ein Mann aus der Getränkebranche kam, noch dazu einer, der dort alles andere als erfolgreich gewesen war, sollte dies schon zum Denken anregen! Wir hatten in Hollabrunn einen Betriebsleiter Dr. Hetzendorfer, einen Mann mit der gleichen Ausbildung wie GD Diplom-Ingenieur Dr. Strobl, der wirklich ein Kartoffelfachmann war – bisher war er Brennereileiter. Warum machte Dr. Strobl nicht seinen Kollegen Diplom-Ingenieur Dr. Hetzendorfer zum Chef in Hollabrunn?

Für all die Fehler und Sünden, für die KR Hötzel jetzt am Pranger steht, ist eigentlich Minister Dr. Strobl verantwortlich. Doch auch die Nachfolger des Dr. Strobl, z. B. Generaldirektor Flener, sind hier voll verantwortlich. Denn es gibt Unterlagen, die beweisen, dass der Kellyvertrag ein Verbrechen war. Der Ausspruch von Professor Loitlsberger dazu ist hier eindeutig.

Wenn man aber die gesammelten Unterlagen genau ansieht, sah GD Flener dies nicht so. Denn als Herr Scharl am 8. März 1972 GD Flener in einem Brief mit 13 Unterlagen Verschiedenes aufklären wollte, bekam er zwar keine Antwort, aber es gibt Unterlagen, die belegen, dass 2 Tage später 2 Briefe, einer von der Firma Kelly und einer an die Firma Bahlsen, vorlagen. Also war Herr GD Flener mit dem Kellyvertrag persönlich zufrieden und war die Behauptung, wenn er könnte, würde Flener auch den Verband verkaufen, zumindest nicht ganz aus der Luft gegriffen.

Der Versuch des Generalanwaltes Dr. Rasser mit Herrn Lausenhammer jemanden zu schicken, der hier etwas Positives bewirken sollte, konnte nicht aufgehen, denn hier war nicht nur Herr KR Hötzel vom Kellyvertrag überzeugt. Vielleicht war es auch nicht nur der Herr GD Flener, sondern auch der Obmann des Verbandes. Denn hätte Herr Obmann Hofstetter mich angehört und meine Unterlagen beachtet, hätte man mich ja eigentlich nicht kündigen können. Aber hier saßen ja alle im Glashaus. Es war also das Einfachste, den unangenehmen Aufdecker zu beseitigen und alles beim Alten zu belassen.

Doch neben meinen überhaupt nicht mehr gutzumachenden Schäden entstanden mir ja große finanzielle Schäden. Und wer ist jetzt eigentlich für diese verantwortlich? Für Dr. Strobl besitzen ja die Erben noch das kaiserliche Jagd- und Forstgut, aber wer zahlt für die anderen? Für das viele Unrecht, das nicht nur mir zugefügt wurde, sondern das hier zugelassen wurde, sollte sich schon jemand verantwortlich zeigen. Wenn also die Wahrheit aus der Zeit kommt, wie Dr. Rasser es sagte, dann wäre es jetzt schon an der Zeit oder auf was soll ich noch warten?

Um die Situation bei Chips verständlich zu machen, lege ich noch einige Unterlagen vor.

Im Aktenvermerk vom 29. September wurden die Großhandelspreise wie ersichtlich festgelegt; in einer Aktennotiz vom 10. 10. 1967 wurde unter anderem festgehalten (und hier war ich mir mit Herrn Scharitzer einig), dass wir gute Pommes frites-Kunden nicht vor den Kopf stoßen dürfen.

Zum Kellyvertrag sollte man vielleicht auch wissen, dass die Firma Kelly zu Bahlsen International gehörte, daher lege ich die Auszüge aus dem Handelsregister bei.

Wenn man aber sehen kann, dass die Firma Rajsigl einen wesentlich höheren Preis zahlte und dabei die Ausschließlichkeit fast zu vernachlässigen war, dass bei den Besprechungen der Generaldirektor anwesend war, dann muss man schon fragen, wie konnte es überhaupt zu einem Vertrag mit Kelly kommen.

Was leider nicht ganz funktionierte, war die nicht einwandfrei arbeitende Abpackung. Die Säckchen waren zum Teil schlecht verschlossen, was an den falsch angeschafften Abpackmaschinen lag. Natürlich wäre es wesentlich gewesen; nicht perfekt verschlossene Knusper Chips hatten eben nicht die erforderliche Haltbarkeit. Verantwortlich dafür war der Architekt, ein guter Freund von Minister Dr. Strobl. Hier zeigte also die Freunderlwirtschaft, das muss nicht immer gut gehen.

Ich glaube aber nicht, dass wegen falsch angeschaffter Maschinen eine Vereinbarung widerrufen werden sollte, obwohl wir diese eigentlich nicht gebraucht hätten. Denn wir hatten durch Pommes frites schon einige Großhandelskunden und hätten keine Unterstützung benötigt.

Doch leider konnte sich der Ausspruch von Raiffeisengeneralanwalt Dr. Rasser, der Verkaufsleiter wäre bedeutender als der Betriebsleiter im Verband der ländlichen Genossenschaften für Niederösterreich, noch nicht durchsetzen.

In einer Unterlage von Herrn Burger von beiliegender Aufstellung vom 8. September 1971 werden verschiedene Möglichkeiten angeführt. Doch es fragte hier eigentlich niemand, wieso es einen solch unmöglichen Zustand überhaupt geben könnte.

Bevor ich den Fall mit der letzten Unterlage zu klären versuche, muss ich noch einmal zum Fall Schiwitz zurückkehren. Am 7.2.1967 schrieben die Zeitungen, vom Verlust von 101 Millionen Schilling entfielen auf die ÖIV mehr als 17 Millionen Schilling, in der „Neuen Ordnung" vom 15.2.1967, Seite 16, stand aber unter „Meineid im Schiwitz-Prozess", dass Minister Dr. Strobl wegen der Verbindlichkeiten der Importvereinigung an die CA um 30 Millionen Schilling herangetreten sei. In den Statuten der Importvereinigung war aber festgelegt worden, dass für Verluste die Verantwortlichen selbst aufzukommen haben.

Im beiliegenden Brief des Zentraldirektors Ing. Flener wird entscheidend Herr Minister Dr. Strobl erwähnt. Aus den Unterlagen kann man feststellen, dass Minister Dr. Strobl auch bei den Verhandlungen mit der Fa. Rajsigl anwesend war, doch zeichnete sich eigentlich ein gewinnbringendes Geschäft ab.

Wenn man sich trotzdem für große Verlustgeschäfte entschied und, wie man im letzten Absatz auf Seite 1 lesen kann, von einer großen Zusammenarbeit keine Spur war, was war dann für diesen eigentlich strafbaren Kellyvertrag ausschlaggebend? Ing. Flener schreibt ja selbst auf Seite 2, Absatz 2: „Angesehene Personen wie Landeshauptmann Maurer und der Generalanwalt Dr. Rasser wollen mit allen Mitteln eine Generallösung." Es kann doch nicht sein, dass der hier als verantwortlich aufscheinende Direktor KR Hötzl oder Dir. Steinböck, wenn auch der Sohn eines Landeshauptmannes, wirklich ein Hindernis hätten sein können. Oder wollte man die Wahrheit der Öffentlichkeit nicht zumuten?

Die grüne Parlamentsabgeordnete Lunacek sollte eigentlich fragen, ob sie ihrem Vater, Generaldirektor Lunacek vom Verband ländlicher Genossenschaften, auch dann die Absolution erteilte, wenn dieser bewusst unkorrekt gehandelt hätte?

Wie aus den Unterlagen hervorgeht, waren die Beschäftigten verpflichtet, bei betriebschadendem Verhalten des Vorgesetzten Beschwerde einzulegen. Die Unterlagen beweisen hinreichend, hier war ein Einspruch unbedingt notwendig! GD Lunacek sagte aber nur: „Was soll ich mit diesem vergilbten Papieren?" Herr GD Lunacek hätte sich doch auch die Unterlagen aus der

Buchhaltung ansehen können, wobei vielleicht eine Aufstellung von 1966/67 bis 1972 (wo man einen Bilanzverlust von S 33 592 200,– feststellen kann) hätte aufmerksam machen müssen.

Oder stimmt es doch, wenn es heißt, viele sind berufen, aber nur wenige auserwählt? Oder beruhigte den Herrn GD Lunacek die Aufstellung des Herrn Burger, dass der Gewinnanteil der Fa. Kelly von 1 bis 2 Millionen Schilling p.a. betrage, so, dass ein weiteres Nachdenken darüber sich erübrigt hatte? Oder wollte man auch nicht sehen, dass die Verluste bei Chips schon durch die Gewinne bei Frites geschönt waren? Oder konnte sich der Herr GD einfach nicht vorstellen, dass auch die Gewinne bei Frites ohne bewusste Sabotage durch die jeweiligen Betriebsleiter, und ohne bewusste Nichtverwendung des Blancheurs noch wesentlich besser ausgesehen hätten? Oder warum hatte Herr GD Lunacek nicht den Mut zur Wahrheit?

Aufgrund der Feststellung des Herrn Professor Loitelsberger waren die Agierenden des Verbandes eigentlich nicht geschäftstüchtig; entweder sie waren zu dumm oder sie machten das bewusst so. Wenn also Herr Minister Dr. Strobl hier einen Weg sah, seine Verbindlichkeiten aus der Schiwitzpleite austragen zu können – denn hier war Minister Dr. Strobl für 17 oder auch 30 Millionen Schilling verantwortlich gewesen – so konnte doch eine solche Austragung auf Kosten einer großen Gemeinschaft nicht einfach hingenommen werden! Hier ging es ja nicht nur um die entstandenen Verluste, sondern vielmehr auch um die wesentlich höheren Gewinne, auf welche hier verzichtet worden war. Und die verlorenen Gewinne würden den von der „Neuen Ordnung“ aufgezeigten damaligen Verlust für die CA von 144 Millionen Schilling um vieles übertroffen haben!

Die Idee mehr Kartoffel zu verkaufen brachte Diplom-Ingenieur Kaiser vom Lagerhaus Stockerau ein, verraten wurde die Idee nicht von den Direktoren Steinböck oder Hötzel, sondern eher vom GD Minister Dr. Strobl. Denn hier ging es nicht nur um Hochverrat, sondern sicher auch um viel Geld.

Die Firma Rajsigl bezahlte sicher für das Produkt Knusper Chips wesentlich mehr, auch verlangte sie keine Lohnerzeugung unter den Gestehungskosten. Aus den Unterlagen geht auch hervor, dass der Verband alle seine bisherigen Kunden, natürlich auch seine eigenen Genossenschaften direkt beliefern hätte können. Nur eines konnten diese Leute nicht wissen: Die nicht offiziellen Nebenabsprachen waren hier entscheidend. Im Fall Schiwitz hatte der verantwortliche Obmann der OIV für 17 oder sogar für 30 Millionen Schilling geradezustehen.

Einige Monate nach dem Urteil im Schiwitzprozess, wo alles schon verloren schien, ergab sich eine neue Chance ein gutes Produkt nicht wie das eigentlich üblich wäre mit Gewinn zu verkaufen, sondern mit unvorstellbarem Verlust, weit unter den Gestehungskosten.

Wie viel Geld hier auch immer bezahlt wurde, es war sicher weit unter dem wirklichen Wert. Denn auch das, was heute und morgen hier nicht verdient werden kann, ist nicht nur ein Verlust für den Verband, für die Genossenschaftsidee und damit auch für die niederösterreichischen Bauern, sondern auch ein Verrat an denen, die dies zu verhindern versuchten.

Vielleicht liegt dies aber auch an der Funktionärsstruktur im Genossenschaftswesen. Generalanwalt Dr. Rasser versuchte sehr bewusst in der KV Hollabrunn etwas zum Vernünftigen hin zu verändern; lesen Sie mit etwas Aufmerksamkeit seinen Nachruf in der Raiffeisenzeitung und Sie können feststellen, die Leute durften zwar reden, doch eigentlich hatten sie zu wenig zu sagen. Wenn ein Obmann und der zuständige Generaldirektor es anders wollten, dann wurden die Leute eben zu Rufern in der Wüste.

Natürlich müsste man den Obmann Hofstetter, der übrigens durch meinen Artikel in der „Neuen Ordnung" und nicht durch seine Tüchtigkeit Obmann des Verbandes ländlicher Genossenschaften geworden war, fragen, wie er diesen mit verursachten Schaden wieder gutmachen könne. Ich ertrug diese jahrelange Demütigung nur, weil ich hoffte, dem Ganzen noch eine vernünftige Wendung zu geben, doch es gelang mir nicht. Ich wandte mich an Landeshauptmann Maurer, weil ich wusste, das ist zwar nur ein einfacher Bauer, aber ein aufrechter Mann. Doch viele Gute nützen nichts, wenn auch nur Einzelne, aber doch Schlechte es nicht haben wollen. Es wäre daher wichtig, dass die wirklich guten Leute nicht nur etwas zu reden, sondern auch das Sagen hätten.

Meine damalige Behauptung, Kelly hätte unsere Chips für ein Butterbrot bekommen, ist eigentlich so nicht richtig. Hier verschenkten Leute etwas, was ihnen eigentlich nicht gehörte und gaben den so beschenkten noch sehr viel Geld mit, was aber auch nicht ihr, sondern unser aller Geld war. Gibt es vielleicht auch so etwas wie eine unerlaubte Geschenkannahme? Der damalige Obmann Ing. Hofstetter und der damalige GD Lunacek nahmen ihren Auftrag, sich das nochmals anzusehen, eigentlich überhaupt nicht wahr.

Was aber auch festgehalten werden sollte: Der wirkliche Grund dieser eigentlich unvorstellbaren Ereignisse waren die Statuten der Österreichischen Importvereinigung. Wenn der Obmann oder sonst ein Verantwortlicher bei Geschäften Millionen verdiente, bekam er dafür ein Lob ausgesprochen, wenn aber aus einem Geschäft Verluste entstanden, haftete er persönlich dafür. Minister Dr. Strobl – und das kann eben passieren – musste im Fall Schiwitz für Millionen geradestehen, er musste persönlich dafür haften.

Statuten sind Vereinbarungen, sind Regeln, aber sagt man nicht auch immer, keine Regeln ohne Ausnahmen? Natürlich sagte auch Dr. Strobl, was auch sein früherer Chef Dr. Dollfuß sagte: „Größte Aufmerksamkeit bei der Auslegung der genossenschaftlichen Statuen und Vorschriften." Und wozu führte dies im Fall Dr. Strobl und ÖIV? Dr. Strobl verlor hier jeden Überblick, sein Handeln war zwar falsch, aber eigentlich überhaupt nicht zu verstehen, er hat hier Menschen fast vernichtet, die nur ihre Pflicht getan hatten, die eigentlich nicht anders gekonnt hatten. Wenn er nun den Fall Schiwitz mit dem Fall Kelly löste, was wurde damit erreicht? Der Schaden im Fall Kelly war ja eigentlich wesentlich größer als der im Fall Schiwitz. Warum sollten die Opfer, noch dazu wo dies mit vielen Unterlagen eindeutig nachgewiesen werden kann, bis übers Grab hinaus darüber schweigen, obwohl es bisher noch keiner der Mittäter der Mühe Wert gefunden hat, sich wenigstens dafür zu entschuldigen? Bisher hat man jedenfalls versucht, die Täter und Mittäter zu schützen; hat auch jemand versucht auch für die Rehabilitierung der Opfer etwas zu tun?

Doch auch zum Fall Kellyvertrag sollte vielleicht noch einiges gesagt werden. Obwohl schon nach einem, zwar noch nicht unterschriebenen, Vertrag mit der Firma Mirabell eine Geschäftsbeziehung aufgebaut worden war und diese Verhandlungen im Beisein von Generaldirektor Dr. Strobl geführt worden waren, es auch ganz gute Umsätze gab, wurde auch mit der Fa. Kelly verhandelt. Es sollen einige Unterlagen beweisen: Einschränkungen für die Lapro – unter dieser Gesellschaft wurde ja verkauft – gab es kaum. In einer Aktennotiz von Herrn Scharitzer, dem Geschäftsführer der Lapro, wird festgehalten, dass die Chipslieferungen an die Firma Ruhdorfer, welche auch ein guter Frites-Kunde war, nicht ohne Weiteres eingestellt werden konnten. Wenn also ein eigentlich so gesehen guter Vertrag gegen einen eigentlich vollkommen nicht zu verstehenden Vertrag ersetzt wird, einen Vertrag, durch den laut Revisionsbericht des Verbandes in der Kartoffelverwertung Hollabrunn in den angeführten 6 Jahren fast 39 Millionen Schilling Verlust gemacht wurden – die Gewinne bei Knusper Frites in Millionenhöhe diese Verluste noch um einiges verminderten: Wer sah hier eigentlich nach dem Rechten? Herr Generaldirektor Flener erklärte den Pommes frites-Kunden bei der Wiener Messe am 8. September 1974, dass wir allein im Juni 1974 bei Chips S 600 000,– verloren hätten. Eigentlich wollten diese Kunden ja auch gerne neben Frites auch Chips verkaufen, hier war nicht nur die Qualität wesentlich besser, sondern es gab hier eine wesentlich längere Haltbarkeit.

Natürlich lautete hier die Frage, warum kam es überhaupt zu diesem unverzeihlichen Alleinvertrag mit der Firma Kelly? Und auch eine noch heute offene Frage stellte sich: Warum ließ man diesen Schandvertrag weiter bestehen? Die „Neue Ordnung“ wies auf einiges ganz offen hin. Obmann Holzschuh hatte gehen müssen, aber der neue Obmann und der neue Generaldirektor sahen keinen Handlungsbedarf.

Die Idee des Lagerhausverwalters Diplom-Ingenieur Kaiser aus Stockerau, wie für den Verband und die niederösterreichischen Bauern durch Veredlung viele Millionen hätten verdient werden können, wurde einfach verraten. Die „Neue Ordnung“ des Dr. Graf Strachwitz wurde zum Schweigen gebracht, weil man, wie in der „Neuen Ordnung“ festzustellen, für 3 Nationalratsmandate die ungeheuerlichen Vorwürfe einfach zurückzog. Wenn hier aber viel Geld geflossen war, war dies vielleicht mit Bahlsen International mit Sitz in der Schweiz leichter möglich gewesen? Doch hier müsste man schon auch fragen, wer brauchte dieses Geld? Musste Minister Strobl, wie in den Statuten festgehalten, wirklich für Millionen bezahlen?

Löste ich, weil ich im Fall Schiwitz eine vielleicht schon erledigte Sache, denn der gesamte Schaden von ca. 144 Millionen war ja schon bei der CA, diese Ungeheuerlichkeiten damit aus?

Doch ich habe auch heute noch keine Ahnung, wie ich das hätte machen können. Natürlich belastet mich das heute noch, aber ich glaube, es gab für mich keinen anderen Weg. Ich durfte ja nicht für Millionen unterschreiben, wenn eigentlich in Wahrheit erst Monate oder Wochen später geliefert wurde.

Dr. Ludwig Strobls fachliche Qualitäten werden von den „roten" Konsumleuten so hoch eingeschätzt, daß er, der Christlichsoziale, auch nach 1945 als Generaldirektor der „GÖC" bis 1949 tätig bleibt.

Revisionsbericht brachte die Wahrheit und den Tod

Landwirtschaftliche Genossenschaft Waidhofen a.d.Th.
registrierte Genossenschaft mit beschränkter Haftung

Abtlg.: Dikt.: Waidhofen/Th., den 11.Oktober 1962

Betr.: Fischmehl-Anstand

Bezug: Kauf 550/29

Titl.
Verband ld. Genossenschaften
reg.Gen.m.b.H., Abt. II/B
Wien I., Seilergasse Nr. 6

Wir teilen höfl.mit,daß Herr Schiwitz persönlich bei uns war und wir den Fischmehlanstand wie folgt ausgetragen haben.

Die Firma Schiwitz & Co in Wien II., übernimmt sämtliches auf Lager befindliche Peru-Fischmehl in Pap.Säcken und wir erhalten von obiger Firma die gleiche Menge Fischmehl aber in Jutesäcken.

Somit haben wir am 10.d.Monats in Waggon Nr. 102.274 - welchen wir Leer-u.Vollverwiegen ließen - 15.190 kg Peru-Fischmehl in Pap.Säcken an obige Firma nach Station Praterstern aufgegeben.

Bitten um gef.Kenntnisnahme und zeichnen

mit genossenschaftl.Gruß!

1 Frachtbriefdoppel!

19.10.62

geb. 30.XI.

Landw. Genossenschaft Aspang-Kirchschlag u. Umgebung
registrierte Genossenschaft m. b. H.
in Thomasberg, Post Grimmenstein, N.-Ö.
Postsparkassenkonto Nr. 98.248 / Telefon: Grimmenstein Nr. 212

An den Thomasberg, am 15.1.1963

Verband ländlicher Genossenschaften

Wien I., Seilergasse 6

Abtlg.: II/B

Verm. 550/247

Betr.: Fischmehl Wgg.264056
Ersatzlief.Wgg.224836

Wir übersenden Ihnen in der Anlage die Buchungsnachricht vom 14.1.1963 über eine Nachbelastung von 38 kg Fischmehl zum Preise von S 392,-- per 100 kg mit dem Betrage von S 325,36 plus Vermittlungsgebühr S 2,28, mit dem Bemerken zurück, daß 38 kg Fischmehl nur einen Wert von S 148,96 haben und nicht von S 325,36.
Wir erwarten deshalb die richtig gestellte Faktura und bitten diese zu stornieren. Des weiteren ist bei diesen Lieferungen die Val. vom 17.12.1962 mit S 39.800,-- auf 10.1.1963, wo die Lieferung tatsächlich erfolgte, abzuändern.
Dieser Waggon hat 76 Stück schadhafter Säcke, was wir auwh fernmündlich beanstandet haben und ergibt sich somit ein Gutschriftsbetrag von 76 Säcken a 3,50 mit einem Betrage von S 266,-- und
2 Stunden Mehrarbeitszeit,wegen umsacken, a 15,-- S 30,--
in Summa S 296,--.
Wir ersuchen um Durchführung dieser Differnezne und zeichnen

geb. 7.II.63

mit genossenschaftlichem Gruße

Landwirtschaftliche Genossenschaft
Aspang-Kirchschlag und Umgebung
registrierte Genossenschaft mit beschränkter Haftung
in Thomasberg, Post Grimmenstein

2 Anlagen

Landwirtschaftliche Genossenschaft in Raabs a. d. Thaya

registrierte Genossenschaft mit beschränkter Haftung

Fernruf Nr. 9 — Konto bei der Genossenschafts-Zentralkasse Nr. 3099 — Niederösterreich

Filiale Gr.-Siegharts Tel. Nr. 126

Landmaschinen-Reparaturwerkstätte Oberndorf-Raabs Tel. Nr. 55

Raabs a. d. Thaya, am 25. 1. 1962

An den

Verband ländl. Genossenschaften in N.Oe.

Abteilung: II/B

W i e n I

Seilergasse 6

Abt. II B
20. JÄN. 1962

56/361

Betrifft: Erdnuss-Waggon Nr. 214 637

In der Anlage übermitteln wir Ihnen den Frachtbrief zu Waggon Nr. 214 637, 20.025 kg Erdnuss, bezahlte Fracht S 7.185.40

Genauso wie bei Fischmehl wurde der Waggon am 5. Jänner 1962 mit einer anderen Waggon Nr. und unrichtigem Gewichte fakturiert. Auf unsere Urgenz wegen verbleibt des Waggons (der Waggon wurde am 17.1.1962 in Hamburg aufgegeben) wurde uns von der Firma Schiwitz mitgeteilt, dass der Waggon infolge Heisslaufen umgeladen werden musste. Diese Behauptung ist unrichtig, da bei einem Waggon der heissläuft und umgeladen werden muss kein neuer Frachtbrief ausgestellt werden kann und die Wgg. Nr. sowie die Umladung am ersten Frachtbrief angemerkt werden muss. Es kann ein Waggon bei 5 - 10 km nicht heislaufen und wenn, so kann der Waggon nicht in die Versandstation zurück gesendet werden. Wir protestieren gegen derartige Geschäftstricks der Firma Schiwitz und können sowohl bei Fischmehl wie auch bei Erdnuss nur den Aufgabestempel als Verrechnungsbasis anerkennen.

Beiliegend übersenden wir Ihnen die Rechnung der Firma Schiwitz und bitten Sie diese zu berichtigen.

Mit genossenschaftl. Grüsse !

3 Beilagen

Landwirtschaftliche Genossenschaft
in Raabs a. d. Thaya
registrierte Genossenschaft mit beschränkter Haftung

An die

Landwirtschaftliche
Genossenschaft

R a a b s a.d.Thaya

II/B S/Pe

6.Feber 1962

Betrifft: Erdnußschrot-Waggons Nr.216426 und 214637

Ihre Vorwürfe vom 25.Jänner l.J. wegen nicht einwandfreier Belieferung haben wir an den Verkäufer, die Firma Schiwitz & Co. Wien, zwecks Aufklärung weitergeleitet und gibt uns diese die Stellungnahme des Lieferanten, in dessen Originalschreiben wir Einsicht genommen haben, bekannt:

"Zu Ihrer Telexreklamation vom 26.1.1962 teilen wir Ihnen nach Rücksprache mit dem Lieferwerk mit, daß wir Ihnen am 5.1.1962 tatsächlich eine Fehlinformation gegeben haben. Der ursprünglich für die Landw.Genossenschaft nach Raabs a.d.Thaya gemeldete Waggon Nr.216426 ist zwar heißgelaufen, jedoch an Ihre Adresse, Station Praterstern weitergerollt. Auch Ihrem Spediteur wurde dieser Waggon irrtümlich für Raabs/Thaya gemeldet. Bei Durchsicht der Mühlenverladeliste konnte dann der Fehler aufgeklärt werden, daraufhin wurde unverzüglich ein Waggon Nr.214637 nach Raabs a.d.Thaya abgefertigt.

Hinsichtlich Waggon Nr.208672 für Station Praterstern, welchen Sie als überfällig gemeldet haben, ist anzunehmen, daß derselbe am Wege durch die CSR hängen blieb. Diese Verzögerung ist wahrscheinlich durch Verlegung der Strecke bei Tabor (welche durch einen Zusammenstoß entstanden ist) eingetreten. Auch hierüber geben wir Ihnen noch genauere Mitteilung sobald die Nachforschungen Erfolg haben.

In Anbetracht der großen Verladungen - es waren in den letzten Monaten mehr als 800 Tonnen - ist es natürlich möglich, daß einmal Verwechslungen vorkommen und ersuchen wir Sie, dieselben zu entschuldigen."

Wir bringen Ihnen dies zur Kenntnis mit dem Bemerken, daß die Richtigstellung der Rechnung Ihnen gesondert zugeht.

Mit genossenschaftlichem Gruße

Herrn

Direktor
Ing. Hermann G r ü n

im Hause

Wie, am 19.2.1963

Sehr geehrter Herr Direktor!

Ich erlaube mir hiermit meine mündliche Vorsprache vom 4.2.1963 schriftlich zu bestätigen.

Seit Wochen komme ich von der Gewissheit nicht mehr los, dass die Geschäfte der Abt. II/B mit der Firma Schiwitz nicht ganz korrekt sind. Ich bin auch überzeugt, daßß Sie in mancher Hinsicht, wahrscheinlich sogar absichtlich, falsch informiert werden. Bei den Fischmehl - und Ölkuchenpreisen zwischen der Fa. Schiwitz und der WÖV wird eine durchschnittliche Zinsendifferenz von 3 - 4 Wochen überhaupt ignoriert. In vielen Fällen ist die Differenz noch wesentlich grösser, da Fakturen mit Waggon kassiert und mit Zahlungstag an die Genossenschaften weiterverrechnet werden, die machmal erst 14 Tage oder in einzelnen Fällen noch später verladen bzw. mit LKW zugestellt werden, ähnlich verspätet beim Käufer eintreffen.

Die WÖV ist durch diese Geschäftstaktik nicht mehr konkurrenzfähig, kann dadurch nicht immer prompt anbieten, obwohl die Fa. Schiwitz oft auch nur bei der Fakturierung prompt ist.

Da wiederholte mündliche Reklamationen von Geschäftsführeren geradezu mit lächerlichen Argumenten, wenn überhaupt beantwortet werden, fühle ich mich verpflichtet , auf diese unangenhme Sache aufmerksam zu machen.

Um meine Worte nicht als aus der Luft gegriffene Verdächtigungen dastehen zu lassen, habe ich Ihnen einige Schreiben von Genossenschaften vorgelegt, die die bestätigen.

Mit vorzüglichster Hochachtung

P. b. b. Erscheinungsort: Wien
Verlagspostamt: Wien 40-III

Aus dem Inhalt:

Der Rundblick

DAS BLATT FÜR FREIE MEINUNGSBILDUNG

7. JAHRGANG / NUMMER 21 23. MAI 1963 PREIS 1.10 SCHILLING

ERNST SIMON:

Die EFTA konnte in Lissabon einen neuen Erfolg in den Bestrebungen zur Stärkung der Organisation buchen. Volle Einigung wurde darüber erzielt, die Zölle im Handelsverkehr zwischen den Mitgliedstaaten schon bis Ende 1966 gänzlich zu beseitigen. Ferner beschäftigte sich die Tagung mit Erleichterungen für den Handel mit landwirtschaftlichen und Fischereiprodukten.

Die Bestrebungen zu einer Stärkung der EFTA bildeten schon den Tenor der vorhergehenden Konferenz in Genf und wurden jetzt bekräftigt. Einige Tage vor der Lissabonner Tagung bezeichnete ein hoher EFTA-Beamter diese Konferenz als weiteren Prüfstein für die EFTA-Solidarität, die heute angesichts der ablehnenden Haltung der EWG zur Assoziierung und zu einem Abbau der Zölle zwischen den beiden westeuropäischen Handelsblöcken notwendig sei. Die Tagung hat die Prüfung bestanden.

Herr Dr. Withalm macht Außenpolitik

Österreich gegen alle?

Und was sagt Moskau?

„Es dürfte ein bißchen mehr geworden sein, Frau Michel!"
(Aus „Deutsche Volkszeitung", Düsseldorf)

Österreichische Banken – dringend refombedürftig

Mit sittlicher Empörung vernimmt der Bürger, daß der Unternehmer X oder Y fahrlässig, grobfahrlässig oder betrügerisch eine Krida herbeigeführt hat. Es kommt zu Verhandlungen, zu Zivil- oder Strafprozessen und es herrscht Befriedigung darüber, wenn in mannhaften Worten jene Schädlinge der Wirtschaft angeprangert und bestraft werden. Man spricht von einer Säuberung des Wirtschaftslebens und fühlt sich wohl in dem Wissen, in dem die Säuberer mit deutlichen mannhaften Worten — und Taten — am Werke sind.

P. b. b. Erscheinungsort: Wien
Verlagspostamt: Wien 40/III

Aus dem Inhalt:

Der Rundblick

DAS BLATT FÜR FREIE MEINUNGSBILDUNG

7. JAHRGANG / NUMMER 9 28 FEBRUAR 1963 PREIS 1.10 SCHILLING

ERNST SIMON:

Alles, was wir den „Rundblick"-Lesern unmittelbar nach den Nationalratswahlen als „Wahlperspektiven" aufgezeigt haben, ist pünktlich eingetreten. Der Reformerflügel der ÖVP hat den verhältnismäßig unbedeutenden Stimmen- und Mandatsgewinn der ÖVP in einen Reformer-Sieg verfälscht. Seither haben diese Reformer auf Gorbach einen wachsenden Druck ausgeübt, der letztlich unter Umständen Gorbach bei den Verhandlungen zur Regierungsbildung scheitern lassen kann. Im weiteren Verfolg dieser Absichten soll dann die Bundespräsidentenwahl eine einseitige Lösung zugunsten der Reformer bringen.

Wilhelm Elfes, Mönchen-Gladbach:

Konrad Adenauer und Charles de Gaulle

Gleich und doch verschieden

Gute Wünsche für Dobretsberger

ZEITERSCHEINUNGEN

Offener Brief

an

Finanzminister Dr. Schmitz

Zu unserem Titelbild

Die von Univ.-Prof. Dobretsberger herausgegebene Wochenzeitschrift „Der Rundblick" stellt mit 25. Juni 1964 ihr Erscheinen ein und wird ab 1. Oktober 1964 als Monatsschrift in veränderter Form neu erscheinen.

Diese Nachricht erinnert daran, daß ein offener Brief an den Herrn Bundesminister für Finanzen, welcher in dieser Zeitung am 3. Oktober 1963 abgedruckt war, bis heute unbeantwortet geblieben ist. Es handelt sich um die Aufklärung des Betrugs- und Kridafalles der Firmengruppe Schiwitz, bei dem die CA-BV um 100 Millionen Schilling verliert. Die Bank erstellte über diesen Fall zwar einen Aktenvermerk, der das Datum 20. 5. 1963 trägt und dem Bundesministerium für Finanzen als Aufsichtsbehörde übermittelt worden ist, zog aber keine Konsequenzen. Dieser Bericht ist aber in entscheidenden Punkten sachlich unrichtig bzw. verschleiert die Tatsachen. Wir bringen daher heute den eingangs erwähnten Brief zum Abdruck.

Wie wir bereits in der letzten Nummer unter dem Titel „Unter Ausschluß der Öffentlichkeit" unter Affairen mitteilen, ist derzeit ein Sachverständiger des Gerichtes damit beschäftigt, die Vorgänge um die Firmengruppe Schiwitz innerhalb der CA-BV zu klären. Wird er aufklären, wieso sich die verstaatlichte Bank trotz dieses Verlustes noch immer nicht geschädigt fühlt?

Sehr geehrter Herr Bundesminister!

Sie haben Kontroll- und Überwachungsrechte, Einspruchsrechte bei den verstaatlichten Banken, da letztlich unsere Wirtschaft von diesen großen Institutionen im guten wie im schlechten Sinne beeinflußt werden kann.

Institute, die der staatlichen Überwachung unterliegen, sollen Vorbilder sein, ihr Tun und Lassen soll so sein, daß jeder Geschäftsmann mit dem Brustton der Überzeugung sagen können soll: ich handelte in diesem oder jenem Falle durchaus korrekt, denn ich handelte genau so wie das große staatlich überwachte Institut. Sie wissen, sehr geehrter Herr Minister, daß an der Vorbildhaftigkeit der großen Institute noch viel, noch sehr viel fehlt und es wäre mit eine der Aufgaben Ihrer Dienststellen, hier einzugreifen, denn es gilt ja vor allem, das Ansehen, das Vertrauen zu Institutionen, die der Überwachung des Staates unterstehen, zu erhalten, zu festigen, zu stärken und alles zu vermeiden, was dem hinderlich sein könnte.

Da war der Fall Schiwitz (Mischfutter), ARISTA-Mischfutterwerke und Getreidehandlung Stögmüller. Im Wirtschaftsleben auf der ganzen Welt gibt es Kridas, Zusammenbrüche, schwere Verluste, wobei die Ursachen verschiedene sein können. Es ist nicht der Sinn dieses offenen Briefes, mit Ihnen über Pleiten zu sprechen, sondern über die Verbundenheit der Ihrer Kontrolle unterstehenden Creditanstalt-Bankverein mit diesem Schiwitz-Skandal.

Der Schiwitz-Skandal wurde „intern" still geregelt. Die Größenordnung wurde in den Tageszeitungen unwidersprochen zwischen 80 und 150 Millionen Schilling liegend genannt.

Die Creditanstalt-Bankverein selbst hat den Fall bereinigt, dazu einen Wiener Anwalt vorgeschaltet und man hat mit den Gläubigern ein „Arrangement" getroffen. Solche Arrangements, wenn Banken die Zahler sind, pflegen für diese Banken billig und für die zu befriedigenden Gläubiger bitter auszufallen, weil der Gläubiger lieber einen kleineren Bargeldbetrag nimmt als in langwierigen Prozessen auf „sein Geld warten zu müssen" und außerdem fürchtet er bei allzu großem Widerstand die Gnade der Bank einzubüßen, die sich ihm dann, wenn in einem Konkurse die Bank einer Kritik durch ihn unterzogen wird, auf dem Kreditwege rächt. Wir verweisen hier auf Begebenheiten, Gläubigeräußerungen usw. im Falle Haselgruber.

Man hat sich also arrangiert, das heißt man hat die offene Durchführung des Konkurses dadurch vermieden, daß man zum Teil selbst, das heißt durch die Creditanstalt-Bankverein, das Defizit tragen ließ, teils es auch auf die Gläubiger (Nachlaß) abwälzte.

Die Tatsache der außergewöhnlichen Wirtschaftsschädigung, sei es am Vermögen der Creditanstalt-Bankverein (Eigentümer Bundesrepublik Österreich) und einer Vielzahl von Staatsbürgern (Gläubiger), ist im vorliegenden Falle unbestritten.

Wir stellen nun die Frage, warum man eigentlich nicht den Konkurs normal abgewickelt hat, denn in einem solchen Falle wäre vor all den zahlreichen Gläubigern die Ursache für die Konkursschuld festgestellt worden etwa in dem Sinne

- inwieweit die Geschäftsführung Schiwitz und Konsorten schuldig ist und deshalb haftbar zu machen ist, und
- inwieweit etwa Organe der Creditanstalt-Bankverein zur Rechenschaft und Haftung herangezogen werden müssen, wenn sie ihrer Sorgfalt etwa nicht genügten, oder gar durch ihre fortgesetzte Kreditgewährung, als eine solche schon nicht mehr zu verantworten war und zur Gläubigerschädigung mit beitrugen.

Durch das stille Ausgleichen auftrags der Creditanstalt-Bankverein kann von der Gläubigerseite nichts mehr unternommen werden, aber das Problem der Beurteilung der Handlungsweise der Verantwortlichen in der Creditanstalt-Bankverein und die daraus für Sie, Herr Minister, zu ziehenden Folgerungen ist immer noch nicht gelöst.

Das Problem ist aber von zwingender Bedeutung. Seine öffentliche Behandlung entspringt einem öffentlichen Interesse. Ich stelle deshalb an Sie, verehrter Herr Minister, heute folgende Fragen:

1. Wer war für die Schiwitz-Kreditbearbeitung verantwortlicher Direktor der Kreditabteilung der Creditanstalt-Bankverein?
2. Wann wurde dieser Mann in den Vorstand der Creditanstalt-Bankverein delegiert?
3. War bei seiner Bestellung zum Vorstandsmitglied bereits die Tatsache der grobfahrlässigen Kreditbewilligung, da die Kreditvoraussetzungen fehlten, diesem Manne bekannt, mußte sie ihm bekannt sein und hat er als Leiter der Kreditabteilung den Vorstand der Creditanstalt-Bankverein über die tatsächliche Sachlage bei Schiwitz unterrichtet?
4. Wurde dieser Mann in der Creditanstalt-Bankverein in internen Besprechungen und Entschließungenen zum künftigen Generaldirektor des Institutes nominiert?
5. War dieser Mann mit der stillen Erledigung des Schiwitz-Falles befaßt?
6. Sind Sie, Herr Minister, darüber unterrichtet, was diese „Kreditvergabe-Künste" das Institut gekostet haben?
7. Haben Sie, Herr Minister, Maßnahmen ergriffen, daß bis zur Abklärung des Falles der, respektive die Verantwortlichen außer Dienst gestellt werden, und eine rückhaltlose erschöpfende Information an die Öffentlichkeit über die gesamten Vorgänge und Termine erfolgen muß?

Wäre der Kreditgewährungsfall Schiwitz eine einmalige Panne des Ihrer Überwachung unterstehenden Institutes, so könnte man mit einer radikalen Reparatur über den Fall hinweggehen. Es ist aber — leider — kein einmaliger Fall, und man kann nicht ungestraft, nur weil die große Gewinnspanne dies ermöglicht, die offensichtlichen Mängel vertuschen. Ich möchte ausdrücklich betonen, Herr Minister, daß diese Mängel nicht unten liegen, sondern oben, ganz oben, an der Spitze.

Es ist menschlich nur zu verständlich, wenn auch nicht zu billigen, wenn in der Vertuschung solcher Pannen mit großen Beträgen Gewissen beruhigt werden, denn wir wissen, wie manchesmal für beauftragte Rechtsfreunde die Rechtskommentierung eine Frage der Honorarhöhe ist. Wir wissen aus einem ähnlichen Falle — er spielte jenseits der österreichischen Grenzen —, daß ein Vertuschungsfall dadurch zum öffentlichen Skandal wurde, daß ein Anwalt, dessen Mandantschaft auf offizieller prozessualer Austragung des Falles bestand, die eigene Mandantschaft an den im eigenen Interesse sanierungsbeflissenen Bankdirektor „verkaufte". Damals, der Fall liegt viele Jahre zurück, hatte das System der Korruption Lücken.

Der Fall Schiwitz ist bisher finanziell ausgeglichen. Er ist es aus den angeführten Gründen, jedoch nicht in Anbetracht, daß das von Ihnen zu überwachende Institut, die Creditanstalt-Bankverein, den Fall Schiwitz nicht zu verhindern vermochte.

Auf dem großen Parteitag der Österreichischen Volkspartei wurde viel und oft von der Sauberkeit gesprochen und eine hohe Persönlichkeit stellte, von tiefem sittlichem Ernst durchdrungen die Frage „Sind wir vielleicht unsauber?" Eine offene Debatte des Schiwitz-Falles und die daraus zu ziehenden Folgerungen wären ein wertvoller Beitrag zum Sauberkeits-Thema.

NEUE ORDNUNG DOPPELNUMMER

Graz, 18. August 1965, Nr. 14/15 S 10.–

Verantwortlicher Finanzminister

blickt
auf gestorbene
144 Millionen Schilling

der Creditanstalt-Bankverein

SCHIWITZ-SKANDAL

Verantwortlicher Finanzmi

auf gestorbene 144
der Creditanstalt-I

Analyse einer Affäre

Die NEUE ORDNUNG hat in ihrer Ausgabe vom 14. Juli 1964 einen offenen Brief an den Finanzminister abgedruckt, der bereits am 3. Oktober 1963 in der Zeitschrift „Der Rundblick" erschienen war. In diesem offenen Brief wurde eine der größten Affären der Nachkriegszeit, der sogenannte Schiwitz-Skandal, in welchem die bedeutendste der verstaatlichten Banken, die Creditanstalt-Bankverein (CA-BV), verwickelt ist, behandelt. Unter ausdrücklichem Hinweis darauf, daß dem Finanzminister Kontroll-, Überwachungs- und Einspruchsrechte bei den verstaatlichten Banken zukommen und diese auch auszuüben sind, wurden an den Finanzminister Doktor Schmitz sieben Fragen gerichtet, die die grobfahrlässige Kreditgewährung durch CA-Funktionäre, die Frage der Haftungspflicht hinsichtlich des erwirkten Schadens und den Anspruch der Öffentlichkeit auf eine erschöpfende Information betrafen.

Die Verluste des verstaatlichten Institutes stehen mutmaßlich mit 144 Millionen Schilling zu Buche. Mindestens seit 1963 war es in aller Munde, daß der CA-Zweigstellendirektor Karl Udolf zum Nachteile seines Unternehmens und der Firmengruppe Schiwitz gehandelt hatte. Man weiß aber auch, daß der Zweigstellendirektor nur ein Pouvoir für S 100.000.— hat, so daß die Hingabe von ca. S 100 Millionen Krediten ihm sicher nicht allein angelastet werden kann, da Kredite über S 10 Millionen nicht nur der Genehmigung des Vorstandes sondern auch des Aufsichtsrates bedürfen.

In jedem anderen Unternehmen wären die verantwortlichen Kredit-Direktoren zumindest in eine Disziplinaruntersuchung gezogen worden. Man hätte es nicht, wie in diesem Falle, dem damaligen Kreditdirektor und jetzigen Vorstandsmitglied Dr. Treichl und seinem Mitarbeiter Dr. Steiner überlassen, den Bericht zu verfassen, den der Vorstand anschließend dem Aufsichtsrat und dem Finanzminister vorgelegt hat. Zumindest hätte man genauer prüfen müssen, ob die angeführten Kredite statutengemäß dem Vorstand und Aufsichtsrat vogelegen waren. Man wäre nämlich dann darauf gekommen, daß sowohl Statuten wie auch interne Weisungen verletzt worden sind. Auf diesen Bericht und seine Mängel werden wir noch zurückkommen.

● Unbegreiflich ist es der Öffentlichkeit, daß Krediterschleichungen dieses Ausmaßes noch möglich wa-

Fortsetzung Seite 13, Spalte 3

12

AUFSICHTSRATSPRÄSIDENT GRAF: glaubt es nicht . . .

Der perfekte Betrug
Gesamtdarstellung
nach „Salzburger Volksblatt"
vom 17. Juli 1965

Am 6. Juli 1965 berichtet die „Kronenzeitung", ein „Millionär" kämpfe um das Armenrecht – die Creditanstalt-Bankverein habe S 100 Millionen eingebüßt, aus grober Fahrlässigkeit und Untreue mindest eines Direktors. Aufsehenerregende Schlagzeilen. Seltsamerweise erfolgt kein Echo in der Wiener Presse. Weder Kommentar noch Dementi. Die Öffentlichkeit hat ein Recht, über die Korruptionsaffäre „144 Millionen" informiert zu werden.

Die Vollmachten des Direktor Karl Udolf

Tatsächlich wurden der Firmengruppe Schiwitz & Co. (Futtermittel) ab 1959 Millionenkredite zur Verfügung gestellt, befürwortet von Direktor Karl Udolf, der sich eineinhalb Jahre in Untersuchungshaft befand. Die Gesellschafter: Fritz Schiwitz sowie Franz Knapitsch haften für alle Verbindlichkeiten der Schiwitz O.H.G. Fritz Schiwitz, seine Frau Grete und Firmenprokurist Dr. Matznetter, die „Seele" des florierenden Geschäftes, befanden sich bis 10. 9. 1964 in Untersuchungshaft, während der zweite Gesellschafter, Baron Franz Knapitsch, nur mit einer Einlage beteiligt war und in die Geschäftsführung nicht eingriff. Nun hat die Creditanstalt-Bankverein gegen Knapitsch eine Klage auf S 7,5 Millionen eingebracht. Sein Gutsbesitz in Kärnten wird auf Betreiben der Großbank zwangsverwaltet. Sein Anwalt, Dr. Ernst Graf Strachwitz, kämpft gegen die Einzelhaftung seines Klienten, der sich gezwungen sah, um das Armenrecht anzusuchen, da er sich nicht in der Lage sieht, die Kosten des anhängigen Zivilverfahrens zu bestreiten. Hier handelt es sich nicht darum, am Gesetz zu rütteln, sondern um die Frage: Haftet ein offener Gesellschafter unbedingt und unter allen Umständen, auch wenn bewiesen werden kann, daß er und die Firmen von seiten des Triumvirats (Fritz und Grete Schiwitz, Dr. Matznetter) sowie von ungetreuen Funktionären der Bank betrogen, manipuliert und bestochen wurde. Es ist erwiesen, daß der Bankdirektor der Creditanstalt-Bankverein, Karl Udolf, bestochen wurde, es ist unklar, wieso Kreditgewährungen in dieser Höhe erfolgen konnten, ohne Vorstandsbeschlüsse für S 38,000,000 einzuholen oder S 48,000,000 ohne Deckungen mittels Inzuchtwechseln zu bewilligen. Einer raffinierten Sekretärin, einer gewiegten Bilanzbuchhalterin, soll es tatsächlich gelungen sein, die Creditanstalt-Bankverein Jahre hindurch erfolgreich zu täuschen? Der Creditanstalt-Bankverein kann daher keinesfalls der Vorwurf grober Fahrlässigkeit erspart bleiben.

Noch läuft die Untersuchung

Zivilprozeß sowie Strafuntersuchung sind noch im Gange. Die Verhafteten, Fritz und Grete Schiwitz sowie Dr. Matznetter, befinden sich seit 9. Juli 1965 wieder auf freiem Fuß. Der Gesundheitszustand der Grete Schiwitz wäre durch eine längere Untersuchungshaft gefährdet geworden? Dr. Matznetter wäre auf Grund seiner Eingabe an die Menschenrecht-Kommission entlassen worden?

Wie ist es möglich, daß Gelder einer Großbank so verwaltet werden und ein vermögender Gesellschafter, der mit den Manipulationen nichts zu tun hatte, nun zum Prügelknaben gemacht wird? Beginnen wir die groteske „Schiwitz-Story" aufzurollen:

Zwischen dem 15. und 17. Mai 1963 wurden Fritz und Grete Schiwitz, der Wirtschaftstreuhänder Dr. Matznetter, der Filialdirektor der Creditanstalt-Bankverein Karl Udolf sowie drei Angestellte der Firmen Arista und Schiwitz verhaftet. Adi Stögmüller gelang die Flucht ins Ausland. Bei den genannten Personen handelt es sich um die Besitzer bzw. Führungskräfte der Firmen Vereinigte Mischfutterwerke Arista, Stögmüller KG. und Schiwitz & Co. Damit wurde eine Pleite publik, die in der Getreidebranche längst bekannt war. Die Creditanstalt-Bankverein verliert dabei S 144 Millionen. Eine der größten Betrugsaffären der Nachkriegszeit soll geklärt werden: Denn schließlich handelt es sich bei den Geldern der Creditanstalt-Bankverein als verstaatlichte Bank um unser aller Geld.

Interessant sind jedoch die Umstände, unter welchen die Pleite abrollte und von welcher die österreichische Presse kaum Notiz nahm. Daß die Creditanstalt-Bankverein größtes Interesse hat, die peinliche

CA-Kreditdirektor
DR. HEINRICH TREICHL:
Krediterschleichungen kommen immer wieder vor . . .

CA-Fil
KARL
Nahm und g
nicht, daß di

ster schweigt und blickt

Millionen Schilling

nkverein (CA-BV)

Angelegenheit stillschweigend zu erledigen, ist verständlich. Dies wäre beinahe gelungen, die Verhaftung von Schiwitz und Konsorten muß daher als Kunstfehler des gutdurchdachten Planes der Creditanstalt-Bankverein bezeichnet werden.

Schon 1963 wußte man, was los war!

Die Situation der Firmengruppe Schiwitz war Ende des Jahres 1961 bereits außerordentlich kritisch. Mit Unterstützung des Filialdirektors der Creditanstalt-Bankverein Udolf gelang es jedoch immer wieder, die Lage zu meistern und eine finanzielle Überbrückung zu schaffen. Direktor Udolf hat allerdings Beträge von weit über einer Million Schilling von der Firmengruppe Schiwitz erhalten.

Zum Glück für die Firmengruppe Schiwitz ging Direktor Klenz mit 31. März 1961 in Pension. Direktor Klenz war Leiter der Kreditabteilung der Creditanstalt-Bankverein. Nach ihm übernahm Dr. Treichl, sein bisheriger Stellvertreter, die Leitung der Kreditabteilung. Dr. Treichl, der bereits vorher die Firmengruppe Schiwitz gestioniert hatte und in gewissem Gegensatz zu Direktor Klenz stand, dürfte weitaus großzügiger gewesen sein, denn Direktor Udolf prahlte nach der Pensionierung von Direktor Klenz auf der Produktenbörse in der Taborstraße, daß es ihm wieder gelungen sei, der Firmengruppe Schiwitz S 20 Millionen Kredit zu verschaffen. Direktor Treichl störte es anscheinend nicht, daß bei der im April 1962 stattgefundenen Zessionsprüfung alle möglichen Unzukömmlichkeiten und ein Zessionsmanko von S 13 Millionen festgestellt wurde. Es störte ihn nicht, daß Schecks bei der Oberbank im Betrage von S 9,8 Millionen platzten. Er bewilligte daraufhin Kredit.

Direktor Treichl wurde im Dezember 1962 auf Grund seiner guten Beziehungen zur Industrie und zur ÖVP Vorstandsmitglied der Creditanstalt-Bankverein. An seine Stelle rückte Oberprokurist Teichgräber zum Leiter der Kreditabteilung auf. Direktor Teichgräber mußte beim Studium der Unterlagen der Fa. Schiwitz, wie vermutlich jeder andere halbwegs versierte Beamte der Kreditabteilung, feststellen, daß verschiedenes nicht stimmen konnte und höchste Gefahr im Verzug war. Insbesondere erschienen Direk-

ektor
OLF:
CA findet
treue ist …

CA-Konsulent
RA. DR. KURT GRIMM:
War für eine „Stille Abwicklung" – ohne Konkurs, ohne Anzeige

VORSTANDSVORSITZENDER MIKSCH:
weiß von nichts …

tor Teichgräber die angegebenen Umsatzziffern viel zu hoch, was sich in der Folge als richtig erwies, da die Umsatzziffern um mindestens 100% zu hoch angegeben waren.

Parallel zu den nunmehr eingeleiteten Untersuchungen von Direktor Teichgräber liefen Besprechungen zwischen Grete Schiwitz und Dr. Matznetter einerseits, sowie Direktor Udolf und Direktor Teichl andererseits. Die Firmenleitung Schiwitz versuchte eine hinhaltende Taktik, insbesondere indem sie Hoffnungen auf eine ausländische Beteiligung erweckte. Aus diesem Grunde wurden auch die Vereinigten Mischfutterwerke in eine Aktiengesellschaft umgewandelt.

Freche Geständnisse ohne Folgen

Die Situation der Firmengruppe Schiwitz, die ihre Kredite nicht einmal um eine Million abbauen konnte, wurde naturgemäß immer schlechter und es kam sogar so weit, daß ungedeckte Schecks ausgestellt wurden. Dies führte letzten Endes auch dazu, daß am 2. April 1963, über Drängen von Adi Stögmüller, Fritz und Grete Schiwitz, Dr. Matznetter sowie Adolf Stögmüller bei Direktor Treichl vorsprachen, um nunmehr offiziell bekanntzugeben, daß die Firmengruppe Schiwitz verschiedene Machinationen vorgenommen hatte und größere Verluste für die Bank bevorstünden.

Die Verluste ergaben sich vor allem daraus, daß falsche Zessionen vorlagen, daß Importkredite erschwindelt wurden, denen kein Gegenwert an Ware gegenüberstand und daß alle sogenannten Inzuchtwechsel uneinbringlich waren; das waren also alle jene Wechsel, die zwischen den einzelnen Firmen der Firmengruppe Schiwitz gegenseitig gezogen worden waren und die von der Bank in Beträgen von rund S 48 Millionen zum Escompte genommen worden waren.

Es soll der Leitung der Creditanstalt-Bankverein zum damaligen Zeitpunkt geraten worden sein, die Anzeige zu erstatten und einen Konkursantrag zu stellen. Diese Linie wurde auch von der Rechtsabteilung der Creditanstalt-Bankverein vertreten. Demgegenüber wurde von der grauen Eminenz im Hause der Creditanstalt-Bankverein, dem Konsulenten, An-

Fortsetzung Seite 14, Spalte 1

Fortsetzung von Seite 13, Spalte 1

ren, obwohl bereits Mitte 1961 ein eigener Prüfungsbericht die Krediterschleichungen schriftlich festhielt und trotzdem das Kreditengagement entscheidend weiter bis 1963 erhöht wurde.

● **Unbegreiflich** ist es der Öffentlichkeit, daß derselbe Kreditdirektor Warnungen von befreundeter Seite des Hauses Ende 1962 brüsk zurückweisen konnte, um nun nachträglich zu erklären, er genauso wie der Vorstand der CA-BV wären gerissenen Betrügern aufgesessen.

● **Unbegreiflich** ist es auch, daß man nach dem Zusammenbruch, statt im Hause reinen Tisch zu machen und sich dem Strafverfahren gegen **Schiwitz** und Genossen anzuschließen, die beteiligten Personen zur vergleichsweisen Bereinigung verwendete und neue und zusätzliche Kosten von über S 20 Millionen dafür in Kauf nahm.

Federführend für diese Abwicklung ist der Konsulent der CA-BV, Dr. Kurt **Grimm**. Er spielt hinter den Kulissen eine ebenso eifrige wie besondere Rolle. Für die **Creditanstalt**-Bankverein war schon einmal — bereits vor über 10 Jahren — seine konsultative Tätigkeit im Zusammenhang mit den Marshall-Plan-Lieferungen Gegenstand parlamentarischen und öffentlichen Interesses. Auch hierüber werden wir noch berichten.

Die zuständigen Gremien,

- der Vorstand der Creditanstalt,
- der Aufsichtsrat der Creditanstalt,
- der staatlichen Banküberwachung im Finanzministerium,

ließen und lassen keine Reaktion bemerken, auch wenn der Finanzminister bereits von seinem Vorgänger dieses üble Erbe übernommen hat, ist dies trotzdem noch kein Grund, daß er bis heute schweigt.

Auch die NEUE ORDNUNG hat nur ein Jahr geschwiegen …

Zwischenzeitlich hat die CA-BV gegen einen Gesellschafter der Fa. Schiwitz & Co., dem Kärntner Landwirt Franz **Knapitsch**, eine Wechselklage eingebracht, den sie damit zum Prügelknaben der ganzen Affäre machen will.

Der im Wiener Handelsgericht abrollende Prozeß hat nun das erste größere Echo in der österreichischen Presse ausgelöst. Die Frage, wer sich strafrechtlich etwas zuschulden kommen ließ, auf seiten der Firmengruppe wie auf seiten der Bank, wird das Strafgericht klären. Wir sind allerdings der Meinung, daß es sich nicht nur um einen strafbaren Tatbestand handelt. Auch wenn es sich um grobfahrlässiges Verhalten von Bankfunktionären handelt, oder um Mangel an Befähigung oder ungenügende Bankpraxis — wie dies beim damaligen Kreditdirektor zutreffen könnte —, müßte dies bereis genügen, um die Verantwortlichen für die Verluste und bedeutenden Vermögenswerte durch eine Untersuchung feststellen zu lassen. Wir bringen in der Folge Auszüge aus Berichten und Kommentaren.

Wir hoffen, in der nächsten Nummer auch eine Stellungnahme des Finanzministers bringen zu können.

Fortsetzung von Seite 13, Spalte 2

walt Dr. Grimm, empfahlen, man könne alles aplanieren, man müsse nicht alles an die große Glocke hängen und er würde schon alles arrangieren. Da zu diesem Zeitpunkt zumindest eingesehen werden mußte, daß ohne eine geradezu sträfliche Nachlässigkeit und Fahrlässigkeit der Zentrale der Creditanstalt-Bankverein in der Behandlung der Kreditangelegenheit der Firmengruppe Schiwitz derartige Machinationen und Betrügereien nicht möglich gewesen wären, dürfte man einen großen Eklat befürchtet haben und neigte daher scheinbar eher der Lösung einer stillen Bereinigung zu.

Man glaubte praktisch Alleingläubiger zu sein und die Sache daher um so leichter vertuschen zu können. Bald stellte sich jedoch heraus, daß allein zwei Hamburger Firmen und zwar die Hansa-Mühle mit ca. S 7 Millionen und die Firma Brügge und Engler mit rund S 500.000.– bedeutende Forderungen hatten und nicht bereit waren, sich im Wege eines Ausgleiches mit einer geringen Quote abspeisen zu lassen. Der Versuch der Creditanstalt-Bankverein, durch Vorschieben von Rechtsanwalt Dr. Leon als Vertreter der Firmengruppe Schiwitz, mit Zustimmung von Grete Schiwitz, einen 30%igen Ausgleich durchzubringen, scheiterte daher. Ein Ausgleich in dieser Höhe gelang nur bei ganz wenigen kleineren Gläubigern. Die Großgläubiger mußten zwischen 80 und 100% befriedigt werden. Er erhielt gegen S 1,000.000.– Rechtsanwaltskosten vereinbart mit der Creditanstalt-Bankverein zu Lasten der Firmen.

Die Bank findet keinen Grund zu einer Anzeige!

Trotzdem unterließ es die Bank, zu diesem Zeitpunkt als Geschädigte eine Anzeige zu erstatten oder einen Antrag auf Konkurseröffnung zu stellen, sondern opferte noch weitere S 20 Millionen, um die anderen Gläubiger zu befriedigen. Durch diese Vorgangsweise hatte es den Anschein, als wäre es wirklich möglich, die ganze Angelegenheit zu vertuschen und intern, lediglich im Rahmen der Creditanstalt-Bankverein zu regeln. Es ist einem Kleingläubiger (!) zu danken, daß Anzeige erstattet wurde.

Auch nach den Verhaftungen durch die Wirtschaftspolizei konnte sich die Creditanstalt-Bankverein nicht entschließen, einen Konkursantrag zu stellen und sich somit eindeutig von den Betrügereien der Firmengruppe Schiwitz zu distanzieren. Es wurden im Gegenteil alle Anstrengungen unternommen, um die Firmen weiterzuführen, was wieder zusätzliche Millionen erforderte, da die ganze Firmenstruktur eine erfolgreiche Geschäftsführung nicht zuließ. Die Gründe für dieses ungewöhnliche und einmalige Verhalten der Bank sollen zu einem späteren Zeitpunkt noch näher untersucht werden.

Jetzt jedoch zurück zur Firmengruppe Schiwitz und zu den Verhafteten.

Wer war die Firmengruppe Schiwitz, wer waren deren Verantwortliche und wie war es möglich, von der größten Bank Österreichs Kredite von rund S 120 Millionen zu erhalten, die nur zu einem Bruchteil gedeckt waren?

Fritz Schiwitz, ein gutaussehender Mann (53) hatte seine Sekretärin Buchhalterin und Freundin geheiratet. Grete Schiwitz, deren scharfe Zunge gefürchtet war, drückte ihren Mann vollkommen an die Wand und war die wirkliche Leiterin der Firmengruppe Schiwitz. Fritz Schiwitz wurde über die meisten geschäftlichen Transaktionen überhaupt nicht informiert und auf ein Nebengeleise abgeschoben.

In Kreisen der Getreidebranche wird die Meinung vertreten, daß das einzige Verschulden Fritz Schiwitz' darin gelegen hatte, dem Treiben seiner Gattin sowie Dr. Matznetters tatenlos zugesehen zu haben.

Der „Prüfer" der Finanzlandesdirektion

Als Prüfer der Finanzlandesdirektion kam Dr. Matznetter im Jahre 1952 mit der Fa. Schiwitz & Co. in Verbindung. Auf Kosten der Firma unternahm er eine Rivierareise und trat aus dem Finanzdienst aus. Er wurde Steuerberater und später Prokurist der Firmengruppe Schiwitz. Er war ständiger Begleiter der Grete Schiwitz.

Wie arbeitete die Fa. Schiwitz, wie kam es zur Firmengruppe Schiwitz und wie war es möglich, die betrügerische Geschäftsgebarung Jahre hindurch fortzusetzen?

Die Fa. Schiwitz war eine kleine Getreidehandelsfirma und wurde erst im Laufe der Zeit durch die Übernahme bzw. den Ankauf weiterer Unternehmungen zur Firmengruppe Schiwitz. Ursprünglich bestand lediglich die Fa. Schiwitz, an der Fritz Schiwitz und Baron Knapitsch als Co. beteiligt waren. Im Jahre 1952 erfolgte dann die Übersiedlung in die Canovagasse in das neue Büro. Zum damaligen Zeitpunkt war die Bankverbindung der Fa. Schiwitz noch die Länderbank.

Die erste Geschäftsausweitung erfolgte dadurch, daß das Forstgut Brunn am Walde gekauft wurde. Die Finanzierung erfolgte durch die Länderbank, der Kaufpreis betrug ca. S 3 Millionen. Brunn am Walde war an und für sich ein gutes Geschäft, da sehr viel Holz herausgeschlägert werden konnte.

Die Länderbank war vorsichtiger

Die Beziehungen zur Länderbank gestalteten sich nicht so, wie es sich die Fa. Schiwitz & Co. vorgestellt hatte. Direktor Mandl lehnte Kreditausweitungen ab, so daß die Firma gezwungen war, sich nach einem anderen Kreditgeber umzusehen. Angeblich ist es Rechtsanwalt Dr. Promitzer zu verdanken, daß eine Verbindung zu Direktor Wolf von der Giro-Zentrale hergestellt werden konnte, wobei es der Fa. Schiwitz & Co. durch verschiedene Manipulationen gelang, zur Gänze von der Giro-Zentrale übernommen zu werden. Alle Kredite bei der Länderbank wurden abgelöst. Bei der Giro-Zentrale sprach sich Direktor Wilfling gegen ein Engagement bei der Fa. Schiwitz & Co. aus. Direktor Wolf gelang es aber trotzdem, die Kreditübernahme durchzusetzen.

Als nächstes wurde die Fa. Arista, die Ing. Ehm gehörte, übernommen. Die Fa. Arista war an die Fa. Schiwitz & Co. verschuldet. Ing. Ehm verkaufte das Unternehmen gegen eine Leibrente von monatlich S 3000.–. Die Übernahme erfolgte noch unter der Ära der Länderbank.

Die nächste Finanzierungsquelle für die bereits zur Firmengruppe angewachsene Fa. Schiwitz war die Österreichische Import-Vereinigung.

Die Geschäftsverbindung mit ihr dauerte nicht lange, bald darauf kam es, sowohl von der Import-Vereinigung als auch von der Giro-Zentrale weg, zur Übernahme durch die Creditanstalt-Bankverein.

Was die Creditanstalt-Bankverein bewog, die Fa. Schiwitz & Co. zu übernehmen, wird vielleicht im Zuge des gerichtlichen Verfahrens oder der Vorerhebung geklärt werden können. Es gibt hier verschiedene Versionen. Einerseits soll insbesondere Direktor Karl Udolf daran interessiert gewesen sein, seiner Filiale Taborstraße eine Firma mit hohen Umsatzzahlen zuzuführen.

Ohne Politik geht's in keinem Skandal

Andererseits spricht man davon, daß auch gewisse politische und persönliche Rücksichten maßgeblich gewesen sein sollen. Vor allem soll man es der angeschlagenen Giro-Zentrale nicht haben zumuten können, weitere Verluste durch die Firmengruppe Schiwitz auf sich zu nehmen. Ebenso hatte die Österreichische Import-Vereinigung verschiedene Verluste zu verzeichnen, die zur Ablöse ihres Vorstandes, Sektionschef Becker, führten. Wie dem auch sei, die Übernahme durch die Creditanstalt-Bankverein erfolgte Ende 1959, die der VMW (Vereinigte Mischfutterwerke) Anfang 1960. Die der Firmengruppe Schiwitz abzulösenden Kredite sollen zum damaligen Zeitpunkt ca. S 30 Millionen betragen haben. Die Unternehmungen waren vermutlich schon damals auch kapitalsmäßig passiv und operierten mit gefälschten Bilanzen. Interessant ist die Frage, ob eine entsprechende Bankprüfung überhaupt vorgenommen wurde. Auf alle Fälle ist aber zu vermer-

TROTZ FRAGESTUNDE IM PARLAMENT: Keine Anfrage an Finanzminister in der Causa Schiwitz-Skandal

ken, daß das Kreditobligo bei der Creditanstalt-Bankverein von anfänglich S 30 Millionen im Laufe von etwa 3 Jahren bis Ende des Jahres 1963 auf ca. S 144 Millionen angestiegen ist, wovon die Creditanstalt-Bankverein mehr als S 100 Millionen abschreiben wird.

Selbst wenn man laufend Verluste durch schlechte Geschäftsführung erlitten hat, wenn man bedenkt, daß von allen Beteiligten dem „dolce vita" gefrönt wurde, wenn man berücksichtigt, daß die Bankkredite verzinst werden mußten und daß hohe Repräsentationskosten angefallen sind, so bleibt dennoch das Rätsel zu lösen, wo die Differenzen geblieben sind.

Uns berührt, wie es möglich war, daß eine Firma mit damals noch negativem Kapital und verlustreichem Geschäftsgang bei einer Großbank

a) überhaupt einen Kredit von rund S 50 Millionen bekommen konnte,

b) diesen Kredit innerhalb von 3 Jahren auf über S 144 Millionen aufbauen konnte, ohne daß die hiefür Verantwortlichen etwas merkten, ohne daß die zweifellos in jeder Bank vorhandenen Kontrollsysteme irgend etwas aufgedeckt haben.

Zweifellos wurde grob fahrlässig gehandelt und viele Vorschriften der Bank nicht beachtet. Selbst wenn man die Schützenhilfe durch Direktor Udolf bedenkt, müßte doch ein Schwindel von so enormem Ausmaß irgend jemandem in der Zentrale einmal aufgefallen sein!!!

Die primitivsten Betrugsmethoden gelangen

Mit welchen Methoden ist es der Firma Schiwitz & Co. gelungen, derart hohe Kredite zu erschwindeln?

Methode 1 war die Legung falscher Zessionen.

Methode 2 der Finanzierung war die Ausstellung von sogenannten Inzuchtwechseln und als

Methode 3, sich Geld zu verschaffen, bediente man sich der Postlaufschwindelkredite.

Die größte Transaktion dieser Art war ein Scheck von rund S 9,8 Millionen (Sommer 1961). Die Oberbank Linz urgierte die Deckung des Betrages. Die Fa. Schiwitz teilte mit, es sei ein Herr bezüglich Inkasso unterwegs und würde den Betrag von S 9,8 Millionen noch im Laufe des Tages bei der Oberbank abliefern, was tatsächlich geschah!

Die Oberbank Linz schöpfte jedoch Verdacht, setzte sich mit der Creditanstalt-Bankverein-Zentrale ins Einvernehmen. Daraufhin wurden Grete Schiwitz und Dr. Matznetter zu Kreditdirektor Treichl bestellt: ein neuer Kredit von S 10 Millionen wurde bewilligt – die Schecks somit gedeckt!

Methode 4 der Kreditbeschaffung war die Finanzierung mittels EWA-Krediten. Die Kredite wurden für Importe in Anspruch genommen, die nie durchgeführt wurden bzw. für Importe, die in weit geringerem Umfang zur Abwicklung gelangten, als Kredite hiefür in Anspruch genommen worden waren.

Nicht existente Geschäfisvorfälle wurden von Grete Schiwitz und Dr. Matznetter evident geführt, so daß kein Termin versäumt wurde.

Die Machinationen mit den EWA-Krediten nahmen im Jahre 1962 einen sehr starken Umfang an, im April 1963 platzte die Seifenblase.

Die verantwortlichen Direktoren befinden sich weiterhin in Amt und Würden!

Schaden durch CA-Untreue
Prozeßbericht
nach „KRONENZEITUNG"
vom 6. Juli 1965

Die Creditanstalt-Bankverein hat durch mindestens einen ungetreuen Direktor mehr als hundert Millionen Schilling eingebüßt. Diese haarsträubende Tatsache wurde in einem Prozeß im Wiener Handelsgericht aufgerollt.

Der Firma Schiwitz & Co., Futtermittelerzeugung, mit dem Sitz in Wien I, Canovagasse, waren ab 1959 Riesenkredite zur Verfügung gestellt worden. Die Kreditgeschäfte wurden in der CA-Filiale Taborstraße abgewickelt.

Leiter dieser Filiale war Direktor Karl Udolf. Er hat 1961 seinen Direktorensessel mit einem Schemel im Landesgericht vertauschen müssen. Direktor Udolf hatte von den Eheleuten Schiwitz Bestechungsgelder und Geschenke erhalten. Unter anderem ein Grundstück auf dem Semmering im Wert von 300.000 Schilling, das auf die Gattin des Direktors überschrieben wurde.

Im Mittelpunkt dieser Kreditaffäre steht derzeit der zweite Firmengesellschafter der Firma Schiwitz, (Baron) Franz (von) Knapitsch. Als offener Gesellschafter haftet er statutengemäß für alle Verbindlichkeiten der Firma. Er ist auch der einzige, bei dem im Augenblick für die CA etwas zu holen wäre.

Die CA hat gegen den Baron Franz Knapitsch eine Klage auf 7,5 Millionen Schilling eingebracht. Soviel ungefähr sind seine Besitzungen wert. Sie werden, wenn das Handelsgericht für die Bank entscheidet, zur Gänze versteigert und als aliquote Wiedergutmachung in der Schiwitz-Betrugsaffäre verwendet werden.

Der Anwalt des Beklagten, Dr. Ernst Strachwitz, kämpft mit allen Mitteln gegen die Einzelhaftung seines Klienten. Die Creditanstalt, so sagt der Rechtsanwalt, hat bei der Gewährung der Kredite zumindest grobfahrlässig gehandelt. Man hat, obwohl es um mehr als hundert Millionen ging, bei der Kreditgewährung keinen Vorstandsbeschluß eingeholt.

„Die Betrüger", so erklärt der Knapitsch-Anwalt, „saßen damals auf beiden Seiten. Auf seiten der Firma Schiwitz wurden sie bereits entlarvt. Bei der CA wurde nur Direktor Udolf in Untersuchung gezogen. Ist er der einzige, der bestochen wurde? Wo es um hundert Millionen geht, kann selbst in der Creditanstalt ein Filialdirektor keine alleinigen Entscheidungen treffen."

CA leugnet jegliche Untreue
Stellungnahme
laut „KRONENZEITUNG"
vom 17. Juli 1965

„Es muß zuerst einmal festgehalten werden, daß die Creditanstalt-Bankverein bei den im Frühjahr 1963 entdeckten Manipulationen nicht durch eine Untreue in der CA, sondern durch einen sorgfältig bis ins einzelne organisierten Betrug an der CA zu Schaden gekommen ist. Dem Institut standen eine Reihe von Firmen und ein beeideter Buchprüfer als Geschäftspartner gegenüber, die alle zusammen durch einen Zeitraum von vielen Jahren Fälschungen in einem außerordentlichen Umfang vorgenommen haben.

Es ist eine bedauerliche, aber bekannte Tatsache, daß Banken auf der ganzen Welt immer wieder Gegenstand betrügerischer Angriffe sind, denen vor allem beim Zusammenwirken mehrerer Firmen und entsprechend sorgfältiger Vorbereitung mit den üblichen Sicherheitsmaßnahmen nicht ausreichend begegnet werden kann. Die Kriminalgeschichte kennt genügend ähnliche Beispiele. Die Hauptverantwortlichen auf seiten der in den Betrug verwickelten Firmen waren und sind zum Teil heute noch in Untersuchungshaft. – Sicher ist, daß der im Bericht der „Kronen-Zeitung" genannte Leiter der „CA-Filiale Taborstraße" keine Untreue gegenüber der CA begangen hat.

Die Schadenssumme wird weit unter der angeführten Höhe liegen, da wertvolle Sicherheiten aus dem Vermögen der in den Betrug verwickelten Firmen und ihrer Gesellschafter, darunter auch des Herrn Knapitsch, vorhanden sind. Die Verwertung dieser Sicherheiten – es handelt sich um mehrere land- und forstwirtschaftliche Güter – ist noch nicht abgeschlossen. Dies zum Teil deshalb, weil der Gesellschafter der Firma Schiwitz, Herr Franz Knapitsch, bestrebt ist, durch jeder Grundlage entbehrende Prozeßbehauptungen das zivilgerichtliche Verfahren zu verzögern.

Zur Darstellung über die Art der Kreditvergabe ist folgendes zu sagen: Selbstverständlich wurden die Kredite, auf die sich die Forderung der Creditanstalt gegen Herrn Knapitsch stützt, sowie alle anderen Kredite mit den in den Betrug verwickelten Firmen durch Beschlüsse des Vorstandes der CA genehmigt, daher sind alle anderen diesbezüglichen Behauptungen unrichtig. Herr Knapitsch hat durch Leistung von Unterschriften auf Wechseln und den dazu gehörigen Widmungserklärungen schon im Jahre 1959 das seinige zum Zustandekommen der Kreditvereinbarung beigetragen. Seine Versuche, sich seinen Verpflichtungen zu entziehen, unter anderem auch durch Verbreitung unwahrer Behauptungen, werden die zuständigen Gerichte vermutlich schon in absehbarer Zeit beschäftigen.

Jedenfalls müssen alle Versuche zurückgewiesen werden, die den Dingen eine Wendung geben sollten, als ob an dem Betrug die Betrogenen schuld seien."

RECHNUNGSHOFPRÄSIDENT KANDUTSCH:
Hineinleuchten in diesen Korruptionssumpf!

15

Knapitsch belastet CA
Gerichtsantrag
laut APD-Meldung
vom 28. April 1965

„Die Firma Schiwitz & Co., OHG., Wien I, Canovagasse 7, ist durch betrügerische Machenschaften von Prokuristen im Zusammenwirken mit Funktionären der CA-BV, wie gerichtsbekannt ist, überschuldet.

Die zuständige Bank für die Firmengruppe war die Filiale Taborstraße, der betreuende Direktor Herr Udolf. Da das Pouvoir für einen Filialdirektor beschränkt ist, war von Anfang an für die Kreditgestion in der CA-BV Herr Direktor Dr. Treichl zuständig.

Die Prüfer der CA-BV versicherten mir auf meine Frage (im Jahre 1961/62), daß das Prüfungsergebnis zufriedenstellend sei.

Umso überraschter war ich daher, als ich Mitte 1962 von der CA-BV einen Brief erhielt, in dem sie mir mitteilte, daß der stehende Kreditrahmen am 30. Juni 1961 der Firmengruppe Schiwitz zur Verfügung mit insgesamt S 9,1 Mill. überzogen sei. Mein Gesellschafter und die CA-BV haben mir verschwiegen, daß es sich hier um keine normale Überziehung handelt, sondern um das Platzen von Schecks bei der Oberbank in Linz, welche nicht gedeckt waren.

Die Bank wäre aber jedenfalls verpflichtet gewesen, mich davon zu unterrichten und nicht den Sachverhalt unrichtig als Überziehung darzustellen.

Die Klägerin war daher spätestens ab diesem Zeitpunkt nicht mehr gutgläubig. Ihre Organe, Herr Direktor Udolf, Herr Direktor Dr. Treichl und Herr Direktor Soucek wurden der Geschenkannahme im Falle Udolf überführt, im Falle der beiden anderen Herren verdächtigt. Es war jedenfalls grob fahrlässig wenn nicht dolos, als die CA-BV ein halbes Jahr später für die geplatzten Schecks, welche von der Klägerin eingelöst worden waren, einen Sondereskomptekreditrahmen schuf.

War die Gewährung von Inzuchtwechseln zwischen den sogenannten Konzernfirmen der Firmengruppe Schiwitz, welche beim Zusammenbruch die exorbitante Höhe von S 50 Mill. ausmachte, völlig unusuell und nur durch Handlungen, die den Gegenstand des Strafverfahrens bilden zu begreifen und trotz der üblichen Prüfungen der Bank auch zum Schaden der Firma und zu meinem Schaden, so geht die Schlechtgläubigkeit der Bank auch daraus hervor, daß über diesen Vorgang weder Vorstand noch Aufsichtsrat orientiert worden sind. Der Generaldirektor stellte diesen Sachverhalt noch vor kurzem meinem Anwalt gegenüber als unglaubwürdig dar.

Da der Zweigstellendirektor über ein solches Kreditvolumen nicht verfügen darf, die Gestion von Kreditdirektor Herrn Dr. Treichl geführt wurde, haftet die Klägerin für den eingetretenen Schaden, der durch ihre Funktionäre, insbesondere für die Beträge, die ihre Funktionäre als Geschenk angenommen haben und für die Kredite, die ohne bankenübliche Usancen, ohne Prüfung und ohne Sicherheiten in der Folge gegeben wurden.

Für die Schlechtgläubigkeit der Gestionierung des Kredites und somit für die bewußte und fahrlässige Schädigungsabsicht spricht auch, daß dieser und auch weitere Kredite nicht dem Vorstand und dem Aufsichtsrat der CA-BV vorgelegt wurden. So sind S 16 Mill. niemals im Vorstand und im Aufsichtsrat ordnungsgemäß bewilligt worden.

Anfang 1963 eröffneten der Geschäftsführer Herr Dkfm. Fritz Schiwitz, Frau Grete Schiwitz, Herr Doktor Matznetter (Prokurist der Fima Schiwitz. Die Red.) und Herr RA Dr. Leon der CA-BV, daß die Verbindlichkeiten ca. S 140 Mill. ausmachen würden, dem gegenüber nur S 40 Mill. Aktiva stünden: Der Hauptgläubiger sei die CA-BV.

Mein Gesellschafter Herr Dkfm. Fritz Schiwitz, Frau Grete Schiwitz, Herr Dr. Matznetter und Herr Direktor Udolf wurden in der Folge verhaftet und ein Strafverfahren beim Landesgericht für Strafsachen anhängig gemacht. Die Beschuldigungen gegen weitere Funktionäre der Bank sind Gegenstand der Untersuchung.

In diesen Tagen wurde Herr Direktor Udolf auf Grund einer Kaution von S 300.000,– enthaftet. Die Erstellung dieser Kaution wurde möglich, weil ein Grundstück, welches die Prokuristin Frau Grete Schiwitz an Frau Udolf geschenkt hatte, um diesen Betrag belastet wurde. Hiedurch fühlen wir uns durch die CA-BV, heutiger Schiwitz-Gestionär, geschädigt.

Anläßlich der Verhaftung der Genannten wurde ich von Kreditdirektor Doktor Treichl, der beim Zusammenbruch der Firmengruppe in der Schweinemästerei der Fa. Arista in Himberg mit den später Verhafteten sich traf und die Abwicklung besprach, auf meinem Besitz in Kärnten angerufen und riet mir dieser, nach Amerika zu verreisen, weil ich damit allen Unannehmlichkeiten aus dem Wege gehen könnte. Eine Zumutung, welche ich ablehnte.

Ich habe vom 10. August 1964 ein Schreiben des Herrn Rauscher, aus dem hervorgeht, daß Geldbeträge an Herrn Direktor Soucek und Herrn Direktor Dr. Treichl übergeben worden sind, für welche keine Bestätigung verlangt wurde und die daher als Geschenk aufzufassen sind, an den Generaldirektor übergeben.

Die Klägerin führt seit dem Zusammenbruch der Firma die Gestion durch Herrn Solvenmoser und zwar mit allen Rechten und Pflichten eines Gestionärs (Aktien-Gesetz §§ 70, 84).

Sie hat durch die Fortführung des Unternehmens, durch Vergleiche, Veräußerungen und Bezahlung von Honoraren und durch Liquidationsmaßnahmen die Gesellschaft weitergeführt."

WAS NUN, HERR FINANZMINISTER: Schweigen wie bisher, oder doch die Öffentlichkeit informieren, was es mit den 144 Millionen Schilling im Schiwitz-Skandal auf sich hat?

Es liegt im öffentlichen Interesse
stellt
Chefredakteur Menzel
am 17. Juli 1965 fest

„Heute sehen wir uns veranlaßt, tief in einen Sumpf von besonderem Ausmaß hineinzuleuchten. Oder wiegt es etwa nicht schwer, wenn eine Bank des Staates durch eine Geschäftsgebarung, die der Staatsanwalt zu qualifizieren hat, eine Einbuße von 144 Millionen Schilling erleidet? Diese Millionen Schilling sind Geld des Volkes. sind Schillinge der Sparer.

Nach gründlichst durchgeführten Erhebungen und vor allem nach reiflicher Überlegung, legen wir heute einen Erstbericht über ein Geschäft der Staatsbank Creditanstalt-Bankverein vor, das diesem Geldinstitut eine Schadenssumme in der Höhe von 144 Millionen Schilling eingebracht hat. Wir handeln mit dieser Veröffentlichung einer Pflicht folgend aus der trüben Erfahrung, daß das Gesetz hierzulande in manchen Fällen weitmaschig ist. Freilich wäre es erforderlich, daß solche Großaffären, die tief in die Interessen des Volkes greifen, zu weitreichenden Protesten der Presse führen müßten. Dem mag diesfalls nicht so sein, weil ein großes Bankinstitut ebenso weitreichende, oft die Kritik erdrosselnde Geschäftsverbindungen hat. Man könnte sich denken, daß das Volk der Meinung ist, ein Verschweigen oder Verniedlichen eines Skandals bringt jene in den Verdacht, selbst auch fahrlässig zu sein, die um den Skandal wissen, dazu aber nichts zu sagen haben.

Wir Österreicher sind in den letzten Jahren oft genug Augenzeugen und darüber hinaus Leidtragende von Begebenheiten geworden, die auf der Bühne der Korruption abrollten. Ein Teil dieser Skandale beschäftigt noch die Gerichte, andere, um die wir wissen, versickern unter Ausschluß der Öffentlichkeit in den gnädigen Boden des Vergessens. Daß dem so ist, kann nur damit erklärt werden, daß in diese Affären Persönlichkeiten des öffentlichen Lebens verstrickt sind, deren weitreichende Verbindungen hinreichen, Recht und Gesetz auszuschalten.

Wir haben einen Obersten Rechnungshof, eine großartige Institution, deren Aufgabe es ist, der Korruption und dem Mißstand das Handwerk zu legen. Mit tiefer Befriedigung, wenn auch mit Empörung und Entsetzen, vernimmt die Öffentlichkeit die Prüfungsergebnisse dieses obersten Prüfers in unserem Staat. Aber mit noch größerer Empörung muß die Öffentlichkeit auch zur Kenntnis nehmen, daß dem Urteil dieser höchsten Prüfungsinstanz nur recht bescheidene Bedeutung zukommt. Der Rechnungshof kann wohl Übel feststellen, aber er hat keine Macht, sie zu beseitigen.

Was Wunder, daß die machtmäßig weit bedeutungsloseren Kontrollorgane in Stadt und Land versagen?

Vertane Millionen hier, vertane Millionen dort. Korruption allenthalben. Und immer ist das Volk leidtragend. Mit einer bewundernswerten Geduld."

Eduard Hartmann kurz vor seinem Tod (Oktober 1966)

NR Dipl.-Ing. Eduard Hartmann und Außenminister Dipl.-Ing. Dr. h. c. Leopold Figl am 22. Februar 1954 nach der Veranstaltung des Agrarjournalistenclubs an der Dr. h. c. Rudolf Buchinger Schule in Wien mit dem stellvertretenden Clubleiter Dipl.-Ing. Rudolf Wicha. (Foto Walter Henisch)

Die CA hat's „gerichtet"

Betrügerischer Schiwitz-Konzern für Creditanstalt „in Ordnung"
Ringelspiel mit gefälschten Dokumenten

„DAS MÄDCHEN AM FENSTER" von Rembrandt, der Wert des Bildes wird auf mindestens 10 Millionen Schilling geschätzt, gehörte zur Beute der bisher unbekannten Bilderdiebe.

Kunstraub fast aufgeklärt: Bilder wieder da, aber Täter fehlen noch

Tankwagenfahrer nickte ein Radfahrer wurde überrollt

Erdbeben in Wiesbaden und in Athen

Brennender Tanker blockiert Hafen

„Menschenexport GmbH" aufgeflogen: Sklaven für Europa

Sechs junge Höhlenforscher gerettet

Berlin: US-Militärzug entgleist

Katz und Maus

Stadthallen-Pleite: Keine Lösung

Finanzausschuß vertagt die Debatte – Parteienverhandlungen am kommenden Montag

Fernlaster landete im Kaffeehaus

90 Millionen im Rauchfang

Auf Kosten der Sportler?

Umstellung statt Einstellung

Der Dieb verlangte einen Tee

20.000 Schilling bei Einundneunzigjährigem erbeutet

Diebe aus Übermut bezahlten 1000 S

Städteschnellverbindung Wien – Salzburg

Gefährdete Wintergäste

Der Fluch der bösen Tat…

Theatralischer Auftritt im Schiwitz-Prozeß
Bankdirektor soll „Zuwendungen" genommen haben

Fast ein „Opfer"

Luftwechsel

Kombi schleuderte in Kindergruppe: 1 Toter, 3 Verletzte

VOLKSSTIMME-EIGENBERICHT

Deutschfeistritz, 1. Februar

Ein schleudernder Kombiwagen raste Mittwoch früh in Waldstein bei Graz in eine Kindergruppe, tötete einen zwölfjährigen Buben und verletzte drei Schulkinder schwerstens. Die Kinder befanden sich nach 7 Uhr auf ihrem Weg in die Schule der kleinen Ortschaft Waldstein bei Graz. Das naßkalte Wetter hatte die Straße in eine glatte Fahrbahn verwandelt.

Um 7.35 Uhr geschah das Unglück. Ein Kombiwagen, gelenkt vom 46jährigen Landwirt Josef Höller aus Neuhof, kam ins Schleudern. Wie Höller nachher aussagte, glaubte er, daß die Kinder die Straße absperren wollten. Er trat fest auf die Bremse und verlor somit jede Herrschaft über die Lenkung. Der Wagen drehte sich, schlingerte und rutschte mit voller Wucht gegen die Kindergruppe, die vorschriftsmäßig auf dem linken Straßenrand gegangen war.

Der zwölfjährige Herbert Jantscher aus Waldstein wurde getötet, der zehnjährige Johann Hiden aus Guggenbach erlitt einen Schädelbasisbruch, die beiden siebenjährigen Mädchen Berta Jantscher und Hildegard Pelzer aus Hinsberg wurden ebenfalls schwer verletzt. Sie wurden in das Kinderspital nach Graz gebracht.

Höller und sein mitfahrender Sohn blieben unverletzt. Auf Antrag der Staatsanwaltschaft wurde Josef Höller verhaftet und in das Landesgericht für Strafsachen eingeliefert.

CA-Vorstand genehmigte die Kredite für Schiwitz-Firmen

Wien, 1. Februar

Mit der entschiedenen Feststellung, daß die Millionenkredite der Creditanstalt-Bankverein vom Vorstand der Bank genehmigt worden sind, wartete am Mittwoch der Vorstandsdirektor dieser Anstalt, Dr. Heinrich Treichl, im Schiwitz-Prozeß auf. Er fügte hinzu, daß die Prüfung auf Grund der – bekanntlich gefälschten – Bilanzen erfolgte, außerdem sei der Bankprüfer kein Experte auf dem Getreide- oder Futtermittelsektor gewesen, auf dem die Hauptgeschäfte abgewickelt worden waren.

Einen kleinen Einblick hinter die Kulissen des „freien Wirtschaftslebens" gestattete der Zeuge mit der Bemerkung, die Österreichische Importvereinigung, bei der die Firma Schiwitz ebenfalls mit großen Schulden aufschien, habe der CA „Kopfzerbrechen" verursacht. Auf ausdrücklichen Wunsch des damaligen Präsidenten Dr. Heinl wollte man aber die ÖIV retten, obwohl man wußte, daß damit indirekt auch die Schiwitz-Firmen mitsaniert werden. In glattem Widerspruch zu den Zeugenaussagen der ÖIV-Funktionäre Minister a. D. Strobl und Hampel stand die Erklärung Doktor Treichls, es gebe einen Aktenvermerk bei der CA, daß die beiden jetzigen Zeugen an die Bank herangetreten sind. Strobl und Hampel hatten aber ausgesagt, sie hätten sich nicht mit der CA in Verbindung gesetzt.

Von ungedeckten Finanzwechseln wußte, laut Zeugenaussage, niemand im Bankinstitut, und nach dem Auffliegen der Affäre wurden 1963 drei Berichte in der Angelegenheit Schiwitz an das Finanzministerium geschickt. Berichterstatter war der Gesamtvorstand der Creditanstalt.

Freundschaft von zwei Zechbrüdern endete mit Mord

Eisenstadt, 1. Februar

Eine Gendarmeriepatrouille fand Mittwoch nachmittag den 43jährigen Rudolf Steiner in seiner Wohnung in Nickelsdorf (Bezirk Neusiedl am See) in einer Blutlache tot auf. Nach den Feststellungen des Arztes ist Steiner ermordet worden. Der Tat verdächtigt wird der 38jährige Johann Schweigl aus derselben Ortschaft, der mit Steiner befreundet war. Beide sind allgemein als Alkoholiker bekannt. Als Motiv kommt Raubabsicht in Frage.

Rudolf Steiner war seit 22. Jänner in Nickelsdorf nicht mehr gesehen worden. Im Ort entstanden verschiedene Gerüchte über seinen Verbleib, die dazu führten, daß Beamte die Wohnungstür aufbrachen. Dort wurde der Vermißte zwischen Küchentisch und Küchenherd inmitten einer eingetrockneten Blutlache in hockender Stellung tot aufgefunden. Die Leiche war nur mit der Unterwäsche bekleidet. In einem Korb neben der Leiche lagen eine Hacke und ein anderer Eisengegenstand.

Johann Schweigl, der seit November 1966 keiner Arbeit nachgeht und keinerlei Einkünfte bezieht, wird zur Zeit einvernommen. Die Obduktion wurde angeordnet.

Wels: Mann wurde im „Scherz" angezündet

Mit Schnaps überschüttet und dann angezündet haben bis jetzt noch nicht ausgeforschte Rowdys in der vergangenen Nacht den 49jährigen Josef Huber aus Wels. Der Mann erlitt schwere Brandwunden im Gesicht, am Nacken, Brust und Händen. Er wurde heute früh in das Allgemeine Krankenhaus Wels gebracht. Bis Abend konnte man eine leichte Besserung in seinem Befinden verzeichnen.

Der brutale „Scherz" wurde in dem Welser Lokal Starklub ausgeführt. Plötzlich war Huber von mehreren Burschen umringt, aus einem Gefäß wurde der Mann mit einem stark alkoholhältigen Schnaps überschüttet und angezündet. Der Oberkörper des Unglücklichen war sofort von Flammen umhüllt. Es gelang dem Verzweifelten, das Feuer mit seinen Händen zu ersticken, doch hatte er bereits schwere Brandwunden erlitten.

Im Verlauf des Tumults konnten die Burschen unerkannt flüchten. Huber verfolgte sie noch in die Straßen der Stadt, doch erreichte er sie nicht. Zufällig begegnete Huber dann einem Freund, der ihn zur Polizei brachte, die die Überführung ins Krankenhaus veranlaßte.

Der Neusiedlersee unter der Lupe

Der Neusiedlersee, Sorgenkind des Landschaftsschutzes und Hoffnungsgebiet zugleich, wird im Rahmen des Internationalen Biologischen Programms von österreichischen Wissenschaftern genau unter die Lupe genommen werden. Eines der Teilziele der gründlichen und in diesem Ausmaß bisher noch nie durchgeführten Forschungen wird es sein, festzustellen, was getan werden muß, um eine dauernde Schädigung des Sees durch die immer stärker werdenden Zivilisationseinflüsse zu verhindern.

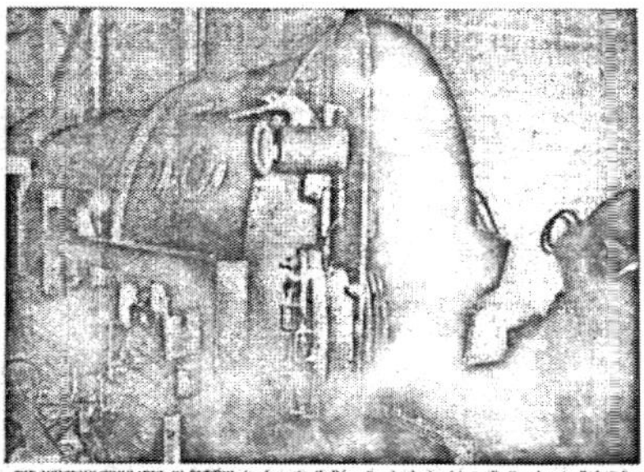

DER WELTRAUMSIMULATOR IN BROOKS, in dem ein ähnlicher Brand wie in der Apollo-Kapsel zwei Todesopfer forderte. Auch in dieser Kammer war eine reine Sauerstoffatmosphäre aufrechterhalten worden.
VOLKSSTIMME/UPI-FUNKBILD

Apollo-Wrack demontiert

Weiteres Opfer des Brandes im Weltraumsimulator

Kap Kennedy, 1. Februar

Techniker demontierten auf Kap Kennedy die Apollo-Kapsel, die am Wochenende für die Astronauten Virgil Grissom, Edward White und Roger Chaffee zum tödlichen Gefängnis wurde. Man erhofft sich von der genauen Untersuchung des Wracks der Kapsel weitere Aufschlüsse über den genauen Hergang der Katastrophe und für konstruktive Änderungen an künftigen Apollo-Kapseln, um eine Wiederholung der Tragödie zu verhindern.

Inzwischen ist auch der zweite Luftwaffenoffizier seinen schweren Brandwunden erlegen, die er beim Brand eines Weltraumsimulators in Brooks (Texas) unter ganz ähnlichen Umständen erlitt wie bei der Apollo-Katastrophe. Der andere Offizier starb bereits kurz nach der Einlieferung ins Spital. Die Hitze bei dem Brand in der Sauerstoffkammer war so groß, daß die Metallkapsel noch vier Stunden später glühend heiß war.

Aus Downey in Kalifornien wird eine zweite Apollo-Kapsel nach Kap Kennedy gebracht, die der Expertenkommission als Vergleich zur Unglückskapsel zur Verfügung stehen wird. Ob die zweite Kapsel die Aufgabe von Apollo I übernehmen wird, ist noch ungewiß.

Einwanderer wollen zurück

Unruhe in den Lagern

Brisbane (Australien), 1. Februar

In verschiedenen Einwandererlagern Australiens protestieren die Insassen – unter ihnen rund 200 Österreicher – gegen unzureichende Ernährung und zu hohe Kosten.

In dem ostaustralischen Lager bei Brisbane forderten 1000 Einwanderer eine öffentliche Untersuchung der Lagerverwaltung, die angeblich auf Kosten der Einwanderer große Profite gemacht haben soll. Ein Teil der protestierenden Einwanderer droht, nach Europa zurückzufahren, wenn die Kosten nicht gesenkt würden.

Der australische Einwanderungsminister Bruce Sneddon lehnte es ab, den Lagerverwaltungen eine Senkung der Aufenthaltskosten für die Einwanderer nahezulegen.

Vollwaisen werden gesetzlich bestraft

VOLKSSTIMME-EIGENBERICHT

Wien, 1. Februar

In Österreich gibt es ein Gesetz, das Kinder dafür bestraft, wenn sie Vollwaisen sind. Dabei sollte gerade dieses Gesetz besonders sozial sein. Es ist nämlich das Kinderbeihilfengesetz. Die Kinderbeihilfe beträgt derzeit für das erste Kind 180 Schilling, für das zweite 200 Schilling, für das dritte 230 Schilling, für das vierte 260 Schilling, für jedes weitere 290 Schilling monatlich. Dazu kommt die Mütterbeihilfe, die für zwei Kinder 40 Schilling, für drei Kinder 175 Schilling ausmacht. Verlieren Kinder, etwa durch einen Verkehrsunfall, ihre Eltern, so werden sie selbst anspruchsberechtigt – und bekommen jeweils als Einzelkind die Beihilfe. Sind es zwei Kinder, so wurden für sie, solange die Eltern lebten, 420 Schilling ausbezahlt – nach dem Tod der Eltern nur mehr 360 Schilling. Für drei Kinder wurden 785 Schilling ausbezahlt. Nach dem Tod der Eltern nur mehr 540 Schilling. Es ist also wirklich so: Für die Katastrophe, die Eltern zu verlieren, werden Kinder vom Gesetz auch noch finanziell bestraft.

NICHT NUR FÜR DEN FASCHING soll angeblich dieses neue, reichlich bunte Kostüm für Stewardessen einer amerikanischen Luftfahrtlinie gedacht sein. Man will wegkommen von der Uniform …
VOLKSSTIMME/UPI-FUNKBILD

„Expo 67": Die Preise steigen

Ottawa, 1. Februar

Drei Monate vor Beginn der Weltausstellung (Expo 67) in Montreal, Kanada, versuchen die Behörden verzweifelt, den Preiswucher in Grenzen zu halten. Viele Hausbesitzer im Zentrum von Montreal haben auslaufende Mietverträge nicht mehr zu den bisherigen Bedingungen verlängert, weil sie damit rechnen, während der Weltausstellung ihre Zimmer viel profitabler vermieten zu können. Schon jetzt werden sechs- bis siebenfach erhöhte Mietzinse genannt. Gegen die Preistreiber wurden scharfe Maßnahmen angekündigt. Für die rund 70 Restaurants des Expo-Geländes wurden bereits fixe Preise festgelegt. Je nach Kategorie wird man zwischen 25 und 100 Schilling für ein Menü bezahlen.

In Montreal und Umgebung stehen für den Touristenstrom rund 300.000 Betten zur Verfügung. Eine eigene Agentur wurde modernst eingerichtet, um für jeden Gast blitzschnell das richtige Bett zum richtigen Preis ausfindig zu machen. Ein Computer wird ständig mit den Angaben über die jeweils frei werdenden Betten gefüttert und gibt zu jedem Zeitpunkt den aktuellsten Stand der Unterbringungsmöglichkeiten. Schwierigkeiten bei der Unterbringung der Gäste könnten nach Ansicht der Veranstalter während der Ferienmonate und zu den Wochenenden im Sommer eintreten. Die größeren Hotels sind schon alle restlos ausgebucht.

Im Jahre 1966 wurden in der Steiermark in 374 Fällen Gendarmen bei alpinen Rettungs- oder Bergungsunternehmen eingesetzt, meist in Zusammenarbeit mit den örtlichen Bergrettungsdiensten. 330 Personen wurden lebend und 33 tot geborgen.

Sie dachten an ein Erdbeben

Pkw gegen Hauswand – Toter erst nach Stunden entdeckt

VOLKSSTIMME-EIGENBERICHT

Grafenbach, 1. Februar

Drei Stunden lag in der Nacht auf Mittwoch in Grafenbach bei Neunkirchen ein Mann vor einem Haustor, nachdem er mit seinem Pkw gegen die Hauswand geprallt war und dabei tödliche Verletzungen erlitten hatte. Die Hausparteien bemerkten zwar die Erschütterung am Haus, dachten aber an ein Erdbeben.

Erschreckt fuhren die Bewohner des Hauses Nummer 52 in Grafenbach Mittwoch gegen 2 Uhr auf. Ein lauter Krach hatte das Haus erschüttert. Dann war es wieder still. Im ersten Moment dachten die aus dem Schlaf Gerissenen an ein Erdbeben. Sie warteten noch einige Minuten, und als alles ruhig blieb, schliefen sie weiter. Um 5 Uhr verließ eine Frau als erste ihre Wohnung. Sie kam aber nur bis zum Haustor – dort blieb sie erschrocken stehen: vor dem Hauseingang lag ein toter Mann. Glasscherben, verbeultes Blech und [illegible] eines Autos lagen vor der Hauswand.

Die Beamten des Gendarmeriepostens Wimpassing rekonstruierten den Verlauf des Unglücks: Der 19jährige Robert G. aus Pottschach war mit hoher Geschwindigkeit auf die linke Fahrbahnseite geraten, gegen eine Böschung gestoßen und dabei mit dem Vorderteil des Wagens auf die Auffahrt einer Hauseinfahrt geprallt. Durch den plötzlichen Anprall überschlug sich das Fahrzeug und stieß in der Folge gegen die Mauer des Hauses. Robert G. wurde aus dem Pkw geschleudert und erlitt tödliche Verletzungen.

Wien-Moskau jetzt halbautomatisch

Wien, 1. Februar

Zwischen Österreich und der Sowjetunion wurde Mittwoch vormittag der halbautomatische Telephonverkehr mit einem Telephongespräch des Generalpostdirektors Dr. Schaginger mit dem stellvertretenden Minister für das Post- und Fernmeldewesen der Sowjetunion, Sergejtschuk, eröffnet. Der gewünschte Anschluß – zum Beispiel in Moskau – kann nun von den österreichischen Postbeamten direkt angewählt werden. Die Leitungen zwischen Wien und Moskau werden auf drei Routen geführt: über Ungarn, die Tschechoslowakei und Polen. Ferngespräche zwischen Österreich und der Sowjetunion können nun wesentlich rascher abgewickelt werden. Sektionschef Dr. Schaginger und Minister Sergejtschuk würdigten die Leistungen der Fernmeldetechniker und gaben ihrer Überzeugung Ausdruck, daß die Schaffung des direkten Fernsprechverkehrs Vorbild fruchtbarer internationaler Zusammenarbeit ist. Die Aufnahme des halbautomatischen Dienstes wird von beiden Seiten ausdrücklich als Vorstufe für den vollautomatischen Telephonverkehr zwischen beiden Ländern bezeichnet.

Gestohlene Kunstwerke sind wieder aufgetaucht

Bei zwei Amsterdamer Kunsthändlern sind dieser Tage zehn Gemälde im Wert von 800.000 Schilling aufgetaucht, die Ende September vorigen Jahres aus einem Schloß in Westdeutschland entwendet worden waren. Zwei der Bilderdiebe befinden sich bereits in Haft, nach dem dritten, der sich als Eigentümer der Bilder ausgab und sie in den Amsterdamer Kunsthandlungen als „gute Kopien" bezeichnete, wird noch gefahndet. Der Bande wird noch ein weiterer Diebstahl in Stuttgart (Gesamtschaden 1,8 Millionen Schilling) angelastet.

101 Millionen Schaden Bis zu 7 Jahre Kerker

Urteil nach fünf Wochen Schiwitz-Prozeß

VOLKSSTIMME-EIGENBERICHT

Wien, 6. Februar

Rauschgiftsyndikat vor Gericht

Der größte einschlägige Prozeß aller Zeiten – Heroin im Wert von 600 Millionen Schilling von Italien nach den USA geschmuggelt

VON UNSEREM RÖMER C. P.-KORRESPONDENTEN

Rom, 6. Februar

Wann endlich Schutz?

UNIDO-Provisorium: Räume auch unter dem Rathausdach

Wien, 6. Februar

Bei Experiment: zwei Schüler verletzt

VOLKSSTIMME-EIGENBERICHT

Wien, 6. Februar

Feuer auf der Hohensalzburg

Salzburg, 6. Februar

Verbot für Bergtouren in der Tatra

Prag, 6. Februar

OFFENER BRIEF AN DEN FINANZMINISTER IV

Sehr geehrter Herr Minister!

Die Beendigung des sogenannten „Schiwitz-Prozesses“ (1. Teil) ist Anlaß, uns neuerlich an Sie, sehr geehrter Herr Minister, zu wenden. Wenn uns auch aus der Schweizer Zeitschrift „Finanz und Wirtschaft“, Zürich, bekannt geworden ist, daß an Sie gerichtete Briefe durch Min.-Rat Dr. E. Sixt beantwortet werden, so erschien uns eine öffentliche Anfrage an diesen hohen Beamten gerade im Zusammenhang mit dem Creditanstalt — Schiwitz — Skandal als nicht hierfür geeignet. Dies vor allem deswegen, weil Dr. E. Sixt als Staatskommissar für die Banken schon seit geraumer Zeit verpflichtet gewesen wäre, die Umstände der Schiwitz-Verluste und ihre Liquidierung zu untersuchen. Es wäre allerdings denkbar, daß der Herr Staatskommissar durch seine Stellung als Aufsichtsrat der bankeigenen Österreichischen Investment Ges. m. b. H., Wien, arbeitsmäßig überlastet oder befangen sein könnte.

Schließlich sind wir aber auch der Meinung, daß dieser Strafprozeß, über den die Tagespresse mit einiger Ausführlichkeit berichtet hat, Ihnen, sehr geehrter Herr Minister, gezeigt hat, daß unsere sich seit 1963 ständig wiederholenden Hinweise auf Mißstände wohlfundiert, begründet und durch den Schiwitz-Prozeß erhärtet wurden.

Wenn der Staatsanwalt Dr. Scheibenpflug in seinem Plädoyer darauf hinwies, daß die oft erörterte „Rolle der Banken“ für die Schuldfrage in diesem Prozeß unerheblich sei, da man auch einen „Leichtgläubigen betrügen könnte“ und wenn er auch bzgl. der Straffrage ja schon in der Anklage darauf hingewiesen hätte es möge dahingestellt bleiben, ob seitens der Banken besonders sorgfältig und besonders fachkundig vorgegangen worden sei, so schließen wir uns diesen Feststellungen mit den vom Staatsanwalt gebrauchten Worten „Wir glauben, das ist deutlich genug“ gerne an (Wr. Kurier, 4. 2. 1967).

In der Voruntersuchung, aber auch im Bericht an den Aufsichtsrat und schließlich auch als Zeuge im Prozeß selbst erklärte der heutige Vorstands-Direktor der Creditanstalt-Bankverein, Dr. Heinrich Treichl, im Zusammenhang mit der Übernahme des Kreditengagements Schiwitz, daß dieses 1959 über Veranlassung des Präsidenten der Bank Min. a. D. Haindl, und über Antrag der Ö. I. V. — Österreichische Import-Vereinigung — erfolgt sei. Da Min. a. D. Haindl zu diesem Zeitpunkt bereits zweieinhalb Jahre tot war und schließlich Min. a. D. Strobl und Dir. Alexander Hampel unter Eid aussagten, daß auch ein Antrag der Ö. I. V. wegen Übernahme des Schiwitz-Engagements an die Creditanstalt-Bankverein niemals gestellt wurde — erscheint das Bemühen für die Übernahme verstorbene Persönlichkeiten bzw. andere Unternehmungen verantwortlich zu machen, untersuchungswert. Wir erinnern Sie daran, daß am 2. Februar 1967 die Arbeiter-Zeitung folgende Überschrift verwendete: „Meineid im Schiwitz-Prozeß?“ und feststellte, daß „Aussage gegen Aussage“ stünde und „eine falsch sein müßte“.

Meineid im Schiwitz-Prozeß

Aussage gegen Aussage — Eine muß falsch sein

Der Verdacht eines Meineids tauchte Mittwoch im Schiwitz-Prozeß auf, als der Leiter der Kreditabteilung der CA, Dr. Heinrich Treichl, als Zeuge aussagte, Vertreter der Österreichischen Importvereinigung — so der Landwirtschaftsminister a. D. Strobl als Präsident — seien an die Creditanstalt herangetreten, die Verbindlichkeiten der Importvereinigung (die mit Hilfe von Krediten Importgeschäfte finanzierte. Die Red.) und damit auch die Schulden des Schiwitz-Konzerns von rund 30 Millionen Schilling zu übernehmen. Dabei sei mit dem inzwischen verstorbenen Generaldirektor Doktor Joham und dem CA-Präsidenten Minister Heinl verhandelt worden. Sowohl Minister a. D. Strobl als auch das Vorstandsmitglied der Importvereinigung Dr. Hampl hatten jedoch als Zeugen unter Eid ausgesagt, dies sei nicht der Fall gewesen.

Über die Besprechung gibt es sogar eine Aktennotiz, bezeugte sich Dr. Treichl. Daraufhin gab ihm das Schöffengericht, vor dem sich sechs Angehörige des Schiwitz-Konzerns und ein CA-Filialleiter nun bereits die fünfte Woche wegen Kreditbetrugs von fast 100 Millionen Schilling verantworten müssen, eine Stunde Zeit, diese Aktennotiz aus seinem Büro in der CA zu holen. Als Dr. Treichl zurückkehrte, legte er einen Akt auf den Richtertisch, der die Notiz enthielt, daß Minister a. D. Strobl bei der Besprechung in der CA über die Übernahme der Österreichischen Importvereinigung anwesend war.

War es reine Freunderlwirtschaft, die die CA in das Schiwitz-Abenteuer, das sie mit einem Verlust von rund 80 Millionen Schilling büßen mußte, gestürzt hat? Hat es Interventionen gegeben? Ein Zeuge behauptet dies, zur Wahrheit ermahnt und an seine Zeugenpflicht erinnert — zwei andere haben dies unter Eid bestritten. Einer muß falsch ausgesagt oder einen Meineid geleistet haben. Es wäre an der Zeit, daß der Staatsanwalt diesem Verdacht nachgeht. ARBEITERZEITUNG

Während des Prozesses ist es schließlich aufgefallen, daß die Creditanstalt sich nicht nur eines bedeutenden Rechtsanwaltteams bediente, sondern auch der Direktor der Rechtsabteilung des Instituts, Prof. Dr. Schinderer, den Verhandlungen ständig und aufmerksamst beiwohnte. Trotz dieses Aufgebotes an Juristen wurden die Angeklagten nie befragt, von den Zeugen nur der geschädigte Gutsbesitzer F. Knapitsch, während die Fragen des Privatbeteiligten-Vertreters Dr. Ernst Graf Strachwitz „über das Mitverschulden der Bank“ steter Anlaß zu Zwischenrufen, Unterbrechungen und zu Interpretationen waren.

In diesem Prozeß hatte sich auch der Leiter der Creditanstalt-Bankverein Zweigstelle Taborstraße Karl Udolf zu verantworten. Er wurde wie alle Angeklagten verurteilt. Unbeantwortet blieb aber die Frage, wie die Übernahme und eine ständige Erhöhung des Engagements trotz alarmierender Zeichen, Scheckplatzen etc. möglich war. Das Schiwitzengagement hat seit Anbeginn und in jeder Phase der Genehmigung durch den Aufsichtsrat bedurft.

Der Prozeß hat aber nun erkennen lassen, daß von einer Einhaltung der bindenden Vorschriften der Geschäftsordnung keine Rede gewesen ist und Kredite, vor allem aber das Wechselengagement und damit das Gesamtengagement dem Aufsichtsrat nicht zur Kenntnis gebracht wurden. Wären Sie, sehr geehrter Herr Minister, nicht endlich nach 3 Jahren bereit, untersuchen zu lassen, wie ein solches Engagement tatsächlich und im Widerspruch zur Geschäftsordnung möglich war?

Schönheitsfehler . . .

Das zweite Vorurteil, unter dem dieser Prozeß stand, war das, daß „die Banken geschont“ würden.

Nun, der Prozeß wurde auch in dieser Hinsicht „vollkommen korrekt“ geführt. Alle Indizien für eine strafbare Handlung eines anderen Bankmannes als des CA-Zweigstellenleiters Karl Udolf wurden geprüft und für zu leicht befunden.

Es blieb für den, der den Prozeß miterlebte, diesbezüglich auch nicht der Funke eines Verdachtes.

Was die „gigantische Schlamperei“ (wie ein Verteidiger es nannte) seitens der Banken betrifft, so mochte man sich wie der Staatsanwalt damit begnügen, daß schon in der Anklageschrift darauf bezug genommen wurde.

Im Verfahren hätte ich persönlich mir davon allerdings kein Bild machen können. Fragen, die mir in diese Richtung zu gehen schienen, lehnte der Vorsitzende meist mit der Begründung ab, sie trügen nichts zum Verfahren bei.

Da kann man anderer Meinung sein: Da wir ein Täter-Strafrecht haben, ist es für das Strafausmaß, scheint mir, doch einigermaßen bedeutsam, ganz genau zu sehen, wie leicht oder schwer einem Betrüger seine Tat gemacht wurde. Ein Absatz in der Anklageschrift scheint mir da nicht hinreichend.

Der Privatbeteiligtenvertreter, der, aus welchen Motiven immer, in dieser Hinsicht bohrte, verspürte die ganze Korrektheit des Gerichtes: Einmal mußte er eine Frage zehnmal formulieren, ehe sie zugelassen wurde. Obwohl er nicht der einzige war, der Fragen unpräzise abfaßte. Der KURIER hat während des Prozeßverlaufes über diese Problematik nicht berichtet, weil eventuelle Senatsbeschlüsse über die Zulassung einer Frage nicht beeinflußt werden sollten. Nachträglich wollen wir diesen Schönheitsfehler aber schon festhalten.

Bei aller Bewunderung für die Prozeßführung.

KURIER vom 7. 2. 1967

Die vom Gericht als Zeugen befragten Funktionäre der Bank konnten wahrhaftig nicht überzeugen. Wie erinnerlich platzten bereits 1961 zwei von der Schiwitz-Gruppe gegebene und ungedeckte Schecks in der Höhe von 9.6 Mil. Schilling. Übergehen wir auch heute die Ihnen bereits mitgeteilte Stellungnahme des damaligen Kreditdirektors zu diesem Vorfall oder den bankeigenen Prüfungsbericht der von „Krediterschleichung" sprach, so soll doch neuerlich festgehalten werden, daß dieser skandalöse Zwischenfall nicht zur Aufkündigung des Kreditengagements oder zu einer genauen und unbeschränkten Prüfung führte, sondern zur Hingabe neuer Mittel, die — wenn auch unüblich verspätet —, zur Einlösung der Schecks führten. Dir. J. Mayer, von der CA-BV befragt, ob dieser Kredit ordnungsgemäß im Vorstand beantragt und bewilligt worden sei, erklärte, daß dies nicht erforderlich gewesen wäre, da diese „Überziehung de facto" bereits bestanden hätte. — Den Kommentar der öffentlichen Meinung zu dieser Form der Kreditgenehmigung oder „Duldung einer Überziehung" finden Sie am Fasching-Samstag auf Seite 20 des Wr. Kurier, in einer Berichterstattung über den „Rodelwitz-Prozeß".

Seit dem Platzen der ungedeckten Schiwitz-Schecks erhöhte man seitens der CA-BV nicht mehr die Kredite, sondern die Escomptrahmen und vertrat den Standpunkt, daß dies wegen der allgemeinen Wechselstrenge „Vorteile" für die Bank mit sich gebracht hätte.

Übersehen wir heute auch die Tatsache, daß derselbe Kreditdirektor die von ihm in der Voruntersuchung sosehr gerühmte Wechselstrenge nie in Anspruch genommen hat, so wirkt umso faszinierender die Stellungnahme des Leiters der Wechselabteilung des betroffenen Bankinstituts, Ernst Ableitinger, der, über Inzucht- und Finanzwechsel befragt, die Erklärung abgab, daß es praktisch kaum möglich sei, zwischen den „guten" und „schlechten" Wechseln zu unterscheiden, „da Wechsel keine Mascherln tragen". Diese fundamentale Erkenntnis über das Wechselgeschäft wurde am 7. Februar 1967 zum Anlaß genommen, den Ober-Prok. Ableitinger nunmehr zum Abteilungs-Direktor zu ernennen. Für Sie, sehr geehrter Herr Minister, könnte dies aber der Anlaß sein, neben überflüssig gewordenen Finanzämtern: nunmehr auch die Wechselabteilungen der Österreichischen Nationalbank und der Ihnen unterstehenden verstaatlichten Banken wegen Überflüssigkeit aufzulösen, damit jene Funktionäre für andere Bankarbeiten freigestellt würden, die bisher dafür bezahlt werden: die zum Ankauf angebotenen oder zum Rediskont vorgesehenen Wechsel auf ihre Bonität zu prüfen. Da wir aber gerade über Wechsel sprechen: ist Ihnen, sehr geehrter Herr Minister, bekannt, daß der Vorstandsdirektor der CA-BV, dem auch heute noch die Kredit- und Wechselabteilung untersteht, diese „sogar Fin.-Inzucht-Wechsel" als „der Liquidität 2 zuzurechnen" bezeichnet? Es wäre für Ihr Sekretariat ein leichtes, auch ohne Inanspruchnahme des verantwortlichen Staatskommissars Dr. Sixt, durch einfachen telefonischen Rückruf bei der Österreichischen Nationalbank Aufklärung darüber zu erhalten, was die „Liquidität zwei" tatsächlich bedeutet . . .

Verleumdung

Österreichs Justizgeschichte wird in der letzten Zeit an Kuriositäten bereichert, wie sie in den letzten zwanzig Jahren kaum der Fall waren.

Da läuft im „Wiener Grauen Haus" seit Wochen der „Schiwitz-Prozeß". Es geht um rund 100 Millionen Schilling, die zahlreichen Bankinstituten, vor allem der CA, herausgelockt wurden.

Plötzlich wird der Prozeß für einen Tag unterbrochen. Derselbe Senat verhandelt gegen einen kleinen Angestellten der Firma Schiwitz. Er hatte, wie er sagt, hohe Summen einem leitenden Bankfunktionär überbracht.

Das Gericht muß den Fall prüfen. Selbstverständlich! Aber derselbe Senat, der den großen „Schiwitz-Prozeß" für einen Tag unterbricht, um den kleinen Fall klären zu können? Merkwürdig! Hätte man nicht das Ende des großen Prozesses abwarten müssen, um den „kleinen Fall" dann anzuhängen? Wird das Urteil im „kleinen Fall" nicht mitbestimmend im großen Prozeß zu sein?

EXPRESS, v. 31. 1. 1967

Dürfen wir schließlich an den „Expreß"-Bericht vom 31. Jänner 1967 erinnern, in dem darauf hingewiesen wurde, daß der Schiwitz-Prozeß, bei dem es um 100 Mil. Schilling geht, auf einen Tag unterbrochen wurde, damit derselbe Senat gegen einen kleinen Angestellten der Fa. Schiwitz verhandeln konnte. Dieser Botengänger hatte, wie er sagte, hohe Summen einem leitenden Bankfunktionär überbracht. „Merkwürdig!" — „Hätte man nicht das Ende des großen Prozesses abwarten müssen, um den kleinen Fall dann anzuhängen?" Der Bote wurde der Verleumdung schuldig gesprochen, unter anderem auch wegen der Zeugenaussage der beiden Hauptangeklagten des großen Schiwitz-Prozesses. — Die im kleinen Schiwitz-Prozeß offensichtlich glaubwürdigen beiden Zeugen belasteten im großen Schiwitz-Prozeß den Bank-Prokuristen W. G. Soucek gleichfalls der Geschenkannahme, erschienen jedoch im großen Prozeß als nicht glaubwürdig.

Vertrauen

Bankinstitute müssen zu ihren Kunden Vertrauen haben; jegliche Art von Bankgeschäften sei auf dieses Vertrauen aufgebaut: Das sagte der Vorsitzende im „Schiwitz-Prozeß" in der Urteilsbegründung. Um die Ansicht des Gerichtes zu bekräftigen, griff der Richter mit Beispielen bis zu den alten Römern zurück. Die Angeklagten in diesem „Schiwitz-Prozeß" hätten das Vertrauen der Banken gröblichst verletzt, mit Hilfe falscher Fakturen, Wechseln, Buchhaltungen und frisierten Bilanzen Millionenkredite erschwindelt, sagte er.

Wir bezweifeln nicht, daß Bankgeschäfte auf Vertrauen aufgebaut sein können. Wir fragen nur: Warum wird dieses Vertrauen nur den „großen" Geschäftsleuten geschenkt? Warum braucht der „kleine Mann" Bürgen und einwandfreie Dokumente? Warum wird er haargenau überprüft, nicht aber die „Großen"? Denn bei den „Schiwitz-Firmen" war jede Überprüfung durch die Banken nur Augenauswischerei.

EXPRESS, 7. 2. 1967

Leider müssen wir, sehr geehrter Herr Minister, auch auf unsere Leser Rücksicht nehmen, die wir mit zu häufigen Wiederholungen nicht ermüden wollen und müssen daher versuchen, kurz zusammenzufassen:

1. Die widersprüchlichen Zeugenaussagen über das Zustandekommen des Schiwitzengagements erschienen uns nur dann erklärlich, wenn die Bank Ursache haben sollte, sich der Gestionierung des Schiwitzengagements zu schämen. Warum sonst bemüht man Tote oder widerspricht unter Eid ausgesagten Erklärungen eines verdienten Ministers a. D.?

2. Es gelingt einer Firmengruppe durch betrügerische Machinationen einer Bank insgesamt mehr als 120 Mil. Schilling herauszulocken. Was die „gigantische Schlamperei" (wie ein Verteidiger es nannte) seitens der Banken betrifft, so möchte man sich wie der Staatsanwalt damit begnügen, „daß schon in der Anklageschrift darauf Bezug genommen wurde" (Wr. Kurier, 7. Februar 1967). Ist es kein Grund, sehr geehrter Herr Minister, „Schlampereien mit einer Schadenssumme, die das Gericht mit 80 Mil. Schilling" bezifferte, überprüfen zu lassen?

3. Die dem Aufsichtsrat und Ihnen gemeldeten Sicherheiten, das waren Grund- und Hausbesitz der Fa. Schiwitz, wurden, soweit sie versteigert wurden, nicht von dritten Personen erworben, sondern von Konzernbetrieben der Bank so lange in die Höhe lizitiert, bis die eingesetzten und Ihnen gemeldeten Werte erreicht waren. Ist das Aufgabe einer Bank? Im Prozeß hörte man die bemerkenswerten Worte: „eigentlich wollte die Bank nur eine stille Bereinigung . . .

Frau Sozialminister Grete Rehor wird in der Ministerratssitzung am 6. Juni einen Gesetzentwurf einbringen, nach dem der österreichische Nationalfeiertag am 26. Oktober heuer und in Zukunft ein voll bezahlter, arbeitsfreier Tag sein wird. Nach Verabschiedung dieses Gesetzes, die noch vor dem Sommer erfolgen soll, wird Österreich in Europa die meisten bezahlten Feiertage außer Italien haben.

Wirtschaftsfachleute sämtlicher Lager sind sich darüber einig, daß vor allem in der gegenwärtigen Wirtschaftslage alle Anstrengungen unternommen werden müssen, um die Wettbewerbsfähigkeit der österreichischen Wirtschaft auch weiterhin zu sichern. Nach den Berechnungen der Bundeswirtschaftskammer kostet der arbeitsfreie Nationalfeiertag rund 600 Millionen Schilling an Löhnen und Gehältern.

Während der 26. Oktober heuer auf einen Donnerstag fällt, werden die Österreicher 1968 den Nationalfeiertag an einem Samstag begehen; ...

Genossenschaften sind mehr als wirtschaftliche Interessenvertretungen

Vor der Hauptversammlung des Österreichischen Genossenschaftsverbandes, der Spitzenorganisation der gewerblichen Genossenschaften, die am 24. Mai in Innsbruck abgehalten wurde, überbrachte Generalsekretär Dr. Reinthaler die Grüße des Generalanwaltes Doktor Hasset und des Österreichischen Raiffeisenverbandes und wies in einer kurzen Ansprache auf die genossenschaftsfeindlichen Zeitungsartikel hin, die in letzter Zeit im Zusammenhang mit einem beabsichtigten Kompetenzfeststellungsverfahren vor dem Verfassungsgerichtshof erschienen sind. In dieser Situation sei es notwendig, betonte er, klärend und vor allem aufklärend zu wirken:

„Jene Kreise, die unsere Genossenschaften nur für wirtschaftliche Interessenvertretungen halten, übersehen wesentliche Merkmale, Aufgaben und Wirkungen unserer Selbsthilfegemeinschaften, ganz gleich, ob es sich um Genossenschaften handelt.

1,450.000 Genossenschaftsmitglieder

Wenn der Österreichische Raiffeisenverband heute rund 1,450.000 Mitgliedschaften zählt — seit dem 1. Jänner 1959 beträgt die Zunahme rund 300.000 —, so ist das ein nicht zu widerlegender Beweis dafür, daß in unserer Zeit noch Hunderttausende Menschen bereit sind, sich dem Prinzip der Gegenseitigkeit zu unterwerfen, und daß sie für den Gemeinschaftsgedanken, für die Gemeinschaftsarbeit und für das Gemeinschaftsunternehmen durchaus aufgeschlossen sind. Millionen Genossen handeln nicht ausschließlich nach wirtschaftlichen Erwägungen, sie suchen nicht nur finanzielle und praktische Vorteile des Augenblicks, sondern sie anerkennen höhere Werte; sie sind überzeugt, daß der einzelne in der Gemeinschaft eine gewisse Geborgenheit findet und daß im Zusammenwirken mit der Gemeinschaft dauerhafte Vorteile und die Sicherung der Existenz zu erreichen sind."

Generalsekretär Dr. Reinthaler sagte schließlich, daß die Gesinnung der Solidarität, der gegenseitigen Hilfsbereitschaft und Förderung, wie sie Papst Paul VI. heute vor allem in den Beziehungen zwischen den reichen Industrieländern und den armen Entwicklungsländern fordert, seit jeher zum geistigen Fundament der Selbsthilfegemeinschaft gehört.

Keine Plätze

sind mehr für den Erholungsaufenthalt für Bauernkinder in Ottenstein frei. Die Bauernkrankenversicherungsanstalt ersucht daher, von weiteren Anmeldungen Abstand nehmen zu wollen.

Für eine gesunde Weiterentwicklung des Genossenschaftswesens

Auf Antrag des Präsidenten des Österreichischen Genossenschaftsverbandes, Kommerzialrat Lakowitsch, der zugleich Präsident der Kammer der gewerblichen Wirtschaft für Wien ist, nahm die Hauptversammlung der Spitzenorganisation der gewerblichen Genossenschaften Österreichs am 24. Mai in Innsbruck eine Resolution an und verlangt im Interesse der vereinigten Mitglieder:

- Beseitigung aller Hindernisse, die eine gesunde Weiterentwicklung des gewerblichen Genossenschaftswesens in Österreich beeinträchtigen. Dazu ist es notwendig, daß die im Österreichischen Genossenschaftsverband vereinigten Genossenschaften das Recht behalten, sich auch an Unternehmungen anderer Rechtsformen zu beteiligen und, wenn erforderlich, auch das Nichtmitgliedergeschäft zu betreiben.
- Volle steuerliche Gleichstellung mit Konzentrationsbetrieben gleicher Struktur, ...
- ...

Niederösterreich–Wien

...

Man muß wissen, was sich tut!

...

Papst will Weltfonds gegen Hunger und Not

...

Fortsetzung von Seite 1

...

KURZ – aber wichtig!

DIE PARAGRAPH-7-KOMMISSION, die den Landwirtschaftsminister bei der Erstellung des „Grünen Berichtes" berät, bereiste am ... und 2. Juni 1967 das Burgenland. Unter Führung von Landwirtschaftsminister Dipl.-Ing. Dr. Schleinzer nahmen an dieser Reise Vertreter verschiedener Berufsvertretungen teil. An der Erstellung des „Grünen Berichtes 1966" wird derzeit intensiv gearbeitet, um nach Möglichkeit noch vor Beginn der Sommerferien den wesentlichsten Teil der Arbeiten abschließen zu können.

AM WELTMILCHTAG entbot der britische Minister für Landwirtschaft, Fischerei und Ernährung, Frederick Peart, allen Österreichern Grüße und beste Wünsche. Im Namen des Österreichischen Nationalkomitees im Internationalen Milchwirtschaftsverband telegraphierte Bundesminister für Land- und Forstwirtschaft Dipl.-Ing. Dr. Schleinzer nach London beste Wünsche für ein gutes Gelingen des Internationalen Tages der Milch zurück.

DIE VOLLVERSAMMLUNG DER LANDES-LANDWIRTSCHAFTSKAMMER FÜR TIROL hat den Bürgermeister von Reith bei Brixlegg, Landtagsabgeordneten Johann Astner, zu ihrem neuen Präsidenten gewählt. ...

DASS SICH DER MILCHABSATZ ...

SEIT MONATEN WIRD IM DEUTSCHEN BUNDESTAG ...

Der Österreichische Bauernbündler

...

Direktor Cernowsky †

Niederösterreichs Landwirtschaft hat einen schweren Verlust erlitten. Kammeramtssekretär Direktor Oberlandwirtschaftsrat abs. jur. Walter Cernowsky ist nach schwerer Krankheit am 1[illegible]. Juni 1967 im [illegible]. Lebensjahr gestorben. Mit ihm verliert die nö. Landes-Landwirtschaftskammer einen profilierten dynamischen und überaus sachkundigen Beamten.

Direktor Cernowsky trat im Jahre 1948 nach Beendigung seines Studiums an der Rechts- und Staatswissenschaftlichen Fakultät der Universität Wien in den Dienst der nö. Landes-Landwirtschaftskammer, wo er zunächst in der Rechtsabteilung tätig war und sehr bald als Sekretär des Kammeramtsdirektors in die Kammeramtsdirektion berufen wurde. Hier war er viele Jahre hindurch als Jurist und darüber hinaus als Fachmann auf dem Gebiete der Agrarpolitik engster Mitarbeiter und Berater des Kammeramtsdirektors. Neben seiner vielfältigen und verantwortungsvollen Tätigkeit in der nö. Landes-Landwirtschaftskammer vertrat er tatkräftig bei verschiedenen Organisationen, die der Kammer nahestehen, die Interessen der Kammer. So war er leitender Beamter der Deutschen Ansiedlungsgesellschaft AG., Zweigstelle Wien, Geschäftsführer der Bodenkredit- und Grunderwerbsgenossenschaft für Niederösterreich und Vorstandsmitglied der FAGES-Forstaufschließungsgesellschaft m. b. H.

[illegible]

3 Milliarden Schilling aufgewendet

[illegible]

Heimische Landwirtschaft sichert Ernährung der Bevölkerung auch im Krisenfall

Bundesminister Dipl.-Ing. Dr. Schleinzer legte Rechenschaft über Versorgungslage

[illegible]

Relativ günstige Lage

[illegible]

Ausreichende Brotgetreideversorgung

[illegible]

Fleisch und Fleischwaren

[illegible]

Man kann sich nur auf sich selbst verlassen!

[illegible]

„Der Zürcher Bauer" (Schweiz) 9. Juni 1967.

Geflügel und Eier

[illegible]

Obst und Gemüse

[illegible]

Zucker und Kartoffeln

[illegible]

Fette

[illegible]

Futtermittel

[illegible]

Düngemittel

[illegible]

Für eine freie Heimat und freies Bauerntum

[illegible]

Foto: [illegible]

Halbzeit in der Vorbereitung auf die Wiener Diözesansynode

[illegible]

Hilde Zadnik		K 4	von	S	4.300.--	auf	S	5.100.--
Dorothea Hengel	Umstufung	K 4	"	S	3.700.--	"	S	4.800.--
Judith Steiner		K 1	"	S	2.500.--	"	S	3.000.--
Elfriede Sukup		K 1	"	S	2.500.--	"	S	2.900.--
Gertrude Harrer		K 3	"	S	3.500.--	"	S	4.100.--
Hilde Eichberger		K 1	"	S	2.800.--	"	S	3.200.--
Dipl.Ing.Josef Tanzer		K 8	"	S	7.000.--	"	S	9.000.--
Bertram Frühwirth		K 6	"	S	4.600.--	"	S	5.800.--
Helga Marken		K 1	"	S	2.400.--	"	S	2.800.--
Gottfried Klikovits	Umstufung	K 4	"	S	3.300.--	"	S	4.500.--
Helene Hutterer		K 3	"	S	3.600.--	"	S	4.200.--
Erna Frauck		K 3	"	S	3.500.--	"	S	4.100.--
Therese Anger		K 3	"	S	3.600.--	"	S	4.100.--
Elfriede Handl		K 3	"	S	3.500.--	"	S	4.100.--
Johann Binder	Umstufung	K 2	"	S	2.700.--	"	S	3.600.--
Karl Scharitzer		K 8	"	S	9.500.--	"	S	9.700.--
Franz Lovranich		K 3	"	S	3.500.--	"	S	4.000.--
Ing.Hermann Fleischhacker	Umstufung	K 5	"	S	4.200.--	"	S	5.500.--
Ferdinand Hesch		K 6	"	S	4.600.--	"	S	5.800.--
Josef Stecher	Umstufung	K 3	"	S	3.100.--	"	S	3.700.--
Helene Stadler		K 2	"	S	3.000.--	"	S	3.500.--
Margarete Kordina	Umstufung	K 1	"	S	2.100.--	"	S	2.600.--
Norbert Darrie	Umstufung	VKB/b/2	"	S	1.800.--	"	S	2.500.--
Anton Scharl		K [illegible]	"	S	4.200.--	"	S	5.000.--
Hans Ernst Ochs	Umstufung	K 3	"	S	3.500.--	"	S	4.000.--
Gertrude Westermayer		K 5	"	S	4.400.--	"	S	5.100.--
Dr.Ing.Hellfried Schram		K 8	"	S	7.700.--	"	S	9.500.--
Hans Waldherr		K 7	"	S	6.000.--	"	S	7.300.--
Viktor Bauer		K 7	"	S	5.400.--	"	S	6.800.--
Erika Brenner		K 4	"	S	4.100.--	"	S	4.900.--
Magdalene Kieslinger		K 3	"	S	3.400.--	"	S	3.900.--
Elfriede Langer	Umstufung	K 4	"	S	3.700.--	"	S	4.700.--
Eduard Lindner		K 4	"	S	4.100.--	"	S	4.800.--
Disp.Hans Hadacek		K 8	"	S	7.300.--	"	S	9.700.--
René Tschirner		K 6	"	S	4.700.--	"	S	5.700.--
Gertrude Schacek		K 4	"	S	4.300.--	"	S	5.000.--
Disp.Otto Urbanitsch		K 8	"	S	7.400.--	"	S	9.300.--
Robert Eckhardt		K 6	"	S	4.700.--	"	S	5.700.--
Heidemarie Pokorny		K 2	"	S	2.900.--	"	S	3.600.--
Johanna Schäfer		K 1	"	S	2.500.--	"	S	2.900.--
Friederike Reis	Umstufung	K 1	"	S	2.300.--	"	S	2.700.--
Michael Zeissl		K 8	"	S	7.200.--	"	S	9.000.--
Kurt Crennitz		K 7	"	S	5.500.--	"	S	6.800.--
Dorothea Heidl	Umstufung	K 4	"	S	3.600.--	"	S	4.800.--
Gerda Kühn		K 2	"	S	2.900.--	"	S	3.300.--
Ing.Otto Kulik		K 8	"	S	7.000.--	"	S	9.000.--
Dr.Michaela Edelmann		K 3	"	S	3.700.--	"	S	4.600.--

VERBAND LÄNDLICHER GENOSSENSCHAFTEN IN NIEDERÖSTERREICH

REGISTRIERTE GENOSSENSCHAFT MIT BESCHRÄNKTER HAFTUNG

Fernsprechnummer: R 27 5 45 Serie
Postscheck-Konto Wien Nr. 109.900
Drahtanschrift: Ländlichband, Wien

Generaldirektion.

WIEN, 19. Jänner 1956
I/15 Seilergasse 6 (Matschakerhof)

An

Herrn Anton S c h a r l

im H a u s e .

Nach Inkrafttreten des Kollektivvertrages für die Angestellten des Verbandes ländlicher Genossenschaften wurden Sie – mit Wirkung vom 1. Jänner 1956 – auf Grund Ihrer derzeitigen Tätigkeit als selbständ. Fakturist in die Kategorie 6 eingestuft.

Ihr Monatsbruttogehalt beträgt

S 1.900.--

Mit genossenschaftlichem Gruß !

Leopold Benedikt e.h.	Dr. Ing. Ludwig Ströbl e.h.	Ing. Hans Steinböck e.h.
Betriebsratsobmann.	Generaldirektor.	Personalreferent.

Unser Kanzler Dollfuß als Agrarier

Von

Kammersekretär Dr. L. Strobl

Agrarverlag
Wien, 1. Bezirk, Löwelstraße 16

645000-B.

Vorwort.

Unter den Männern, die die Agrarbewegung in Österreich in der Nachkriegszeit zur Entfaltung gebracht und geführt haben, steht unser Kanzler Dollfuß in der ersten Reihe. Dazu hat ihn — den Sohn eines Bauern aus den niederösterreichischen Voralpen — die enge Verbundenheit mit dem heimatlichen Boden und die tiefinnerste Überzeugung von den Werten und Kräften, die unserem österreichischen Bauernvolk anhaften, bestimmt, und seine hohe Auffassung von Beruf und Pflicht, seine unerhörte Arbeitsfreudigkeit, Zähigkeit und sein großes Organisationstalent befähigt. Optimismus und ideale Einstellung zu jedem Menschen, mit dem er zu tun hat, die stete Verleugnung der eigenen Person haben ihm den steilen Weg leichter gemacht.

Dollfuß ist seiner inneren Einstellung in allen Lagen treu geblieben. Mir, dem es gegönnt war, schon von der Hochschule angefangen bis heute sozusagen an seiner Seite zu gehen, ist es eigentlich nicht überraschend gekommen, wenn Dollfuß heute der Führer der „österreichischen Bewegung“ ist.

Mir sind in den letzten Monaten immer wiederum die Worte in Erinnerung gekommen, die Dollfuß, selbst noch ein Student, zu seinen Mitstudenten über Mitarbeit an der Volksbewegung, Bauerntum, Auffassung von Pflicht und Beruf oft und oft sowohl in ernsten wie in heiteren Stunden gesprochen hat. Ich höre auch noch oft die Worte, die er seiner Mutter gewidmet hat: von der Lebensauffassung einer echten Bäuerin, der Arbeit nicht Last, sondern Bedürfnis und Lebenszweck ist. Aus diesen Erkenntnissen und aus seiner daraus folgenden unbegrenzten Liebe zum Bauernstand hat Dollfuß stets neue Kräfte geschöpft und ist damit Führer der österreichischen Bauern und Führer des österreichischen Volkes geworden.

Wenn man Arbeit und Leistungen unseres Kanzlers auf agrarischem Gebiet beschreiben will, dann muß man wohl in erster Linie seine organisatorischen Leistungen hervorheben, die für die Bauernbewegung grundlegend und richtunggebend waren. Seine Kraft und Energie hat Dollfuß vorerst dem Ausbau der ständischen Organisation der Bauernschaft gewidmet.

In seiner ersten Stellung als Sekretär des Niederösterreichischen Bauernbundes hatte Dollfuß Gelegenheit, den Pulsschlag der Bauernbewegung in allen Einzelheiten zu fühlen und zu deuten. In engster Fühlung mit den Führern der niederösterreichischen Bauernschaft, Stöckler, Zwetzbacher, Reither, Sturm, war es ihm möglich, seinen Ideen Geltung zu verschaffen. Der Schaffung der Niederösterreichischen Landes-Landwirtschaftskammer als Interessenvertretung der Landwirtschaft hat Dollfuß in Erkenntnis der großen Bedeutung dieses Werkes von allem Anfang an seine ganze Arbeit und Energie geliehen. In Hunderten von Bauernversammlungen hat er der ländlichen Bevölkerung die Bedeutung und den Aufgabenkreis der berufsständischen Organisation verkündet und das Verständnis der Bauernschaft hierfür geweckt. Damit wurde die Bauernbewegung in eine Bahn gelenkt, die für die künftige Entwicklung ausschlaggebend war.

Die Gründung der Niederösterreichischen Landes-Landwirtschaftskammer war richtunggebend für die ständische Organisation in den übrigen Bundesländern, der Dollfuß gleichfalls vollste Aufmerksamkeit geschenkt hat. Er war überhaupt niemals nur Niederösterreicher, sein Arbeitsfeld war immer Österreich.

Die Verdienste unseres Kanzlers um die Schaffung der Landwirtschaftskammer in Niederösterreich hatte die selbstverständliche Folge, daß man ihn im neuaufgestellten Kammeramt mit einer leitenden Stelle betraute. Wenn heute alle Welt die unermüdliche Arbeit unseres Kanzlers bewundert, dann muß man sagen, daß Dollfuß diese Eigenschaft bereits mit Eintritt in sein Berufsleben überhaupt gezeigt hat. Außenstehende können sich wohl kaum einen Begriff von den Schwierigkeiten machen, die sich der Verankerung und Geltung der ständischen Organisation der Bauernschaft in der Öffentlichkeit entgegenstellten. Die Führer der Kammer von damals und heute (Zwetzbacher, Reither) haben kraft ihrer Persönlichkeit die Haupthindernisse machtvoll gebrochen. Dollfuß hat mit unendlicher Emsigkeit und Hingebung die Waffen hierzu geschmiedet. Er hat den Führern die Treue bis ins Letzte gehalten. Seine hohe Berufsauffassung und seine persönliche Hingabe, sein Gerechtigkeitssinn und die aufrichtige Freundschaft, die er jedem Mitarbeiter bedingungslos entgegenbrachte, haben die Beamtenschaft der Kammer mitgerissen, und der Geist, den er in die Ämter, in denen er zu arbeiten hatte, getragen hat, hat sich ausnahmslos erhalten. An der Spitze dieser Beamtenschaft hat Dollfuß Hindernis um Hindernis überwunden und Stein auf Stein gelegt zu dem machtvollen Bau, den die landwirtschaftlichen Hauptkörperschaften Österreichs heute darstellen. Dollfuß war es auch, der die internationalen Beziehungen der bäuerlichen Organisationen zu schaffen und zu festigen bemüht war. Er hat heute in den landwirtschaftlichen Organisationen des Auslandes viele Freunde und hat damit der Kammer wertvolle Dienste geleistet.

Wenn Dollfuß auch überzeugt war, daß die ständische Organisation der Landwirtschaft einer starken Geltung in der Öffentlichkeit bedurfte, so sah er doch vorerst in der festen Verankerung der Kammer in der Bauernschaft selbst das wichtigste Ziel und das beste Fundament.

Zur Zeit der Gründung der Kammer war es von größtem volkswirtschaftlichem Interesse, die Agrarproduktion Österreichs zu heben. Die Strukturveränderung, die unser teures Vaterland erlitten hat, machte dieses Ziel zu einem eisernen Gebot. Dollfuß hat darin den Weg erkannt, den

Kammergedanken durch die Förderung der Landeskultur in der Bauernschaft zu verwurzeln. Mit größter Entschlossenheit und Großzügigkeit hat er die technische Kulturförderung in die Wege geleitet. Er hat es verstanden, geeignete Fachleute von Ruf, vereint mit tatenlustigem jungem Nachwuchs, in den Dienst der Landeskulturförderung zu stellen. Die weitgegliederte Organisation der Kammer, die im Wege der in jedem Gerichtsbezirk bestehenden, aus Urwahl hervorgegangenen Bezirksbauernkammern in jede Gemeinde reichte, ermöglichte es, jede Aktion auf breiteste Basis zu stellen. Die Sekretariate der Bezirksbauernkammern wurden gemäß den Intentionen Dollfuß' mit geeigneten Fachkräften, meist Agraringenieuren, besetzt, wodurch jedem Landwirt die Möglichkeit gegeben wurde, sich auf kürzestem Wege Aufklärung, Rat und Hilfe zu holen. Die demokratische Grundlage der Kammerorganisation hat es mit sich gebracht, daß die Bauern im Verkehr mit den Sekretariaten und dem Kammeramt selbst in diesen Stellen nicht eine Behörde erblickten, sondern als zu ihnen gehörig ansahen. Dollfuß selbst war in der Behandlung der Parteien vorbildlich. Jeden hat er, und zwar aus seiner inneren Einstellung heraus, angehört und ihm sein ganzes Wissen und Können zur Verfügung gestellt. Damit hat er die Beamtenschaft dazu erzogen, sich selbst zum Berufsstand der Bauern zu zählen.

Es würde zu weit führen, die Tätigkeit der Kammer auf dem Gebiete der technischen Förderung der Landwirtschaft unter der Leitung Dollfuß' im Detail zu beschreiben. Die Erfolge sind allgemein bekannt. Es sollen nur einige wenige Aktionen aufgezählt werden, die für die Entwicklung der gesamten österreichischen Landwirtschaft von besonderer Bedeutung waren und an denen unser Kanzler besonders Anteil genommen hat:

Förderung der Saatzuchtwirtschaft zur Versorgung der Getreidebaugebiete mit Edelsaatgut.

Errichtung von landwirtschaftlichen Brennereien.

Errichtung von landwirtschaftlichen Molkereien.

Regelung des Milchverkehres.

Förderung und Regelung des Zuckerrübenbaues.

Einleitung des Kartoffelexportes.

Förderung des Futterbaues und der Düngerwirtschaft im Gebirge.

Förderung der Viehzucht im Gebirge und des Viehabsatzes.

Neuanlage von Weingärten.

Errichtung von Beispielskellereien.

Errichtung von Forstgärten, Holzverwertungsgenossenschaften und Förderung der Harzgewinnung.

Förderung des landwirtschaftlichen Fortbildungswesens durch Errichtung von Fortbildungskursen für die männliche und weibliche bäuerliche Jugend und Errichtung von Spezialschulen.

Förderung und Reglementierung des landwirtschaftlichen Ausstellungswesens.

Errichtung eines landwirtschaftlichen Arbeitsamtes usw. usw.

Bei allen diesen Förderungsaktionen war unser Kanzler nicht nur in hervorragendem Maße organisatorisch tätig, sondern hat sich auch jeweils in alle Details vertieft.

Ganz besonders muß die Arbeit unseres Kanzlers auf genossenschaftlichem Gebiet hervorgehoben werden. In ihm war der genossenschaftliche Gedanke in einer Ursprünglichkeit und Reinheit entwickelt, wie ihn wohl die ersten Vorkämpfer des Genossenschaftswesens überhaupt nicht idealer innehaben konnten. Er hatte ein überaus feines Empfinden dafür, wo die Genossenschaft am Platze ist und wo sie durch eine andere wirtschaftliche Organisationsform zu ersetzen ist. Die ungeheure Kleinarbeit, die er auf genossenschaftlichem Gebiete geleistet hat, konnte naturgemäß

7

nicht äußerlich derart in Erscheinung treten wie Erfolge auf landwirtschaftlich-technischem und wirtschaftspolitischem Gebiet. Als markanter Ausdruck mag jedoch der Erfolg gelten, daß die niederösterreichische Landesregierung der Niederösterreichischen Landes-Landwirtschaftskammer die Revision der landwirtschaftlichen Genossenschaften übertragen hat, deren Leitung Dollfuß selbst besorgte. Mit unnachsichtlicher Strenge hat Dollfuß Abirrungen einzelner Genossenschaften vom reinen Genossenschaftsgedanken gerügt.

Nur wenige vermögen zu würdigen, welche Tat es war, das landwirtschaftliche Genossenschaftswesen durch Übernahme der Revision in die berufsständische Organisation engstens eingegliedert zu haben. Dollfuß sah in der Kammerorganisation die wirtschaftspolitische, in der genossenschaftlichen Organisation die wirtschaftliche Machtentfaltung der Bauernschaft, und opferte dieser Auffassung seine ganze Arbeit.

Die bewegte Zeit, in die das neue Österreich gestellt wurde, die notwendige Neuorientierung der Wirtschaft im neuen Österreich rollte Probleme von größter Bedeutung auf. In der Abwägung der Bedeutung dieser Fragen für die Entwicklung der Landwirtschaft war unser Kammeramtsdirektor Dollfuß Meister. Er hat nichts übersehen und keinen Versuch unterlassen — und mochte er noch so oft zurückgeworfen werden —, Bewegungen, die für die Entwicklung der Landwirtschaft von Bedeutung sein konnten, aufzufangen oder wenigstens mit ihnen zielsicher mitzugehen. Diese Umsicht hat Dollfuß nicht nur für Bewegungen walten lassen, die populär waren, sondern auch für jene, die in der bäuerlichen Mentalität Widerstände gefunden haben. Als Beispiel dafür soll die führende Arbeit unseres Kanzlers in der landwirtschaftlichen Sozialversicherung erwähnt werden.

Dollfuß war ein Vorkämpfer für die landwirtschaftliche Sozialversicherung, die herbsten Enttäuschungen haben ihn nicht aus der Bahn gebracht, die größten Widerstände hat er durch zäheste Arbeit überwunden. Wenn er seine ganze Persönlichkeit in diesem Kampf für die landwirtschaftliche Sozialversicherung eingesetzt hat, so wollte er damit nicht dem Geist der Zeit allein Rechnung tragen, sondern war im Innersten überzeugt, daß eine den Verhältnissen der Landwirtschaft angepaßte Sozialversicherung einen Segen für die Landwirtschaft bedeutet. Es ist ihm auch gelungen, für die landwirtschaftliche Sozialversicherung eine praktische Form zu finden, die von der Bauernschaft nicht mehr als Last empfunden wird. Soweit seine Idee noch nicht restlos überall durchgedrungen ist, wird ihr die Entwicklung zum Durchbruch verhelfen. Nicht zuletzt haben ihn sein eigenes tiefes soziales Empfinden und seine Weltanschauung zu dieser Haltung bestimmt.

In dem Maße, als der Aufgabenkreis der Kammer hinsichtlich der technischen Landeskulturförderung immer mehr erfüllt wurde, lenkte unser Kanzler als Kammeramtsdirektor den Schwerpunkt der Kammertätigkeit auf das Gebiet der wirtschaftspolitischen Interessenvertretung. Der Kammergedanke war ja bereits verwurzelt, die Bauernschaft stand geschlossen hinter ihrer Interessenvertretung. Damit war die Zeit gekommen, die Landwirtschaft im Rahmen der Volksgemeinschaft zu der ihr gebührenden Geltung zu bringen. Hier konnte man immer wieder bewundern, wie Dollfuß es verstand, alle nützlichen Kräfte, mochten sie auch sonst noch so sehr divergieren, zu mobilisieren und dem angestrebten Ziel dienstbar zu machen. Dollfuß war vor allem bemüht, einzelne Interessengegensätze innerhalb der Landwirtschaft Österreichs auszugleichen und die Solidarität der Landwirtschaft herzustellen, was auch in allen entscheidenden Fragen gelungen ist. Die Stärkung der Präsidentenkonferenz der landwirtschaftlichen Hauptkörperschaften Österreichs als Spitzenorganisation der Landwirtschaft hat er mit besonderem Eifer angestrebt und damit eine einheitliche und machtvolle Repräsentation der österreichischen Landwirtschaft auf wirtschaftspolitischem Gebiet gewährleistet. Auf eine zweckentsprechende, den wirtschaftspolitischen Zielen der Landwirtschaft dienende Zusammenarbeit der berufsständischen Organisation mit der politischen Partei, in der die Mehrheit der Bauernschaft organisiert ist, hat Dollfuß großes Gewicht gelegt. Es wäre Torheit gewesen, wenn ihm daraus selbst politische Gegner einen Vorwurf gemacht hätten. Es wäre eine Wirtschaftspolitik in luftleerem Raume gewesen, wenn Dollfuß eine Erfüllung der agrarischen Forderungen ohne Zuhilfenahme der herrschenden politischen Partei erwartet hätte.

Bei aller Energie, die Dollfuß für die Machtentfaltung des landwirtschaftlichen Berufsstandes in Österreich aufgewendet hat, hat er doch niemals weder auf wirtschaftspolitischem noch auf politischem Gebiet den Boden der Volksgemeinschaft verlassen. Diese Einstellung hat er jederzeit aus innerster Überzeugung heraus vertreten.

Wenn schon diese grundsätzlichen Voraussetzungen an und für sich einen Erfolg auf wirtschaftspolitischem Gebiet verbürgten, so wurde der Erfolg noch dadurch gewährleistet, daß unser Kanzler kleinere Fragen ebenso sorgsam behandelte wie große Fragen und im besonderen jede Forderung erst nach gewissenhafter Überprüfung aufstellte. Seine rasche Entschlußfähigkeit hat ihn niemals verleitet, ein wirtschaftspolitisches Problem ohne eingehendem Studium abzutun. Um die entsprechenden Beurteilungsgrundlagen für wirtschaftspolitische Fragen zu erhalten, hat unser Kammeramtsdirektor großen Wert auf die Erforschung der strukturellen und betriebswirtschaftlichen Verhältnisse sowohl der österreichischen Land- und Forstwirtschaft, wie auch der sonstigen Wirtschaftszweige gelegt.

Demnach wurde von ihm der Ausbau der Agrarstatistik wie Wirtschaftsstatistik überhaupt und im besonderen der landwirtschaftlichen Rentabilitätserhebungen gefördert. Gestützt auf die Untersuchungsergebnisse und auf seine Kenntnis der Verhältnisse, die ihm als Bauernsohn von vornherein gegeben war, hat er eine einmal als richtig erkannte Forderung mit Leidenschaft vertreten. Dabei hat er niemals seine Person in den Vordergrund gestellt. Er war der Waffenschmied für die Führer.

Von den vielen wirtschaftspolitischen Erfolgen, die der Kammeramtsdirektor, dann der Ackerbauminister und schließlich der Bundeskanzler Dr. Dollfuß für die österreichische Landwirtschaft teils selbst, teils miterrungen hat, sollen auch nur jene im speziellen gewürdigt werden, die für die Agrarwirtschaft in Österreich von besonderer Bedeutung waren.

Im Jahre 1924, als ein neuer Zolltarif in Vorbereitung genommen wurde, wurde die erste große Kraftprobe an die Kammer gestellt. Bis dorthin waren die landwirtschaftlichen Zölle suspendiert. Wenn es damals gelungen ist, im neuen Zolltarif für die wichtigsten landwirtschaftlichen Produktionszweige einen Schutz zu erreichen, dann ist dies nicht zuletzt ein Verdienst unseres Kanzlers. In der Folge war er bemüht, die Lücken im Zolltarif und in den Handelsverträgen allmählich unter Bedachtnahme auf die Lage der übrigen Stände zu einem befriedigenden Schutz für die landwirtschaftliche Produktion in Österreich auszufüllen. Rückschläge haben ihn nie entmutigt, sondern immer nur zu neuem Streben angespornt. Für ihn war jedoch die Erstellung von Schutzzöllen nicht das alleinige Mittel, um die volkswirtschaftlich erwünschte Intensivierung der Landwirtschaft zu erreichen, sondern er prüfte unausgesetzt andere Wege, die zu diesem Ziele hätten führen können. Ja, es war ihm ein anderer zum Ziele führender Weg stets willkommen sowie er heute noch auf dem Standpunkte steht, daß Tarifverträge in der Handelspolitik nicht ein Universalmittel darstellen können. Mit großer Vorliebe hat er den Weg zu den Konsumentengruppen gesucht, um mit ihnen im freien Übereinkommen die Aufnahme der agrarischen Erzeugnisse zu angemessenen Preisen zu erreichen. Es ist ihm auch im wesentlichen gelungen, die Industrien, die die Rohprodukte aus der Landwirtschaft beziehen (gersteverarbeitende Industrien, Zuckerfabriken, Brotfabriken, Mühlen, Stärkefabriken usw.) in engere Fühlungnahme mit der Kammer zu bringen.

Dollfuß ist immer in richtiger Einschätzung der handelspolitischen Stellung Österreichs zu den Nachbarstaaten, die für den österreichischen industriellen Absatz in Betracht kommen, für eine planvolle Regelung der österreichischen Agrarproduktion eingetreten. Jeder einseitigen Entwicklung der landwirtschaftlichen Produktion, wie sie von vielen Seiten oftmals propagiert wurde, ist er energisch entgegengetreten. Die Erfahrungen, die man mit einzelnen Produktionszweigen, die übermäßig entwickelt wurden, machen mußte, haben dieser seiner Politik voll recht gegeben. Seine Einstellung in dieser Frage hat sich für die agrarische Preis- und Absatzpolitik außerordentlich glücklich erwiesen. Dollfuß ist immer für eine wirklich freie Wirtschaft, aber nicht für eine zügellose Wirtschaft eingetreten. Für ihn ist Freiheit Zweck des Zwanges. Auf handelspolitischem Weg, ergänzt durch regulierende Maßnahmen im Inlande selbst, ist es Dollfuß gelungen, den landwirtschaftlichen Hauptproduktionszweigen, wie Viehwirtschaft, Milchwirtschaft, Schweineproduktion, Getreidebau, Zuckerrübenbau und Kartoffelbau Sicherungen zu gewähren, die nicht nur jeden Rückschlag zu verhindern, sondern weitere Entwicklungsmöglichkeiten zu bieten imstande sind. Die Handelsverträge, die unter dem Regime Dollfuß geschlossen wurden, haben sich für die österreichische Wirtschaft durchaus günstig ausgewirkt. Er hat die österreichische Handelspolitik, den geänderten Verhältnissen Rechnung tragend, mit neuen Ideen befruchtet, deren weitere Entwicklung sicherlich die Handelsbeziehungen Österreichs verstärken wird. Bei all dem muß in Rücksicht gezogen werden, daß die Tätigkeit unseres Kanzlers auf handelspolitischem Gebiet bisher in eine Zeit gefallen ist, in der die Absperrung der Staaten Extreme gezeitigt und die sonstigen Auswirkungen der Weltwirtschaftskrise nur noch verstärkt hat.

Seit die Forstwirtschaft in eine Absatzkrise geraten ist, scheut Dollfuß keine Anstrengung, den Absatz zu beleben. Soweit innere Maßnahmen in Frage gekommen sind, wurden sie ergriffen. Auf handelspolitischem Gebiet ist es ihm gelungen, den Holzexport nach Italien, nach Ungarn und nach der Schweiz im bestmöglichen Umfang zu sichern. Die gesunkene Aufnahmsfähigkeit aller Länder für Holz ist dabei allerdings ein nicht zu überwindender Faktor.

Wenn es unserem Kanzler vielleicht in absehbarer Zeit nicht gelingen wird, den Holzabsatz nach Deutschland zu beleben, dann werden ihm daraus die Österreicher keinen Vorwurf machen.

Eng im Zusammenhang mit den handelspolitischen Maßnahmen zum Schutze des wichtigsten Produktionszweiges der österreichischen Landwirtschaft, der Viehwirtschaft, steht das von Dollfuß als Ackerbauminister geschaffene Viehverkehrsgesetz. Wer den katastrophalen Verfall der Viehpreise in den Nachbarländern verfolgt hat und wer die Bedeutung der Schlachtviehproduktion und Schweineproduktion der österreichischen Landwirtschaft richtig einzuschätzen weiß, der wird erst diese Tat entsprechend würdigen. Durch das Viehverkehrsgesetz wurde der österreichischen Landwirtschaft der erste Platz auf den heimischen Märkten eingeräumt und der Preisverfall abgewendet, der sich in anderen Ländern zu einer Katastrophe für die Landwirtschaft ausgewirkt hat. Gleichzeitig wurden damit der österreichischen Viehwirtschaft weitere Entwicklungsmöglichkeiten gesichert. Im besonderen hat sich seit dem Inkrafttreten des Viehverkehrsgesetzes die Rindermast und die Schweinemast in Österreich auf eine Höhe entwickelt, die die

Versorgung des inländischen Marktes mit eigenen Produkten bereits gewährleisten kann.

Ähnlich wie Dollfuß durch das Viehverkehrsgesetz für die Schlachtviehproduktion Vorsorge getroffen hat, hat er durch eine zweckmäßige Regelung der Milchwirtschaft einen sicheren Boden gegeben. An der Schaffung des Milchausgleichsfonds hat Dollfuß von allem Anfang an entscheidend mitgearbeitet. Wenn auch diese Maßnahme anfänglich nicht von allen Gruppen der Landwirtschaft als notwendig anerkannt wurde, so hat sich doch alsbald die Zweckmäßigkeit dieser Maßnahme zur Erhaltung eines erträglichen Preises für Milch eindeutig herausgestellt. Die Landwirtschaft wäre auch auf dem Gebiete der Milchwirtschaft einem ruinösen Preisverfall entgegen gegangen, wenn nicht eine Reglementierung im Wege des Milchausgleichsfonds und im Wege der Festsetzung der Produzentenmilchpreise Platz gegriffen hätte.

Auf dem Gebiete der engeren Interessenvertretung hat Dollfuß auch allen Fragen der Belastung der Landwirtschaft größte Aufmerksamkeit zugewendet. Besonderes Interesse widmete er den Steuerfragen. Die Erzielung von Steuervereinfachungen und Gerechtigkeit in der Verteilung der Steuerlasten waren dabei sein Ziel. Die Pauschalierung der Einkommensteuer für bäuerliche Betriebe in Niederösterreich, welches System von den übrigen Bundesländern übernommen wurde, ist sein Werk. Desgleichen ist die vereinfachte Veranlagung der Landwirtschaft hinsichtlich der Warenumsatzsteuer nicht zuletzt sein Verdienst. Mit gleichem Interesse wendete er sich der Gebührenbelastung zu. Er hat auch auf diesem Gebiet namhafte Erfolge zu verzeichnen. Hervorzuheben ist hierbei eine Vereinbarung mit der Finanzbehörde über die Bewertung bäuerlicher Liegenschaften zu Gebührenbemessungszwecken, wodurch nicht nur eine Vereinfachung in der Ermittlung der Gebührenwerte, sondern auch eine namhafte finanzielle Erleichterung, insbesondere für die Gebirgsgebiete, erzielt wurde. Durch die Einführung von Schiedsgerichten bei den Bezirksbauernkammern wurden der niederösterreichischen Landwirtschaft die bedeutenden Kosten der Rechtsfindung erspart.

Dem Landarbeiterwesen hat Dollfuß größte Beachtung geschenkt. In Zusammenarbeit mit den Industriellen Bezirkskommissionen wurden über seine Anregung Versuche unternommen, die Rücküberführung der Arbeitslosen in die Landwirtschaft in die Wege zu leiten. Der Ausbau der Lehrlingsstelle bei der Kammer und die Errichtung des landwirtschaftlichen Arbeitsamtes haben bei der Landwirtschaft den besten Anklang gefunden.

In der intensiven Förderung der landwirtschaftlichen Genossenschaften erblickte Dollfuß nicht nur für den bestmöglichsten Absatz der landwirtschaftlichen Produkte, sondern auch für die bestmögliche Versorgung mit landwirtschaftlichen Betriebsmitteln das geeignetste Mittel.

Es wäre zu weitgehend, wollte man alle einzelnen Maßnahmen auf wirtschaftspolitischem Gebiet aufzählen, die Dollfuß angeregt oder an denen er entscheidend mitgewirkt hat. Es darf aber nicht an seinem stetigen Streben vorübergegangen werden, die Vertreter der Landwirtschaft in allen Kollegien zu wissen, in denen Fragen, die die Landwirtschaft mittelbar oder unmittelbar berühren, beraten oder entschieden werden. Diese Absicht ist aber nicht etwa einem Machtbedürfnis, sondern vielmehr seiner innersten Auffassung entsprungen, daß nur gegenseitiges Verständnis zum Wohle jedes einzelnen Standes führen kann.

Die günstige Entwicklung der österreichischen Landwirtschaft in der Nachkriegszeit wird heute mit Recht nicht nur vom engeren landwirtschaftlichen, sondern vielmehr vom gesamtwirtschaftlichen Standpunkte gewürdigt. Die vielen Erschütterungen, die die österreichische Wirtschaft im Zuge der Weltwirtschaftskrise mitzumachen hatte und gegenwärtig immer noch mitzumachen hat, wären wohl nicht zu überdauern, wenn nicht die Landwirtschaft im allgemeinen auf so festem Boden stünde. Der feste Boden wird nicht etwa von mobilen Kapitalsreserven gebildet, sondern ist vielmehr im hohen Produktionsvermögen der Landwirtschaft begründet.

Strukturelle Eigenarten aus den natürlichen Verhältnissen heraus und der vorwiegende bäuerliche Charakter unserer Landwirtschaft sind es vor allem, die das starke Produktionsvermögen und die Krisenfestigkeit bedingen. Der österreichische Bauer, wie der deutsche Bauer überhaupt, sieht nicht in seinem Hof ein Unternehmen, dessen Erträgnisse die Bedürfnisse der Besitzerfamilie zu decken haben, sondern der Bauer und seine Familie dienen dem Hof, ihr ganzes Denken und Streben ist der Hof, seine Erhaltung, seine Festigung. Aus dieser — man kann sagen — metaphysischen Einstellung ist die unerschütterliche Arbeitsfreudigkeit unserer Bauern, ihre bescheidene Lebenshaltung auch in guten Verhältnissen, ihr Sparsinn, ihre Zähigkeit und Unverdrossenheit auch in mißlichsten Lagen und ihre unbegrenzte Anhänglichkeit an die Scholle zu verstehen.

Es war zu erwarten, daß einem Bauernvolke mit derartigen Eigenschaften, organisatorisch zusammengefaßt, unter einer verständnisvollen und rechtschaffenen Führung im wirtschaftspolitischen Kampfe der Erfolg nicht versagt bleiben kann.

Dollfuß war einer der maßgebendsten Organisatoren der Bauernschaft. Er hat nie an dem Erfolg gezweifelt, weil er die starken, ja unüberwindlichen Kräfte kannte, die in unserem Bauernvolke liegen. Er hat sie geweckt und gepflegt und zusammengefaßt zu einem mächtigen Kraftstrom und diesen zielsicher geleitet.

Unsere Bauernschaft verdankt ihren Führern heute nicht nur die wirtschaftlichen Erfolge, sondern auch ihre starke Geltung in der österreichischen Volksgemeinschaft. Steht doch ein Bauernsohn und Bauernführer — unser Dollfuß — an der Spitze des österreichischen Staates. Er möge noch lange die Fahne führen:

„Am bäuerlichen Wesen wird Österreich genesen!"

REIHE

Lebendige Betriebs-wirtschaft

HERAUSGEBER:

Josef Dobretsberger
Ludwig Strobl
Alois Georg Maitz

DR. OSKAR VETTER

Vom richtigen Soll und Haben

Eine kleine Bilanzlehre für jedermann

ZEIT UND ZUKUNFT VERLAG WIEN

Sachwortverzeichnis

Die Antwort auf diese Fragen betrifft sowohl das Gewinnproblem als auch jenes der Erhaltung und Gestaltung des Vermögens.

Um die Zulässigkeit stiller Reserven ist schon viel gestritten worden. Es sind dies tatsächlich vorhandene, zum Betriebsvermögen gehörende Vermögenswerte, die aber in der Bilanz nicht ausgewiesen sind: Zum Beispiel Grund- und Waldbesitz, der in der Bilanz nur mit dem Werte von 1,— eingestellt ist, oder Maschinen, deren Wert schon auf Null abgeschrieben ist, obwohl sie noch benützt werden, Wertpapiere, die hoch im Kurs stehen, aber nur mit den Anschaffungskosten bewertet sind. Dies sind alles zweifellos zulässige stille Reserven.

Sie können aber auch konstruiert sein: Durch bewußte Unterbewertung des Warenlagers, Abschreibungen von Forderungen als „uneinbringlich", obwohl mit dem Eingang zu rechnen ist. Wurde die Forderung abgeschrieben, weil der Gläubiger in Konkurs ging und anscheinend für die nicht bevorrechteten Gläubiger keine Zahlung zu erwarten ist, und erwies sich dann schließlich die schuldnerische Vermögenslage doch günstiger, so entstand dadurch eine zulässige stille Reserve, die durch den Eingang der schon völlig verlorengegebenen Forderung „aufgelöst" wird.

Jede stille Reserve, ob zulässig oder nicht, bedeutet für das Unternehmen ein Fettpolster, auf das es nur ungern verzichtet, weil es in schlechten Zeiten davon zehren kann. Es wird automatisch dann gebildet, wenn Bewertungen der Aktiven zu den zulässigen Niederstwertsätzen erfolgen.

Fingierte Debitoren sind keine stillen Reserven, sondern Bilanzfälschungen. Denn sie täuschen ein Aktivum und damit einen Gewinn vor, die nicht vorhanden sind. Oder, um einen Verlust nicht aufscheinen zu lassen, also die eingetretene Vermögensverminderung nicht zu zeigen, wird er nicht dem Kapitalkonto, sondern einem erfundenen, nicht existierenden Schuldner angelastet. In beiden Fällen ist das Kapital falsch ausgewiesen.

Eine falsche Bilanz ist etwas anderes als eine gefälschte. Sie ist nur in dem Sinne falsch, daß sie im Gesamtresultat richtig, im Detail aber irreführend ist, zum Beispiel: Statt die Außenstände links, die Schulden rechts auszuweisen, wird nur die Differenz angegeben. Wenn in diesem Falle die Außenstände höher sind als die Schulden, wird der Eindruck erweckt, als hätte das Unternehmen keine Schulden. Der Gesamteindruck ist aber falsch, weil unklar, wenn auch das Kapital und der Erfolg richtig angegeben sind.

Bilanzverschleierungen sind versuchte Foppereien des flüchtigen und nicht genügend bewanderten Bilanzlesers durch unklare Bezeichnung peinlicher Bilanzposten oder Eingliederung von Posten an anderer als üblicher Stelle, um ihnen so ein anderes als das tatsächliche Gesicht und Gewicht zu geben usf.

Während die falsche Bilanz auf Ignoranz oder Nachlässigkeit ihres Verfassers beruht, sind Bilanzfälschung und Bilanzverschleierung bewußt begangene Delikte.

Für gefälschte und verschleierte Bilanzen hat sich der Staatsanwalt zu interessieren, für falsche aber der Unternehmer. Er muß so viel von Bilanz und Bilanztechnik verstehen, daß ihm weder durch Leichtsinn noch in böser Absicht „ein X für ein U vorgemacht werden kann". Diese Redewendung wurzelt übrigens nicht im Alphabet, sondern in der römischen Ziffernbezeichnung, in der X = 10 und V = 5 ist, und illustriert ganz gut die Absichten des Bilanzfälschers und Bilanzverschleierers.

Nachdem wir also gegen die angesetzten Aktivposten im allgemeinen einigermaßen mißtrauisch geworden sind, gilt es zu untersuchen, bei welchen einzelnen Posten Neugierde und Mißtrauen besonders am Platze sind. Dies soll an Hand des vorangestellten Beispieles geschehen.

Die Post Gebäude 285.000 erweckt insofern Interesse, als nur von Gebäuden, nicht aber von Gründen die Rede ist. Bilanzmäßig besteht zwischen Gründen und Gebäuden ein Unterschied, da der Wert von Baulichkeiten durch Benützung und Altern allmählich schwindet, Gründe aber einer solchen Entwertung nicht unterliegen. Da eine besondere Post „Gründe" fehlt, ist anzunehmen, daß das Unternehmen entweder überhaupt über keine unbebauten Gründe verfügt oder ihr Wert zusammen mit den Gebäudewerten angegeben ist.

Die Zusammenfassung der Posten Gebäude, Maschinen und Inventar in einer Bilanzgruppe erfolgt, weil es sich um Werte handelt, die gleicherweise der Abnützung durch länger dauernden Gebrauch unterliegen. Am langsamsten nützen sich die Gebäude, rascher Maschinen, am schnellsten Inventargegenstände ab.

Die Wertabnahme durch Gebrauch (bei Maschinen und Inventar spricht man von Abnützung und Verschleiß) kommt regelmäßig in den sogenannten „Abschreibungen" zum Ausdruck.

Das Bilanzbild, wie es hier vorliegt, ist nicht vollständig, denn der Unternehmer will auch wissen, wie aus Anfangsbestand, Zugängen, Abstoßungen und Abschreibungen schließlich der Bilanzwert von Gebäuden, Maschinen und Inventar entstanden ist. Da solche Angaben in der Bilanz fehlen, müssen sie gesondert beigebracht werden, wenn sie nicht ohnedies schon in einer eigenen Bilanzbeilage ausgewiesen sind.

er sich aber nicht wundern, wenn eines Tages die Automatik der unkontrolliert gewachsenen und unvermeidlich weiterwachsenden schädlichen Bilanzelemente — und nur die schädlichen gedeihen von selbst, die günstigen neigen leider zur Verkümmerung — das Gefüge des Unternehmens sprengt und der Unternehmer sich einem Trümmerhaufen gegenübersieht.

Selbstverständlich kann der Unternehmer die Bilanzkritik auch einem Beauftragten übertragen. Dann muß er aber das gleiche Vertrauen, das er seiner Person schenkt, auch ihren Feststellungen und vor allem den Ratschlägen zuwenden, zu denen der Beauftragte in pflichtgemäßer Ausführung des erteilten Auftrages sich gezwungen sieht.

13. Zusammenfassung

Um die Aufstellung einer Bilanz kommt kein Kaufmann, kein Geschäftsmann herum, sei es nun, daß er diesen Rechenschaftsbericht für sich selbst nötig hat, sei es, daß er gesetzlich dazu verpflichtet ist. Denn jeder, der Kapital in einer Sache mit der Absicht anlegt, daraus einen Gewinn zu erzielen, der anders und höher ist als der Ertrag von Rentenpapieren, wird von Zeit zu Zeit wissen wollen, ob sich seine Gewinnabsicht verwirklicht hat.

Der kleine Mann kommt mit der Bilanzmethode des Greißlers oder Maronibraters aus: Wenn er sich gemerkt hat, mit welchem Betrag er sein Geschäft begonnen hat, braucht er nur gelegentlich seine Barschaft zu überzählen, um zu ersehen, ob er mit Gewinn oder mit Verlust gewirtschaftet hat.

Die Rechnung: Endvermögen weniger Anfangsvermögen = Gewinn oder umgekehrt Verlust, ist die Bilanz des kleinen Mannes.

Dem verantwortungsbewußten Unternehmer kann und darf eine solche Milchmädchenrechnung nicht genügen. Jeder Unternehmer, der mit fremdem Kapital arbeitet — und fast jeder tut dies —, muß sich stets vor Augen halten, daß er Treuhänder fremden Gutes ist. Er muß sich stets Klarheit über seine Vermögenslage verschaffen, im eigenen wie im fremden Interesse.

Solche Klarheit verschafft ihm eine ordentlich eingerichtete und präzise arbeitende Buchhaltung, wenn er geneigt und imstande ist, ihre Ziffern zu lesen und zu deuten.

Die Begriffe „Konto“ und „Soll und Haben“ sollen ihn weder schrekken noch verwirren. Die Probleme, die mit ihrer Hilfe gelöst werden, sind keine anderen als jene, deren die Hausfrau mit ihrem Wirtschaftsbuch Herrin wird. Wer ein Kontobild zu enträtseln weiß, der hat damit den Schlüssel zur ganzen Buchhaltung. Sie könnte, wenn nicht die Übersicht leiden und eine derartige Aufzeichnung sich bald als praktisch undurchführbar erweisen würde, auch auf einem einzigen Konto geführt werden, etwa so:

Soll		Haben	
Kassa	100.000	Kapital	100.000
Ankauf von Gebäuden	40.000	Kassa	40.000
Ankauf von Maschinen	20.000	Kassa	20.000
Ankauf von Waren	40.000	Kassa	40.000
für Erzeugung: Geld	10.000	Kassa	10.000
für Erzeugung: Waren	30.000	Waren	30.000
für verkaufte Erzeugung:		Erzeugung	40.000
Kassaeingang	50.000	Kapitalsvermehrung des Verkaufsgewinnes	10.000

und so fort bis ins Unendliche.

Dieses eine große, unendliche Konto ist in der Buchhaltung in mehrere und viele Konten aufgelöst: Stets handelt es sich um die Verrechnung eines Vermögensbestandes, entweder auf einem oder auf vielen Konten. Jedes Konto ist eine kleine Buchhaltung für sich, es vermehrt sich durch Spaltung und wächst sich schließlich zu dem Gesamtkomplex einer vollständigen Buchhaltung aus.

Bilanzkonto und Bilanz sind die konzentrierte Zusammenfassung aller Konten.

In dem Bilanzbild

Aktiva	Eigenkapital Fremdkapital

zeigt die linke Seite die Gegenwart, die realen Vermögensbestandteile, die rechte Seite einerseits die Vergangenheit, nämlich die Quellen, aus denen seinerzeit die Geldmittel flossen, um die Aktiven zu schaffen, anderseits die Zukunft, die Verwendung, die die Aktiven nach Erfüllung des Betriebszweckes schließlich finden müssen, nämlich: Abstat-

Tätigkeitsbericht des Rechnungshofes

Verwaltungsjahr 1968

I, 1. Der Rechnungshof hat gemäß Art. 126d des Bundes-Verfassungsgesetzes in der gegenwärtigen Fassung dem Nationalrat über seine Tätigkeit jährlich spätestens bis zur ersten Sitzung der Herbsttagung Bericht zu erstatten. Der hiemit vorgelegte Bericht schließt unmittelbar an den Tätigkeitsbericht des Rechnungshofes über das Verwaltungsjahr 1967 an, der am 21. Oktober 1968 unter Zl. 950 Pr/68 (994 der Beilagen) erstattet wurde. Der Nationalrat hat den Tätigkeitsbericht über das Verwaltungsjahr 1967 in den Sitzungen vom 15. Jänner 1969 und 20. Juni 1969 in Verhandlung genommen und auf Antrag des Rechnungshofausschusses am 26. Juni 1969 (1357 der Beilagen) den Beschluß gefaßt, den Tätigkeitsbericht des Rechnungshofes über das Verwaltungsjahr 1967 zur Kenntnis zu nehmen.

I, 2. In den folgenden Bericht sind die bis 1. Oktober 1969 berichtsreif vorgelegenen Ergebnisse der im Jahre 1968 durchgeführten Prüfungen aufgenommen. Den nach Verwaltungsbereichen geordneten Prüfungsergebnissen des Jahres 1968 sind allfällige Nachträge zu früheren Berichten sowie die restlichen Prüfungsergebnisse des Jahres 1967 vorangestellt. Der Bericht über jene Prüfungen aus dem Jahre 1968, deren Ergebnisse zur Zeit des Redaktionsschlusses dieses Tätigkeitsberichtes noch nicht berichtsreif vorlagen, wird im nächsten Tätigkeitsbericht erstattet werden.

II. Inhaltsübersicht

I. Abschnitt

Hoheitsverwaltung

Gruppe 1 — Innenverwaltung

Absatz

Österreichische Mineralölverwaltung Aktiengesellschaft, Wien 84
Österreichische Mineralöl-Vertriebsgesellschaft m. b. H. 85
Österreichische Rohöl-Verwertungs-Gesellschaft m. b. H. 86
Jahresabschluß 1967 der Österreichischen Industrieverwaltung Ges. m. b. H. (ÖIG), Wien...... 87
VOEST, Ersuchensprüfung 88

II, 13. Verwaltungsbereich des Bundesministeriums für Finanzen:

a) Prüfungsergebnisse aus dem Jahre 1967:
Creditanstalt-Bankverein, Wien ... 89

b) Prüfungsergebnisse aus dem Jahre 1968:
Alpenländische Heimstätte, gemeinnützige Wohnungsbau- und Siedlungsgesellschaft mbH. Innsbruck. 90
„Österreichischer Exportfonds", Gesellschaft m. b. H., Wien 91

III, 1. Durch Einschau an Ort und Stelle wurde im Berichtsjahr die Gebarung nachstehender Gebietskörperschaften geprüft:

a) der Bundesländer Kärnten, Steiermark und Vorarlberg,
b) der Städte Baden, Innsbruck, Klosterneuburg und Steyr,
c) der Bezirksfürsorgeverbände Bruck/Mur und Klagenfurt/Land,
d) der Bezirkshauptmannschaften Bruck/Mur, Feldkirch und Klagenfurt/Land,
e) des Allgemeinen öffentlichen Krankenhauses der Stadt Linz, des Städtischen Krankenhauses Bregenz, der Landes-Lungenheilstätte Gaisbühel, des Landeskrankenhauses Wolfsberg und des Landes-Sonderkrankenhauses für Psychiatrie und Neurologie, Graz-Feldhof.

Ferner wurde an Ort und Stelle die Gebarung der Kärntner Landes-Brandschaden-Versicherungsanstalt Klagenfurt und der Vorarlberger Kraftwerke AG. überprüft.

2. Die Ergebnisse der angeführten Prüfungen finden im folgenden Bericht keinen Niederschlag, da der RH hierüber den Landtagen zu berichten hat.

IV. Neben der Einschautätigkeit hatte der RH an seinem Sitz in Wien eine Reihe von Aufgaben zu erfüllen. So wurde der Bundesrechnungsabschluß für das Jahr 1967 nach Prüfung der von den anweisenden Stellen vorgelegten Teilrechnungsabschlüsse verfaßt und dem Nationalrat am 21. Oktober 1968 vorgelegt.

Die sonstige Tätigkeit des RH an seinem Sitz betraf vor allem die im § 1 des RHG angeordnete Überwachung der Abweichungen der Gebarung vom Bundesvoranschlag und die gemäß § 6 des RHG vorgesehene Zuständigkeit zur Mitwirkung bei der Ordnung des Rechnungswesens, derzufolge der RH des öfteren bei organisatorischen Maßnahmen und bei der Erstellung von Dienstvorschriften beratend mitwirkte.

Für die ständig wiederkehrenden Worte „Tätigkeitsbericht", „Rechnungshof" und „Bundesministerium" werden die Kurzbezeichnungen „TB", „RH" und „BM" verwendet, soweit nicht der Zusammenhang die offene Schreibweise verlangt.

Forderungen innerhalb einer Frist von 5 Jahren erfolgen sollte. Die übernommenen Verpflichtungen wurden jedoch nicht eingehalten, sodaß das Bankobligo der in Liquidation befindlichen Firmen am 31. Dezember 1967 den Betrag von 54·9 Mill. S erreichte.

Die CA-BV hat trotz der Überschuldung der Einzelfirmen dieses Kreditengagement übernommen, weil es, wie sie ausführte, im Kreditgeschäft international durchaus anerkannt sei, daß Banken durch Kreditgewährung zur Erprobung wissenschaftlich erforschter, im Großbetrieb aber noch nicht gänzlich herangereifter Verfahren auch dann beitragen, wenn darin ein erhöhtes Risiko liegt. Das Wagnis lag im vorliegenden Kreditfall in den immer größer werdenden Gewährleistungsansprüchen der Kunden. Obwohl der Bank die unzulängliche kaufmännische Leitung der Einzelfirmen nicht unbekannt war, glaubte sie, daß auf Grund der zur Zeit der Übernahme des Kreditengagemants bestehenden Auftragslage die Bildung von Eigenkapital aus eigener Kraft der schuldnerischen Unternehmungen erreicht werden könnte. Überdies sei sie wiederholt von maßgeblichen öffentlichen und privaten Seiten auf die Bedeutung hingewiesen worden, die der Erhaltung dieser Unternehmungen zukomme.

Die CA-BV hat auch davon Abstand genommen, schon früher eine schärfere Überwachung der Geschäftsführung zu veranlassen und auf wichtige Entscheidungen der beiden Firmen einzuwirken, weil es sich Banken nach ihrer Auffassung grundsätzlich versagen sollten, auf die Geschäftsführung ihrer debitorischen Kunden unmittelbar Einfluß zu nehmen, wenn nicht absolut zwingende Gründe vorlägen. Durch derartige Eingriffe würde die Bank unternehmerisches Risiko in besonderem Umfang auf sich nehmen und sich unter Umständen Haftungsansprüchen aussetzen, ohne eine Gewähr zu haben, daß das Kreditrisiko entsprechend verringert würde.

Der RH will den geltend gemachten Argumenten der Bank die Berechtigung nicht absprechen, glaubt aber, daß auch in solchen Kreditfällen der Grundsatz der Sicherheit in der Kreditpolitik der Bank nicht zu stark in den Hintergrund treten sollte.

89, 50. Der RH hatte sich im Rahmen seiner Einschau auch mit dem Kreditfall der Firmen Schiwitz & Co. und Vereinigte Mischfutterwerke (VMW) zu befassen. Dieser Kreditfall war Gegenstand eines Betrugsprozesses im Jahre 1966, der durch die Höhe des Kreditbetrages und durch die aktive Mitwirkung eines beeideten Wirtschaftsprüfers und Buchsachverständigen an den vom Erstgericht als erwiesen angenommenen Betrugshandlungen gekennzeichnet war. Abgesehen vom Leiter der Zweigstelle Taborstraße waren keine Bediensteten der Bank als Beschuldigte in die Strafsache verwickelt. Die gegen ein Mitglied des Vorstandes der CA-BV erhobenen Vorwürfe der Annahme von Bestechungsgeldern führten zu einem Verleumdungsprozeß, der mit der Verurteilung des Verleumders endete.

Bei dieser Sachlage war nicht zu erwarten, daß durch die Prüfung des RH neue Tatsachen aufgedeckt werden könnten, da dem RH keine Unterlagen zur Verfügung standen, die nicht schon dem Gericht bekannt gewesen wären. Der RH beschränkte sich deshalb darauf zu prüfen, ob die maßgeblichen Funktionäre der Bank bei der Gewährung der Kredite an die beiden Firmen die Sorgfalt angewendet haben, die von ihnen bei der Bearbeitung eines Kreditfalles in diesem Ausmaß verlangt werden konnte, und ob in der Organisation der Arbeitsabläufe bei der Kreditgewährung Mängel sichtbar geworden sind, die den Kreditbetrug erleichtert haben.

89, 51. Bis zum Jahre 1958 wurde die Firma Schiwitz & Co. hauptsächlich von der Österreichischen Länderbank AG, ab 1958 vorwiegend von der Girozentrale der österreichischen Sparkassen und von der Österreichischen Importvereinigung reg. Genossenschaft m. b. H., Wien (ÖIV), finanziert. Im November 1959 gewährte die CA-BV der Firma Schiwitz & Co. einen Kontokorrentkredit von 20 Mill. S und einen Globalrahmen für Importwechselkredite in Höhe von 10 Mill. S mit Sicherstellung durch Zessionen, Kreditversicherung, Pfandbestellungsurkunde über 7 Mill. S und wechselmäßige Bürgschaft der Frau Margarete Schiwitz. Zu dieser Zeit lagen der Bank nur günstige Auskünfte über diese Firma vor. Nach ihren Angaben hatte die Bank damals auch keine Kenntnis von etwaigen unkorrekten Geschäftsmethoden der Firma Schiwitz & Co. Im Feber 1960 erhielten die VMW zur Ablösung ihres Engagements bei der Girozentrale gegen ähnliche Sicherstellungen von der CA-BV einen Kontokorrent-Kredit von 20 Mill. S.

89, 52. Aus den vorhandenen Unterlagen waren im wesentlichen folgende Beweggründe der CA-BV für die Übernahme der beiden Kreditengagements zu entnehmen:

a) Die CA-BV sei seit 1938 mit der Firma Schiwitz & Co. in Geschäftsverbindung gewesen, die sich stets klaglos abgewickelt habe. Überdies habe sie diese Firma über die ÖIV seit Jahren mittelbar finanziert.

b) Sie habe mit der Übernahme des Engagements Schiwitz & Co. das Ziel verfolgt, „durch Ablöse des an sich gesunden, aber für die

Österreichische Importvereinigung ungeeigneten Debitors Schiwitz & Co. einerseits die ÖIV gesünder zu machen und andererseits nicht den Konkurrenzbanken einen guten Debitor zukommen zu lassen".

c) Die bankeigene Betriebs- und Wirtschaftsprüfungsabteilung habe in einem Prüfungsbericht vom 29. Juni 1959 über die ÖIV die Firma Schiwitz & Co. als durchaus gesund bezeichnet. Die gleiche positive Beurteilung habe auch der gesetzliche Revisionsverband ausgesprochen.

d) Der Bank hätten die von einem beeideten Buchprüfer und Steuerberater verfaßten und unterfertigten Bilanzen der Jahre 1956, 1957 und 1958 vorgelegen.

e) Eine Analyse der Bilanzen 1956, 1957 und 1958 durch die Betriebs- und Wirtschaftsprüfungsabteilung der CA-BV habe keine negativen Feststellungen über die Bonität der Firma Schiwitz & Co. und der VMW ergeben.

f) Die eingeholten Auskünfte hätten durchwegs günstig gelautet.

g) Die erworbenen Sicherheiten hätten eine ausreichende Sicherstellung der Kredite gewährleistet.

h) Für die Gewährung des Kredites an die VMW sei entscheidend der Wunsch maßgebend gewesen, durch Konzentration der Kreditverbindungen bei der CA-BV zu erhöhter Klarheit über die komplizierten Konzernverhältnisse und zu der Möglichkeit einer besseren Kontrolle der Geschäftstätigkeit der Firmen zu gelangen.

89, 53. Diesen Argumenten der Bank hat der RH folgende Überlegungen entgegengestellt:

Zu b): Es war keineswegs so sicher, daß die Firmen Schiwitz & Co. und VMW tatsächlich gute Debitoren waren. Schon allein die Tatsachen, daß die Österreichische Länderbank AG. das Kreditverhältnis mit der Firma Schiwitz & Co. gelöst hatte, ohne daß die CA-BV den Grund für diesen Schritt gekannt hat, daß der ÖIV unter Hinweis auf den zu großen Umfang und die Artfremdheit dieses Engagements so viel an dessen Abgabe an die CA-BV gelegen war und daß die Girozentrale so bereitwillig war, den Kredit an die VMW ablösen zu lassen, hätten Zweifel an der Bonität der Firmen gerechtfertigt.

Zu c): Die Größe der Engagements und der mehrmalige Wechsel der Geldgeber wären für die Bank ein ausreichender Grund gewesen, sich durch eine Prüfung bei der Firma Schiwitz & Co. selbst Klarheit über die finanzielle und wirtschaftliche Lage dieser Firma zu verschaffen. Eine solche vorausgehende Prüfung hätte wohl zur Bedingung der Kreditgewährung gemacht werden können. Die Bank wendet dagegen ein, daß Bucheinsichten bei Kreditnehmern überwiegend auf Abneigung, oft sogar auf Ablehnung stoßen und daß es der Bank aus Konkurrenzgründen nicht immer möglich sei, auf eine solche Bucheinsicht zu bestehen. Der RH ist jedoch der Ansicht, daß bei Engagements in der vorliegenden Größenordnung und den gegebenen Begleitumständen die Ablehnung der Bucheinsicht durch die Kreditwerber das Mißtrauen der Bank erwecken müßte, das sie bestimmen sollte, bei Nichterfüllung dieser Vorbedingung auf den Debitor zu verzichten.

Zu d): Auch wenn die CA-BV unterstellen konnte, daß die vom Steuerberater unterfertigten Bilanzen nicht nur richtig erstellt, sondern auch materiell richtig seien, kann dieser Umstand allein nach Meinung des RH nicht ausreichen, um von vornherein darauf zu verzichten, die wahren Gründe für den Wechsel der kreditgewährenden Bank in Erfahrung zu bringen.

Zu e): Auch Bilanzanalysen können keine erschöpfende Aufklärung über die wirtschaftliche und finanzielle Lage des bilanzierenden Unternehmens ergeben, weil sie ja nur das in der Bilanz enthaltene Zahlenmaterial verwerten können. Die Erfahrung lehrt jedoch, daß ein tieferer Einblick in die Gebarung nur durch eine Prüfung an Ort und Stelle gewonnen werden kann.

Zu f): Nach der Kreditgewährung im November 1959 schränkte eine Auskunftei ihre im Juni 1959 mitgeteilte günstige Beurteilung der beiden Firmen in der Richtung ein, daß sie zu Kreditfragen nicht positiv Stellung nehmen könne. Diese Mitteilung hätte die Bank bei der Kreditgewährung an die VMW zur Vorsicht mahnen sollen.

Zu g): Die Bank konnte die von ihr erworbenen Sicherheiten als ausreichend ansehen, da ihr ja nicht bekannt war, daß ein Teil der abgetretenen Forderungen fingiert war. Da aber die Sicherheiten hauptsächlich in abgetretenen Forderungen bestanden, hätte es der Übung entsprochen, die Forderungen trotz der zugesagten Kreditversicherung stichprobenweise zu prüfen, wie weit sie sich nur gegen Konzernunternehmungen richteten und als solche für Sicherstellungen geeignet waren.

Zu h): Nach Ansicht des RH wäre es naheliegend gewesen, daß sich die Bank zuerst erhöhte Klarheit über die Beteiligungsverhältnisse und über die Geschäftstätigkeit der Schiwitzfirmen verschafft und dann erst den Kredit an die VMW gewährt hätte.

Die Bank war offensichtlich in der zweiten Hälfte des Jahres 1959 gewillt, das Kreditengagement Firma Schiwitz & Co. zu übernehmen, und hat alle routinemäßigen Maßnahmen, wie Einholung von Auskünften, Analyse der vorgelegten Bilanzen und Hereinnahme von Sicherheiten durchgeführt, aber weitergehende Maßnahmen trotz der Größe der Kredite und des mehrmaligen Wechsels der kreditierenden Banken als nicht erforderlich angesehen.

89, 54. Trotz den im Juni 1961 aufgedeckten Scheckmanipulationen, durch die sich die Firma Schiwitz & Co. und die VMW einen sogenannten Postlaufkredit in Höhe von zuletzt 9·67 Mill. S erschlichen hatten, ließ die Bank das Wechselobligo der beiden Firmen um weitere 22·5 Mill. S ansteigen. Die CA-BV rechtfertigt dieses Vorgehen mit dem Vertrauensgrundsatz, der das Kreditgeschäft beherrscht, obwohl nach der Aufdeckung der Scheckmanipulationen das Vertrauen in die Redlichkeit der Kreditnehmer stark erschüttert sein mußte. Auf Grund einer anonymen Anzeige hätte die CA-BV schon im Feber 1961 die Scheckmanipulationen erkennen können. Sie betrachtete aber offensichtlich schon von 1959 an das Engagement Schiwitz allzusehr von der Ertragsseite her und war zu weitgehendem Entgegenkommen bereit. Die Bank machte geltend, daß die Wechseleskontierung und die Evidenz über die Wechseleskontrahmen in der Wechselabteilung konzentriert waren, die Kreditabteilung mit den Wechseleskontierungen also nicht befaßt war. Der Hinweis der CA-BV, daß die Ausweitung des Engagements erfolgt sei, um bei einem immerhin sehr alten Kunden im Wege der Aufrechterhaltung der Geschäftstätigkeit drohende Verluste der Bank zu verhindern, wäre überzeugend, wenn die Bank zugleich mit diesen Maßnahmen auch eine wenigstens teilweise Überwachung und Kontrolle der Geschäftstätigkeit der beiden Firmen verbunden hätte.

89, 55. Nach Aufdeckung der Scheckmanipulationen der Firmen Schiwitz & Co. und der VMW im Juni 1961 ersuchte die Kreditabteilung der CA-BV die bankeigene Betriebs- und Wirtschaftsprüfungsabteilung, bei den beiden Firmen außerhalb der Reihe dringend eine Bucheinsicht vorzunehmen, bei der insbesondere festgestellt werden sollte, „für welchen Zweck die Überziehungen verwendet wurden und falls, wie die Firmen angaben, hiefür Waren gekauft wurden, ob diese tatsächlich vorhanden sind." Der Prüfer hat jedoch auch nicht stichprobenweise die Übereinstimmung der tatsächlichen Warenbestände mit den Lageraufschreibungen geprüft und daher die in den Bilanzen zum 31. Dezember 1960 und 30. Juni 1961 enthaltenen Warenvorräte in der ausgewiesenen Höhe in seinen Bericht übernommen und analytisch ausgewertet. Eine auch nur in Stichproben vorgenommene Kontrolle der Übereinstimmung der zur Zeit der Prüfung tatsächlich vorhandenen Lagerbestände mit den Aufschreibungen in der Lagerkartei hätte unter Umständen schon damals große Unstimmigkeiten und Fälschungen aufdecken können. Auf Grund dieser nur oberflächlich und routinemäßig durchgeführten Bucheinsicht kam der Prüfer zu der Feststellung, daß eine Gefährdung des Engagements nicht zu erblicken sei, und trug damit wesentlich dazu bei, daß sich das Gesamtobligo beider Firmen bis zum Zusammenbruch noch wesentlich erhöhen konnte.

Die CA-BV steht auf dem Standpunkt, daß dieses Prüfungsersuchen der Kreditabteilung keinen Auftrag zur körperlichen Prüfung des Warenlagers enthalten habe. Nach der bestehenden Praxis, die den Anforderungen genügt hätte, wäre die Prüfung nur an Hand der bilanzmäßigen Werte der Vorräte und der Inventurlisten in Verbindung mit der Warenkartei vorzunehmen gewesen. Körperliche Bestandsaufnahmen müßten entweder in allen Fällen oder dürften in keinem Falle vorgenommen werden. Sie würden auch wettbewerbsmäßig große Schwierigkeiten bereiten, wenn sie nicht auch von den anderen Kreditinstituten durchgeführt werden. Da körperliche Bestandsaufnahmen nicht üblich seien, habe der Prüfer den Auftrag der Kreditabteilung nicht wörtlich verstanden und sich mit einem im Prüfungsbericht nicht einmal erwähnten Augenschein der Lagerstellen begnügt.

Durch die Prüfung der Betriebs- und Wirtschaftsprüfungsabteilung der Bank sollten Angaben der Schuldner auf ihre Richtigkeit kontrolliert werden. Nach Ansicht des RH war dieses Ersuchen der Kreditabteilung wörtlich zu nehmen. Es wäre daher Sache des Prüfers gewesen, diesem Wunsche nachzukommen oder im Prüfungsbericht die Unmöglichkeit der Durchführung des Auftrages anzuführen und zu begründen.

89, 56. Der Wechselescompterahmen der Firma Schiwitz & Co. wurde in der Vorstandssitzung vom 11. September 1961 intern von 22·5 Mill. S auf 25 Mill. S erhöht. Eine Zustimmung des Aufsichtsrates wurde nicht eingeholt.

Gemäß § 9 lit. e der Satzung der CA-BV bedarf der Vorstand „zur Einräumung von Krediten, sofern der Kredit eines Kreditnehmers 10,000.000 S übersteigt", der Zustimmung des Aufsichtsrates. Die CA-BV vertritt unter Berufung auf die Rechtsprechung des Obersten Gerichtshofes den Standpunk, daß eine interne Festlegung von

Kreditrahmen ebensowenig wie die Diskontierung von Wechseln im Einzelfall unter § 9 lit. e der Satzung falle, weil in diesen Fällen eine Vereinbarung über künftige Geldleistungen der Bank, d. h. ein Kreditvertrag zwischen der Bank und dem Kunden, nicht zustandekomme.

Der RH bezweifelt, daß eine solche Auslegung der angeführten Satzungsbestimmung mit den gesetzlichen Aufgaben des Aufsichtsrates, der die Geschäftsführung der Bank zu überwachen hat, noch im Einklang steht. Er hat deshalb empfohlen, eine Klarstellung der Fassung dieser Satzungsbestimmung zu veranlassen.

Die Bank hat zugesagt, sich um eine solche Klarstellung zu bemühen.

89, 57. Das Gesamtobligo der Firmen Schiwitz & Co. und VMW erreichte bis zu deren Zusammenbruch im April 1963 bei der CA-BV insgesamt 123·1 Mill. S und erhöhte sich bis Ende 1966 um Forderungen in Höhe von 11·5 Mill. S, die sich aus der vorläufigen Weiterführung und späteren Abwicklung der Betriebe nach dem 31. März 1963 ergeben haben. Die Höhe des Verlustes der CA-BV stand zur Zeit der Einschau des RH noch nicht fest.

89, 58. Die CA-BV gewährte einem Schuldner, der der Bank im Zusammenhang mit Auseinandersetzungen um Vermögenswerte einzelner Gesellschafter der Schiwitzfirmen die Führung eines kostspieligen Prozesses erspart haben soll, am 10. Juni 1965 einen Kredit von 500.000 S, der mit einem Teilbetrag von 360.000 S auf einem Grundstück der Gattin des Kreditnehmers sichergestellt werden sollte. Der Schuldner konnte jedoch bereits im Mai 1965 über die Kreditvaluta verfügen, ohne die Sicherstellung beigebracht zu haben. Der Kredit ist mit einem Betrag von 520.760 S uneinbringlich geworden, da der Schuldner am 15. Oktober 1965 verstarb und die Verlassenschaft armutshalber abgetan wurde. Die CA-BV bemerkte hiezu, sie sei davon ausgegangen, daß dem Schuldner schon wegen der Pflege seiner Verbindungen zur Bank daran hätte gelegen sein müssen, die vorgesehene grundbücherliche Sicherstellung durchzuführen. Nach Ansicht des RH wäre der Teilbetrag von 360.000 S keineswegs vor Beibringung wenigstens einer intabulationsfähigen Pfandbestellungsurkunde flüssig zu machen gewesen.

89, 59. Die CA-BV hat im geprüften Zeitraum beträchtliche Mittel für den Neubau und Ausbau sowie für die Einrichtung von Zweigstellen und Filialen aufgewendet. Die Bank ist bestrebt, bei der Auftragsvergabe Unternehmer, die Kunden der Bank sind, oder zum Interessenkreis der Bank gehören, zu bevorzugen. Dies führt dazu, daß nicht immer eine entsprechende Anzahl von Anboten eingeholt wird. Der RH hat empfohlen, in allen Fällen das Vergabeverfahren, wie es in der ÖNorm 2050 vorgesehen ist, soweit wie möglich anzuwenden. Es könne nicht Aufgabe der Bank sein, nicht wettbewerbsfähige Firmen, auch wenn sie ihre Kunden sind, zu Lasten der Bank bevorzugt zu behandeln.

89, 60. Die CA-BV besitzt seit mehr als drei Jahrzehnten ein Forstgut in Donnersbach (Steiermark) mit 9354 ha Eigengrund und 4521 ha zugepachteter Jagdfläche sowie ein land- und forstwirtschaftliches Gut in Weißenbach-Klachau (Steiermark) mit 9124 ha Eigengrund und 686 ha in Fläche ausgedrückter ideeller Anteile an Gemeinschafts- und Genossenschaftsbesitzungen. Sie hat in den Jahren 1965 und 1966 Grundflächen im Ausmaß von rund 900 ha um den Preis von 10·3 Mill. S „zur Arrondierung des land- und forstwirtschaftlichen Besitzes bzw. zur besseren Bewirtschaftung" des Forstgutes Donnersbach erworben. Obwohl die beiden Gutsbetriebe, die nach Angabe der Bank noch immer an den Folgen der prekären Lage der Vorbesitzer, der folgenden Zwangsverwaltungen und der enormen Überschlägerungen in diesen Jahren leiden, in den Jahren 1960 bis 1966 per Saldo Verluste gebracht haben, beabsichtigt die Bank nicht, sie abzugeben. Sie betrachtet sie nicht nur als Sicherung von Mitteln der Bank durch Sachwerte, sondern hat auch ein Interesse daran, selbst über Eigenjagdgebiete zu verfügen. Die Jagd- und Fischreirechte im Bereich der Forstverwaltung Donnersbach wurden mit Ausnahme von drei Revieren gegen Entgelt der Steyr-Daimler-Puch AG und der „Semperit" Österreichisch-Amerikanische Gummiwerke AG überlassen.

Beim Forstgut Donnersbach wurden aus der Jagd und Fischerei von 1960 bis 1966 wegen der hohen Personalkosten, der Jagdzupachtungen und der Wildfuttermittel nur Verluste erzielt. Der RH empfahl, die Bemühungen um die Verringerung des überhöhten Wildbestandes mit Nachdruck fortzusetzen, um eine Reduktion des Personales und der Wildfuttermittel zu erreichen. Die zeitweisen Verluste aus der Forstwirtschaft sind nach Mitteilung der Bank die Folgen von Unwetterkatastrophen und der Nichtaktivierung des jährlichen Holzzuwachses.

Die landwirtschaftlich nutzbare Fläche des Gutes Weißenbach-Klachau ist seit 1. März 1964 verpachtet, sodaß aus diesem Betriebszweig keine Verluste mehr entstehen. Hin-

beratungsstellen für die Mitglieder. 10. Veranstaltungen von Messen und Ausstellungen. 11. Errichtung von Lagerhäusern. 12. Anwendung aller nach dem Genossenschaftsgesetze zulässigen Maßnahmen und Einrichtungen behufs Förderung der Interessen der Genossenschaftsmitglieder. Genossenschaftsvertrag (*Statut*) vom 8. I. 1946. Jedes Mitglied haftet mit seinem Geschäftsanteile und dem weiteren einfachen Betrage dieses Anteiles. Die Bekanntmachungen erfolgen durch einmalige Einschaltung in den Grazer Tageszeitungen, sofern gesetzlich für einzelne Bekanntmachungen nicht etwas anderes bestimmt ist. Der Vorstand besteht aus drei Mitgliedern. Vorstandsmitglieder sind: Obmann: Douglas Robinson, Kraftfahrzeughändler in Graz; Obmannstellvertreter: Alfred Konrad, Kraftfahrzeugmechaniker in Graz; Vorstandsmitglied: Rudolf Fürst, Kraftfahrzeughändler in Graz. Vertretungsbefugt: Der Vorstand vertritt die Genossenschaft gerichtlich und außergerichtlich mit allen ihm nach dem Genossenschaftsgesetze zustehenden Befugnissen. F.-Z.: Der Firmawortlaut wird gemeinsam unterfertigt vom Obmann oder dem Obmannstellvertreter gemeinsam mit einem Vorstandsmitglied. — **Graz,** 23. I. 1946. — (36 Gen. 11/104.)

---

084. **Graz,** Herrengasse 17, **Union alpenländischer Großhandelsfirmen, registrierte Genossenschaft mit beschränkter Haftung.** Gegenstand des Unternehmens: Die Zusammenfassung von Großhandelsfirmen der österreichischen Alpenländer zur Förderung ihrer Wirtschaftsinteressen, vor allem durch gemeinsame Beschaffung, Einfuhr und Erzeugung von Lebens- und Genußmitteln, Kolonialwaren, Verbrauchsgütern und Rohstoffen aller Art, deren Be- und Verarbeitung und Vertrieb bis zum Verbrauch. Die Genossenschaft bezweckt insbesondere *die Förderung der Ausfuhr heimischer Erzeugnisse* sowie Anbahnung und den Ausbau gesunder Wirtschaftsbeziehungen mit allen Nachbarstaaten zur Hebung und Ausweitung des Warenaustausches im Inland mit dem Ausland und im Transitverkehr. Genossenschaftsvertrag (Statut) vom 28. XII. 1945: Jedes Mitglied haftet mit seinem Geschäftsanteile und dem vierfachen Betrage dieses Anteiles. Die Bekanntmachungen erfolgen durch das „Steirerblatt". Der Vorstand besteht aus zwei bis fünf Mitgliedern. Vorstandsmitglieder sind: Obmann: Hans Fuhrmann, Kaufmann in Leoben; Obmannstellvertreter: *Richard Schlacher*, Kaufmann *in* Kindberg; Schriftführer: Bruno Götz, Kaufmann in Leibnitz; Kassier: Friedrich Linhard, Kaufmann in Graz. Vertretungsbefugt sind der Obmann oder Obmannstellvertreter *gemeinsam mit einem* Vorstandsmitglied oder mit einem Prokuristen. F.-Z.: Der Firmawortlaut wird gemeinsam unterfertigt vom Obmann oder Obmannstellvertreter gemeinsam mit einem zweiten Vorstandsmitglied oder einem Prokuristen. — **Graz,** 24. I. 1946. — (36 Gen. 11, 102/5.)

b) Änderungen und Zusätze:

Wien.

085. ***Wien,*** *VI., Mollardgasse 1,* **Einkaufsgenossenschaft der ostmärkischen Friseure in Wien, registrierte Genossenschaft mit beschränkter Haftung.** Als Mitglieder des Vorstandes gelöscht: Hans Fank, Rudolf Wielander, Karl Blümel; bestellt: Ludwig Blaha, Friseur, Wien; Karl Zahndorfer, Friseur, Wien; Georg Heiss, *Friseur,* Wien. Mit Beschluß der Gen.-Vers. vom 16. IX. 1945 wurde der Genossenschaftsvertrag im § 1 geändert. Firmawortlaut nunmehr: **Einkaufsgenossenschaft der österreichischen Friseure in Wien, registrierte Genossenschaft mit beschränkter Haftung.** Im zweiten Absatz des § 1 über den Gegenstand *des Unternehmens* wurden im Punkt a die Worte „sowie deren kommissionelle Vermittlung" gestrichen. Nunmehriger Wortlaut des Punktes a: Der gemeinsame Einkauf aller zum *Friseurgewerbe notwendigen und erforderlichen* Rohstoffe und sonstigen Bedarfsartikel. — **Wien,** 1. II. 1946. — (7 Gen. 9, 256/79.)

---

086. **Wien,** XXI., Kagranerplatz 48, **Gartenbau-Kredit-Genossenschaft, eingetragene Genossenschaft mit beschränkter Haftpflicht.** Bestellt auf Grund des Gesetzes vom 10. V. 1945, StGBl. *Nr. 9, zum öffentlichen Verwalter:* Fritz Dücke, Gärtner, Wien. Während der öffentlichen Verwaltung ruhen die Befugnisse der Organe der Genossenschaft. — **Wien,** 30. I. 1946. — (7 Gen. 16, 85/69.)

---

087. **Wien,** X., Laaerstraße 166, **Gemeinnützige Wohnungsgenossenschaft „Süd-Ost", eingetragene Genossenschaft mit beschränkter Haftung.** Enthoben der öffentliche Verwalter Paul Cervenka. Zu Vorstandsmitgliedern bestellt: Anton Donnhauser, Pensionist in Wien (Obmann); Franz Novak, halter in Wien (Obmannstellvertreter); Josef Scholz, Pens in Wien. — **Wien,** 30. I. 1946. — (7 Gen. 21, 159/58 u. 9

1088. **Wien,** XV., Reichsapfelgasse 16, **„Peweka", Produktiv Einkaufsgenossenschaft der Wiener Kaufleute in Wien, regist Genossenschaft mit beschränkter Haftung.** Als Mitgliede Vorstandes gelöscht: Franz Nikolei (Obmann); Josef (I. Obmannstellvertreter); bestellt: Ignaz Thieringer, mann in Wien: Wenzel Kral, Kaufmann in Wien. Der bish II. Obmannstellvertreter Paul Cejka ist nunmehr Obman **Wien,** 26. I. 1946. — (7 Gen. 24, 92/26—28.)

1089. **Wien,** XXV., Breitenfurt, **Raiffeisenkasse Breitenfurt, strierte Genossenschaft mit unbeschränkter Haftung.** Als *glieder des Vorstandes gelöscht:* August Pyringer (Obm Johann Hasenöhrl (Obmannstellvertreter), Franz Geiger; stellt: Franz Mannsberger, Valentin Gattinger, Johann Sel sämtliche *Wirtschaftsbesitzer in Breitenfurt. Nunmehr is* Vorstandsmitglied Franz Röger Obmann und das Vorst mitglied Anton Rautner Obmannstellvertreter. — **Wien,** 1946. — (7 Gen. 6, 21/60.)

1090. **Wien,** IV., Wohllebengasse 4, **Vereinigung österreichi Groß-, Ein- und Ausfuhrhändler mit landwirtschaftlichen pukten und *Erzeugnissen* hieraus, *registrierte* Genossens mit beschränkter Haftung.** Mit Beschluß der Gen.-Vers. 20. IX. 1945 wurde der Genossenschaftsvertrag durchgre geändert und neu gefaßt. Von der Eintragung genommen ist § 13 (Haftung) der neuen Satzung und bleibt läufig der letzte Absatz des § 3 (Haftsumme) der früheren Sa in Geltung. Firmawortlaut nunmehr: **Österreichische In vereinigung für Lebensmittel und landwirtschaftlichen Be registrierte Genossenschaft mit beschränkter Haftung.** Ge stand des Unternehmens nunmehr: Die Genossenschaft den Zweck den Handelsbetrieb ihrer Mitglieder im allgem und den Ein- und Ausfuhrhandel der Mitglieder im besond durch alle hierzu geeigneten Maßnahmen und Einrichtun zu fördern. Zur Erreichung dieses Zweckes ist die Genossens berechtigt: 1. Ein- und Ausfuhrgeschäfte für ihre Mitgl zu vermitteln oder solche Geschäfte selbst zu tätigen, sofern im Interesse der Mitglieder gelegen ist oder nach Maßgabe jeweiligen Außenhandelsbedingungen erforderlich oder ge erscheint. 2. Den Ein- und Ausfuhrhandel der Mitglieder d Schaffung von geeigneten Einrichtungen, wie: Informat dienst, Fachberatung usw., ferner durch *Errichtung* von rungs-, Bearbeitungs- und Veredlungsanlagen, durch Beteili an solchen Unternehmungen wie auch durch Übernahme Garantien zu unterstützen. 3. Zur Durchführung von Kom sationsgeschäften mit dem Auslande Exportwaren im In aufzukaufen und zu exportieren oder an die Mitglieder zur füllung von Kompensationsverträgen zu verkaufen. 4. Die glieder in ihren Außenhandelsinteressen bei allen Behörden Wirtschaftsorganisationen und im besonderen beim österr schen Warenverkehrsbüro zu vertreten, sofern dies nicht drücklich den Rechtsanwälten, Notaren oder Patentanw vorbehalten ist. Der Geschäftsumfang erstreckt sich in lichet Beziehung auf Lebens- und Genußmittel im weiteren *einschließlich Vieh und Fleisch und Erzeugnissen* daraus auf landwirtschaftlichen Bedarf aller Art, soweit dies für die glieder erforderlich ist. Der Vorstand besteht nunmehr neun bis zwölf Mitgliedern. Als Vorstandsmitglieder gelöst Dr. Friedrich Kallina, Josef Vinzl; bestellt: Dr.-Ing. Le Strobl, Karl Löwenthal, Wilhelm Niesner, Otto Sagm Hans Schleiffelder, Dr. Alfred Sturminger, Franz Urban, s liche in Wien. Gesamtprokura erteilt an: Friedrich Ed Wien. Vertretungsbefugt sind nunmehr je zwei standsmitglieder oder ein Vorstandsmitglied mit einem Pr risten. Angemerkt wird: *Die* Gen.-Vers. vom 20. IX. 194 folgende Herabsetzung der Haftung beschlossen: Genossenschafter haftet statt wie bisher mit seinen Ges anteilen und einem weiteren Betrag von RM 2000·— pro schäftsanteil, nunmehr mit seinen Geschäftsanteilen und e weiteren Betrag in der einfachen Höhe derselben. Die Gen schaft ist bereit, allen Gläubigern für Forderungen, die am der Veröffentlichung dieser Bekanntmachung bestehen, au langen Befriedigung oder Sicherstellung zu leisten. Gl die sich nicht binnen drei Monaten nach dem bezeichneten bei der Genossenschaft melden, gelten als zustimmend. — W 29. I. 1946. — (7 Gen. 31, 209/6.)

1091. **Wien,** IX., Währinger Gürtel 102, **Winzergenossens in Furth bei Göttweig registrierte Genossenschaft mit besch Haftung.** Zw.-N. der Hauptniederlassung in Furth bei Götty

STATUTEN. OIV

Österr. Importvereinigung

5.) Die Willenserklärung und Zeichnung für die Genossenschaft erfolgt durch zwei Zeichnungsberechtigte. Die Zeichnung geschieht in der Weise, dass die Zeichnenden zu der Firma der Genossenschaft ihre Namensunterschrift, Prokuristen mit einem "die Prokura" andeutenden Zusatz, beifügen. Zur Zeichnung berechtigt sind alle Mitglieder des Vorstandes sowie die bestellten Prokuristen, und zwar zeichnen kollektiv entweder 2 Vorstandsmitglieder oder ein Vorstandsmitglied mit einem Prokuristen.

6.) Der Vorstand führt die Geschäfte der Genossenschaft unter Beachtung der gesetzlichen und satzungsgemässen Bestimmungen nach Massgabe der Geschäftsordnung und der Beschlüsse der Generalversammlung. Er hat die ihm obliegenden Pflichten gewissenhaft zu erfüllen.

7.) Die Vorstandsmitglieder erledigen ihre Agenden in Sitzungen. Der Vorstand ist beschlussfähig, wenn mindestens die Hälfte seiner Mitglieder zugegen ist. Die Beschlüsse werden mit Stimmenmehrheit gefasst. Der Vorsitzende des Aufsichtsrates kann den Vorstandssitzungen mit beratender Stimme beigezogen werden. Über jede Sitzung ist ein von allen anwesenden Vorstandsmitgliedern zu fertigendes Protokoll zu führen.

geändert ... 15

Der Vorstand kann im Verhältnis nach innen ~~und durch einhelligen Beschluss~~ einzelne seiner Befugnisse einem engeren Ausschuss aus dem Kreise der Vorstandsmitglieder übertragen (Exekutivkomitee). ~~Die Mitglieder~~ Das Exekutivkomitee ~~setzen sich~~ aus ~~dem~~ Obmann, seinen ~~beiden~~ Stellvertretern ~~und je einem Vorstandsmitglied aus~~ Die Gruppen Lebens- und Genussmittel, Vieh und Fleisch und landwirtschaftlicher Bedarf ~~[illegible]~~. ~~Sie müssen ihren ordentlichen Wohnsitz in Wien haben.~~ 326

8.) Die Mitglieder des Vorstandes haben die Sorgfalt eines ordentlichen Kaufmanns anzuwenden. Mitglieder, welche ihre Obliegenheiten verletzen, haften der Genossenschaft persönlich für den dadurch entstandenen Schaden. 326

§ 16.

Zur Giltigkeit von Vorstandsbeschlüssen in

§ 33.

In der Nachweisung über den Stand und die Bewegung der Mitgliederzahl und der Geschäftsanteile sind anzuführen:

Die Zahl der Genossenschafter am Jahresschlusse, die Zahl der während des Rechnungsjahres eingetretenen und ausgeschiedenen Genossenschafter, sowie die Zahl der beim Jahresschluss bestandenen und während des Jahres zugewachsenen, gekündigten, haftbar bleibenden und zurückgezahlten Geschäftsanteile.

§ 34.

Der Aufsichtsrat hat den Rechnungsabschluss ~~Jahresschlussrechnung~~ auf Grund der aufgenommenen Inventuren, sowie der Bücher und Belege zu überprüfen und der Generalversammlung über das Ergebnis entsprechend zu berichten und in dieser die Anträge über die Gewinnverteilung zu stellen. Den ~~Jahresschlussrechnung~~ ist vom Vorstande der Generalversammlung nebst den allfälligen besonderen Berichten zur Genehmigung vorzulegen.

Anlässlich der Einberufung der ordentlichen Generalversammlung ist den einzelnen Genossenschaftern eine Abschrift des ~~Jahresschlussrechnung~~ zu übersenden. Der Jahresbericht ist, wenn er nicht auf diese Weise den einzelnen Genossenschaftern mitgeteilt wird, vom Tage der Einberufung bis zur Abhaltung der Generalversammlung in der Geschäftsstelle der Genossenschaft für die Genossenschafter zur Einsichtnahme und Abschrift aufzulegen.

Verwendung des Reingewinnes, Deckung bilanzmässiger Verluste

§ 35.

Vom Reingewinn sind zunächst dem Reservefonds, so lange derselbe die im § 36 bezeichnete Höhe nicht erreicht hat, oder soferne er unter diese herabsinkt, mindestens 25 % des Reingewinnes zuzuweisen.

Von dem verbleibenden Überschusse des Reingewinnes erhalten die Geschäftsanteile eine Dividende, deren Ausmass von der jährlichen Generalversammlung festgesetzt wird.

Der erübrigende Rest des Reingewinnes wird, soweit die Generalversammlung nicht seine anderweitige Verwendung beschliesst, auf das Gewinnkonto des nächsten Jahres vorgetragen.

Dividenden, die binnen drei Jahren vom Fälligkeitstage angefangen nicht behoben werden, verfallen zu Gunsten des Reservefonds.

Bilanzmässige Verluste werden in erster Linie aus dem Reservefonds gedeckt. Die Verteilung eines darüber hinausgehenden Verlustes unter die einzelnen Genossenschafter hat auf jeden gezeichneten Geschäftsanteil gleichmässig zu erfolgen, doch ist eine Heranziehung der Genossenschafter zur Deckung von Verlusten über den Betrag ihrer Geschäftsanteile hinaus - ausser dem Falle des Konkurses oder der Liquidation - nicht zulässig.

Der Reservefonds

§ 36.

Der Reservefonds ist ausschliesslich zur Deckung bilanzmässiger Verluste bestimmt. Seine Heranziehung erfolgt über Beschluss der Generalversammlung.

die eingezahlten Beitrittsgebühren

Dem Reservefonds fliessen die im § 35 vorgesehenen Zuwendungen aus dem jährlichen Reingewinn, und alle der Genossenschaft aus dem Titel der Verjährung oder schenkungsweise zufallende Beträge zu.

Die Dotierung aus dem jährlichen Reingewinn gemäss § 35 hat so lange zu erfolgen, als der Betrag des Reservefonds nicht mindestens der Höhe der Gesamtsumme der Geschäftsanteile gleichkommt.

Der Reservefonds ist Eigentum der Genossenschaft und wird zu satzungsmässigen Geschäften verwendet.

Die Genossenschaft ist auch berechtigt, den Reservefonds in pupillarsicheren Wertpapieren oder in Realitäten für den eigenen Geschäftsbetrieb anzulegen.

Die Erträgnisse des Reservefonds sind der Gewinn- und Verlustrechnung der Genossenschaft gutzubringen.

K u n d m a c h u n g e n

§ 37.

Die Kundmachungen der Genossenschaft erfolgen durch schriftliche Verständigung der Genossenschafter und durch Anschlag im Geschäftslokal.

A u f l ö s u n g der G e n o s s e n s c h a f t

§ 38.

Die Auflösung der Genossenschaft erfolgt:

1.) durch Beschluss der Generalversammlung;

2.) durch Eröffnung des Konkurses über das Genossenschaftsvermögen;

3.) durch Verfügung der Verwaltungsbehörde.

Für die Durchführung der Liquidation gelten, abgesehen vom Falle des Konkurses, die gesetzlichen Bestimmungen.

Das bei der Auflösung der Genossenschaft verbleibende Reinvermögen ist nach dem Betrage der in dem Zeitpunkte der Liquidation bestandenen Geschäftsanteile aufzuteilen.

Die Liquidation wird vom Vorstande durchgeführt, falls die Generalversammlung keine Liquidatoren bestellt.

Vereinigung österreichischer
Groß-, Ein- und Ausfuhrhändler
mit landwirtschaftlichen Produkten und Erzeugnissen hieraus
reg. Genossenschaft m. b. H.
WIEN IV, SCHWARZENBERGPLATZ 15

- 2 2 -

glieder gefolgt sind, ist die Generalversammlung für jeden Punkt der Tagesordnung beschlussfähig. Für die Beschlüsse ist die einfache Stimmenmehrheit erforderlich. Da nach den Eintragungen in die Präsenzliste 77 Mitglieder anwesend sind, beträgt die einfache Majorität 39 Stimmen. Die erschienenen Mitglieder vertreten 2.096 Stimmen.

Der Vorsitzende ernennt zum Schriftführer Herrn Direktor Alexander HAMPEL und zu Protokollverifikatoren die Herren Kom.Rat Franz FISCHER und Dkfm.Paul ELIAS.

Zu Punkt 1) der Tagesordnung

berichtet der Obmann des Vorstandes, Herr Minister a.D.Dr.Ing. Ludwig STROBL, über die erfolgreiche Tätigkeit der Genossenschaft im Jahre 1963, wobei er ausführt, dass der Reingewinn in diesem Jahr S 1,341.036.48 beträgt, welcher die Genossenschaft in die Lage versetzt, wie in den Vorjahren, eine 10 %ige Dividende auszuschütten, eine Warenrückvergütung in Höhe von S 777.773.14 zu gewähren und den Rest von S 63.633.64 auf neue Rechnung vorzutragen.

Herr Direktor Alexander HAMPEL erläutert an Hand des allen Teilnehmern der Generalversammlung vorliegenden Jahresabschlusses 1963 die einzelnen Bilanzpositionen.

Zu Punkt 2 der Tagesordnung

verliest der Vorsitzende zuerst den Revisionsbericht des "Engeren Ausschusses" des Aufsichtsrates und stellt den Antrag, die vom Vorstand beschlossene Bilanz für das Geschäftsjahr 1963 zu genehmigen und dem Vorstand hiemit die Entlastung zu erteilen.

Zu 2c) der Tagesordnung beantragtder Vorsitzende

1. die Genehmigung zur Ausschüttung einer Geschäftsanteileverzinsung von 10 % des Geschäftsanteilekapitals per 31.12.63 in der Höhe von S 5,032.000.- mit	S	499.629.70
2. die Gewährung einer Warenrückvergütung an die Mitglieder der Genossenschaft in der Höhe von 0,4 % von 194.443.286.50	"	777.773.14
3. und Vortrag des Restes von für Rechnung 1964.	"	63.633.64
Insgesamt	S	1,341.036.48

Österreichische Importvereinigung

REGISTRIERTE GENOSSENSCHAFT MIT BESCHRÄNKTER HAFTUNG

WIEN I, FRANZ-JOSEFS-KAI 13

Wien Hauptpost Fach 74

Telephon: 63 07 01
Telegramme: „Importvereinigung Wien"
Fernschreiber: Osimport 1934
Banken: Creditanstalt-Bankverein 25-313
Länderbank I-500.320
Bank für Arbeit und Wirtschaft 73213
Wr. Genossenschaftsbank 777

An das

Handelsgericht Wien
Geschäftsabteilung 7,
Registergericht

Riemergasse 7
Wien I

Handelsgericht Wien
Eingel. 24 JUN 1965

Unser Zeichen H/O Ihr Zeichen Ihre Nachricht vom Datum 21.6.1965

Betrifft: Bekanntgabe der Kündigung der Mitgliedschaft beim Österreichischen Genossenschaftsverband.

Wir geben höflich bekannt, dass wir die Mitgliedschaft beim Österreichischen Genossenschaftsverband (Schulze-Delitzsch) Wien 9., Perigringasse 4, als gesetzlichen Revisionsverband zum Ende des laufenden Geschäftsjahres aufgekündigt und

die LANDESREGIERUNG WIEN ersucht haben, die Revision unserer Geschäftsgebarung zu übernehmen.
Einen Durchschlag des Kündigungsschreibens sowie eine Abschrift des Protokolls über die 92.Vorstandsitzung vom 30.4.1965, in welcher der Vorstand den Austritt aus dem Genossenschaftsverband beschlossen hat, und einen Durchschlag des Ersuchens an die Landesregierung Wien um Übernahme der Revision schliessen wir unter A,B und C) bei.

Sobald uns die Erledigung des Antrages an die Landesregierung Wien zugegangen ist, werden wir dem Gericht nachweisen, dass wir nunmehr der Revision durch die Landesregierung Wien unterliegen.
Wir ersuchen um Vormerkung und empfehlen uns

hochachtungsvoll
ÖSTERREICHISCHE IMPORTVEREINIGUNG
reg.Gen.m.b.H.

Beilagen

(Dr.Strobl)
Obmann

(Dkfm.Mader)
Obmann - Stellvertreter

29. Juni 1965

Beschluss in unserem Sinne könne nicht gerechnet werden.

Der Obmann des Vorstandes stellt hiezu fest, dass die vom Österr.Genossenschaftsverband uns im Jahre 1964 neben dem Prüfungsgebühren von S 26.ooo.-- vorgeschriebenen Mitglieder-und Sonderbeiträge in der Höhe von S 129.ooo.-- so hoch sind, dass sie nur als unzumutbar bezeichnet werden können und stellt den ANTRAG, die Mitgliedschaft beim Österreichischen Genossenschaftsverband zum Ende des laufenden Geschäftsjahres aufzukündigen.
Der Antrag wird zur Abstimmung gestellt und bei Stimmenthaltung des Vorstandsmitgliedes Dir.Ekkehard EHRENWERTH vom Vorstand einhellig angenommen.

Der geschäftsführende Direktor Hampel wird beauftragt, die erforderlichen Schritte bei genauer Beachtung der gesetzlichen Bestimmungen vorzubereiten, das zuständige Amt der Wiener Landesregierung zu ersuchen, die gesetzliche Revision der Gebarung unserer Genossenschaft zu übernehmen unddas Registergericht hievon gemäss den Bestimmungen des Bundesgesetzes vom 3.8.1934 sowie der weiteren einschlägigen gesetzlichen Bestimmungen zu unterrichten.

Da keine weiteren Fragen zur Behandlung vorliegen, dankt der Obmann den Vorstandsmitgliedern und schliesst die Sitzung um 18 Uhr.

Das Orginal wurde unterzeichnet von den Herren:

Baruciak, Wildam, Dr.Strobl, Eugen Frisch, Ernst Mader, Leyacker-Schatzl, Norbert Mannheimer, Dkfm.Niederhafner, Dkfm.Kristofics-Binder, Dr.Baum, Franz Krippner, Georg Erhart, Josef Geissler, Herbert Gross.

für die Richtigkeit der Kopie:

(Hampel)
(Der Protokollführer)

Gemäss § 26 Abs.2 ist die Generalversammlung ohne Rücksicht auf die vertretenen Stimmen beschlussfähig, wenn ein Drittel der Mitglieder anwesend ist. Da der Einladung von den derzeit 167 stimmberechtigten Mitgliedern laut Eintragung in die Präsenzliste 76 Mitglieder gefolgt sind, ist die Generalversammlung für jeden Punkt der Tagesordnung beschlussfähig. Für die Beschlüsse ist die einfache Stimmenmehrheit erforderlich. Da nach den Eintragungen in die Präsenzliste 76 Mitglieder anwesend sind, beträgt die einfache Majorität 39 Stimmen.
Der Vorsitzende ernennt zum Schriftführer Herrn Direktor Alexander HAMPEL und zu Protokollverifikatoren die Herren Herbert HAUPT und Dr.Rudolf LANGOTH.

Zu Punkt 1) der Tagesordnung

berichtet der Obmann des Vorstandes, Herr Minister a.D.Dr.Ing. Ludwig STROBL, über die erfolgreiche Tätigkeit der Genossenschaft im Jahre 1964, wobei er ausführt, dass der Reingewinn in diesem Jahr die Genossenschaft wieder in die Lage versetzt, die Geschäftsanteile der Genossenschafter mit 1o % zu verzinsen. Es wurden im abgelaufenen Jahr Wertpapiere für S 2oo.ooo.-- angeschafft und auf Grund von Feststellungen der Betriebsprüfung für die Jahre 1958 bis 1963 aus dem Nettogewinn 1964 Steuernachzahlungen in der Höhe von S 96o.ooo.-- geleistet.
Herr Direktor HAMPEL erläutert an Hand des allen Teilnehmern der Generalversammlung vorliegenden Jahresabschlusses 1964 die einzelnen Bilanzpositionen.

Zu Punkt 2) der Tagesordnung

verliest Herr Direktor HAMPEL den Revisionsbericht des Österr. Genossenschaftsverbandes über die Prüfung der Jahre 1962 und 1963.

Zu Punkt 3) der Tagesordnung

verliest der Vorsitzende des Aufsichtsrates Kom.Rat Alfred FROMM zuerst den Revisionsbericht des "Engeren Ausschusses" des Aufsichtsrates und stellt den Antrag, die vom Vorstand beschlossene Bilanz für das Geschäftsjahr 1964 zu genehmigen und dem Vorstand hiemit die Entlastung zu erteilen.

Zu 3 c) der Tagesordnung beantragt der Vorsitzende des Aufsichtsrates

1. Die Genehmigung zur Ausschüttung einer Geschäftsanteileverzinsung von 1o % des Geschäftsanteilekapitals per 31.12.64 in der Höhe von S 4,961.ooo.-- mit	(sonst Dividende) S 497.225.71
und	
2. Vortrag des Restes von auf Rechnung 1965	" 16.378.95
z u s a m m e n	S 513.6o4.66.

Der Vorsitzende stellt die einstimmige Annahme aller Anträge fest.

Zu Punkt 4) der Tagesordnung

stellt der Obmann des Vorstandes, Herr Min.a.D.Dr.Ing.Ludwig Strobl folgenden Antrag bezüglich der Höhe des Kreditrahmens für das Geschäftsjahr 1966:

45 Mill.Schilling bei Kontokorrentkrediten

45 " Schilling bei Indossamentverbindlichkeiten

Antrag wird einstimmig beschlossen.

Zu Punkt 5) der Tagesordnung

teilt der Vorsitzende der Generalversammlung mit, dass mit der 2o.ordentlichen Generalversammlung die Mandate folgender Vorstandsmitglieder ablaufen:

1. Direktor Ekkehard Ehrenwerth
2. Gen.Dir.Kom.Rat Georg Erhart
3. Kom.Rat Eugen Frisch
4. Kom.Rat Herbert Gross
5. Alois Leiss
6. Min.a.D.Dr.Ing.Ludwig Strobl
7. Kom.Rat Leopold Wildam

und stellt namens des Aufsichtsrates den Antrag auf Wiederwahl der Herren

1. Direktor Ekkehard Ehrenwerth
2. Gen.Dir.Kom.Rat Georg Erhart
3. Kom.Rat Eugen Frisch
4. Kom.Rat Herbert Gross
5. Alois Leiss
6. Min.a.D.Dr.Ing.Ludwig Strobl

und auf Neuwahl des Herrn

Dr.Heinrich Berger.

Der Vorsitzende lässt über den Antrag abstimmen und stellt die

Österreichische Importvereinigung

REGISTRIERTE GENOSSENSCHAFT MIT BESCHRÄNKTER HAFTUNG

WIEN I. FRANZ-JOSEFS-KAI 13

Wien Hauptpost Fach 74

An die
Landesregierung Wien
Magistrat der Stadt Wien
XI Allgemeine Verwaltung
Magistratsabteilung 62

Rathausstrasse 9
Wien I

Einschreiben!

Telephon: 63 07 01
Telegramme: „Importvereinigung Wien"
Fernschreiber: Oeimport 1934
Banken: Creditanstalt-Bankverein 28-31323
Länderbank 1-508.320
Bank für Arbeit und Wirtschaft 73213
Wr. Genossenschaftsbank 777

Unser Zeichen H/O Ihr Zeichen Ihre Nachricht vom Datum 21.6.1965

Betrifft: Übernahme der Revision der Geschäftsgebarung unserer Genossenschaft.

Wir sind ein als Genossenschaft mit beschränkter Haftung organisiertes und im Genossenschaftsregister beim Handelsgericht Wien, Band 31, Seite 2o9 eingetragenes Import-Export-und Grosshandelsunternehmen mit dem Sitz in Wien 1., Franz-Josefs-Kai 13, (Auszug aus dem Register in Beilage 1.).
Den Genossenschaftsvertrag bilden die Statuten. Als Beilage 2.) schliessen wir ein gerichtlich beglaubigtes Exemplar bei.

Als Genossenschaft unterliegen wir den Bestimmungen des Gesetzes vom 9.April 1873 RGBl Nr. 7o sowie den einschlägigen Bestimmungen über die Revision der Gebarung gemäss dem Gesetze vom 1o.6.19o3 RGBl Nr. 133 sowie der Novelle 1934 vom 3.8.1934 RGBl II Nr.195 in der Fassung des Bundesgesetzes vom 27.8.1934 RGBl II Nr. 216 und unter der Änderung durch das Behördenüberleitungsgesetz vom 2o.Juli 1945, StGBl Nr. 94.
Wir haben seit der Gründung unserer Genossenschaft dem Österreichischen Genossenschaftsverband (Schulze-Delitzsch) als Revisionsverband angehört, die Mitgliedschaft jedoch mit Rechtswirksamkeit zum 31.12.1965 gekündigt. Der einzige Grund der Kündigung liegt in den vom Verband vorgeschriebenen, nach unserer Auffassung jedoch in ihrer Höhe nicht begründeten Mitgliedsbeiträgen sowie der nicht gerechtfertigten Einhebung von "Sonderbeiträgen für Betreuung und Beratung." Eine Kopie der Kündigung schliessen wir als Beilage 3.) bei.

Österreichische Importvereinigung

Blatt 3 zu Brief an die Landeregierung Wien vom 21.6.1965

Die Geschäftsführung liegt in den Händen des vom Vorstand zum geschäftsführenden Direktor bestellten Gesamtprokuristen Alexander HAMPEL.
Auf Grund der Bestimmungen der eingangs bezeichneten Gesetze ersuchen wir hiemit die Landesregierung Wien die Revision der Gebarung unserer Genossenschaft zu übernehmen und uns vom diesbezüglichen Beschluss eine Ausfertigung zukommen zu lassen, damit wir dem Registergericht ehestens nachweisen können, dass die Revision in Zukunft durch Organe der Landesregierung durchgeführt werden wird.
Wir empfehlen uns

hochachtungsvoll
ÖSTERREICHISCHE IMPORTVEREINIGUNG
reg.Gen.m.b.H.

(Dr.Strobl) (Dkfm.Mader)

Österreichische Importvereinigung

REGISTRIERTE GENOSSENSCHAFT MIT BESCHRÄNKTER HAFTUNG

WIEN I. FRANZ-JOSEFS-KAI 19

Wien Hauptpost Fach 74

Telephon: 63 07 01
Telegramme: „Importvereinigung Wien"
Fernschreiber: Oeimport 1934
Banken: Creditanstalt-Bankverein 28-31323
Länderbank 1-300.920
Bank für Arbeit und Wirtschaft 73213
Wr. Genossenschaftsbank 777

An das
Handelsgericht Wien
Geschäftsabteilung
Registergericht
Riemergasse 7
W i e n I

Handelsgericht Wien
17. NOV. 1965

Unser Zeichen H/O Ihr Zeichen Ihre Nachricht vom Datum 16.11.1965

Betrifft: Kündigung der Mitgliedschaft beim Österreichischen Genossenschaftsverband.

Wir geben höflich bekannt, dass wir die Kündigung der Mitgliedschaft beim Österreichischen Genossenschaftsverband zurückgenommen haben. Hievon haben wir sowohl die Landesregierung Wien, als auch das Bundesministerium für Inneres in Kenntnis gesetzt.

Hiemit ersuchen wir unsere Mitteilung H/O vom 21.6.1965 als gegenstandslos zu betrachten und empfehlen uns

hochachtungsvoll
ÖSTERREICHISCHE IMPORTVEREINIGUNG
reg.Gen.m.b.H.
ppa. ppa.

18. Nov. 1965

Die letzte Revision bei welcher die Gebarung 1962 und 1963 geprüft worden ist, fand in der Zeit vom 19.Oktober bis 17.November 1964 statt. Über das Ergebnis ihrer Prüfung haben die Verbandsprüfer dem Vorstand des Verbandes ausführlich berichtet. Dieser hat sich mit dem Bericht befasst und darüber folgenden Beschluss gefasst:

"Der Vorstand des Österreichischen Genossenschaftsverbandes hat in seiner Sitzung am 17.Feber 1965 vorstehenden Bericht zur Kenntnis genommen und mit Befriedigung die ausgezeichnete Geschäftslage und Geschäftsentwicklung der Genossenschaft festgestellt."

Dem Vorstand unserer Genossenschaft gehören derzeit an:

1. Min.a.D.Dr.Ing.Ludwig STROBL, Obmann
2. Direktor Dkfm.Ernst Mader, Obmannstellvertreter
3. Dr.Robert BAUM, Obmannstellvertreter
4. Kom.Rat Paul AHLINGER,
5. Dir.Leopold BARUCIAK,
6. Dr.Heinrich BERGER,
7. Dir.Ekkehard EHRENWERTH,
8. Gen.Dir.Georg ERHART,
9. Kom.Rat Eugen FRISCH,
10. Dir.Josef GEISSLER,
11. Kom.Rat Herbert GROSS,
12. Kom.Rat Franz KRIPPNER,
13. Kom.Rat Dkfm.Rudolf KRISTOFICS-BINDER,
14. Alois LEISS,
15. Kom.Rat Norbert MANNHEIMER,
16. Dr.Harald LEYACKER-SCHATZL,
17. Kom.Rat Dkfm.Franz NIEDERHAFNER,
18. Dipl.Ing.Karl SCHWARZ

Der Aufsichtsrat besteht aus 14 Mitgliedern:

1. Kom.Rat Dir.Leopold WILDAM, Vorsitzender
2. Dir.Hubert HAIDEN, Vorsitzer-Stellvertreter
3. Michael DITZ,
4. Johann HORNIG,
5. Edmund KÖSSNER,
6. Min.a.D.Josef KRAUS,
7. Dkfm.Adalbert MARKO,
8. Dir.Josef PATZELT,
9. Stadtrat Kom.Rat Rudolf SIGMUND,
10. Hans SONVICO-JUNGBAUER
11. Hans TORSCHT
12. Jakob TENNER
13. Dir.Franz TIEFENBACHER
14. Kom.Rat Dkfm.Dr.Martin ZUMTOBEL

Der Vorsitzende ernennt zum Schriftführer Herrn Direktor Alexander HAMPEL und zu Protokollverifikatoren die Herren Dr.Fritz LOHNER und Gerhard WINKEL.

Zu Punkt 1) der Tagesordnung
berichtet der Obmann des Vorstandes, Herr Minister a.D.Dr.Ing. Ludwig STROBL, über die erfolgreiche Tätigkeit der Genossenschaft im Jahre 1965, wobei er u.a. ausführt, dass der Reingewinn in diesem Jahr die Genossenschaft in die Lage versetzt, sowohl eine 1o%ige Dividende auszuschütten als auch eine Warenrückvergütung an alle Genossenschaftsmitglieder zur Auszahlung zu bringen. Ebenso erfolgt eine Dotierung des ordentlichen Reservefonds.
Herr Direktor HAMPEL erläutert anschliessend an Hand des allen Teilnehmern der Generalversammlung vorliegenden Jahresabschlusses 1965 die einzelnen Bilanzpositionen.

Zu Punkt 2) der Tagesordnung
wird vom Vorsitzenden des Aufsichtsrates Kom.Rat Leopold WILDAM der Revisionsbericht des Engeren Ausschusses des Aufsichtsrates für das Jahr 1965 verlesen und stellt den Antrag, die vom Vorstand beschlossene Bilanz für das Geschäftsjahr 1965 zu genehmigen und dem Vorstand hiemit die Entlastung zu erteilen und beantragt zu Punkt 2c) folgende Verwendung des Reingewinnes:

1. einen Betrag von .... für die Ausschüttung einer 1o%igen Dividende auf das Geschäftsanteilekapital,	S 495.735.48
2. einen Betrag von .... für eine 0,4 %ige Rückvergütung auf Warenbezüge an Mitgliedsfirmen,	S 8o4.295.--
3. einen Betrag von .... für die Dotierung des ordentlichen Reservefonds und	S 6oo.ooo.-
4. den Rest von .... auf neue Rechnung vorzutragen.	S 43.428.55
	S 1,943.459.o3

Der Vorsitzende stellt die einstimmige Annahme aller Anträge fest

Zu Punkt 3) der Tagesordnung
stellt der Obmann des Vorstandes, Herr Minister a.D.Dr.Ing.Ludwig STROBL folgenden Antrag bezüglich der Höhe des Kreditrahmens für das Geschäftsjahr 1967:

Zu Punkt 1) der Tagesordnung

berichtet der Obmann des Vorstandes, Herr Minister a.D.Dr.Ing. Ludwig STROBL, über die erfolgreiche Tätigkeit der Genossenschaft im Jahre 1966, wobei er u.a. ausführt, dass der Reingewinn in diesem Jahr die Genossenschaft in die Lage versetzt, sowohl eine 1o%ige Dividende als auch eine Warenrückvergütung an alle Genossenschaftsmitglieder zur Auszahlung zu bringen.

Herr Direktor HAMPEL erläutert anschliessend an Hand des allen Teilnehmern der Generalversammlung vorliegenden Jahresabschlusses 1966 die einzelnen Bilanzpositionen.

Zu Punkt 2) der Tagesordnung und Punkt 3) der Tagesordnung:
wird vom Vorsitzenden des Aufsichtsrates Kom.Rat Leopold WILDAM der Bericht des Genossenschaftsverbandes über die Revision der Geschäftsgebarung der Jahre 1964 und 1965 sowie der Revisionsbericht des "Engeren Ausschusses" des Aufsichtsrates für das Jahr 1966 verlesen.
Er stellt hiebei den Antrag, die vom Vorstand beschlossene Bilanz für das Geschäftsjahr 1966 zu genehmigen und dem Vorstand hiemit die Entlastung zu erteilen und beantragt zu 3c) folgende Verwendung des Reingewinnes:

1. einen Betrag von .... S 497.716.19
   für die Ausschüttung einer 1o%igen Dividende auf das Geschäftsanteilekapital,

2. einen Betrag von .... S 482.645.--
   für eine 0,24 %ige Rückvergütung auf Warenbezüge an die Mitgliedsfirmen, und
3. den Rest von .... S 7.oo9.33
   auf neue Rechnung vorzutragen.

Der Vorsitzende stellt die einstimmige Annahme aller Anträge fest.

Zu Punkt 4) der Tagesordnung
stellt der Obmann des Vorstandes, Herr Minister a.D.Dr.Ing.Ludwig STROBL folgenden Antrag bezüglich der Höhe des Kreditrahmens für das Geschäftsjahr 1968:

56 Mill.Schilling bei Kontokorrentkrediten
und 56 " " " Indossamentverbindlichkeiten.

Der Antrag wird einstimmig beschlossen.

Zu Punkt 5) der Tagesordnung
teilt der Vorsitzende der Generalversammlung mit, dass mit der 22.ordentl.Generalversammlung die Mandate folgender Vorstandsmitglieder ablaufen:

Dir.Leopold BARUCIACK
Dr.Robert BAUM
Direktor Josef GEISSLER
Kom.Rat Franz KRIPPNER
Dr.Harald LEYACKER-SCHATZL
Direktor Dkfm.Ernst MADER
Kom.Rat Dkfm.Franz NIEDERHAFNER
Dipl.Ing.Karl SCHWARZ
Direktor Ekkehard EHRENWERTH

Der Vorsitzende ernennt zum Schriftführer Herrn Direktor Alexander HAMPEL und zu Protokollverifikatoren Frau Sonja LEISS und Herrn Prok.Karl FÜGENER.

Zu Punkt 1) derTagesordnung

verliest der Vorsitzende des Aufsichtsrates, Herr Kom.Rat Leopold WILDAM den Bericht des Österr.Genossenschaftsverbandes über die Gebarungsprüfung der Jahre 1966 und 1967.

Zu Punkt 2) der Tagesordnung

berichtet der Obmann des Vorstandes, Herr Minister a.D.Dr.Ing. Ludwig STROBL, über die Tätigkeit der Genossenschaft im Jahre 1968, wobei er ausführt, dass für das abgelaufene Jahr eine Dividende in der Höhe von 1o % gewährt wird.

Herr Direktor ALEXANDER HAMPEL erläutert anschliessend anhand des allen Teilnehmern der Generalversammlung vorliegenden Jahresabschlusses 1968 die einzelnen Bilanzpositionen.

Zu Punkt 3) der Tagesordnung

verliest der Vorsitzende des Aufsichtsrates, Herr Kom.Rat Leopold WILDAM, den Revisionsbericht des "Engeren Ausschusses" des Aufsichtsrates über dessen Prüfung des Jahresabschlusses 1968 und stellt hiebei den Antrag, die vom Vorstand beschlossene Bilanz für das Geschäftsjahr 1968 zu genehmigen und dem Vorstand und Aufsichtsrat die Entlastung zu erteilen. Er beantragt weiters die Verteilung des Reingewinnes wie folgt:

1. einen Betrag von S 464.529.- für die Ausschüttung einer 1o%igen Dividende auf das Geschäftsanteilekapital und den Rest von S 36.4o2.91 auf neue Rechnung vorzutragen.

Der Vorsitzende stellt die einstimmige Annahme aller Anträge fest.

Zu Punkt 4) der Tagesordnung stellt der Obmann des Vorstandes, Herr Min.a.D.Dr.Ing.Ludwig STROBL, den Antrag bezüglich der Höhe des Kreditrahmens für das Geschäftsjahr 197o: 56 Millionen Schilling für Kontokorrentkredite und 56 Millionen Schilling für Indossamentverbindlichkeiten.
Auch dieser Antrag wird einstimmig angenommen.

Zu Punkt 5) der Tagesordnung

stellt der Obmann des Vorstandes seinen Antrag auf Statutenänderung - siehe Beilage - welcher ebenfalls einstimmig angenommen wird.

Zu Punkt 6) der Tagesordnung

teilt der Vorsitzende des Aufsichtsrates der Generalversammlung mit, dass mit der 24.ordentl.Generalversammlung die Mandate folgender Vorstandsmitglieder ablaufen:

Kom.Rat Paul AMLINGER
Dkfm.Franz LAUDIN
Kom.Rat Dkfm.Rudolf KRISTOFICS-BINDER
Kom.Rat Norbert MANNHEIMER

durch Tod ausgeschieden sind

Alois LEISS
und Dkfm.Ernst MADER

und stellt namens des Aufsichtsrates den Antrag auf Wiederwahl der Herren

Kom.Rat Paul AMLINGER
Dkfm.Franz LAUDIN
Kom.Rat Dkfm.Rudolf KRISTOFICS-BINDER
undKom.Rat Norbert MANNHEIMER

Die 25.ordentliche Generalversammlung der Österreichischen Importvereinigung, registrierte Genossenschaft mit beschränkter Haftung, Wien 1., Franz-Josefs-Kai 13, fand am 15.September 1970 statt. Die Einladung sowie eine Ausfertigung des Jahresabschlusses 1969 wurden am 4.September 1970 eingeschrieben an alle Mitglieder der Genossenschaft unter Einhaltung der Bestimmungen der §§ 25 und 37 der Statuten gesandt.

Ausserdem war die Einladung zur 25.ordentlichen Generalversammlung mit einer Ausfertigung des Jahresabschlusses 1969 am Sitz der Genossenschaft in Wien 1., Franz Josefs-Kai 13, in den Geschäftsräumen angeschlagen.

Am Tage der Generalversammlung gehörten der Genossenschaft 151 stimmberechtigte Mitglieder an. Von diesem 151 stimmberechtigten Mitgliedern haben lt.Präsenzliste 59 Mitglieder an der Generalversammlung teilgenommen.
Die Generalversammlung wurde somit satzungsgemäss einberufen und war für alle Punkte der Tagesordnung beschlussfähig.

Zu Punkt 1) der Tagesordnung berichtet der Obmann des Vorstandes über die Tätigkeit der Genossenschaft im Jahre 1969 und erläutert der geschäftsführende Direktor Dr.Josef VERIENT anhand des allen Teilnehmern der Generalversammlung vorliegenden Jahresabschlusses 1969 die einzelnen Bilanzpositionen.

Zu Punkt 2) der Tagesordnung verliest der Vorsitzende des Aufsichtsrates den Revisionsbericht des "Engeren Ausschusses" des Aufsichtsrates über dessen Prüfung des Jahresabschlusses 1969 und stellt hiezu den Antrag, die vom Vorstand beschlossene und vom Aufsichtsrat geprüfte Bilanz für das Geschäftsjahr zu genehmigen und dem Vorstand und Aufsichtsrat die Entlastung zu erteilen. Weiters stellt er namens des Aufsichtsrates den Antrag, aus dem Reservefond einen Betrag von S 1,100.000.- aufzulösen und wie folgt zu verwenden:

Zur Deckung des Verlustes.........	S	611.579.--
für die Ausschüttung einer Dividende in Höhe von 10% auf das Geschäftsanteilekapital	"	458.301,92
und als Vortrag für neue Rechnung	"	30.119,08.

Der Vorsitzende stellt die einstimmige Annahme aller Anträge fest.

Österreichische Importvereinigung
registrierte Genossenschaft mit beschränkter Haftung

Zu Punkt 1) der Tagesordnung

berichtet der Obmann des Vorstandes, Herr Minister a.D.Dr.Ing. Ludwig STROBL, über die erfolgreiche Tätigkeit der Genossenschaft im Jahre 1966, wobei er u.a. ausführt, dass der Reingewinn in diesem Jahr die Genossenschaft in die Lage versetzt, sowohl eine 1o%ige Dividende als auch eine Warenrückvergütung an alle Genossenschaftsmitglieder zur Auszahlung zu bringen.

Herr Direktor HAMPEL erläutert anschliessend an Hand des allen Teilnehmern der Generalversammlung vorliegenden Jahresabschlusses 1966 die einzelnen Bilanzpositionen.

Zu Punkt 2) der Tagesordnung und Punkt 3) der Tagesordnung:
wird vom Vorsitzenden des Aufsichtsrates Kom.Rat Leopold WILDAM der Bericht des Genossenschaftsverbandes über die Revision der Geschäftsgebarung der Jahre 1964 und 1965 sowie der Revisionsbericht des "Engeren Ausschusses" des Aufsichtsrates für das Jahr 1966 verlesen.
Er stellt hiebei den Antrag, die vom Vorstand beschlossene Bilanz für das Geschäftsjahr 1966 zu genehmigen und dem Vorstand hiemit die Entlastung zu erteilen und beantragt zu 3c) folgende Verwendung des Reingewinnes:

1. einen Betrag von .... S 497.716.19
   für die Ausschüttung einer 1o%igen Dividende auf das Geschäftsanteilekapital,
2. einen Betrag von .... S 482.645.--
   für eine 0,24 %ige Rückvergütung auf Warenbezüge an die Mitgliedsfirmen, und
3. den Rest von .... S 7.oo9.33
   auf neue Rechnung vorzutragen.

Der Vorsitzende stellt die einstimmige Annahme aller Anträge fest.

Zu Punkt 4) der Tagesordnung
stellt der Obmann des Vorstandes, Herr Minister a.D.Dr.Ing.Ludwig STROBL folgenden Antrag bezüglich der Höhe des Kreditrahmens für das Geschäftsjahr 1968:

56 Mill.Schilling bei Kontokorrentkrediten
und 56 " " " Indossamentverbindlichkeiten.

Der Antrag wird einstimmig beschlossen.

Zu Punkt 5) der Tagesordnung
teilt der Vorsitzende der Generalversammlung mit, dass mit der 22.ordentl.Generalversammlung die Mandate folgender Vorstandsmitglieder ablaufen:

Dir.Leopold BARUCIACK
Dr.Robert BAUM
Direktor Josef GEISSLER
Kom.Rat Franz KRIPPNER
Dr.Harald LEYACKER-SCHATZL
Direktor Dkfm.Ernst MADER
Kom.Rat Dkfm.Franz NIEDERHAFNER
Dipl.Ing.Karl SCHWARZ
Direktor Ekkehard EHRENWERTH

Die 24.ordentliche Generalversammlung der Österreichischen Importvereinigung, registrierte Genossenschaft mit beschränkter Haftung, Wien, 1., Franz-Josefs-Kai 13, fand am 12.Juni 1969 statt. Die Einladungen zu dieser Generalversammlung sowie eine Ausfertigung des Jahresabschlusses 1968 wurden am 29.Mai 1969 eingeschrieben an alle Mitglieder der Genossenschaft unter Einhaltung der Bestimmungen der §§ 25 und 37 der Statuten, gesandt.

Ausserdem war die Einladung zur 24.ordentlichen Generalversammlung mit einer Ausfertigung des Jahresabschlusses 1968 am Sitz der Genossenschaft in Wien 1., Franz-Josefs-Kai 13, in den Geschäftsräumen angeschlagen.

Am Tage der Generalversammlung gehörten der Genossenschaft 158 stimmberechtigte Mitglieder an. Von diesen 158 stimmberechtigten Mitgliedern haben laut Präsenzliste 59 Mitglieder an der Generalversammlung teilgenommen.

Die 24.ordentliche Generalversammlung wurde somit satzungsgemäss einberufen und war für alle Punkte der Tagesordnung beschlussfähig.

Als Punkt 5 der Tagesordnung wurde über Antrag des Vorstandes eine Statutenänderung bzw. eine Statutenergänzung der §§ 7,15 und 17, lt.Beilage, einstimmig beschlossen.

In der Generalversammlung wurden 4 Vorstandsmitglieder wieder gewählt. Zwei Vorstandsmitglieder sind durch Tod ausgeschieden. Ein Vorstandsmitglied wurde n e u gewählt.

Wiedergewählt wurden:

Kom.Rat Paul AMLINGER
Dkfm.Franz LAUDIN
Kom.Rat Dkfm.Rudolf KRISTOFICS-BINDER
Kom.Rat Norbert MANNHEIMER

Neu gewählt wurde:

Dkfm.Hans MITTERMAYR

Durch Tod ausgeschieden sind:

Alois LEISS
Dkfm.Ernst MADER.

Die Österreichische Importvereinigung, registrierte Genossenschaft mit beschränkter Haftung, Wien legt daher vor:

a) einen gem.§ 2, Abs.3.Gen.Reg.V.O. vom 14.Mai 1873,RGBL, Nr.71, gezeichneten Auszug aus dem Protokoll der 24.ordentlichen Generalversammlung vom 12.Juni 1969;
b) die mit den Originalunterschriften versehene Einladung zu dieser Generalversammlung mit einem Vermerk, wonach diese Einladung am 29.Mai 1969 eingeschrieben an alle Mitglieder ausgesendet wurde und ausserdem eine Ausfertigung am Sitz der Genossenschaft vom 29.5. bis zum 12.6.1969 ausgehängt war
c) die Statutenänderung
d) den notariell beglaubigten Firmenzeichnungsbogen des neu gewählten Vorstandsmitgliedes und

Österreichische Importvereinigung
registrierte Genossenschaft mit beschränkter Haftung

Obmann des Vorstandes Obmann-Stellvertreter

Die 26.ordentliche Generalversammlung der Österreichischen Importvereinigung, registrierte Genossenschaft mit beschränkter Haftung, Wien 1., Franz Josefs-Kai 13, fand am 30.Juni 1971 statt. Die Einladung sowie eine Ausfertigung des Jahresabschlusses 1970 wurden am 15.Juni 1971 eingeschrieben an alle Mitgliedsfirmen bzw. Mitglieder der Genossenschaft unter Einhaltung der Bestimmungen der §§ 25 und 37 der Statuten gesandt.

Ausserdem war die Einladung zur 26.ordentlichen Generalversammlung mit einer Ausfertigung des Jahresabschlusses 1970 am Sitz der Genossenschaft in Wien 1., Franz Josefs-Kai 13, in den Geschäftsräumen angeschlagen.

Am Tage der Generalversammlung gehörten der Genossenschaft 146 stimmberechtigte Mitglieder an. Von diesen 146 stimmberechtigten Mitgliedern haben laut Präsenzliste 51 Mitglieder an der Generalversammlung teilgenommen.
Die Generalversammlung wurde somit satzungsgemäss einberufen und war für alle Punkte der Tagesordnung beschlussfähig.

Zu Punkt 1) der Tagesordnung berichtet der Obmann des Vorstandes über die Tätigkeit der Genossenschaft im Jahre 1970 und erläutert der geschäftsführende Direktor Dr.Josef VERIENT anhand des allen Teilnehmern der Generalversammlung vorliegenden Jahresabschlusses 197 die einzelnen Bilanzpositionen.

Zu Punkt 2) der Tagesordnung verliest der Vorsitzende-Stellvertreter des Aufsichtsrates den Bericht des Österreichischen Genossenschaftverbandes über die Gebarung der Jahre 1968 und 1969.

Zu Punkt 3) der Tagesordnung verliest der Vorsitzende-Stellvertreter des Aufsichtsrates den Revisionsbericht des "Engeren Ausschusses" des Aufsichtsrates über dessen Prüfung des Jahresabschlusses 1970 und stellt hiezu den Antrag, die vom Vorstand beschlossene und vom Aufsichtsrat geprüfte Bilanz für das Geschäftsjahr 1970 zu genehmigen und dem Vorstand und Aufsichtsrat die Entlastung zu erteilen.
Weiters stellt er namens des Aufsichtsrates den Antrag, aus dem Reservefond einen Betrag von S 491.570.38 aufzulösen und wie folgt zu verwenden:

Österreichische Importvereinigung
registrierte Genossenschaft mit beschränkter Haftung

Zur Deckung des Verlustes .... S 47.216.98
für die Ausschüttung einer Dividende
in Höhe von 1o % auf das Geschäfts-
anteilekapital ...." 444.353.4o.

Der Vorsitzende stellt die einstimmige Annahme aller Anträge fest.

Zu Punkt 4) der Tagesordnung genehmigt die Generalversammlung den Kreditrahmen für das Geschäftsjahr 1972 mit 56 Millionen Schilling für Kontokorrentkredite und S 56 Millionen für Indossamentverbindlichkeiten.

Zu Punkt 5)der Tagesordnung beschliesst die Generalversammlung über Antrag des Vorsitzenden-Stellvertreter die

W i e d e r w a h l
der Herren

Hofrat Dr.Heinrich BERGER
Gen.Dir.Georg ERHART
Min.a.D.Dr.Ing.Ludwig STROBL
und Kom.Rat Jakob TENNER

und die N e u w a h l
der Herren

Kom.Rat Julius BEGOVICH
und Dir.Dr.Josef VERIENT

in den V O R S T A N D
und nimmt das
A u s s c h e i d e n
des Herrn Dir.Dkfm.Hans MITTERMAYR
zur Kenntnis.

Zu Punkt 6) der Tagesordnung
teilt der Vorsitzende-Stellvertreter des Aufsichtsrates mit, dass mit Ablauf der 26.ordentlichen Generalversammlung nachfolgende Herren durch Beendigung der Funktionsperiode, durch vorzeitiges Zurücklagen des Mandates und durch Tod aus dem Aufsichtsrat ausscheiden:

Dkfm.Adalbert MARKO,
Kom.Rat Hans SONVICO-JUNGBAUER,
Kom.Rat Rudolf SIGMUND
Kom.Rat Julius BEGOVICH (frühzeitig)
und Dir.Kom.Rat Leopold WILDAM (durch Tod)

...sterreichische Impfstoffvereinigung
registrierte Genossenschaft mit beschränkter Haftung

Die 27.ordentliche Generalversammlung der Österreichischen Importvereinigung, registrierte Genossenschaft mit beschränkter Haftung, Wien 1., Franz Josefs-Kai 13, fand am 28.Juni 1972 statt. Die Einladung sowie eine Ausfertigung des Jahresabschlusses 1971 wurden am 16.Juni 1972 eingeschrieben an alle Genossenschaftsmitglieder unter Einhaltung der Bestimmungen der §§ 25 und 37 der Statuten gesandt.

Ausserdem war die Einladung zur 27.ordentlichen Generalversammlung mit einer Ausfertigung des Jahresabschlusses 1971 am Sitz der Genossenschaft in Wien 1., Franz Josefs-Kai 13, in den Geschäftsräumen angeschlagen.

Am Tage der Generalversammlung gehörten der Genossenschaft 139 stimmberechtigte Mitglieder an. Von diesen 139 stimmberechtigten Mitgliedern haben laut Präsenzliste 49 Mitglieder an der Generalversammlung teilgenommen.
Die Generalversammlung wurde somit satzungsgemäss einberufen und war für alle Punkte der Tagesordnung beschlussfähig.

Zu Punkt 1) der Tagesordnung berichtet der Obmann des Vorstandes über die Tätigkeit der Genossenschaft im Jahre 1971 und erläutert der geschäftsführende Direktor Dr.Josef VERIENT anhand des allen Teilnehmern der Generalversammlung vorliegenden Rechnungsabschlusses 1971 die einzelnen Bilanzpositionen.

Zu Punkt 2) der Tagesordnung verliest der Vorsitzende des Aufsichtsrates den Bericht des "Engeren Ausschusses" des Aufsichtsrates über die Revision und Prüfung des Jahresabschlusses 1971 und stellt hiezu den Antrag, die vom Vorstand beschlossene und vom Aufsichtsrat geprüfte Bilanz für das Geschäftsjahr 1971 zu genehmigen und dem Vorstand und Aufsichtsrat die Entlastung zu erteilen.

Weiters stellt der Vorsitzende des Aufsichtsrates den Antrag, aus dem Reservefond einen Betrag von S 428.195.6o aufzulösen und für die Auszahlung einer 1o%igen Dividende auf das Anteilekapital von S 4,283.ooo.-- zu verwenden.
Der Verlust von S 92.678.23 soll über Antrag des Vorsitzenden auf neue Rechnung vorgetragen werden.
Der Vorsitzende stellt die einstimmige Annahme aller Anträge fest.

Österreichische Importvereinigung
registrierte Genossenschaft mit beschränkter Haftung

Österreichische Importvereinigung

REGISTRIERTE GENOSSENSCHAFT MIT BESCHRÄNKTER HAFTUNG

WIEN I. FRANZ-JOSEFS-KAI 13

1011 Wien, Postfach 74

Telephon: 63 07 01
Telegramme: „Importvereinigung Wien"
Fernschreiber: 7 4785 oeimp a
Banken: Creditanstalt-Bankverein 38-31323
Österr. Länderbank 1-508.323
Bank für Arbeit und Wirtschaft 732.3
Wr. Genossenschaftsbank 777
Österr. Verkehrskreditbank 058.504.03
Gen. Zentralbank 1/010076

Diese Einladung erging eingeschrieben an alle Genossenschaftsmitglieder am 14.6.73 und war vom 13.6. bis zum 27.6. in den Räumen der Genossenschaft angeschlagen.

Unser Zeichen O/Schi | Ihr Zeichen | Ihre Nachricht vom | Datum 12.6.1973

Der Vorstand der Österreichischen Importvereinigung, reg. Gen.m.b.H., beehrt sich, Sie zu der

Mittwoch, den 27. Juni 1973, 15 Uhr,

im großen Saal der Kammer der gewerblichen Wirtschaft für Wien, Wien 1., Stubenring 8 - 1o, stattfindenden

28. ordentlichen Generalversammlung

mit nachfolgender Tagesordnung höflichst einzuladen :

1. Geschäftsbericht des Vorstandes und Vorlage des Jahresabschlusses über das Geschäftsjahr 1972;
2. Bericht des Aufsichtsrates über die Revision des Jahresabschlusses 1972 sowie Antragstellung auf :
   a) Genehmigung des Jahresabschlusses 1972;
   b) Erteilung der Entlastung des Vorstandes und Aufsichtsrates;
   c) Beschlußfassung über die Gewinnverteilung;
3. Antrag des Vorstandes gemäß § 29, Punkt 9) der Statuten;
4. Wahlen in den Vorstand;
5. Wahlen in den Aufsichtsrat;
6. Prokuraerteilung.

Sollte die Generalversammlung nicht beschlußfähig sein, so wird gemäß § 26 der Statuten innerhalb vier Wochen eine neuerliche Generalversammlung mit der gleichen Tagesordnung einberufen werden, die dann ohne Rücksicht auf die Anzahl der anwesenden Mitglieder oder vertretenen Anteile beschlußfähig ist.

Beilage

Hochachtungsvoll
ÖSTERREICHISCHE IMPORTVEREINIGUNG
reg.Gen.m.b.H.

Dr.Ing.L.STROBL m.p. Komm.Rat J.TENHER m.p.

Österreichische Importvereinigung

REGISTRIERTE GENOSSENSCHAFT MIT BESCHRÄNKTER HAFTUNG

WIEN I. FRANZ-JOSEFS-KAI 13

1011 Wien, Postfach 74

Telephon: 63 07 01
Telegramme: „Importvereinigung Wien"
Fernschreiber: 7 4785 oeimp a
Banken: Creditanstalt-Bankverein 26-51323
Österr. Länderbank I-500.320
Bank für Arbeit und Wirtschaft 79213
Wr. Genossenschaftsbank 777
Österr. Verkehrskreditbank 058.504.03
Gen. Zentralbank 1/010076

Diese Einladung erging eingeschrieben am 14.6.1974 an alle Genossenschaftsmitglieder und war vom 12.6. bis zum Tag der Generalversammlung am Sitz der Genossenschaft ausgehängt.

Unser Zeichen O/Schi | Ihr Zeichen | Ihre Nachricht vom | Datum 4.6.1974

Der Vorstand der Österreichischen Importvereinigung, reg. Gen.m.b.H., beehrt sich, Sie zu der

Dienstag, den 25.Juni 1974, 15 Uhr,

im großen Saal der Kammer der gewerblichen Wirtschaft für Wien, Wien 1., Stubenring 8 - 1o, stattfindenden

29. ordentlichen Generalversammlung

mit nachfolgender Tagesordnung höflichst einzuladen:

1. Geschäftsbericht des Vorstandes und Vorlage des Jahresabschlusses über das Geschäftsjahr 1973;
2. Verlesung des Berichtes des Österr.Genossenschaftsverbandes über die Gebarung der Jahre 1970,1971 und 1972;
3. Bericht des Aufsichtsrates über die Revision des Jahresabschlusses 1973 sowie Antragstellung auf:
   a) Genehmigung des Jahresabschlusses 1973;
   b) Erteilung der Entlastung des Vorstandes und Aufsichtsrates;
   c) Beschlußfassung über die Gewinnverteilung;
4. Antrag des Vorstandes gemäß § 29, Punkt 9) der Statuten;
5. Wahlen in den Vorstand;
6. Wahlen in den Aufsichtsrat.

Sollte die Generalversammlung nicht beschlußfähig sein, so wird gemäß § 26 der Statuten innerhalb vier Wochen eine neuerliche Generalversammlung mit der gleichen Tagesordnung einberufen werden, die dann ohne Rücksicht auf die Anzahl der anwesenden Mitglieder oder vertretenen Anteile beschlußfähig ist.

Hochachtungsvoll

ÖSTERREICHISCHE IMPORTVEREINIGUNG
reg.Gen.m.b.H.

Dr.Ing.I.STROBL m.p. Komm.Rat J.TENNER m.p.

Beilage

teil von 25 % das Anlagevermögen sowie die Warenvorräte fast zur Gänze abgedeckt. Die Relation Eigenmittel zu Fremdmitteln hat sich von 1 : 4 Ende 1970 auf 1 : 3 Ende 1972 verbessert.
Die Vermögenslage der Genossenschaft kann als geordnet beurteilt werden.
Es wird nochmals darauf hingewiesen, daß Dividendenausschüttungen aus dem Reservefonds laut Statut unzulässig sind, da dieser einzig und allein zur Abdeckung von Verlusten verwendet werden darf.

Wien, 1974 o3 o1/Sz   Prüfer: Eduard Gruber e.h.
Jörg Nowitsch e.h.

Beschluß:
Der Vorstand des Österreichischen Genossenschaftsverbandes hat in seiner Sitzung am 9.Mai 1974 vorliegenden Bericht zur Kenntnis genommen und zur Ausfertigung freigegeben.
Der Aufsichtsrat hat im Sinne des § 8 Revisionsgesetz in der Generalversammlung nach Verlesung dieses Berichtes zum Ergebnis dieser Revision Stellung zu nehmen. ÖSTERR.GENOSSENSCHAFTSVERBAND
gez.zwei Unterschriften unleserlich.

Aufsichtsrat und Vorstand haben heute diesen Bericht in einer gemeinsamen Sitzung ausführlich behandelt.

Zu Punkt 3) der Tagesordnung
" Bericht des Aufsichtsrates über die Revision des Jahresabschlusses 1973 sowie Antragstellung
a) Genehmigung des Jahresabschlusses 1973;
b) Erteilung der Entlastung des Vorstandes und Aufsichtsrates;
c) Beschlußfassung über die Gewinnverteilung"
bringe ich Ihnen folgenden Bericht des "Engeren Ausschusses des Aufsichtsrates" zur Kenntnis:

R E V I S I O N S B E R I C H T

Der "Engere Ausschuß" des Aufsichtsrates hat sich in der Zeit vom 28.5. bis 3o.5.1974 mit dem Jahresabschluß der Österreichischen Importvereinigung zum 31.12.1973, welcher durch das Plenum des Vorstandes in seiner Sitzung vom 28.5.1974 genehmigt worden war, eingehend befaßt.

AIZ PRESSEDIENST

AGRARISCHES INFORMATIONSZENTRUM

Nummer 3688
2. Aussendung   Freitag, 12. Juli 1974

Trauer um Ludwig S t r o b l
Sein Wirken wird der österreichischen Raiffeisenorganisation unvergeßlich bleiben

Wien, 12. Juli 1974 (AIZ). - Vollkommen unerwartet wurde Bundesminister a.D. Ökonomierat Dipl.Ing. Dr. Ludwig S t r o b l am 9. Juli 1974 im 75. Lebensjahr in die Ewigkeit abberufen. Mit ihm verliert die österreichische Raiffeisenbewegung einen ihrer profiliertesten Mitarbeiter, der zuletzt die Obmannstelle der Warenzentrale Österreichischer Verbände innehatte.

Ludwig Strobl wurde am 22. Jänner 1900 als Sohn eines Kaufmannes in Siebenhirten bei Mistelbach geboren. Nach Absolvierung des Gymnasiums in Hollabrunn wurde er 1918 zum Wehrdienst einberufen und dem Feldartillerieregiment 143 zugeteilt. Von 1919-1923 studierte Ludwig Strobl an der Hochschule für Bodenkultur, erwarb das Diplom und dissertierte 1927 mit einer betriebswirtschaftlichen Arbeit. Nach Beendigung des Hochschulstudiums berief Kammeramtsdirektor Dr. Dollfuß den jungen Agraringenieur in die niederösterreichische Landes-Landwirtschaftskammer. Am Aufbau der durch Landesgesetz vom 22. Feber 1922 errichteten nö. Landwirtschaftskammer hatte somit Dr. Strobl maßgeblichen Anteil. Besonders auf dem Gebiet der Buchführung galt er bald als Kapazität. Wissenschaftliche Arbeiten über Rentabilitätsfragen machten Strobls Namen international bekannt. Ein Lehrbuch über einfache bäuerliche Buchführung erreichte zwei Auflagen mit zusammen 20.000 Exemplaren.

Eigentümer und Herausgeber: Agrarisches Informationszentrum (AIZ), 1040 Wien, Brucknerstraße 6. — Verleger und Vervielfältigung: Österreichischer Agrarverlag. — Chefredakteur und für den Inhalt verantwortlich: Dr. Heinrich Hilpert. — Beide: 1011 Wien, Bankgasse 1—3.

Nr. 3688, 12. Juli 1974
2. Aussendung

In der Folgezeit haben sämtliche Landwirtschaftskammern Österreichs das von Dr. Strobl erarbeitete Rentabilitätserhebungssystem über= nommen. Dr. Strobl war auch Gründer der Landesbuchführungsgesell= schaft, die heute unter anderem die Grundlagen für den "Grünen Bericht" liefert.

Weitere Stationen in der beruflichen Laufbahn Dr. Strobls waren seine Berufung in die Verwaltung des deutsch-österreichischen Wirtschaftsverbandes für den Viehverkehr und die Leitung der Vieh= verkehrsstelle der nö. Kammer. Das Viehverkehrs- und das Viehfonds= gesetz gehen auf seine Initiative zurück. 1933 berief ihn das Kammerpräsidium an die Spitze der Tierzuchtabteilung.

Vom 17. Oktober 1935 bis 14. Mai 1936 leitete Dipl.Ing.Dr. Strobl das Bundesministerium für Land- und Forstwirtschaft im Kabinett von Dr. Schuschnigg. In seiner kurzen Ministerschaft setzte er das Bundesgesetz über eine Vieh- und Fleischabgabe durch, ferner das Rindermastförderungsgesetz. Als besonderes Verdienst rechnet man ihm an, daß er die sogenannte "Produktionssektion" geschaffen hat, die heute als Sektion II eine der tragenden Säulen des Landwirt= schaftsministeriums ist.

Nach seinem Ausscheiden aus dem Ministeramt widmete sich Ludwig Strobl wiederum seiner Arbeit bei der Großeinkaufsgenossenschaft der Österreichischen Konsumvereine (GÖC) und bei der Konsumgenos= senschaft Wien und Umgebung (KGW), einer Tätigkeit, die er nach den Februar-Ereignissen des Jahres 1934 übernommen hatte. Der Umsturz im März 1938 unterbrach die genossenschaftliche Arbeit von Dr.Strobl. Nur kurz von der Wehrmacht eingezogen, war er während des Krieges mit der Leitung der Handels- und Industriesektion der Deutschen Großeinkaufsgesellschaft in Hamburg betraut. Im Zuge der Ereignisse nach dem 20. Juli 1944 entlassen, konnte sich Dr. Strobl der Ver= haftung entziehen und bis Kriegsende verborgen halten. 1945 übernahm er gemeinsam mit Andreas Korp die Leitung der GÖC.

Ein neuer Lebensabschnitt begann für Dr. Strobl als er am 1. Novem= ber 1949 zum Geschäftsführer des Verbandes ländlicher Genossenschaf= ten in Niederösterreich berufen wurde, des ältesten genossenschaft= lichen Warenverbandes, der damals auf das 50jährige Bestehen zurückblickte. Als Generaldirektor des Verbandes war er bis zu seiner Pensionierung im Jahr 1967 unermüdlich für Niederösterreichs Bauern tätig.

./.

Nr. 3688, 12. Juli 1974
2. Aussendung

Der neue Generaldirektor setzte alles daran, um die Kriegsschäden zu beseitigen und die Nahrungsmittelproduktion so zu steigern, daß ein immer größerer Anteil an Lebensmitteln im eigenen Land hergestellt werden konnte. Die von ihm durchgeführte Reorganisation und straffe Gliederung des Verbandes, der Ausbau der genossenschaftlichen Anlagen und Einrichtungen in allen Bezirken, die Heranziehung tüchtiger Mitarbeiter, die Ausbildung geeigneter Nachwuchskräfte, diese und viele andere Maßnahmen dienten einer Leistungssteigerung, die in den von Jahr zu Jahr wachsenden Umsatzzahlen ihren Ausdruck fanden.

Unverrückbar mit dem Namen Strobl verbunden sind die Siloanlagen der niederösterreichischen Lagerhäuser. Eine eigens geschaffene Bauabteilung errichtete während der Geschäfsführung von Dr. Strobl über 130 Getreidesilos. Aber nicht nur Siloanlagen, auch moderne Übernahms-, Trocknungs- und Reinigungsanlagen garantierten, daß der niederösterreichische Bauer seine Frucht sofort nach der Ernte dem Lagerhaus verkaufen konnte. Weiters geht das Werkstättenbauprogramm auf seine Initiative zurück.

Aber nicht nur im Rahmen des Verbandes ländlicher Genossenschaften erwarb sich der Verstorbene bleibende Verdienste. Seit 1950 war er 1. Obmann-Stellvertreter der Warenzentrale österreichischer Verbände (WÖV). Im Jahre 1962 wurde Ludwig Strobl zum Obmann der WÖV gewählt - eine Funktion, die er bis zu seinem Tode innehatte.

Während seiner Obmannschaft bei der WÖV wurde das größte Mischfutterwerk Österreichs in Pöchlarn gebaut und der modernste Schlachthof Österreichs in Mistelbach in Betrieb genommen.

Die Schlüsselpositionen, die Dr. Strobl im stärksten ländlichen Warenverband auf Landes- u. in der Warenzentrale auf Bundesebene ausübte, brachten es mit sich, daß auch andere wirtschaftliche Organisationen sich seiner Mitarbeit versicherten. So war Dr. Strobl Mitglied der Generalanwaltschaft des Österreichischen Raiffeisen=

verbandes, Obmann der Österreichischen Importvereinigung, Vorstandsmitglied der Tullner Zuckerfabrik, Generalrat der Österr. Nationalbank, deren 2. Vizepräsident er von 1962 bis 1967 war. Nicht unerwähnt bleiben sollen die Verdienste für das Jagdwesen. Von 1947 bis 1966 als Landesjägermeister von Niederösterreich gilt er auch als Mitschöpfer des Nö. Landesjagdgesetzes.

Zahllos sind die Ehrungen und Auszeichnungen, die ÖkR. Dipl.Ing. Dr. Ludwig Strobl für sein verdienstvolles Wirken erhalten hat. Der Verstorbene war Inhaber des Großkreuzes des Österreichischen Verdienstordens, des Großkreuzes des Ordens der Krone von Italien, des Silbernen Komturkreuzes des Ehrenzeichens für Verdienste um das Bundesland Niederösterreich, Träger der Rudolf Buchinger Plakette und des Ehrenzeichens I. Klasse der Nö. Landes-Landwirtschaftskammer und Träger der Goldenen Raiffeisennadel, der höchsten Auszeichnung der österreichischen Raiffeisenorganisation.

Die österreichische Raiffeisenorganisation wird stets die Verdienste von ÖkR. Dipl.Ing. Dr. Ludwig Strobl in dankbarer Erinnerung halten. Sein Wirken wird unvergeßlich bleiben.

+ + +

Ludwig Strobl zum Gedenken

Vor Wochen hatte Ludwig Strobl für Dienstag, den 9. Juli, um 15 Uhr einen Termin in der WÖV und für 16 Uhr ein Gespräch mit mir vereinbart. Er war schon auf seinem Bauernhof in der Klaus bei Türnitz auf Urlaub, dennoch wollte er auf einen Tag nach Wien kommen. – Gott aber beschloß es anders: Am späten Vormittag des 9. Juli kam der Anfall – der dritte innerhalb kurzer Zeit nach zwei kaum merkbaren. In der Einsamkeit seines Hauses – ohne Telefon und ganz allein mit seiner Frau Emmy war rasche Hilfe nicht zur Hand. Er konnte seiner Frau nur noch die Hände drücken, zu sprechen war ihm schon versagt. Auf dem Weg ins Krankenhaus schloß er die Augen für immer.

Ich hörte Ludwig Strobl im Jahre 1927 zum erstenmal bei einer Versammlung des Bauernbundes. Damals war ich noch ein Gymnasiast, aber seine sachliche Nüchternheit hatte mich angesprochen. Einiges später kam er in mein Elternhaus. Es ergab sich über ein Thema, das mir längst entfallen ist, eine kleine Diskussion. Sie kam nicht zu Ende. Aber daß der Dreißigjährige mit dem Siebzehnjährigen ernsthaft bei der Sache war, stärkte mein Selbstvertrauen. Seit ich ab 1932 Student in Wien war, wurden die Kontakte enger, verloren aber bald an Intensität, als Strobels Lebensweg steil anstieg. Präsident der Konsumgenossenschaften, dann Landwirtschaftsminister, waren auch damals keine Kleinigkeit. 1936 sprach er als Präsident der Republik und im Namen der Bundesregierung bei der 50-Jahr-Feier der Raiffeisenbewegung im Nö. Landhaus. Damals war ich Mitarbeiter der Zentralkasse und für die Gestaltung des Jubiläums mitverantwortlich. Ich habe den Inhalt und den Ton dieser Stimme heute noch im Ohr. Strobl sagte:

„Der Grundsatz des Genossenschaftswesens – Gemeinnutz geht vor Eigennutz – und das Wirtschaftsprinzip der Genossenschaften, mittels gemeinsamer Betriebe jene Zweige der Einzelwirtschaft zu stärken, die als kleine, allein auf sich gestellte Wirtschaftselemente nicht zur Geltung kommen können, ist ebenso urwüchsig wie eigengesetzlich. Haben sich die Genossenschaften als Selbsthilfeorganisationen der Arbeiter, der Gewerbetreibenden und der Bauern in der liberal kapitalistischen Wirtschaftsordnung als Korrektiv bewährt, so sind sie heute erst recht am Platz und bahnbrechend für die nach immer größerer Arbeitsteilung drängende Marktwirtschaft. Die Pflege des Genossenschaftswesens ist von höchster staatspolitischer Bedeutung."

Es war die letzte Tat des todkranken Ministers Buchinger, daß er – gemeinsam mit dem damaligen Landwirtschaftsminister Kraus – Ludwig Strobl in die Raiffeisenbewegung zurückholte. Am 1. November 1949 wurde er Generaldirektor des Verbandes ländlicher Genossenschaften in Niederösterreich und bald darauf Vorstandsmitglied des Österreichischen Raiffeisenverbandes und der Warenzentrale österreichischer Verbände landwirtschaftlicher Genossenschaften. Daß es vorher und nachher daneben noch wichtige Funktionen für ihn gab, ist verständlich; sein Herz aber schlug vorab für die Raiffeisenbewegung.

Hier hat er auf der Höhe des … *gestattet mit einem scharfen Verstand, reich an Wissen, gab er dem Wachsen der Warengruppe von Raiffeisen in Österreich zu Recht den Namen „Ära Strobl". Die Hallen und Silos, die Betriebsmittellager und Werkstätten, Tankstellen, Mühlen und Sägewerke, Mischfutterwerke und Schlachthöfe, Industrien und Handelsgesellschaften sind über seine Tage hinaus wirkende Zeugen seines Geistes und Wirkens.*

Und der Mensch Ludwig Strobl? Ihm war die Faustnatur, das Suchen nach Neuem, das Denken an Übermorgen, das selbstbewußte Anderssein, das Bewahren sebstbestimmter Freiheit ebenso zuteil wie die selbstlose Freude an den Früchten gemeinsamer Arbeit, die er immer wieder gesucht hat. Vielleicht war er auch manchmal in dem Sinne herausfordernd, daß er bewußt zum Widerspruch herausgefordert hat, weil er es liebte, Menschen und Dinge von allen Seiten zu sehen und zu prüfen.

LUDWIG STROBL

Über alles gingen ihm Freunde und Kameraden. In seinen letzten Jahren war er den jungen Leuten besonders zugetan, und er hat sie gefördert. Er war ein Mensch voll Lebensmut und Lebenskraft und weit mehr den hellen Seiten des Lebens zugetan als dem nagenden Zweifel.

Wir respektieren aus ganzem Herzen die Trauer, den Kummer und die Sorgen seiner verehrten Gattin, seiner Tochter, seines Schwiegersohnes und seines Enkels und bitten, daß ihnen Gott ein starker Tröster sei.

Ruh aus, lieber Freund. Wir beten für Dich um die Palme des Lebens: Gott zu schauen im Lichte der Ewigkeit.

Stationen seines Lebens

Ludwig Strobl wurde am 22. Jänner 1900 in Siebenhirten (Bezirk Mistelbach, Nö.) geboren. 1911 trat er in das Gymnasium Hollabrunn ein. Die Matura machte Strobl während seines Militärdienstes, den er 1918 absolvierte. 1919 bis 1923 studierte Strobl Landwirtschaft an der Hochschule für Bodenkultur, wo er … er Leiter der Landwirtschaftskrankenkasse, Bezirksstelle Mistelbach; 1934 folgte er einer Berufung als Sekretär in die Nö. Landes-Landwirtschaftskammer.

Im Herbst 1924 begründete Strobl die Landwirtschaftlichen Rentabilitätserhebungen und verfaßte ein Buch für bäuerliche Buchführung. Dieses Rentabilitätserhebungssystem übernahmen später alle Landwirtschaftskammern. Während des NS-Regimes wurden die Buchstellen der Landwirtschaftskammern in einer Buchführungsgesellschaft zusammengefaßt, die heute noch die Rentabilitätserhebungen weiterführt und die Grundlagen für den Grünen Bericht liefert. 1933 betraute man Strobl mit der Leitung der Tierzuchtabteilung der Nö. Landes-Landwirtschaftskammer.

Am 16. Februar 1934 wurde Strobl wegen seiner hervorragenden fachlichen Qualitäten zum Vorsitzenden des Verwaltungsausschusses der Großeinkaufsgesellschaft österreichischer Konsumvereine und des Verwaltungsausschusses der Konsumgenossenschaft Wien und Umgebung bestellt.

Vom Oktober 1935 bis Mai 1936 war Dr. Ludwig Strobl Bundesminister für Land- und Forstwirtschaft im Kabinett Schuschnigg. Im Jänner 1936 wurde Strobl Geschäftsführender Präsident der GÖC; 1939 wurde er dieser Funktion enthoben. Auf Wunsch Karl Renners wurde Strobl 1945 wegen seiner Fachkenntnis wieder Geschäftsführer der GÖC, die er durch schwere Krisen geführt hatte. Ab November 1949 war er Generaldirektor des Verbandes ländlicher Genossenschaften in Niederösterreich. 1950 wählte man Strobl zum 1. Obmannstellvertreter der Warenzentrale österreichischer Verbände landwirtschaftlicher Genossenschaften (WÖV) und in den Vorstand des Allgemeinen Verbandes für das landwirtschaftliche Genossenschaftswesen, 1962 zum Obmann der WÖV. Als Landesjägermeister Niederösterreichs erwarb sich der begeisterte Weidmann große Verdienste.

Ludwig Strobl war in seinem Leben in weiteren bedeutenden Funktionen tätig: u. a. als Vorstandsmitglied des Österreichischen Raiffeisenverbandes, als Vorstandsmitglied und späterer Präsident der Tullner Zuckerfabrik AG und als Vizepräsident der Oesterreichischen Nationalbank.

Strobl war Träger folgender Auszeichnungen: Großkreuz des Österreichischen Verdienstordens; Großkreuz des Ordens der Krone von Italien; Silbernes Komturkreuz des Ehrenzeichens für Verdienste um das Bundesland Niederösterreich mit dem Stern; Ehrenmitglied des nö. Landesjagdverbandes; Goldenes Verdienstabzeichen des nö. Landesjagdverbandes.

Verdienstabzeichen I. Klasse der nö. Genossenschafts-Zentralkasse; Minister-Kraus-Plakette; Jubiläumsmünze in Gold der nö. Genossenschafts-Zentralkasse; Goldene Raiffeisennadel; Eduard-Hartmann-Gedenkmünze.

Die Nö. Landes-Landwirtschaftskammer verlieh Strobl die …

In aufrichtiger Trauer geben wir allen Aktionären und Geschäftsfreunden Nachricht, daß der Vorsitzende des Aufsichtsrates, Herr

Minister a. D., Ökonomierat

Dr. Ing. Ludwig Strobl

am 9. Juli 1974 im 75. Lebensjahr plötzlich verstorben ist.
Herr Minister a. D. Dr. Ing. Ludwig Strobl war seit der Gründung unserer Aktiengesellschaft stets um deren geschäftliche Fortentwicklung in außerordentlichem Maße bemüht und stellte sein Wissen und seine Erfahrungen uneigennützig und selbstlos in den Dienst unseres Unternehmens.
Wir werden sein Wirken immer in dankbarer Erinnerung behalten.

„Eier-Wild-Geflügel" Kühl- und Lagerhaus-Aktiengesellschaft

Der Aufsichtsrat — Der Vorstand

Die Arbeiter und Angestellten

In aufrichtiger Trauer geben wir allen Mitgliedern und Geschäftsfreunden Nachricht, daß der Obmann des Vorstandes, Herr

Minister a. D., Ökonomierat

Dr. Ing. Ludwig Strobl

am 9. Juli 1974 im 75. Lebensjahr plötzlich verschieden ist.
Der Verstorbene war fast 30 Jahre lang in seiner Eigenschaft als Obmann des Vorstandes um die Weiterentwicklung unseres Unternehmens erfolgreich bemüht.
Bis zuletzt stellte er seine großen Fachkenntnisse und Erfahrungen in der ihm eigenen ruhigen und verbindlichen Art in den Dienst unserer Genossenschaft und hat so in hohem Maße zu deren Wohle beigetragen.
Sein Wirken wird unvergessen bleiben, und sein Name wird für immer mit der Geschichte der Genossenschaft verbunden sein.

ÖSTERREICHISCHE IMPORTVEREINIGUNG
reg. Gen. m. b. H.

Der Aufsichtsrat — Der Vorstand

Die Arbeiter und Angestellten

Im Namen aller Genossenschaften und Institutionen der österreichischen Raiffeisenbewegung geben wir Nachricht vom Ableben des ehemaligen Bundesministers für Land- und Forstwirtschaft

Ök.-Rat Dipl.-Ing. Dr. Ludwig Strobl

langjähriger Vizepräsident und Generalrat der Österreichischen Nationalbank
Altpräsident der Genossenschaftlichen Zentralbank
Obmann der Warenzentrale österreichischer Verbände landwirtschaftlicher Genossenschaften und der Österreichischen Importvereinigung
Vorstandsmitglied des Österreichischen Raiffeisenverbandes
Generaldirektor des Verbandes ländlicher Genossenschaften in Niederösterreich und Vorstandsmitglied der Raiffeisen-Zentralkasse Niederösterreich-Wien
Niederösterreichischer Landesjägermeister
Inhaber des Großkreuzes des Österreichischen Verdienstordens

Er wurde am Dienstag, dem 9. Juli 1974, im 75. Lebensjahr in die Ewigkeit abberufen.
Die Beisetzung erfolgt am 17. Juli 1974 um 10.00 Uhr in der Dr.-Karl-Lueger-Gedächtniskirche, am Wiener Zentralfriedhof, 2. Tor.
Vor mehr als fünfzig Jahren begann er seine Laufbahn als Sekretär der Niederösterreichischen Landes-Landwirtschaftskammer. Im Schicksalsjahr 1934 wurde er geschäftsführender Präsident der österr. Konsumgenossenschaften und Geschäftsführer der GÖC.
1949 übernahm der Verewigte als Generaldirektor die Leitung des Verbandes ländlicher Genossenschaften in Niederösterreich und wurde dann auch Obmann der WÖV.
Der Verstorbene war für die Bauernschaft unseres Landes und die österreichische Raiffeisenbewegung ein Steuermann auf dem Weg in die moderne Wirtschaft. In seiner kraftvollen Persönlichkeit waren natürliche Begabung, umfassendes Wissen und eine gute und starke Hand für die Verwirklichung seiner Ideen vereinigt.
In unserer dankbaren Erinnerung wird er unvergeßlich bleiben.

Wien, am 10. Juli 1974

Österreichischer Raiffeisenverband

Warenzentrale österreichischer Verbände landwirtschaftlicher Genossenschaften — Genossenschaftliche Zentralbank Aktiengesellschaft

Verband ländlicher Genossenschaften in Niederösterreich — Raiffeisen-Zentralkasse Niederösterreich-Wien

Bildbericht vom Raiffeisentag 1976 auf den Seiten 4 und 5

RAIFFEISENZEITUNG

Zentralorgan des Österreichischen Raiffeisenverbandes

Redaktion: 1020 Wien, Hollandstraße 2, Telefon 26 3 80, FS 07/6760. Verlagspostamt 1020 Wien, Aufgabepostamt 1150 Wien, Erscheinungsort Wien

Anzeigenabteilung Österreichischer Agrarverlag 1014 Wien, Bankgasse Tel. 63 96 76, Klappe 46, FS 07/4030. Jahresabonnement S 100,–, PSK 7.115

Gegründet 1904 Nummer 27 Wien, 1. Juli 1976 P. b.

Rudolf Rasser: „Wir sprechen jedem das Recht ab, die Raiffeisenorganisation wegen einzelner Vergehen insgesamt zu verurteilen

BADEN BEI WIEN (RF). „70.000 gewählte und bestellte Funktionäre und Mitarbeiter geben täglich ihr Bestes. Wenn in dieser großen Menschenschar der eine oder andere einmal versagt, dann ist das sehr bedauerlich, aber schon allein nach dem Gesetz der Wahrscheinlichkeit nicht vermeidbar." Dies erklärte kürzlich der Generalanwalt des Österreichischen Raiffeisenverbandes, Rudolf Rasser, in Anwesenheit von Bundespräsident Rudolf Kirchschläger und zahlreichen anderen Gästen beim Österreichischen Raiffeisentag 1976 im Stadttheater zu Baden bei Wien. Und Rasser fuhr fort: „Solches Versagen mag erklärbar sein, entschuldbar ist es nie und wir ziehen in solchen Fällen selbst die Konsequenzen", sagte der Generalanwalt. „Wir sprechen aber ganz entschieden jedem das Recht ab, wegen einzelner Vergehen die Raiffeisenorganisation insgesamt zu verurteilen. Es ist übelste Demagogie, aus politischen Gründen in diesem Zusammenhang Verleumdungskampagnen zu starten, auch wenn solche Schachzüge als Ablenkungsmanöver von eigenen Schwierigkeiten willkommen sind", sagte Rasser unter lautem Beifall der Genossenschafter. „Genossenschaft habe mit Caritas nichts zu tun. Genossenschaft sei aber auch kein Instrument persönlicher Macht. „Es gibt bei Raiffeisen in Österreich keine Unternehmensziele, die den Boden von Recht und Gesetz verlassen und welche die Ökonomie über die Redlichkeit stellen", erklärte Generalanwalt Rasser.

Nach einem geschichtlichen Überblick über 90 Jahre Raiffeisenarbeit in Österreich und deren Wurzeln im Deutschland des 19. Jahrhunderts hob Rasser die Solidarität als stärkstes Gegengewicht gegenüber

Saatgut und Sämereien zu 80 Prozent über Raiffeisen-Lagerhäuser. Schließlich liege der Anteil an der inländischen Vermarktung von Schlachtrindern und Schweinen bei 35 Prozent und der Export von

ersłag, 1. Juli 1976 — Bauernbündler — Seite 3

s andere meinen…

aufschlußreicher leich

en hat rund 34 Millionen Ein- r und subventioniert die Le- ittel für seine Bevölkerung ind 70 Milliarden Schilling. Die ationskosten machen also rund chilling aus. Österreich hat nur llionen Einwohner (also rund ertel) und gibt für Preisstüt- und „Grünen-Plan"-Mittel, auch die Verbesserung der truktur gehört, die wiederum ugute kommt, rund 3,7 Milliar- chilling pro Jahr für die Land- haft aus. Was nicht ganz hilling pro Kopf der Bevölke- usmacht.

ohl, also die österreichische irtschaft in der Lage ist, eine ls ausreichende Versorgung zu leren, zusätzlich noch die Gäste, die jedes Jahr nach eich kommen, mitzuernähren. owohl sie nur ein Viertel der ationen der Polen braucht. staatlich gelenkte Landwirt- die Versorgung nicht sicher- kann, wird der Landwirt- der Vorwurf der zu teuren ction gemacht."

ues Volksblatt", 28. Juni 1976

herpreise für Fleisch Gemüse

t schlägt auch das sowjeti- Parteiorgan „Prawda" Alarm: inem gestern veröffentlichten t hat die seit Monaten schwe- Lebensmittelkrise in der t einen neuen Höhepunkt er- Vor allem in Moskau sind , Gemüse, Butter und Zucker ch auf dem schwarzen Markt herpreisen zu bekommen.

Behörden suchen inzwischen ifelt nach einem Ausweg aus ise. So wurde in Restaurants Werkskantinen bereits ein oser Tag pro Woche einge- In den Geschäften werden , Butter, Wurst und Zucker

Rasser weist Brunnenvergifter und Übertüchtige in Schranken

Üble Diffamierungskampagne gegen die Genossenschaften entschieden zurückgewiesen

Mit einer erfreulich klaren und harten Erklärung hat jetzt Raiffeisen-Generalanwalt Dr. Rasser zu der üblen Diffamierungskampagne Stellung genommen, die derzeit auf breiter Front, über Rundfunk und Presse, von der sozialistischen Regierungspartei gegen die landwirtschaftlichen Genossenschaften betrieben wird.

Wenn unter den rund 70.000 gewählten und bestellten Mitarbeitern und Funktionären der Genossenschaften, die Tag für Tag ihr Bestes geben, der eine oder andere einmal versagt, dann ist das zutiefst bedauerlich, sagte Rasser, aber nach dem Gesetz der Wahrscheinlichkeit kaum vermeidbar.

Solche Versagen sind natürlich keineswegs zu entschuldigen, stellte der Generalanwalt fest und betonte:

„Wir setzen in solchen Fällen selbst die Konsequenzen. Wir sprechen aber ganz entschieden jedem die Berechtigung ab, aus Vergehen einzelner die Institution insgesamt zu verurteilen. Es ist übelste Demagogie, aus politischem Hintergrund in diesem Zusammenhang Diffamierungskampagnen zu starten, auch wenn solche Schachzüge als Ablenkungsmanöver von eigenen Schwierigkeiten willkommen sind — und aus politischer Opportunität heraus auf die gesamte Organisation zu schließen und zu schießen."

Sowohl bei einer vorangegangenen Pressekonferenz als auch beim Raiffeisentag 1976 selbst, der heuer in Baden bei Wien stattfand, verurteilte Rasser auch jene „Übertüchtigen" in einzelnen Genossenschaftsorganisationen, deren Dynamik auf Kosten und zu Lasten der Gesamtorganisation gingen. Im Österreichischen Raiffeisenverband freue man sich über jede Dynamik, sagte er, doch könne man sie dort nicht dulden, wo sie zu gesetzlich nicht gedeckten Handlungen führe. „Übertüchtigkeit" lehnen wir ab, stellte der Generalanwalt klar, weil sie zu Lasten der Gesamtorganisation geht. Das Gesamtansehen der Organisation hat Vorrang vor geschäftspolitischen Neigungen einzelner."

Außer diesen erfreulichen Klarstellungen zu unerfreulichen Auseinandersetzungen, über die in breitesten Kreisen der Bauernschaft in letzter Zeit arge Verbitterung herrschte, konnte der Generalanwalt der Genossenschaften Österreichs jedoch eine sehr erfolgreiche Bilanz vorlegen.

Nicht mehr wegzudenken

„Die Genossenschaft hat sich", so sagte Generalanwalt Rasser, „gerade in der heutigen Zeit als sinnvolle Verbindung von Kapital und Demokratie, von Geld und Arbeit tatsächlich bewährt. Daß aus den einstigen Selbsthilfeeinrichtungen mittlerweile eine Organisation von höchster wirtschaftlicher Kraft geworden ist, bedeutet keinerlei Abkehr von den ursprünglichen Ideen. Denn noch immer werden die Genossenschaften von ihren Mitgliedern getragen, noch immer ist die Genossenschaft ein Instrument des eigenverantwortlich wirtschaftenden Menschen und kein zum Selbstzweck gewordener Apparat."

Es gibt zur Zeit in Österreich rund 3280 Raiffeisen-Genossenschaften mit rund 1,8 Millionen Mitgliedern, die von 70.000 Funktionären und Angestellten geführt werden. Bei 350.000 landwirtschaftlichen Betrieben in Österreich ist jeder Landwirt im Durchschnitt Mitglied bei 3 Raiffeisengenossenschaften, nämlich in der Regel bei der örtlichen Raiffeisenkasse, beim Raiffeisen-Lagerhaus und je nach seiner Struktur bei einer Molkereigenossenschaft, einer Winzergenossenschaft oder einer sonstigen Spezialgenossenschaft.

Der Mitgliederstand der Raiffeisenkassen — über 1 Million — setzt sich aus allen Bevölkerungsgruppen zusammen. Von der Gesamtzahl der von der Raiffeisen-Geldgruppe vergebenen Kredite gehen fast 40% an die Landwirtschaft und ihre Vermarktungseinrichtungen, der übrige Teil jedoch an Selbständige und Unselbständige in allen Zweigen der Wirtschaft, sowie an Bund, Länder und Gemeinden.

Die Bedeutung der Waren-Genossenschaften wird durch folgende Zahlen beleuchtet:

- 90% der gesamten von den Produzenten angelieferten Milch wird von den genossenschaftlichen Molkereien übernommen und verarbeitet.
- 65% der Brot- und Industriegetreideernte und 70% der Futtergetreideernte werden von den Raiffeisen-Lagerhäusern übernommen und vermarktet.
- Bei der Traubenernte sind es 25%.
- 76 % der Mischfutternachfrage werden von genossenschaftlichen Betrieben gedeckt.
- 38% der inländischen Vermark-

Niederösterreich mit „blauem Auge" davongekommen

Landeshauptmann Maurer zog Bilanz: Was Androsch schuldig geblieben ist, hat das

ICH BIN NICHTS
DAS RECHT ALLES

THONLUS
CANARIS

MEINEID
GEWISSEN
MENSCHENRECHTE

1. BAND: WAHRHEIT AUS DER ZEIT
DOKUMENTATION

Friedrich Wilhelm Reiffeisen (1818 bis 1888)
ist der Vater einer stolzen Bewegung, die allein in Österreich
3.2oo Raiffeisengenossenschaften mit 1,800.000 Mitgliedern
umfaßt.
Der Niederösterreichische Genossenschaftsverband schreibt in
der Festschrift:
75 Jahre Verband ländlicher Genossenschaften in Niederösterreich
auf Seite 16 einen Grundsatz Vater Reiffeisens:

"Nach meiner festen Überzeugung gibt es nur ein Mittel, die sozialen und besonders auch die wirtschaftlichen Zustände der Landbevölkerung zu bessern, nämlich die christlichen Prinzipien in freien Genossenschaften zur Geltung zu bringen.'

Auf Seite 180 dieser Festschrift wird ein Ausspruch des regierenden Generalanwaltes, Dr.Rudolf Rasser abgedruckt:

Dr.Rasser: Auch in der Raiffeisenbewegung kommt die Wahrheit weder aus der Autorität noch aus der Tradition, sondern immer aus der Zeit.

Auf Seite 3 am 1.Juli 1976 schreibt der Bauernbündler:
RASSER WEIST BRUNNENVERGIFTER UND ÜBERTÜCHTIGE IN SCHRANKEN
Wenn unter den rund 7o.ooo gewählten und bestellten Mitarbeitern und Funktionären der Genossenschaften, die Tag für Tag ihr Bestes geben, der eine oder andere einmal versagt, dann ist das zutiefst bedauerlich, sagte Rasser, aber nach dem Gesetz der Wahrscheinlichkeit kaum vermeidbar.
Solche Versagen sind natürlich keineswegs zu entschuldigen, stellte der Generalanwalt fest und betonte:
" Wir setzen in solchen Fällen selbst die Konsequenzen. Wir sprechen aber ganz entschieden jedem die Berechtigung ab, aus Vergehen einzelner die Institution insgesamt zu verurteilen. (Soweit der Bauernbündler)

Der Autor dieses Buches glaubt aber nicht nur ein Recht auf Kritik zu haben, sondern fühlt sich verpflichtet Mißstände aufzuklären, um Unrecht tilgen zu helfen.

Damit das Wort sich erfühle:"Wahrheit aus der Zeit"

Dieses Grabdenkmal für Landeshauptmann, Ökonomierat Johann Steinböck, Obmann des Verbandes ländlicher Genossenschaften in Niederösterreich, ist in erster Linie ein christliches Grabdenkmal.
Doch wurden in der Obmannzeit von Landeshauptmann Ö.R.Steinböck von 195o bis 1962 auch wirklich die von Vater Raiffeisen proklamierten christlichen Prinzipien, die auch der Kopf des Gekreuzigten am Grabdenmal bezeugen soll, wirklich immer eingehalten ?
Geschäftsführer des Verbandes ländlicher Genossenschaften in Niederösterreich war von 1949 bis 1967
Minister a.D. Generaldirektor Ökonomierat Dr.Ludwig Strobl.

Minister Dr.Strobl war aber unter anderen, auch Obmann der Österreichischen Importvereinigung.
Einen Ausspruch von Min.Dr.Strobl: "Den Schwachen helfen"
Müßte man einen Ausspruch von Landeshauptmann von OÖ.
Dr.Heinrich Gleissner entgegenhalten:
" Nicht christlich reden,
christlich handeln sollt ihr."
Beim Obmann der Österreichischen Importvereinigung, Min.a.d. Generaldirektor Dr.Strobl ging es im Sommer 1959 um Sein oder Nichtsein. Die Fa.Schiwitz & Co., war bei der ÖIV ein dubioser Schuldner geworden. Minister Dr.Strobl haftete laut Statuten für den Schaden mit seinem gesamten Vermögen.

Am 6.November 1958 gab es beim Verband ländlicher Genossenschaften in Niederösterreich eine Betriebsratswahl.
Doch hier gab es nicht wie dies vielleicht in Oststaaten oder bisher beim Verband ländl.Genossenschaften nur eine Liste.
Nein es gab gleich 3 Listen.
Die Liste Christlicher Gewerkschafter mußte zurückgezogen werden und nachdem man nur 2 Personen ersetzte wurde daraus die Liste N.Ö. Bauernbund.
Doch es gab zu allen Überfluß noch die Liste (ÖVP) Österreichische Volkspartei.
Ein Kandidat der Liste Österreichische Volkspartei war das erste Opfer des Schiwitzskandals, Ferdinand Schöfböck.
Für die Wahlwerber ging es um korrekte Personalpolitik, für den Persoanl-Chef Dipl.Ing.Steinböck aber, gingen die Wellen TURMHOCH.
Schöfböck, als Mitarbeiter in der Futtermittelabteilung des Verbandes hatte täglich mit der Fa.Schiwitz zu tun.

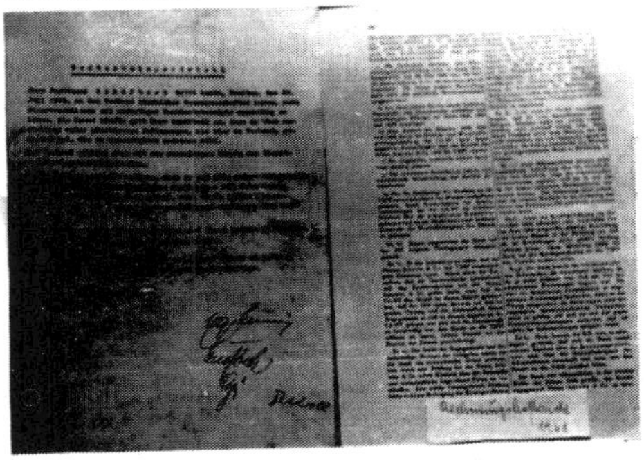

Die Einvernehmliche Dienstauflösung vom 24.Juli 1959 war leider eine ganz brutale, vollkommen ungerechtfertigte, fristlose Entlassung. Dipl.Ing. Johann Steinböck, Personalchef unter Strobl's Gnaden, leistete ganze Arbeit.
Der zuständige Direktor und der Rechtsberater des Verbandes, haben diesen Unfug mitunterschrieben.

Mit dem Auszug aus dem Rechnungshofbericht 1968 beweist der Ausspruch "Wahrheit aus der Zeit" den wirklichen Grund zu dieser Schandtat.

Der Grund für die Fristlose Entlassung war nicht das Exponieren des fristlos entlassenen Schöfböck für die Liste ÖVP, sondern die Sorge Dr. Strobl's um seinen Namen, seinen Ruf ja um sein gesamtes Vermögen.

Im Rechnungshofbericht 1968 Seite 23o Zu f: kann man lesen:

> Nach der Kreditgewährung im November 1959 schränkte eine Auskunftei ihre im Juni 1959 mitgeteilte Günstige Beurteilung der beiden Firmen in der Richtung ein, daß sie zu Kreditfragen nicht possitiv Stellung nehmen könne. Diese Mitteilung hätte die Bank bei der Kreditgewährung an die VMW zur Vorsicht mahnen sollen.

Zu g: Die Bank konnte die von ihr erworberenen Sicherheiten als ausreichend ansehen, da ja nicht bekannt war, daß ein Teil der abgetretenen Forderungen fingiert war.

Soweit der Auszug aus dem Rechnungshofbericht.

Man hatte Angst vor Schöfböck, daher wurde er LIQUIDIERT.

Doch auf diese FINGIERTEN Rechnungen hat ein Aufmerksamer Lagerhausgeschäftsführer ebenfalls hingewiesen.

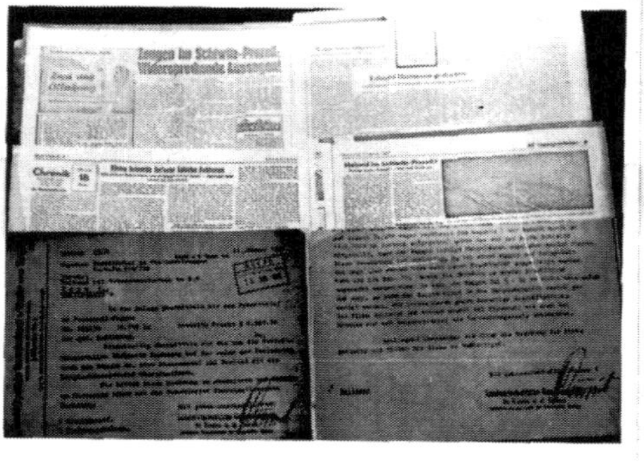

Oberverwalter Pöppel beschwert sich im Jänner 1962 über fingierte Rechnungen.

Oberverwalter Karl Pöppel
diente treu und ehrlich 37 Jahre
den N.Ö. Landw.Genossenschaften.
Den Begriff der fingierten
Rechnungen hat er nicht erfunden,
er mußte diese als aufmerksamer
Geschäftsführer leider feststellen
und konnte diese einfach nicht
gelten lassen.
Doch diese Aufmersamkeit wurde
O.V. Pöppel zum Verhängnis.
Minister Dr.Strobl, als General-
direktor des Verbandes ländl.
Genossenschaften benahm sich
wie Herodes der Grosse beim
Kindesmord zu Bethlehem und sein
Personalchef Dipl.Ing.Steinböck,
wie einer jener grausamen Kindes-
mörder. Der Mann war nur gerecht,
hatte nie die Absicht irgend jemand
anzuklagen. Hier kann man nur sagen,
es war der Fluch der Bösen Tat.

O,V.Karl Pöppel, 37 Dienstjahre.

In der zweiten Jahreshälfte des Jahres 1966 wurde es klar,
auch die ÖVP Alleinregierung konnte den Schiwitzprozess,
den bis dahin größten Wirtschafts-Skandal der Nachkriegszeit
nicht mehr verhindern.
Der Hauptschuldige an diesem Skandal, der es fertigbrachte,
aus einer dubiosen Forderung von ca. 3o Millionen Schilling
der Österreichischen Iportvereinigung, einen Verlust für die
größte österr. Bank, der Creditanstalt Bankverein, von
144 Millionen Schilling zu bauen, war kein geringerer, als

Minister a.d. Dr.Dpl.Ing. Ludwig Strobl.

Dr.Strobl wurde zwar nicht angeklagt, konnte auch nicht
verurteilt werden. Sein treuer Diener, Dipl.Ing.Hans Steinböck,
Sohn des großen N.Ö. Landeshauptmannes Johann Steinböck, wurde
ohne sichtlichen Befehlsnotstand, zum gedungenen Mörder.

1.Oktober 1966: Oberverwalter Karl Pöppel, Geschäftsführer der Landw.Genossenschaft Raabs a.d. Thaya wird nach 37 Dienstjahren im 63. Lebensjahre, fristlos entlassen.
Minister Dr.Strobl, der mächtigste Mann dieser Zeit und sein Persoanalchef Dipl.Ing.Steinböck, hatten die gleichen Beschwerden:
"Wahnvorstellungen"
Dr.Strobl fürchtete bei Gericht einen Zeugen, O.V. Pöppel, der Nicht nur Dr.Strobl, sondern den seit Jahren zum Hehler gewordenen Verband ländl.Genossenschaften, in ärgste Not bringen hätte können.
Für Dipl.Ing.Steinböck galt nicht Recht und Gesetz, er war als Erbe Dr.S.robl's soviel wie fixiert. Also war der Posten des Generaldirektors wichtiger als das Recht.
Judas hat für seinen Verrat 3o Silberlinge bekommen, er ist aber damit nicht glücklich geworden.
Vielleicht sollte man den Herren Steinböck's und Konsorten in Erinnerung rufen:
CHRISTUS: Was ihr den geringsten meiner Brüder getan, das habt ihr mir getan.

14.Oktober 1966: Der Landeshauptmann von Niederösterreich Dr.Eduard Hartmann erlag unerwartet einem Herzinfarkt.
Dr.Hartmann war nicht nur Landeshauptmann, er war auch Generalanwalt der Raiffeisenorganisatior Dr.Hartmann, ein Mann der Wahrheit und Gerechtigkeit, fühlte sich verantwortlich.
Neben dem Generaldirektor Viktor Müllner, noch den Generaldirektor Dr.Ludwig Strobl, das konnte er nicht ertragen.

Entscheidend für diese dramatische Entwicklung, wesentlich für das zustande kommen des Prozesses war ein Zeitungsartikel in der Wochenzeitschrift, "Der Rudblick".
Offener Brief an Finanzminister Dr.Schmitz.

Herausgeber dieser Zeitung war, Univ.Prof. Dobretsberger.
Prof.Dobrtsberger war mit Dr.Strobl ein Mitherausgeber
des GBuches " Der lebendigen Betriebswirtschaft".
Doch eigentlich war es die Neue Ordnung, die immer wieder in
die Koalitions-Korruptionswunde, Schiwitz - Skandal, schlug.

Die Neue Ordnung schrieb am 3o.7.1964 auf Seite 7
Der Fall Schiwitz
Wir haben in der ersten Juli-Folge an den Finanzminister einen offenen Brief gerichtet und ihn um Aufklärung gebeten, wieso es möglich ist, daß der Verlust einer staatlichen Bank von über 1oo Millinnen Schilling stillschweigend zur Kenntnis genommen werden kann. Wir haben uns Unterlagen in diesem Skandal besorgt und auf Grund des offenen Briefes auch schon die ersten Zuschriften erhalten. Nach Sichtung des Materials werden wir eingehend darüber berichten.

Der Schuldige im Schiwitzprozess kontte also freigehen, wurden ja die Unschuldigen durch Femegerichte schon vorher beseitigt.
Wie sagte doch Minister Dr.Strobl auf Seite 36 (6o Jahre im Dienste der niederösterreichischen Bauernschaft:
daß im Gefolge dieses wirtschaftlichen Niederganges auch ein bemerkenswerter ~~Niedergangx~~ sittlicher Verfall im Landvolk eintrat.

Raiffeisen-Nebenregierung:

Min.a.d. Dr.Strobl Linz 1964: weil schließlich in unserer Zeit die Macht des Staates sich immer mehr erweitert und die Menschen immer mehr von der Staatsmacht abhängig werden.

Obmann: Holzschuh

Direktor: Grün

Dr.Klaus, Macht und Ohnmacht in Österreich, Seite 156

Die "Nebenregierungen", mein Alptraum seit den frühen Salzburger Landeshauptmannzeiten, waren keinewswegs ausgestorben. Da gab es in der eigenen Partei "Gespräche" bündischer Obmänner und Generalsekretäre, Gespräche der Präsidenten (der Bundeswirtschaftskammer, des Gewerkschaftsbundes, des Arbeiterkammertages und der Landwirtschaftskammern), da gab es in der Hochbürokratie Querverbindungen, die nicht ungern die Entscheidungen oder Taten ihrer Minister oder gleich der ganzen Regierung vorwegnahmen. Hier und auch anderorts saßen jene Kräfte, die außerhalb der Verfassung als anonyme Mächte gern die staatlichen Willensbildung an sich gerissen hätten und sie zumindest zeitweise mächtig beeinflußten.
Die staatspolitische Integration Österreichs war daher unsere erste und wichtigste Aufgabe geworden. Der Staat war weithin ein Beuteobjekt der Parteien und anderer kollektiver Mächte, wa s hieß, daß Gruppeninteressen dem Volksinteresse vorgezogen wurden. Wenn ich daher verlangte, daß der Gesetzgeber und die Regierung das Gemeinwohl als oberstes politisches Ziel ins Auge zu faassen hätte, wenn ich eine Politik für alle Österreicher forderte, so rief das Widerstand hier und mitleidiges Lächeln dort hervor. Man wollte Geld und Vorteile für seine Gruppe, aus Pragmatismus hatte sich Opportunismus entwickelt, der oft schon an Korruption grenzte.
Seite 157: Ich war mir darüber im klaren, daß dies nicht mit einem Schlag zu ändern war.

Doch noch einige wesentliche Aussagen aus aus "Macht und Ohnmacht in Österreich von Bundeskanzler a.D. Dr.Josef Klaus:

Seite 41:

Schon in der Koalitionsregierung kam ich bei den - ohnehin seltenen - Grundsatzdiskusionen im Ministerrat gerne auf die Notwendigkeit der Beachtung rechtsstaatlicher Prinzipien zu sprechen, wenn der Parteienegoismus und Koalitionsproporz wieder einmal eine Verletzung des Rechtsstaates im Schilde führten. Der Verwaltungsgerichtshof sprach es in seinem Erkenntnis aus dem Jahre 1952 aus: "Es steht im Rechtsstaat kein Mensch über dem Staat und keiner außerhalb des Rechts".

Seite 173/174:

In einer Rede bei einer internationalen Anwaltstagung sagte ich: "Wir kennen in Österreich nur noch einen Absolutismus: den der Herrschaft des Rechts."

Die gewissenhafte Harmonisierung von Demokratie und Rechtsstaat bedeutet fast immer Macht-Askese, Achtung der Unabhängigkeit und Unparteilichkeit der Richter, sparsamster Umgang mit der Macht, mit der Erteilung von Weisungen an die Staatsanwälte, Objektivität bei der Besetzung solcher Ämter. Das bedeutete weiter Wahrung des durch die Verfassung vorgesehenen Berufsbeamtentums vor fremden Einflüssen.

Keine Eingriffe in die Rechtssprechung, weder durch sogenannte Maßnahmengesetze, noch ein Eingreifen in die unabhängige Rechtspflege im Wege der Verwaltung.

Das bedeutet eine Last, denn der Rechtsstaat ist streng und unbequem, er bringt auf kurze Sicht gesehen nicht immer Vorteile.

Seite 132:

Die Sicherheit des einzelnen vor den immer mehr überhandnehmenden staatlichen und außerstaatlichen Kollektiven und anonymen Mächten, die Gewährleistung von Freiheitsräumen zur Entfaltung der menschlichen Persönlichkeit, die rechtliche Ordnung.

Soweit Dr.Josef Klaus.

Bei so einer Einstellung des damaligen Bundeskanzlers hatte es Dr.Strobl trotzdem nicht leicht.

Es genügte also bei diesem Prozess nicht, einfach die Unwahrheit zu sagen. Auch die gewöhnliche Lüge genügte nicht.

Doch der "MEINEID", bei brennenden Kerzen, vor dem Kruzifix, so schrieben es vor nun 10 Jahren die Zeitungen, der wurde nicht geahndet.

Minister
Dr.Ludwig Strobl:

Ein Leben für die wixtxxxh wirtschaftlich schwachen.

Er stand über den Staat
Er machte sich sein Recht.

Wir entnehmen aus dem Nachruf des Generalanwaltes Dr.Rudolf Rasser:
Am 9.Juli 1974 kam der Anfall - der dritte innerhalb kurzer Zeit nach kaum merkbaren. Auf dem Weg ins Krankenhaus schloß er die Augen für immer.
Am 1.November 1949 wurde er Generaldirektor des Verbandes ländlicher Genossenschaften in Niederösterreich und bald darauf Vorstandsmitglied des Österreichischen Raiffeisenverbandes und der Warenzentrale österreichischer Verbände landwirtschaftlicher Genossenschaften.
Daß es vorher und nachher daneben noch wichtige Fuktionen für ihn gab, ist verständlich; sein Herz aber schlug vorab für die Raiffeisenbewegung.
Hier hat er auf der Höhe des Lebens und in der Vollkraft seiner Jahre Taten gesetzt wie selten einer. Begnadet durch Begabung, ausgestattet mit einem scharfen Verstand, reich an Wissen, gab er dem Wachsen der Warengruppe von Raiffeisen in Osterreich zu recht den Namen "Ära Strobl".
Und der Mensch Ludwig Strobl ?
Ihm war die Faustnatur, das Suchen nach Neuem, das Denken an Übermorgen, das sebstbewuste Anderssein, das Bewahren selbstbestimmter Freiheit ebenso zuteil wie die selbstlose Freude an den Früchten gemeinsamer Arbeit, die er immer wieder gesucht hat.
Vielleicht war er auch machmal in dem Sinne herausfordernd, daß er bewußt zum Widerspruch herausgefordert hat, weil er es liebte, Menschen und Dinge von allen Seiten zu sehen und zu prüfen.

Über alles gingen ihm Freunde und Kameraden. In seinen letzten Lebensjahren war er den jungen Leuten besonders zugetan, und er hat sie gefördert.
Er wa r ein Mensch voll Lebensmut und Lebenskraft und wit mehr den hellen Seiten des Lebens zugetan als den nagenden Zweifel.
Ludwig Strobl wurde am 22.Jänner 19oo geboren. 1924 folgte er einer Berufung in die NÖ. Landes-Landwirtschaftskammer. Im Herbst 1924 begründete Strobl die Landwirtschaftlichen Rentabilitäts erhebungen und verfaßte ein Buch für bäuerliche Buchführung.
Am 16.Februar 1934 wurde Strobl zum Vorsitzenden des Verwaltungs-ausschußes der Großeinkaufsgenossenschaft der österreichischer Konsumvereine und der Konsumgenossenschaft Wien bestellt.
Vom Oktober 1935 bis Mai 1936 war Dr.Ludwig Strobl Bundesminister für Land- und Forstwirtschaft im Kabinett Schuschnigg.
Dr.Strobl war weiter:
Obmann der WÖV (Warenzentrale österr.Verbände landw.Genossenschaften
Landesjägermeis ter von Niederösterreich
Vorstandsmitglied des Österreichischen Raiffeisenverbandes
Vorstandsmitglied und späterer Präsident der Tullner Zuckerfabrik
Vizepräsident der Österreichischen Nationalbank
(Soweit Auszug aus Nachruf Dr.Rasser)

Etwas hat Herr Generalanwalt Dr.Rasser scheinbar bewußt vergessen:
Die wahre Todesursache --

"Obmann der Österreichischen Importvereinigung".

Dr.Strobl mit seinen Freunden und Kameraden, wie Dr.Rasser es ausdrückte, haben also alles gerichtet.
Dr.Strobl wurde mit allen Ehren von dieser Welt verabschiedet.
Für die Fehler des Mimister Dr.Strobl zahlte unter anderen der österreichische Staat über die verstaatlichte Bank, Creditanstalt Bankverein.
Geopfert wurden die kleinen, wirtschaftlich schwachen, denen Minister Dr.Strobl zu helfen vorgab.
Der sittliche Verfall des Landvolkes kann aber dadurch aufgehalten werden, daß man endlich bereit ist, hier geschehenes Unrecht gutzumachen.
Es genügt nicht, wenn ein mit allen Ehren und beachtlichen Bezügen (auf Kosten der Bauern) in Pension gegangener Zentral-Dirktor (Ing.Hermann Grün) im kleinen Kreis erklärt:

Karl (OV Pöppel) Dir ist sehr Unrecht geschehn.

Wann wird endlich das Recht siegen ?

Anton Scharl Custozzagasse 7/9 21. Dezember 1977
1o3o W i e n

O R F

1 1 3 6 W I E N

Kennwort: Zivilcourage

Betrifft: Fristlose Entlassung des Oberverwalters der Landw. Genossenschaft Raabs/Th. Karl P ö p p e l am 1.Oktober 1966 nach 37 Dienstjahren.

Grund: Pö ppel hat nicht nur die Wahrheit gesagt, er hatte auch den Mut, Sie nennen das Zivilcourage, dies zu schreiben.

O.V. Pöppel hat durch sein korrektes Verhalten dazu beigetragen, daß der Schiwitzskandal, einer der größten Betrugsgeschichten der Nachkriegszeit aufgeflogen ist. Pöppel konnte nicht ahnen, daß der Hauptschuldige sein Generaldirektor war.
Dieser Hauptschuldige, Min.a.D. Gen.Dir. Dr.L. Strobl konnte sich im Prozess nur durch Meineid retten.
Sollte Sie der Fall interessieren bin ich gerne bereit alle erforderlichen Unterlagen, von den Briefen Pöppels und anderen Briefen, sowie den Prozessverlauf bis zum Rechnungshofbericht, zur Verfügung zu stellen.

Wenn wir von den Menschen Zivilcourage verlangen, dann müssen wir auch jenen die dadurch zu Schaden kommen, nur weil die Bösen meis tens stärker und das Recht oft schwächer ist, zu Hilfe kommen.

Wenn Sie mir Ihre Hilfe leihen, könnte ich diesen Mann sicher helfen.

Mit besten Dank im voraus

zeichnet

hochachtungsvoll!

ÖSTERREICHISCHER RUNDFUNK

Österreichischer Rundfunk, 1136 Wien

Herrn
Anton Scharl

Custozzagasse 7/9
1o3o Wien

1136 Wien, Würzburggasse 30
Telefon: (0222) 82-91/Kl. Durchwahl
Fernschreiber: 01/2397
Telegrammadresse: ORF-Wien

Unser Zeichen: Dr.Ca/br

Wien, den 4.1.1978

Sehr geehrter Herr Scharl,

wir danken Ihnen für Ihre Zuschrift, besonders aber für Ihre Anregungen zur Sendung "Zivilcourage".
Leider ist es uns nicht möglich, auf jede Meinung persönlich einzugehen, da wir über hundert Briefe erhalten haben.

Gegebenenfalls werden wir uns erlauben, mit Ihnen persönlich in Kontakt zu treten. Wir hoffen, daß Sie auch in Zukunft ein aktiver Seher unserer Sendung bleiben.

Mit freundlichen Grüßen
FERNSEHEN/SPIEL 1

Dr. Christine Carmann

„Die Übernahme bescheinigter Postsendungen kann nur dann gewährleistet werden, wenn sie nicht an Einzelpersonen gerichtet sind."

Anton Scharl, 1070 Wien, Sigmundsgasse 14/5

Kronen Zeitung
Redaktion und Zentrale
1019 Wien
Muthgasse 2
z.H. Herrn Dichand sen.

18.04.2005

Betrifft: Minister Olah – Kronenzeitung

Ich, Anton Scharl Jahrgang 1925, soll nach einem Schlaganfall im Mai 1974 auf Empfehlung der Kuranstalt Bad Pirawarth meine Vergangenheit aufarbeiten. Da ich ohne es zu wissen den Schiwitzskandal ausgelöst habe, habe ich eine Dokumentation zusammengestellt und erlaube mir an Sie, sehr geehrter Herr Dichand, einige Fragen zu stellen, da mir Ihre Antwort sehr wichtig wäre.

1963 war Herr Minister a.D. Dr.Strobl mein Chef als Generaldirektor des Verbandes ländlicher Genossenschaften. Die Fa.Schiwitz kassierte damals wöchentlich rund 1 Million Schilling für Waren, die zu diesem Zeitpunkt noch nicht geliefert waren, sondern erst Wochen später geliefert wurden.. Da der zuständige Direktor auf meine Vorbehalte nicht reagierte, fragte ich Herrn Dr.Strobl, was ich tun sollte. Minister Dr.Strobl empfahl mir, meine Beschwerde schriftlich zu machen, was ich auch tat.

Nach dem Schiwitzprozess fiel ich aber dann total in Ungnade. Minister Dr. Strobl war ein Jünger des Bundeskanzler Dr. Dollfuß, der ihn 1932 zum damals roten Konsum brachte. Dort war er bis 1949 erster Mann, 1949 wurde er Generaldirektor beim N.Ö. Genossenschaftsverband und somit Chef für 65 Landwirtschaftliche Genossenschaften.

Nach meinen Unterlagen fiel daher Minister Olah nicht wegen des Kredites an die Krone und den Express in Ungnade, sondern und nun meine Unterlagen:

1. Neue Ordnung 22.5.65 Seite 7 Überschüsse – Schiwitz Affäre
   berichtet vom größten CA-Skandal nach dem Krieg
2. Neue Ordnung Seite 8 Brief Minister Olah an Min. Broda verlangt ordentliches Gericht
3. Haindl Dr.Gottfried Die Schmutzwäsche der SPÖ – Ausschluss Olah´s
   SPÖ entsorgt den ahnungslosen Min. Olah mit Krone und Express
4. Neue Ordnung 15.6.67 - 25 Millionen ohne Aufsichtsrat 80 Mill. Ohne Grundbuch.
   Neue Ordnung zeigt Probleme auf
5. Neue Front 14.1.1967 Kampagne gegen Rechnungshof v. Min.Dr.Bock.
   Min. Bock schwächt Vorwürfe des RH schon vor Schiwitz-Urteil ab
6. Express 2.2.1967 Zeugen im Schiwitzprozess – bei brennenden Kerzen vor Kruzifix.
   Express zeigt wahres Gesicht von Min.Dr.Strobl

Nachdem die Kronen Zeitung den Kredit zurückgezahlt hat, wurde eigentlich die Verurteilung eines wirklich verdienstvollen Österreichers eher hochgespielt. Es ist vielleicht verdienstvoll, wenn ein Christgewerkschafter wie Dr.Neugebauer dazu beiträgt, dass einem ehemaligen sozialistischen Gewerkschafter Gerechtigkeit widerfährt. Aber ich möchte jetzt Sie Herr Dichand fragen, sehen Sie damit auch die Sünden des ehemals Christlichsozialen Politikers Dr.Strobl als getilgt an? Oder war das Opfer, das man für den Doppelpolitiker für dessen Reinwaschung verlangte, nicht doch etwas zu hoch? Ihre Antwort wäre mir sehr viel wert.

Mit freundlichen Grüßen

Anton Scharl

6 Beilagen

AFFÄREN

Überschüsse

Als Anfang 1963 durch einen kleinen Gläubiger der größte CA-BV-Skandal nach dem Kriege, die Schiwitz-Affäre, aufflog, wurde man auf eine Branche aufmerksam, in der es schon längere Zeit bekannt war, daß neben dieser Firma auch andere Unternehmen bereits nicht nur zu kämpfen hatten, sondern schon längst überfällig waren, oder Geschäfte tätigten, die den üblichen Handelsusancen zuwiderlaufen.

Fritz Mautner, der Inhaber der Dittrich-Geschäfte in Wien und der gleichnamigen Getreidegroßfirmen und der Inhaber der Firma Prohaska, Wien 1, Graben 14 — Geschäftsführer ist Dr. Friedrich Heymele, Präsident der Deutschen Handelskammer in Wien — wurden vor zwei Jahren überraschend verhaftet. Die Wirtschaftspolizei war auf Grund amerikanischer Hinweise eingeschritten. Sie hatte ein sehr lukratives Geschäft österreichischer Importeure aufgedeckt, die billiges Überschußgetreide nach Deutschland verschoben und dabei enorm verdient hatten.

Der sogenannte „Getreideskandal" zog weiteste Kreise. Das Hauptquartier des amerikanischen Landwirtschaftsdienstes erarbeitete statistische Unterschiede, stellte das Material über die amerikanische Botschaft in Österreich Landwirtschaftsminister Diplom-Ing. Hartmann zur Verfügung, der sofort Maßnahmen zur Überprüfung auslöste, den Leiter und die Beamtenschaft der handelspolitischen Sektion seines Ministeriums jedoch energisch in Schutz nahm.

Der Bericht des amerikanischen Generalinspektors Lester O Condon vom 19. Juli hatte folgenden Wortlaut:

„Nachforschungen nach den österreichischen Futtergetreideumleitungen begannen im Januar 1963 und stützten sich auf statistische Unterschiede, welche sich bei einer Verwaltungsstudie herausgestellt hatten, durchgeführt durch das Hauptquartier des Auslands-Landwirtschaftsdienstes und des Landwirtschafts-Attachées der US-Botschaft in Österreich, der die Ergebnisse der Untersuchung im Dezember 1962 finalisierte.

In Anerkennung der Interessen des State Department an dieser Angelegenheit kam ich mit dem Generalinspektor, Abteilung Auslandshilfe, überein, die Nachforschungen gemeinsam mit diesem Amt durchzuführen.

Unsere bisherigen gemeinsamen Nachforschungen umfaßten eine Untersuchung und Kontrolle aller Akten der verschiedenen Büros der CCC des Landwirtschaftsministeriums. Alle auf die Angelegenheit bezüglichen Kontrakte, Dokumentationen und Versandpapiere wurden untersucht. Diese Kontrolle zeigte, daß keine Lieferung in offenem Widerspruch zu den kontraktlichen Verpflichtungen oder den einheitlichen Barter-Kontraktbedingungen gemacht wurden.

Interviews mit den wichtigsten in die Affäre verwickelten Getreideimporteuren und eine Analyse ihrer Akten ergaben keine Spuren eines geheimen Einverständnisses zum Zweck der Umgehung der Barter-Kontraktbedingungen. Die leitenden Angestellten der Exporteure leugneten jeden Zusammenhang mit geheimen Vereinbarungen zur Umleitung des Getreides in ein anderes Land als Österreich. Die Export-Dokumente stimmten mit denjenigen überein, die sich in den CCC-Büros befanden.

Bemühungen um die Verfolgung jeder Getreidesendung vom deutschen Ausladehafen bis zum österreichischen Bestimmungsort blieben erfolglos.

Während der Nachforschungen stellte sich heraus, daß gewisse österreichische Importeure möglicherweise die österreichischen Wirtschaftsgesetze übertreten haben könnten. Diese Information, welche den österreichischen Behörden zur Verfügung gestellt wurde, führte zur Verhaftung von sieben Importeuren durch die österreichische Wirtschaftspolizei.

Unterstützt von den österreichischen Behörden, untersuchte und analysierte unser gemeinsames Nachforschungs-Team alle verfügbaren Geschäftsbücher der in Frage kommenden Firmen. Es wurden keine Dokumente gefunden, aus denen sich die Beteiligung von US-Bürgern an der Ablenkung der Ware ergeben hätte. Dieser Teil der Nachforschungen ergab daher, daß gut beleumundete österreichische Importfirmen westdeutsche Importeure „deckten", welche die tatsächlichen Käufer des Getreides waren. Die österreichischen Firmen, die auf diese Weise beteiligt waren an der Verschiebung von 60[illegible].615 m. t. Getreide, die erwiesenermaßen nicht in Österreich ankamen, sind:

- **Friesacher & Söhne** 301.865 m. t.
- **Prochaska & Cie.** 175.666 m. t.
- **H. H. Putz** 35.449 m. t.
- **Internationale Getreide** 55.768 m. t.
- **F. Mauthner** 26.637 m. t.
- **B. Delfiner** 2.387 m. t.
- **F. Glatz** 6.839 m. t.

Alle diese Firmen befinden sich in Wien, Österreich.

Es wurden mit der Unterstützung der westdeutschen Behörden Versuche unternommen, jede dieser Getreidelieferungen bis zu einem bestimmten deutschen Importeur zu verfolgen, um den endgültigen Bestimmungsort der Ware festzustellen. Es wurden bisher keine Hinweise darauf gefunden, daß etwas von dem Futtergetreide in die Ostblockstaaten verschoben wurde. In diesem Zusammenhang geben die deutschen Justizbehörden bekannt, daß in der Umleitung des Getreides nach Westdeutschland keine Übertretung eines deutschen Gesetzes vorliegt. Daher ist die Hilfe, welche dieses Land uns gewährt, lediglich ein Höflichkeitsakt.

Gleichzeitig mit unseren Nachforschungen in Übersee wurde eine vollständige und gründliche Kontrolle der strategischen Materialien durchgeführt, welche in Zahlung für das Futtergetreide geliefert wurde. Es wurde festgestellt, daß unser Staat alle in den 61 Barter-Kontrakten genannten strategischen Materialien erhalten hat; auch die restlichen acht noch nicht erfüllten Barter-Kontrakte, welche einen gesamten Wert von $ 39 Millionen ausmachen, wurden bis auf einen Wert von 4 Millionen bereits erfüllt.

Alle bisherigen Untersuchungsresultate wurden dem Justizministerium zur Information übermittelt. Dieses Ministerium folgt diesem Fall mit großem Interesse und wartet die Beendigung der Untersuchung ab, ehe es sich entscheidet, ob und welche straf- oder zivilrechtlichen Sanktionen am Platze wären.

Unsere bisherigen Untersuchungen waren zwar umfangreich, aber durchaus nicht vollständig. Wir möchten sichergehen, daß:

1. alle Futtergetreidelieferungen, von welchen bekannt ist, daß sie umgeleitet wurden, bis an ihr letztes Bestimmungsland verfolgt werden;
2. alle in die Angelegenheit verwickelten Einzelpersonen oder Firmen, ausländische oder amerikanische, interviewt werden, um ihre Kenntnis der Umleitung oder Teilnahme an derselben, soweit eine solche in Betracht kommt, festzustellen.

Außer eventuellen straf- oder zivilrechtlichen Fragen und erforderlichen Sanktionen interessiert uns auch die Frage einer Stärkung der administrativen und Betriebsmethoden, die ausgearbeitet werden müßten, um die Integrität des Programmes zu sichern.

405764 Administrators Landwirtschaftsdienste d. USDA (Raymond A. Joancs)

604615 an das Landwirtschaftskomitee d. Repräsent. Hauses 19. Juli 1963

USDA General-Insp. Lester P. Condon Indicated for violation of Austrian Law.

Names of importers:

R. Gröger (Bernhard Delfiner), Friesacher, Putz, Intag, F. Mauthner, Konrad Glatz, Ernst Weiner, Purkhardt, Tradax,

FÖDERALISTEN: Die Landeshauptleute Krainer (rechts) und Gleißner treten für die Aufwertung des Bundesrates als Gegengewicht gegen den von den Parteien beherrschten Nationalrat auf

RAFRECHTSREFORM

aatsschutzparagraph

Über die Strafrechtsreform
rach Justizminister Dr. Broda
f der Wiener Landeskonferenz
r Gewerkschaft für Angestellte.
iese Reform ist nicht nur eine
che von Experten, Advokaten
d Professoren, sondern geht uns
e an." Überzeugend wies
oda nach, daß die Änderung
s Strafrechts eine gesell-
haftliche Frage von kaum
überschätzender Bedeutung ist,
e daher auch von wirtschaftli-
er Seite größte Aufmerksamkeit
fordert. „Ich bin *sehr froh*",
klärte Justizminister Dr. Broda,
aß der Strafgesetzentwurf die
lle Unterstützung der großen
rganisationen der österreichi-
hen Arbeitnehmer gefunden
it."

Besonders verwies er auch
rauf, daß das neue Strafgesetz
nen nicht unwesentlichen Bei-
ag zum wirksamen Schutz der
emokratie leisten solle. „Die von
r Straf*rechtskommission* nahe-
einhellig beschlossene Straf-
stimmung gegen Verhetzung
ellt unter Strafsanktion, wenn
fentlich in einer die Menschen-
ürde verletzenden Weise gegen
enschen wegen *ihrer Zugehörig-*
eit zu einer bestimmten Gruppe
ler zu einem bestimmten Volk
hetzt wird, bzw. solche Men-
hen beschimpft oder verächt-
ch gemacht werden ..."

Durch die *Strafrechtsreform*
ird also eine bestimmte Gruppe
on Menschen in Österreich ge-
etzlich verankert werden. Der
aragraph gegen anti-österreichi-
he Tendenzen soll das Staats-
hutz*gesetz ersetzen*, welches sich
nst eine Gruppe Linksgedrallter
ünschte, dann aber doch sang-
nd klanglos in der Schreibtisch-
de verblieb, weil es allzusehr
en sowjetischen Staatssicher-
eitsgesetzen *glich*. Nun feierte
ieser Paragraph fröhlich Ur-
änd.

Nach Broda wäre einer der
aßgeblichsten Führer der öster-
ichischen Sozialdemokratie En-
elbert *Pernerstorfer*, der
pril 1915 in der „Volkstribüne"
ne Erscheinung in abfälliger
orm geißelte, geradeso zu be-
trafen wie Franz Buttinger,
er in seinem Buch den starken
egensatz zwischen dem boden-
tändigen und jüdischen Element
eschrieb und auf Grund des Ver-
agens im Februar 1934 letzterem
ine vernichtende Kritik aus-
tellte.

Damit man uns nicht falsch ver-
teht: Wir sind gegen jede ras-
ische Diskriminierung. Wir hal-
en es aber für falsch, eine aus-
rwählte Schichte in unserer Ge-
einschaft zu schaffen, weil dies
on *Alters* her schon Anlaß dazu
ar, um gegen ihre Bevorzugung
tellung zu nehmen.

De Smet, Continental, Dreyfus, Deutsche Tradax, Gross, Parisi, Bunge, International Controll Corp., Agrarcommerce, Ronai."

Sektionschef Dr. Pultar, der Leiter der handelspolitischen Sektion im Landwirtschaftsministerium, hatte trotz des Vertrauensbeweises seines Ministers gegen sich selbst eine Disziplinaranzeige erstattet. Nach *elfmonatiger* Untersuchung stellte der Disziplinarausschuß erwartungsgemäß fest, daß Pultars Amtsführung korrekt und so beschaffen war, daß sie „zur Aufdeckung der gegenständlichen Machenschaften geführt hat".

Fritz Mautner und Prohaska wurden in der Folge enthaftet: Mautner gegen eine Kaution von fünf Millionen Schilling und Prohaska gegen eine Kaution von 200.000 Schilling. Der Akt „*Getreideskandal*", betreffend Fritz Mautner, ein besonderes Protektionskind der CA-BV und ihres Konsulenten Dr. Grimm, wurde vom Gericht so lange bearbeitet, bis der damalige Bundesminister für Inneres genötigt war, seinem Minister- und Parteikollegen Broda am 17. 2. 1964 nachstehenden Brief zu schreiben:

Sehr geehrter Herr Bundesminister!
Lieber Freund!

Beim Landesgericht für Strafsachen Wien, Zl. 24a Vr 1695/63 u. a., ist auf Grund von Vorerhebungen der Wirtschaftspolizei gegen mehrere Wiener Getreidehändler die Voruntersuchung wegen Verbrechens des Betruges und des Außenhandelsvergehens anhängig.

Es wird den Beschuldigten Fritz Mauthner, Konrad Glatz, u. a., zur Last gelegt, in den Jahren 1958 bis 1962 tausende Tonnen Futtergetreide amerikanischer und sonstiger Provenienz unter der fälschlichen Deklarierung „argentinische Futtergerste" nach Österreich importiert zu haben, was zu dem Zweck geschah, entweder nur eine niedrigere Importabgabe bezahlen zu brauchen oder aber minderwertige Ware nach Österreich zu bringen, deren Einfuhr vom Getreideausgleichsfonds nicht gebilligt wurde. Zu diesem Zweck besorgten sich die Beschuldigten von ausländischen Geschäftsfreunden argentinische Ursprungs- und Qualitätszertifikate, die von den *argentinischen* Behörden für ganz andere Geschäftsfälle ausgestellt worden waren, und verwendeten sie dann für die Falschdeklarierung von Futtergerste-Importen nach Österreich. Diese Zertifikate mußten dem Getreideausgleichsfonds *vorgelegt* werden, weil dieser den Ursprungsnachweis der Ware verlangt hatte.

Entsprechend den argentinischen Zertifikaten deklarierten die Auslandsspediteure auf Weisung der Beschuldigten die amerikanische und *sonstige Futtergerste* als argentinische und trugen diese unrichtigen Ursprungsbezeichnungen auch in den Frachtpapieren ein.

Diese Frachtpapiere bildeten nun die eigentliche Grundlage für die Festsetzung der *Importabgabe* und wurden von den Kontrollorganen des Bundesministeriums für Land- und Forstwirtschaft, welches den Importausgleichsbetrag festsetzte, nur auf ihre formale, nicht aber auch auf ihre materielle Richtigkeit geprüft.

Der durch die Importausgleichsverkürzungen verursachte Gesamtschaden beläuft sich allein bei der Futtergerste auf rund 1,6 Millionen Schilling.

Inzwischen wurde von seiten der Amerikanischen Botschaft in Wien *bekannt*gegeben, daß die Beschuldigten auch bei der Einfuhr von US-Mais Falschdeklarierungen zum Zweck der Importausgleichs*verkürzung* vorgenommen haben, wie von amerikanischen Erhebungsbeamten in der Bundesrepublik Deutschland festgestellt werden konnte. Von seiten der Wirtschaftspolizei wurde bereits bei der Staatsanwaltschaft Wien der Antrag auf Überprüfung der Maisimporte der Beschuldigten gestellt.

Nach Ansicht der Wirtschaftspolizei wie auch der Staatsanwaltschaft Wien wurde die Handlungsweise der Beschuldigten als Verbrechen des *Betruges deshalb* angesehen, weil der österreichische Staat durch die Vorlage falsch deklarierter Frachtpapiere und mißbräuchlich verwendeter argentinischer Ursprungs- und Qualitätszertifikate raffiniert getäuscht und geschädigt worden ist.

Von den Beschuldigten, welche den Sachverhalt im wesentlichen eingestanden haben, wurde im Verlaufe der Untersuchung ein privat eingeholtes Gutachten des Universitätsprofessors Dr. Friedrich Nowakowski, Innsbruck, zu den Akten gelegt, demzufolge die geschilderte Importausgleichsverkürzung nicht den Tatbestand des Verbrechens des Betruges, sondern lediglich den Tatbestand der Verwaltungsübertretung gemäß § 53, Abs. 3 Markt*ordnungsgesetz* (MOG) darstelle.

Die Einholung und Vorlage dieses Gutachtens ist als Versuch der Beschuldigten zu werten, den schwerwiegenden Verbrechenstatbestand des Betruges durch eine geringfügige Verwaltungsübertretung, welche schon vor dem Einschreiten der Wirtschaftspolizei verjährt war, auszuschalten und lediglich ein Verfahren wegen Vergehens gemäß § 8, Abs. 2, Außenhandelsgesetz (AHG) hinzunehmen, bei dem sie ebenfalls nur relativ geringfügige *Strafen* zu erwarten hätten, wobei die Bezahlung einer Geldstrafe für die Beschuldigten kein Problem darstellen würde, weil sie alle begütert sind.

Über die Frage, ob der Tatbestand des Betruges oder der *Verwaltungsübertretung* nach dem Marktordnungsgesetz vorliegt, sollte jedoch ein ordentliches Gericht entscheiden und nicht die Rechtsmeinung eines privaten Gutachters, welche die Grundlage für eine allfällige Einstellung des *Verfahrens* wegen Betruges bilden könnte.

Mit freundlichen Grüßen
Olah e. h.

Das Verfahren wurde — eingestellt, wobei man auf *der* Produktenbörse sich sowohl über den Brief des Ministers Olah an Minister Broda wie auch darüber unterhielt, daß der Innsbrucker Universitätsprofessor Novokovsky, der als Gutachter in dieser Sache auftrat und *auf dessen ziviles* Gutachten das Verfahren eingestellt wurde, vom Bundesminister Broda über das ministerielle Schreiben orientiert wurde.

Professor Novokovsky fiel übrigens in der letzten Zeit mehrmals durch *seine* Gutachten auf. Er erscheint auch in den Akten des Politbüros des ZK der KPÖ, nicht weil er dort Mitglied ist, sondern jenem Personenkreis angehört, gegen den die zentralgelenkte kommunistische Propaganda vorgeht. Darüber und über die Verbindungen der Firma Prohaska & Co. zum Osthandel und zur kommunistischen Partei werden wir gesondert berichten, ebenso über die Zusammenhänge der Firma Fritz Mautner, insbesondere über den Kauf der „Intergetreide" von der CA-BV.

eigentums im Jahre 1948 gegen den heftigen Widerstand der SPÖ durchgesetzt werden konnte, sind in Österreich Zehntausende Wohnungen auf dieser Basis entstanden, mit denen nicht nur ein wesentlicher Beitrag zum Wohnungswiederaufbau nach 1945 geleistet, sondern auch eine neue Sozialidee verwirklicht wurde, mit der viele tausende Österreicher von Mietern zu Eigentümern aufsteigen konnten.

Erfolg auf Hochschulboden

Die Hochschulwahlen vom 22. und 23. Jänner hatten deswegen eine besondere Bedeutung, weil an ihrem Ergebnis zum ersten Mal abgelesen werden konnte, welchen Einfluß jene radikalen Strömungen, die in den letzten zwei Jahren überall in der Welt auf Universitätsboden aufgebrochen waren, auf die österreichischen Hochschüler ausgeübt haben. Die den Grundsätzen der ÖVP nahestehenden Studenten zogen bei diesen Wahlen nicht mehr unter der Fahne des Wahlblocks, sondern als „Österreichische Studentenunion" (ÖSU) in die Schlacht. Sie hatten sich in Verbindung mit dem Namenswechsel auch ein neues Programm gegeben, das sie auf den Nenner einer „progressiven Mitte" brachten. Da diese Organisation knapp an die absolute Mehrheit herankam, wogegen der RFS (Freiheitliche) und der VSST (Sozialisten) Stimmeneinbußen in Kauf nehmen mußten und außerdem frühere Splittergruppen geradezu dezimiert wurden, ging die ÖSU aus diesen Wahlen als eindeutiger Sieger hervor. Die Wahl zeigte, daß sich die österreichischen Studenten in ihrer Mehrheit durch die Parolen der Neuen Linken nicht beirren ließen.

Koren-Gesetze beschlossen

Die unter dem Begriff „Koren-Gesetze" geplanten Maßnahmen zur Reform der Wirtschaft, mit denen das wirtschaftliche Konzept der Bundesregierung seine gesetzmäßige Fassung erhielt, gingen am 23. Jänner über die parlamentarische Bühne. Es handelte sich vor allem um das Strukturverbesserungsgesetz und das Gesetz über die Förderung für Entwicklungs- und Erneuerungsinvestitionen. Obwohl die SPÖ den Wert dieser Gesetze bis dahin zu bagatellisieren versucht hatte, wagte sie es nicht, im Parlament gegen sie zu stimmen. Die Sitzung des Plenums wurde so zu einer Art Großkundgebung für den Finanzminister.

Die Schmutzwäsche der SPÖ

Im Rahmen eines Gerichtsverfahrens wurden zwischen dem 29. Jänner und dem 29. März, an dem das Urteil erging, alle Fakten noch einmal aufgerollt, die im Jahre 1965 zum Ausschluß Franz Olahs aus der SPÖ geführt hatten, sogar mehr als das, denn erst der Olah-Prozeß brachte den ganzen Umfang der undurchsichtigen Finanztransaktionen an den Tag, zu denen es viele Jahre hindurch im ÖGB unter der selbstherrlichen Leitung Olahs gekommen war. Erst jetzt wurde es gerichtsnotorisch, unter welchen Umständen die „Kronenzeitung" und der „Expreß" finanziert worden waren, wie viele Millionen sich die SPÖ — auf

KAMERADSCHAFTSBUND

Dr. Roßkopf und die Kameraden

„Wer etwas beschließt, ohne die andere Partei gehört zu haben,
handelt nicht billig,
selbst wenn er Billiges beschlossen hat".

Seneca

Wie dem offiziellen Organ des Österreichischen Kameradschaftbundes „Der Kamerad" vom Mai dieses Jahres zu entnehmen ist, hatte der Bundestag des ÖKB am 7. und 8. April einen festlichen und glanzvollen Verlauf, denn festlich war der äußere Rahmen im Weißen Saal der Grazer Burg und zu neuem Glanz wurde Dipl.-Ing. Otto Jaus durch seine Wiederwahl zum Präsidenten des Österreichischen Kameradschaftsbundes verholfen.

Während „Der Kamerad" das Bundestagsreferat des in den letzten Jahren oft kritisierten Präsidenten abdruckte, versäumte er nicht in der gleichen Ausgabe den Hinauswurf eines anderen Kameraden in Fettdruck zu publizieren, den des von Kommunisten und Linksextremisten häufig angepöbelten Dr. Otto Roßkopf.

Damit hat eine seit Jahren schwelende Auseinandersetzung ihren Abschluß gefunden, die von außen in den Kameradschaftsbund getragen wurde und die Altsoldaten wurden durch Statuierung dieses Exempels auf die von einigen maßgeblichen Politikern gewünschte Linie vergattert.

Kommunisten gaben den Startschuß

„Für Freiheit, Recht und Ehre der Altsoldaten" einzutreten, war das erklärte Ziel jener, die sich im Kameradschaftsbund zusammengefunden hatten, bei der Einweihung von Kriegerdenkmälern aufmarschierten und dort die ihnen im Ersten und Zweiten Weltkrieg verliehenen Orden trugen. Dieser Wahlspruch ist als Untertitel noch in der besagten Zeitschrift „Der Kamerad" zu lesen, Herausgeber: Österreichischer Kameradschaftsbund, Viertel unterm Wienerwald, für den Inhalt verantwortlich Vizepräsident Ronnweber. Das gleichnamige, inzwischen zur offiziellen Bundeszeitung des ÖKB aufgerückte Organ, Ausgabe Mai 1967, läßt diese Zielsetzung vermissen. Damit scheint für den kritischen Beobachter dem Weg der Zeitschrift und auch dem Ronnwebers sinnfällig Ausdruck verliehen, der damals neben Roßkopf zu den beliebtesten Angriffszielen der Kommunisten zählte. Wie sehr diesen Tradition, Ehre und Vaterlandsverteidigung ein Dorn im Auge ist, zeigt die lange Reihe von Herausforderungen bei den Treffen ehemaliger Soldaten in den letzten Jahren. Die Ausschreitungen in Berndorf im Jahr 1962 und die Verhinderung eines Soldatentreffens in Wiener Neustadt unter dem sozialistischen Innenminister Czettel, sind zwei Beispiele für viele. So wird er als bekannt für sein Eintreten für den „Massenmörder Reder" in der Volksstimme attakiert, am 15. Juni 1965 nannte sie ihn „extremistisch", nachdem sie ihn schon am 12. September 1961 zum „alten Illegalen der NSDAP" ernannt hatte, „der als Angehöriger der Habicht-Gruppe schon einmal zu den Totengräbern Österreichs gehörte". Tatsächlich war Roßkopf, Geburtsjahrgang 1919, niemals NSDAP-Mitglied, er war vielmehr in den bewegten Vorkriegsjahren ein Führer des österreichischen Jungvolkes" und es ist bekannt, daß er zu einem Zeitpunkt für seine österreichische Gesinnung eintrat, als die Weichen der großen Politik schon anders gestellt waren, nämlich am 12. März 1938. Damals zog er mit dem letzten Häuflein unverdrossener Anhänger mit „Heil Österreich-Rufen" durch seine Heimatstadt. Roßkopf war somit nach seiner politischen Einstellung damals ebenso wenig „rechtsextrem" orientiert, wie in der Gegenwart, denn er ist derzeit noch immer Mitglied des ÖAAB und somit der ÖVP.

Diese Tatsache scheint jedoch seinen Parteifreunden und auch „Kameraden" im Kameradschaftsbund kein Hindernis gewesen zu sein, ihn fallen zu lassen, als der Druck von links immer stärker wurde.

Der Rückzug des Präsidenten

Der Präsident des Österreichischen Kameradschaftsbundes, Bauernbunddirektor Dipl.-Ing. Jaus, war zweifellos einmal zu weit vorgeprellt, denn er wurde vor zwei Jahren von seinen beiden niederösterreichischen Landesfunktionären Roßkopf und Ronnweber vor den Kadi zitiert und mußte sich dort zu einer Ehrenerklärung bequemen, die inhaltlich bemerkenswert ist. Jaus bedauerte die Worte „Phantasten" und „nationalsozialistisch" gegenüber den beiden Klägern gebraucht zu haben und „entschuldigte sich hie-

(Fortsetzung Seite 8)

Reichmann und Schiwitz im Parlament

Rechnungshofpräsident Dr. KANDUTSCH untersucht . . .

Abgeordneter Dr. SCRINZI verlangt Auskunft

Anläßlich des Rechenschaftsberichtes des Bundeskanzlers meinte der Kärntner Abgeordnete, Primarius Dr. Scrinzi in einer Parlamentsrede am 19. Mai 1967:

„Die große Serie von Korruptionsfällen, die sich in den letzten Jahren in Österreich in erschreckender Weise gehäuft haben, hat eine Kulmination mit dem sogenannten Reichmann-Skandal erfahren. Schon heute ist klar, daß dieser Skandal, der nach den bisherigen Ergebnissen dem österreichischen Steuerzahler nicht weniger als 450 Millionen Schilling gekostet hat, nur durch grobe Fahrlässigkeit verantwortlicher Organe einer im Besitze der Republik stehenden Bank entstanden ist.

Wir haben schon aus Anlaß des Schiwitz-Prozesses — und das ist durch gerichtliches Urteil festgestellt — erfahren müssen, daß auch dieser Skandal, der immerhin auch mehr als hundert Millionen Schilling Schaden für die Republik gebracht hat, nur möglich wurde, weil die verantwortlichen Funktionäre der Creditanstalt sich der Fahrlässigkeit schuldig gemacht haben. (Siehe „Neue Ordnung" Nr. 11/12 vom 15. Juni 1966.)

Nun wissen wir, daß gegenwärtig der Rechnungshof die Creditanstalt prüft. Was ist nun geschehen? — Während diese Überprüfung läuft, ist über Antrag des Finanzreferenten der ÖVP, des Herrn Präsidenten des Aufsichtsrates dieses Institutes, des Minister a. D. und Jagdgefährten des Herrn Dr. Reichmann, Ferdinand Graf, der alte Vorstand ohne personelle Veränderungen auf weitere fünf Jahre neu bestellt worden. Offensichtlich um einem allfälligen negativen Ergebnis der Rechnungshofprüfung vorzugreifen und uns vor vollendete Tatsachen zu stellen.

Dazu kann man nur sagen: Schlimmer als in den schlimmsten Zeiten der Koalition.

Nicht in einem einzigen Fall sind die Bestimmungen des Aktiengesetzes angewendet worden, nicht ein einziger dieser Funktionäre ist bisher zur Verantwortung gezogen worden. Über höchst fragwürdige und Millionen kostende Gestionen einzelner dieser Funktionäre ist der Aufsichtsrat dieses Institutes bis heute nicht informiert worden. Etwa darüber, daß allein zur Liquidierung des Schiwitz-Skandales ohne Befragung des Aufsichtsrates 25 Millionen Schilling neuerlich aufgewendet wurden, um den Skandal in der Öffentlichkeit kleiner zu machen.

Reden wir nicht davon, was in diesem Zusammenhang mit den getreulich nach Proporz bestellten Anwälten passiert ist, reden wir nicht davon, daß für die Liquidierung und für die Vertuschung des Gesamtausmaßes dieses Skandales gigantische Anwaltshonorare gezahlt wurden. Eines dieser „kleinen" Honorare für einen einzigen Anwalt beträgt 1.65 Millionen Schilling. „ . . ."

„Nun zu einem anderen Fall: (siehe NEUE ORDNUNG Nr. 1/2 vom 15. Jänner 1967 ‚An unsere Leser! Ein Beispiel').

Als ich mir erlaubt habe, zu fragen, ob man es in Ordnung befände, daß verstaatlichte Banken Kredite in der Höhe von 20, 30, 40 bis 80 Millionen Schilling geben, ohne sich auch nur die Mühe zu machen, in das Grundbuch des Kreditwerbers zu sehen, hat der Herr Finanzminister gefunden, es sei alles in Ordnung — die Bankenaufsicht habe keinen Grund gehabt, hier einzuschreiten. Na, vielleicht hat sie wirklich keinen Grund gehabt, wenn wir hören, daß der zuständige oberste Beamte, der als Bankenkommissär dafür verantwortlich wäre, hier nach dem Rechten zu sehen, seinerseits in einem der Banken gehörigen Unternehmen im Aufsichtsrat sitzt und sich hiermit selber kontrolliert."

Wir werden nach der Einschau des Rechnungshofes in einer eigenen Dokumentation noch darauf zurückkommen.

P. b. b. Erscheinungsort Wien, Verlagspostamt 1010 Wien

Neue Front

ZEITUNG DER FREIHEITLICHEN

Nr. 2 / 19. Jahrgang | Samstag, 14. Jänner 1967 | Einzelpreis S 3.30

Programmdiskussion beginnt

Am Samstag, dem 14. Jänner, tritt in Salzburg der Programmausschuß der FPÖ zu einer Sitzung zusammen, die der Vorbereitung der großen Programmdiskussion im Rahmen der Parteiorganisation der Freiheitlichen Partei Österreichs dient.

Am 26. Mai 1965 wurde der Programmausschuß der FPÖ unter dem Vorsitz des Tiroler Landesparteiobmannes Klaus Mahnert ins Leben gerufen. Bis zum Oktober des Vorjahres hatte er seine Vorarbeiten so weit abgeschlossen, daß in Klagenfurt auf dem achten ordentlichen Bundesparteitag der einstimmige Beschluß zustande kam, den Programmentwurf den FPÖ-Landesgruppen zur Stellungnahme zuzuleiten.

In der heutigen Ausgabe der Neuen Front wird der Entwurf in vollem Wortlaut auf Seite 4 veröffentlicht. Zugleich wird der Entwurf des Parteiprogrammes in Form eines Sonderdruckes innerhalb der gesamten Parteiorganisation verteilt.

Damit beginnt in der FPÖ die umfassende Aussprache über die programmatischen Grundsätze der Partei, die laut Klagenfurter Parteitagsbeschluß vom 23. Oktober 1966 auf einem späteren Bundesparteitag die Beschlußfassung über das neue FPÖ-Programm ermöglichen soll.

Das kommunistische China ist in zwei Lager gespalten: Hier die beiden Widersacher: der chinesische Staatspräsident Liu Schao-tschi (links) und Parteichef Mao Tse-tung. Zum offenen Aufruhr gegen Maos „Rote Garden" kam es vor allem in den Millionenstädten Schanghai, Nanking und Kanton. Photo: AP

So zieht Bock „Konsequenzen": Kampagne gegen Rechnungshof!

Das gibt es nur in Österreich: Der Rechnungshof hat im Aufgabenbereich eines Ministeriums Mißstände festgestellt, die dem zuständigen Minister die Ausübung seines Amtes normalerweise keinen Tag länger erlaubten. Der Minister, den wir meinen, reagierte ganz anders. Er verzichtete nicht nur auf seinen Rücktritt, sondern auch auf die Rechtfertigung. Den Balken im eigenen Auge, hielt er Ausschau nach dem Splitter im Auge des Nächsten. Daraus ergab sich der Scharfblick, mit dem Dr. Bock — von ihm ist hier die Rede — entdeckte, daß der Rechnungshof „irrt". Nicht nur das. Der Vizekanzler gab sich größte Mühe, das Ansehen des Rechnungshofes als oberstes Kontrollorgan zu schmälern. Er sei „keine unfehlbare Instanz". Na also. Wozu daher die Aufregung über Rechnungshofberichte?

Wir fühlen uns hier nicht berufen, den Anwalt des Rechnungshofes zu spielen. Der Rechnungshof ist das allein dem Parlament verantwortliche Prüfungsorgan. Was zu den Anpöbelungen zu sagen ist, die er sich wegen des Autobahnberichtes in letzter Zeit gefallen lassen mußte, wird im Parlament von den freiheitlichen Abgeordneten jedenfalls gesagt werden, worauf sich Dr. Bock verlassen kann.

Diesen Stellungnahmen wollen wir nicht vorgreifen. Nur eines: Selbst wenn es dem Herrn Vizekanzler gelänge, Expertengutachten [illegible]

[illegible]

Im übrigen aber hat der Fall Müllner gezeigt, wie ratsam es ist, den Trennungsstrich zu ziehen, bevor er durch die Einschaltung des Gerichtes erzwungen wird. Dort, wo es nichts mehr zu rehabilitieren gibt, sollte man das Rehabilitieren sein lassen und andere, wirkungsvollere Maßnahmen setzen, um die mit Recht empörte Öffentlichkeit zu beruhigen.

Fortsetzung auf Seite 2

Klaus „absolut einverstanden"

Warum die Regierungsumbildung abgeblasen wurde – In der ÖVP gärt es

Die Regierung bleibt nun in ihrer gegenwärtigen Zusammensetzung erhalten. Bei dieser Entscheidung, die in einer Geheimkonferenz des Kanzlers mit den ÖVP-Landesparteiobmännern und Generalsekretär Withalm gefallen ist, wird es bleiben, falls der ÖVP bis zum 19. Jänner nicht noch etwas anderes einfällt. Formell wird an diesem Tag die ÖVP-Bundesparteileitung das letzte Wort reden. Aber davon erwartet man sich keine Sensationen mehr.

Es gibt sehr vielfältige Kombinationen über das Zustandekommen dieses „Beharrungsbeschlusses", der nach den wochenlangen Mutmaßungen über die geplante Regierungsumbildung einigermaßen überraschend kam. So hieß es, Klaus habe sich mit seinen Plänen, verschiedene Minister auszuwechseln, nicht durchgesetzt und sei von Withalm an die Wand gedrückt worden. Für die Glaubwürdigkeit dieser Kombination spricht die Tatsache, daß der Entschluß, alles beim alten zu belassen, von Generalsekretär Withalm bekanntgegeben wurde. Mit einer deutlichen Spitze gegen Klaus betonte er, die Entscheidung über die Zusammensetzung der Regierung liege allein bei der Bundesparteileitung. Kronzeuge für diese These ist Altkanzler Gorbach. Er hat seinerzeit seinen „Ungehorsam" gegenüber der Bundesparteileitung mit dem Kanzlerposten bezahlt. Klaus wird vermutlich nicht in seine Fußstapfen treten wollen.

Die drei ÖVP-Bünde sollen gegenüber dem Kanzler auf der Einhaltung des Bündeproporzes bestanden haben. Mit anderen Worten, der Kanzler muß die Wünsche der Bünde in personeller Hinsicht respektieren, wenn er eine neue Regierungsmannschaft zusammenstellen will. In ähnlicher Form pochten die Landesparteiobmänner auf das föderalistische Prinzip, also auf den Bundesländerproporz.

Die Kombinationen schlossen auch politisch-taktische Erwägungen mit ein. Im Verlauf dieses Jahres wird die ÖVP-Regierung noch zu einer ganzen Reihe weiterer höchst unpopulärer Beschlüsse gezwungen sein. Unter diesen Umständen würde eine neue Mannschaft sinnlos verheizt, heißt es. Daher müsse sich die ÖVP die „Neuen" (Wo sind sie?) für das Wahljahr aufsparen, in dem es nur populäre Regierungsbeschlüsse geben wird.

Fazit des ganzen Palavers: Diverse „Angelegenheiten" machen es unmöglich, die Auswechslung der Regierungsmannschaft durchzuführen. Man will, aber man kann nicht. Kein sehr eindrucksvolles Resümee für die ÖVP, auch wenn Withalm behauptet, der Kanzler halte deshalb an der bisherigen Zusammensetzung des Kabinetts fest, weil er mit deren Ausführung „absolut einverstanden" sei.

In diesem Einverständnis wird man aber auch Herrn Prader samt Vergolitisierung des Heeres und Herrn Bock samt Bauskandal einbeziehen müssen. [illegible]

[illegible]

Millionenschieber bevorzugt

In Österreich zu Geld zu kommen, ist unter Umständen sehr schwer. So schwer, daß bis vor kurzem Bittsteller um kleine Kredite von Kreditvermittlern mit Strafen belegt wurden, falls sie „unrichtige Angaben" machten. [illegible]

[illegible]

legungen genügten, um die Banken, allen voran die Creditanstalt, dazu zu bringen, laufend Millionen und Abermillionen flüssigzumachen. Oft genügte die Ausfüllung eines Schecks, und schon war die Million da, auch wenn dieser Scheck keinerlei Deckung hatte. [illegible]

[illegible]

So leben sie in dieser Stadt:

Zwa aus Ottakring

Ein Erlebnisbericht von Ortwin Kirchmayr

Zeugen im Schiwitz-Prozeß: Widersprechende Aussagen!

EXPRESS-BERICHT VON HERBERT ZINNEBNER

Hoffnung für Reinhardt

BALLKALENDER

Kleines Bezirksgericht

Heinz und Christine

EXPRESS — 2. Februar 1967

Anton Scharl, 1070 Wien, Sigmundsgasse 14/5

Herrn
Gen.Dir. a.D. Präsident
Dr. Heinrich Treichl
Salmgasse 2
1030 Wien

10. Mai 2005

Betrifft. Schiwitzskandal

Sehr geehrter Herr Dr:Treichl!

Ich, Anton Scharl geb. 27.5.1925 wohnhaft Sigmundsgasse 14 1070 Wien, habe 1963 den Schiwitzskandal auffliegen lassen, obwohl dies sicher von mir nicht beabsichtigt war. Mir ging es nur darum, dass hier Geschäfte getätigt wurden, wo ich zu große Risken sah, was sich ja auch nachher als berechtigt herausstellte. Nur kannte ich nicht die Zusammenhänge und ich wüsste auch heute noch nicht, wie man das anders hätte machen können. Da ich daher heute noch glaube, eigentlich richtig gehandelt zu haben, belastet mich heute noch wie man mich nachher behandelt hat. Nach einem Schlaganfall im Mai 1974 hat man mir in Bad Pirawarth empfohlen, meine Vergangenheit aufzuarbeiten.

Ich habe eine Kurzfassung beim Molden Verlag abgegeben. Man fand mein Ansinnen recht interessant; man glaubt aber, dies wäre so alt und würde zu wenige interessieren. Als ich daher vor zirka einem Monat die Ehrung von Minister a.D. Franz Olah im Fernsehen sah, dachte ich da leben doch noch einige und es ist ja auch eine gewisse Wiedergutmachung für einen aufrechten Österreicher. Auch die Ansicht Olahs als Innenminister über ordentliche Gerichte war ja auch korrekt und ich glaube daher , dass dieser Brief zum Schiwitzprozess geführt hat, was aber eigentlich von Minister Dr. Strobl nicht gewünscht war; es gab hier auch noch andere Opfer. Ein Geschäftsführer einer N.Ö. Lagerhausgenossenschaft, O.V. Karl Pöppel aus Raabs/Th., wurde fristlos entlassen, weil er die Geschäftspraktiken der Fa.Schiwitz nicht hinnehmen wollte; Minister Dr.Hartmann starb plötzlich an Herzinfarkt, da er sich als Generalanwalt für die Genossenschaftsbewegung verantwortlich fühlte. Und wenn heute fast 50 % der Österreich glauben, dass es unter Hitler damals korrekter zuging als heute, sollte man vielleicht gewisse Dinge aufklären. Ich sehe hier auch keinen Bankenskandal, sondern schlicht menschliches Versagen. Nach den Statuten der Österreichischen Importvereinigung deren Obmann damals Dr,Strobl war, waren die handelnden Funktionäre für Verluste durch ihre Tätigkeit persönlich haftbar. Daher war der Meineid des H.Minister Strobl zwar ungeheuerlich, aber verständlich.

Zum besseren Verständnis lege ich Ihnen auch eine Kopie bei, wo man erkennen kann, der Christlichsoziale Dr.Strobl war auch nach 1945 bis 1949 als Generaldirektor der GÖC tätig, obwohl er durch den Arbeitermörder Dollfuß, Bundeskanzler Dr.Dollfuß, Chef im roten Konsum wurde. Wie sagte

Anton Scharl, 1070 Wien, Sigmundsgasse 14/5

doch 1974 Generalanwalt Dr.Rasser über Minister Dr. Strobl : Über alles gingen ihm gute Freunde. Diese guten Freunde machten es möglich, dass bisher alles totgeschwiegen wurde. Ich würde Sie nicht nur als Zeitzeuge sondern auch als Beteiligter bitten, mir kurz zu schreiben, dass Sie an einer lückenlosen Aufklärung auch heute noch interessiert wären.

Denn wenn auch im Rechnungshofbericht steht, dass es keineswegs sicher ist was Dr.Strobl als Zeuge ausgesagt hat; oder wenn im Revisionsbericht der ÖIV steht, was laut Statuten verboten ist und Dr.Strobl 8 Tage nach Verlesung des Rechenschaftsberichtes an Herzversagen starb, dann soll das ja nicht nur ich wissen. Ich möchte hier eigentlich niemandem etwas andichten. Meine Unterlagen sollen nur beweisen, dass man mit der Wahrheit leben soll und auch Tote müssen die Wahrheit aushalten.

Aber auch das Recht sollte für alle gelten. Für Meineid gab es früher die Todesstrafe. Hier kann man aber in den diversen Zeitungen nachlesen, einer von beiden muss einen Meineid geleistet haben. Dr.Strobl hatte vielleicht einen Grund, aber erlaubt ist es deshalb noch lange nicht. Ich möchte hier nicht die Wahrheit ans Licht bringen, um meinem Hass freien lauf zu lassen, sondern um der Nachwelt zu sagen, Vertrauen ist gut, Kontrolle aber besser. Ihre Meinung ist mir auch deshalb wichtig, weil dann vielleicht der nächste Verlag sieht, es gibt noch Menschen die auch für ältere Sachen noch Interesse haben.

Mit freundlichen Grüßen

Anton Scharl

Brief mit 6 Beilagen an Hrn.Dichand sen.

Bild Dr.Strobl

Urteil nach dem 80sten Lebensjahr!

Meineid doch nur ein Kavaliersdelikt und daher keiner Antwort würdig.

Der Schiwitz- und der Kellyskandal waren für mein Leben so bestimmend, die hier erlebten Ungerechtigkeiten so belastend, sodass ich kaum mehr an etwas anderes denken konnte. Eigentlich wollte ich ja nur meine vollkommen ungerechte Behandlung aufzeigen, doch es war bisher nicht möglich.

1998 wurden 100 Jahre Raiffeisen in Österreich gefeiert. Da diese Idee ein wichtiger Teil meines Lebens war, kaufte ich dieses Buch auch und sah die für mich wichtigen Abschnitte, weil miterlebt, genauer an. Da mir nicht alles als richtig erschien, sandte ich einige Beweise an den Generalanwalt Dr. Konrad und bat darum, einiges aufklären zu dürfen. Die Antwort war nicht ermutigend. Die Briefe vom 22. 2. 1999 und 5. 3. 1999 behaupten einfach, die meisten der erwähnten Personen wären schon verstorben, was nicht zutrifft; sondern der Gefragte will dazu einfach nicht Stellung beziehen. Auch heute, 6 Jahre später, könnte man den damaligen Obmann ÖR Höfstetter, den damaligen Personalchef Diplom-Ingenieur Hans Steinböck oder den damaligen Landeshauptmann Andreas Maurer noch befragen. Beiliegende Briefe sollen nur beweisen, dass sich hier jemand geirrt haben muss.

Doch weil es scheinbar wirklich niemanden interessiert, mich es aber auch heute noch sehr belastet, da einige der hier schon für tot gehaltenen Personen auch im ORF zu sehen waren, erlaubte ich mir, an Herrn Dichand sen., der ja damals durch Minister Olah die heute größte österreichische Tageszeitung hatte gründen können, einige Unterlagen zu übermitteln. Ich wollte nur beweisen, dass der vor einigen Wochen ausgezeichnete Minister Olah eigentlich nicht Täter, sondern Opfer war. Die Unterlagen beweisen auch, dass hier ein angesehener Minister a. D. eigentlich Täter war. Doch die Antwort blieb bis heute aus. Ich sandte die gleichen Unterlagen, die Briefkopie, nicht nur an einen Zeitzeugen und ein Opfer und ersuchte um Antwort, doch auch hier gibt es bis heute keine Antwort. Ich lege die Briefe und Unterlagen bei und ersuche meine Leser, sich ein Bild zu machen.

Wir hören immer wieder von den gigantischen Staatsschulden von gestern, die wir leider heute und noch lange bezahlen müssen. Die vielen Millionen, die hier aufgewendet wurden, sind auch ein Teil der Altlasten. Und die Millionen bei Chips, die nicht eine österreichische Firma, sondern eine deutsche Firma bekommt und dies noch heute, spielten wohl wahrscheinlich auch keine Rolle. Mit meinen Unterlagen kann ich beweisen, dass man hier für unsere Bauern und damit für unser Land Millionen erwirtschaften hätte können, doch es war einfach nicht erwünscht. Wer verantwortet das eigentlich?

Ich würde daher meine Leser bitten, sich der Mühe zu unterziehen, die vielen Unterlagen anzusehen und sich selbst ein Urteil zu bilden.

Für jene, die sich in diesen vielen Unterlagen nicht zurechtfinden können, versuche ich selbst eine kurze Erklärung zu finden.

Im Fall Firma Schiwitz wurde Minister Dr. Strobl einfach missbraucht. Alles, was hier geschah, hätte nicht passieren dürfen. Ein Mann mit gediegener Ausbildung, mit Lebenserfahrung verlor nicht nur seine Grundsätze, sein

Vorleben, seine Erfolge. Ein Mensch, der ganz oben in der Rangordnung stand, wurde total aus der Bahn geworfen. Seine Worte sagten das Gegenteil von seinen Taten, wie man aus den verschiedenen Unterlagen ersehen kann. Natürlich machten seine Worte auch mich blind und ergeben. Seine bescheidene Art, seine gewandte Wortwahl begeisterten mich einfach. Doch Dr. Strobls Nachfolger, eigentlich deren nicht zu akzeptierende Taten, zwangen mich einfach, Vergangenes genauer zu durchleuchten.

Die hier festgestellten Vorkommnisse haben eher erschüttert, als begeistert. Doch dies wird eigentlich auch anderen Menschen so ergehen. Man kann ja manche Dinge erst verstehen, wenn man die fast ungeheuerlichen Unterlagen kennt. Wenn jemand, um seine eigene Haut zu retten, vor Gericht bei brennenden Kerzen die Unwahrheit sagt, kann er doch nicht weiterleben, als wäre nichts geschehen! Doch hier ging es nicht nur um viele Millionen, die der Staat durch die verstaatlichte CA zahlen musste, es ging auch um 17 Millionen, für die Dr. Strobl persönlich haftbar war! Diese Millionen dürften dann zu dem ominösen Kellyskandal geführt haben.

Nachdem aber Dr. Strobl bereits 1974 verstorben ist, hätten der Buchhaltungschef und Personalchef Direktor Dipl.-Ing. Steinböck oder der Obmann des Verbandes, ÖR Ing. Hofstetter, eigentlich etwas freier entscheiden können. Denn man muss schon wissen, dass der Brief von Dir. Steinböck und Dir. Hötzel vielleicht für ihren Chef GD Dr. Strobl geschrieben wurde und dass dieser Mann zwar von allen geachtet, aber auch gefürchtet wurde. Dr. Strobls Freunde waren in der linken Reichshälfte zahlreicher als in der rechten Reichshälfte. Und wie sagte Generalanwalt Dr. Rasser in seinem Nachruf:

„Über alles gingen ihm gute Freunde." Auch wenn Generalanwalt Dr. Christian Konrad einst sagte: „Heilige Kühe gibt es nicht", sollte man vielleicht sagen, mit Ausnahmen.

Und wenn Herr Dichand und GD a. D. Dr. Treichl sich nicht zu antworten getrauen, fürchten sich diese sicher nicht vorm schwarzen Mann, aber vielleicht doch vor den vielen guten Freunden. Daher kann ich nur sagen, meine Unterlagen sind echt, nicht fingiert und bestätigen, was man sonst nicht glauben könnte. Doch zur Zeit des Schiwitzprozesses waren Herr Dichand und Herr Dr. Treichl im Vergleich zu Minister a. D. Dr. Strobl kleine Leute und waren eben froh bestehen zu können.

Denn der wortgewaltige Rechtsanwalt Dr. Graf Strachwitz klärte zwar im Schiwitzprozess vieles auf, doch im Kellyskandal zog er seine Vorwürfe in der „Neuen Ordnung" zurück, weil der Ritterkreuzträger der deutschen Wehrmacht und hervorragende Rechtsanwalt einem Minister a. D., Dr. Strobl, doch nicht gewachsen war. Es sei vermerkt, dass der Einfluss des Dr. Strobl so groß war, dass nach der Erklärung in der „Neuen Ordnung" vom April 1971 6 Monate später auf der Titelseite der gleichen Zeitschrift die Fotos von Fischer, Ermacora und Strachwitz auf der Liste 2 aufschienen und diese auch in den ***Nationalrat*** gewählt wurden!

Die in dieser Dokumentation gesammelten Unterlagen sollen beweisen, dass die Vorwürfe vom Fehlverhalten von Seite des Verbandes ländlicher Genossenschaften wohl vollkommen richtig waren, doch viele der Unterlagen standen damals noch nicht zur Verfügung. Die Macht und der Einfluss des Ministers a. D., Dr. Strobl, waren eben so groß, dass nur das geschah, was Dr. Strobl wollte. Es ist schon sonderbar, meine Vorfahren, meine Großmutter, eine geborene Gwiss, war eine Freiin und diese wussten eben, dass sie freie Bauern waren und nicht leibeigene. Doch Dr. Strobl duldete eben nur unfreie. Mein Glaube, der Nachkomme von freien Bauern zu sein und daher deren Interessen vertreten zu müssen, war scheinbar ein Irrglaube. Denn obwohl ich mit vielen Unterlagen nachweisen konnte und diese auch nachweisbar bei meinen Vorgesetzten vorlegte, dass meine Erfolge sich eigentlich sehen lassen konnten, wurde ich ohne Angabe von Gründen im 50sten Lebensjahr, im Zenit des Lebens, vor die Tür gesetzt.

Doch bei mir wurden ja wenigstens die gesetzlichen Bestimmungen eingehalten. Mein Mitstreiter Oberverwalter Karl Pöppel vom Lagerhaus Laa/Thaya wurde fristlos entlassen, obwohl er auch nur seine Tätigkeit ernst genommen hatte und das Fehlverhalten der zuständigen Mitarbeiter des Verbandes ländlicher Genossenschaften einfach nicht zur Kenntnis genommen hatte.

Der Obmann der Genossenschaft St. Pölten, ÖR Leopold Kern, war mit Minister a. D. Dr. Strobl nicht immer einer Meinung und wurde gezwungen aus dem Verband ländlicher Genossenschaften auszutreten. Es gab also auch andere Probleme, bei denen sich eigentlich auch die anderen Genossenschaftsfunktionäre etwas mehr trauen hätten sollen. Vielleicht wäre dann manches harmonischer verlaufen. Ich will diese Dinge auch aufzeigen, damit sich so etwas nicht auch später wiederholen kann.

Mein Fehler war es, mit offenen Karten zu spielen. Ich legte, um eine Aussprache zu erreichen, so viele und eindeutige Unterlagen vor, durch die die vielen fast verbrecherischen Handlungen nachgewiesen werden konnten. Wenn mir zum Beispiel Herr Generaldirektor Flener

vorwarf, Herr Lausenhammer hätte mich erst gelobt, dann aber auch gesagt, es ginge doch nicht, legte ich ein Schreiben von Herrn Lausenhammer vor, in dem dieser bestätigte, dies nie gesagt zu haben. Doch wenn Obmann ÖR Hofstetter, der diese Unterlagen auch bekam, einfach nicht bereit war mich anzuhören, will ich schon fragen, denn dieser Mann lebt noch: „Haben Sie hier wirklich Ihre Pflicht als Funktionär erfüllt?"
Ihre Pflicht erfüllt haben sicher im Jahre 1974 die Prüfer Eduard Gruber und Jörg Nowitsch, die den Mut hatten im Revisionsbericht festzuhalten: „Es wird nochmals darauf hingewiesen, dass Dividendenausschüttungen aus dem Reservefonds laut Statut unzulässig sind."

Diese Feststellung war für Minister Dr. Strobl das Todesurteil. Nur wenige Tage konnte er mit dieser Schande leben. Die weltlichen Gerichte überlebte ht Dr. Strobl, doch Gottesgerichte sind eben unbestechlich und endgültig. Da uns eines Tages aber allen dieses letzte Gericht bevorsteht, sollten wir versuchen bei der Wahrheit zu bleiben. Wir sollten nichts weglassen, aber auch nichts hinzufügen, denn Gottes Mühlen mahlen langsam, dafür aber schrecklich fein. Was durch Langmut er versäumet, holet er durch Schärfe ein.

Herrn
Scharl

i m H a u s e

A k t e n v e r m e r k

Für Freitag, den 4.Nov.1966 wurde für 1o Uhr vormittags eine Aussprache bei Herrn Gen.Dir.Dr.L.Strobl vereinbart, bei der entgiltig verschiedentlich noch offene Kompetenzen geklärt werden sollen, damit der richtige Beleglauf fixiert und die Belege selbst richtig erstellt werden können.

Im Verteiler wird der hiezu geladene Personenkreis ersichtlich.

Sie werden gebeten, an dieser Besprechung zuverlässig teilzunehmen.

Verteiler:
Herr Scharitzer
Herr Dr.Hetzendorfer
Herr Dkfm.Pretsch
Herr Prok.Ing.Frank
Herr Scharl
Herr Krumpholz

Wien, am 27.Oktober 1966

Ruhdorfer-Nährmittel

5082 GRÖDIG · SALZBURG · TELEFON 06246-501
Bankverbindung: Sparkasse Salzburg, Konto Nr. 15.622
Telex: 06-3343

EIER BACK-ERBSEN

Firma

L a p r o
z. Hd. Herrn Scharl

Seiler Gasse 6
W i e n I

„LAPRO"
Eingelangt
- 5. MAI 1967

IHR ZEICHEN: UNSER ZEICHEN: ml/p GRÖDIG, am 3. Mai 1967

BETRIFFT:

Sehr geehrter Herr Scharl!

Wir bestätigen hiemit das heute zwischen Ihnen und unserem Herrn Ruhdorfer geführte Telefongespräch und wiederholen, daß die vor wenigen Stunden eingelangten Knusper frites qualitativ nicht entsprechen und daher unverkäuflich sind.

Auf Grund Ihrer ersten Sendung, die wirklich schön war, konnten unsere Herren im Außendienst recht erfreuliche Erfolge erzielen, das Echo in den besten Häusern war spontan gut und die Zusage auf mengenmäßige Abnahmen gesichert.

Terminierte Lieferungen liegen vor. Die zweite Sendung ließ bereits sehr zu wünschen übrig, sodaß wir Reklamationen erhielten, sehr unangenehm bei Neueinführung eines Artikels, und die heutige Sendung, wie bereits Herr Ruhdorfer berichtete, so,wie sie liegt und steht, unverkäuflich. Um die dringendsten Auslieferungen überhaupt tätigen zu können, müssen wir uns der Mühe unterziehen, die Ware auszusortieren und es wird sich erweisen, daß mehr als 5o % ausfällt.

Die Ware selbst ist unschön, unfachmäßig bearbeitet, schlecht blanchiert, verfärbt, schlecht geputzt, das beweisen die vielen "Augen", die ausgeschnitten gehören usw.. Vier Kunden haben uns bereits telefonisch die Ware verärgert zur Verfügung gestellt. Die Situation ist für uns mehr als peinlich, die Vorarbeiten unserer Herren sind dadurch sehr in Frage gestellt. So kann man nicht arbeiten!!!

Wie ist es möglich, daß in einem so gut eingerichteten Werk, wie in dem Ihren, derartig völlig schwarze Kartoffel durch die Röstmaschine u n b e m e r k t ~~gehen~~?

Wurm-Linz KARTOFFELGROSSHANDEL – LANDESPRODUKTE

LAGER: 4020 STADTHAFEN LINZ, TELEFON (07222) 24155

4020 LINZ-URFAHR, FERIHUMERSTR. 3

BANKVERBINDUNG: OBERBANK, KONTO-NR. 3[illegible] ST
KONTO-NR. 45-0310

An die
"L A P R O"
Landesprodukten-
Handelsges.mbH

Seilergasse 6
Wien I

„LAPRO" Eingelangt am: 15. JULI 1968

LINZ, den 12. Juli 1968

Betrifft: Pommes frites - Lieferungen

Die letzten drei Lieferungen vom 29.6.68, 5.7.68, 9.7.68 Ihrer gelieferten Ware hatte bereits nach zwei Tagen einen säuerlichen Geruch und war für meine Kunden unbrauchbar. Ich möchte darauf hinweisen, daß die Pommes frites bei uns im Kühlhaus bei einer Temperatur von null Grad gelagert sind, und drotsdem nach zwei bis drei Tagen ungenießbar sind. Ich muß daher an Sie die Frage richten, wie können Sie sich das erklären.

Ich nehme an, daß Ihrerseits für die angelieferte Ware eine Entschädigung getroffen wird.

Weiters teile ich Ihnen mit, daß ich mit Ihrem sehr geehrten Herrn Scharl gesprochen habe, daß man mit so einer Ware kein Geschäft machen kann. Dazu muß ich sagen, daß die Lagerung im Kühlhaus mit hohen Unkosten verbunden ist.

In Erwartung von Ihnen baldigste Stellungnahme zu erhalten verbleibe ich

mit vorzüglicher Hochachtung

24.7.68/ H. Krumm tel.
Zeugen: Angest. der Kühlhaus A.G.
eigene Angest.
u. Kunden bestätigen diese Angaben

LEBENSMITTEL-VERSUCHSANSTALT
Blaasstraße

1190 WIEN, 23. Oktober 1968
XIX, BLAASSTRASSE 29
TEL. 36 22 55

L 2196

An die

Kartoffelverwertung

Hollabrunn

Die von Ihnen am 8.10.1968 eingesendete Probe Kartoffelschnitten verpackt in 1 Karton
mit Ihrer Bezeichnung : ∅

wurde untersucht und folgendes Ergebnis ermittelt :

Aussehen :	Zur Frittung vorbereitete Kartoffelschnitten. Länge zwischen 25 und 70 mm, prismatischer Querschnitt mit ca 15 mm Seitenlänge. Zahlreiche dunkel gefärbte Stellen (Faulstellen und Augen).
Geruch und Geschmack:	Zur haushaltmäßigen Zubereitung wurde die schadhafte Ware (wie oben Faulstellen und Augen - ca 10-15 %) ausgesondert. Der Rest erwies sich nach Zubereitung als geruchlich und geschmacklich einwandfrei und voll genußtauglich.

Die vorliegende Probe weist einen erheblichen Einwurf von mit Faulstellen und Augen behafteter (ca 10-15 %) Ware auf, wobei der Fehler mit großer Wahrscheinlichkeit auf mangelhafte Vorbereitung (Ausschneiden) zurückzuführen ist.
Im vorliegenden Zustande entspricht die Ware nicht der berechtigten Verbrauchererwartung und bietet Anlaß zur Beanstandung.
Es wird empfohlen, die schadhafte Ware vor Inverkehrsetzung auszusondern.

dNoidich

3.

LEBENSMITTEL-VERSUCHSANSTALT
Blaasstraße

1190 WIEN, 15. November 1968
XIX, BLAASSTRASSE 29
TEL. 36 22 55

L 2311

An die

Kartoffelverwertung

Hollabrunn

Die von Ihnen am 24.10.1968 eingesendete Probe Kartoffeln verpackt in 2 Karton
mit Ihrer Bezeichnung : Kartoffelschnitten

wurde untersucht und folgendes Ergebnis ermittelt :

Die Inhalte der beiden vorliegenden Kartons (a und b) unterscheiden sich schon im Aussehen significant voneinander. Der Karton a) enthält saubere Kartoffelschnitten von verhältnismäßig gleichmäßiger Schnittgröße und blaßgelber, reintöniger Farbe mit nur ganz wenigen Augen und Stockflecken. Der Inhalt des Kartons b) ist sehr ungleichmäßig geschnitten, mit zahlreichem Abfall (unter 20 mm Schnittlänge). Die Farbe ist gelb und deutlich graustichig, zahlreiche Augen und Stockflecken konnten festgestellt werden.

Beide Kartoninhalte wurden untersucht und ergaben folgenden Befund :

	a)	b)
Wassergehalt :	58.4 %	60.7 %
Aussehen nach haushaltüblicher Zubereitung :	gleichmäßig in der Farbe, gleichmäßig knusprig	an den Enden stark gebräunt und dort von zäher lederartiger Konsistenz
Geschmack nach haushaltüblicher Zubereitung :	frisch aromatisch leicht herb	ausgesprochen süßlich

Aufgrund der vorstehenden sinnenmäßigen Prüfung entspricht die vorliegende Probe nach b) infolge ihrer mangelhaften Beschaffenheit in rohem und im zubereiteten Zustande nicht der berechtigten Verbrauchererwartung und ist daher als verdorben und nicht verkehrfähig zu beurteilen.
Die Mängel sind mit großer Wahrscheinlichkeit auf die schlechte Qualität des verwendeten Rohmateriales, auf dessen mangelhafte Aufbereitung und einen vermutlich mit der Qualität des Rohmateriales in Zusammenhang stehenden fermentativen Abbau der Stärke zurückzuführen.

i.V.
Hagemann

o

+

11349 vlgwn a

7717 vlgkhb a 14.1.1969 8.30 uhr/m

z.hd.hr.dir.hoetzel

----

fa. unilever, gr. enzersdorf hat gestrige friteslieferung von 3.400 kg wegen schlechtem aussehen, teilweiser verzuckerung und bis 12 0/0 augen beanstandet und nur bedingt als b-ware uebernommen. obwohl wir uns wirklich bemuehen und mit dem gesamten personal (32 personen) frites produzieren, wird es uns auch heute nicht gelingen eine wesentlich bessere qualitaet herzustellen. die ursache liegt in der kartoffelbeschaffenheit. es gibt praktisch keinen fehlerfreien geschaelten kartoffel. wir ersuchen dringend um ihre stellungnahme, was weiter zu tun ist, wenn fa. unilever die heutige sendung nicht annimmt.

mfg

strobl

+

11349 vlgwn a

7717 vlgkhb an

Firma

KARTOFFELVERWERTUNG

2020 H O L L A B R U N N
Niederösterreich

Hr.Dir. Hölzl

Dkfm.G/Ho am 19.11.70

Pommes Frites

Sehr geehrter Hr. Direktor!

Am 19.10. vereinbarten wir in Hollabrunn, daß Sie uns die bestellten 30 to Pommes Frites wie folgt anliefern werden:

bis Ende	Oktober	10 to
" "	November	10 to
" "	Dezember	10 to.

Bis jetzt haben wir jedoch erst 4 Lieferungen und zwar:

am 21.10.	1.600 kg
29.10.	3.330 "
4.11.	650 "
11.11.	1.110 "
insgesamt	6.690 kg erhalten.

Auf Grund der schleppenden Anlieferung und der nicht eingehaltenen Liefertermine sind wir leider gezwungen, Sie ebenso höflich wie dringend aufzufordern, die uns gegebenen Zusagen einzuhalten. Wir haben einerseits selbst eingegangene Lieferverpflichtungen zu erfüllen, anderseits müssen wir für die nichteintreffenden Pommes Fritesliefersungen einen Tiefkühlraum zur Frostung bereit halten, welcher schon dringend für andere Zwecke benötigt wird, ganz abgesehen von der zu erwarteten Qualitätsverschlechterung der Kartoffel und somit auch der Pommes Frites.

Wir erwarten daher Ihre verbindliche Zusage, daß Sie uns noch in diesen Monat d.h. bis zum 31.11.70 ...... 10 to Pommes Frites anliefern, den Rest von ca. 14 to in den ersten drei Dezemberwochen - pro Woche ca. 5 to.

Sollten Sie nicht in der Lage sein, uns für obigen Lieferplan eine verbindliche Zusage zu geben, müßten wir uns umgehend mit dem Landwirtschafts- bezw. Handelsministerium ins Einvernehmen setzen, um einen zollfreien Import zu erreichen, wobei wir darauf verweisen müßten, daß Sie nicht in der Lage sind, Ihre Lieferverpflichtungen zu erfüllen.

Seite 2

Fa. Kartoffelverwertung 19.11.1970

Wir erwarten Ihre baldige diesbezügliche Antwort und verbleiben

mit freundlichen Grüssen

„FROST-PACK"
Nahrungs- und Genußmittel Gesellschaft m. b. H.
Wien II, Wohlmutstraße 22

(Dr. Nürnberger) (Dkfm. Greimel)

WIKING
FISCHHANDELS A.G.

SPEZIALLEBENSMITTELIMPORT UND GROSSHANDEL · TIEFKÜHLWAREN · FLUSS- UND SEEFISCHE
KONSERVEN · FRUCHTSÄFTE · MARINADEN · MAYONNAISEN · FEINKOST · GROSSRÄUCHEREI · INDUSTRIE

ZENTRALE: 1201 WIEN 20, NORDWESTBAHNHOF
Verkauf: 33 41 31 Büro: 33 41 46, FS 07 4004
KÜHLHAUS: 1100 WIEN 10, SÜD-OSTBAHNHOF
Büro: 64 45 24 FS 01 1428
FISCHMARKT: 1010 WIEN 1, ZENTRALFISCHMARKT
Verkauf: 63 74 85 Import-Export: 63 11 87
TELEGRAMME: WIKING WIEN
VORWAHLNUMMER WIEN: 0222

Titl.
Kartoffelverwertung Hollabrunn
z.Hd.Hr.Scharl

Seilerstätte 6
1010 Wien

Wien, 21.Juli 1970
My/ro

Betrifft: Reklamationen

Sehr geehrter Herr Scharl!

Wir erlauben uns Sie in Kenntnis zu setzen, daß in letzter Zeit Reklamationen bei Pommes frites aufgetreten sind. Die Kunden beanstanden die Qualität in Bezug auf Farbe (schwarz), Wässrigkeit und Unansehnlichkeit mit der Begründung,diese Ware dem Konsumenten nicht anbieten zu können.

Wir haben zurück genommen:

bei Hübner - Betriebe	13/5,-kg Kt
bei Fischhändlern	8/5,-kg Kt

Wir bitten diese Mengen gutzuschreiben bzw. zu ersetzen.

Gleichzeitig teilen wir Ihnen mit, daß die Karton oft bis zu 20 dkg unter dem deklarierten Gewicht geliefert werden.

Wir bitten um Kenntnisnahme und zeichnen

hochachtungsvoll
W I K I N G
Fischhandels-AG

POSTSPARKASSEN-KONTO: WIEN NR. 88 217 BANK-KONTO: CREDITANSTALT-BANKVEREIN ZENTRALE 29-61720

Betrifft: Kartoffelverwertung H o l l a b r u n n

Aussprache am 10.3.1971 zwischen Zentraldirektor Ing.Flener
Direktor Komm.Rat Hötzel
Dipl.Ing.Giefing
Dipl.Ing.Daniel

Hinsichtlich der Führung des Betriebes Hollabrunn wurde einvernehmlich festgesetzt:

1, Gesamtleitung: Direktor Komm.Rat Hötzel

2. Dipl.Ing.Daniel wird ab sofort mit der Bearbeitung der Rohstofffrage beauftragt.
Die von den Genossenschaften für die kommende Vegetationsperiode angemeldeten Mengen hat Herr Dipl.Ing.Daniel voll verantwortlich zu organisieren. Die laufende Belieferung des Werkes kann er derzeit nicht überblicken und beurteilen, doch soll er auch hier im Verein mit dem Betriebsleiter schon mitwirken.

3. Dipl.Ing.Giefing geht sofort auf Studienreise in die Schweiz, nach Deutschland und nach Holland. Seine Reisepläne wird er in den nächsten Tagen vorlegen. Über seinen Vorschlag soll Dipl.Ing.Daniel an der Reise teilnehmen, um die Organisation der Rohstoffaufbringung zu studieren.

In der Zwischenzeit übernimmt Herr Strobl die Betriebsleitung des Werkes Hollabrunn.

Herr Loidolt übernimmt die administrative Leitung.

4. Der Vertrieb wird bis auf weiteres von Herrn Scharl unter Aufsicht des Herrn Lausenhammer durchgeführt.

10.3.1971

bedeutenden Staubentwicklungen, die wohl das Ihre zur Kontaminierung der Ware mittels Kühlluft beitrugen (Getreidestaub hat besonders hohe Keimzahlen).

f) Transportmittel:
Und schließlich mußte die nicht genügend gekühlte Ware bei der herrschenden Hitzeperiode mit normalen Planen-LKW's infolge Nichtvorhandensein geeigneter Kühlfahrzeuge, verfrachtet werden.
Alle diese angeführten Momente mußten jedes für sich einmal zu Fehllieferungen führen, umso eher bei einer Häufung derartiger Unzulänglichkeiten.

4) Die Lehre aus dieser Reklamation:

a) Die Produktionsanlage hat einige sehr wesentliche schwache Stellen, die sich bei Spitzenleistungen ganz extrem unangenehm bemerkbar machen.

b) Die Lage des Fuhrparks ist äußerst schlecht. Schon bei erhöhten Leistungen sind große Transportschwierigkeiten zu erwarten.

c) Die Produktionsüberwachung ist ungenügend, bei extremen Temperatur- bzw. Kühlverhältnissen muß regelnd eingegriffen werden. Es ist das ein personelles Problem, das ebenfalls dringend ansteht.

Hollabrunn, am 3. Sept. 1971

DI.G/G

W. Grießing

Verteiler:

Zentraldirektion
Betriebsleitung
Vertrieb 2x
Ablage

Protokoll der Besprechung am 12. Juni 1972 in Hollabrunn (16[30]

Anwesend: Herr Dipl. Ing. Giefing
Herr Dkfm. Dr. Moser
Herr Scharl
Frl. Warnung

Gleich am Anfang der Besprechung stellt Herr Scharl fest, daß d heutige Ware stark verzuckert ist. Herr DIng. Giefing weist dar hin, daß dies keine Art ist, eine Diskussion zu eröffnen. Es wi der Beschluß gefaßt, dieses Thema zu einem späteren Zeitpunkt wieder aufzugreifen.

1. Dr. Moser spricht über grundsätzliche Unternehmensziele:
   1. Ziel: Entscheidungen sollen so getroffen werden, daß sie dem Unternehmen Gewinn bringen.
   2. Ziel: Kontinuität (das Unternehmen soll auch noch in 25 Jahren bestehen).
   3. Ziel: Soziale Aufgaben des Unternehmens: die Mitarbeiter verbringen 8 Stunden pro Tag im Unternehmen. Sie haben ein Recht darauf, in einer guten Atmosphäre zu arbeiten (früher: aus sozialer Einstellung; heute: Pflicht, sonst laufen die Leute davon).

   Dr. Moser stellt diese Ziele zur Diskussion und fragt Herrn DIng. Giefing, ob er zustimmt.
2. Herr DIng. Giefing meint, diese Dinge sind zwar sehr schön, aber er müsse den Betrieb aus den roten Zahlen bringen und dieses Jahr ist der Betrieb das erste Mal gewinnbringend. Das ist eine Voraussetzung, Geld für weitere Investitionen zu erhalten.

3. Herr Scharl verlangt Aufklärung von Hr. DIng. Giefing, warum ohne Blancheur gearbeitet wird. Die Qualität sei derzeit an einem Tiefpunkt angelangt, und die heute erzeugten Frites hätten einen Zuckergehalt von mindestens 20 %.

   Herr DIng. Giefing erklärt, daß mit Blancheur ~~ungefähr~~ 10 % mehr Kartoffeln nötig sind. Es wurde ein Stichtag gesetzt, an dem der Blanchour herausgenommen wurde (Mittwoch oder Donnerstag voriger Woche), weil lt. Auskunft von DIng. Daniel die Kartoffeln keinen Zucker mehr aufwiesen. Es wird nachgeprüft werden, ob die Kartoffeln jetzt tatsächlich verzuckert sind, und erst dann wird der Blanchour wieder eingebaut.

4. Dr. Moser gibt bekannt, daß am Mittwoch, den 21. Juni l.J. um 19 Uhr in Hollabrunn eine Verkaufssitzung stattfindet. Es werden daran alle Fahrer teilnehmen, sowie Herr Scharl und er selbst.

5. Dr. Moser fragt DIng. Giefing, wann die Isolierung der 2 neuen Wägen vorgenommen wird.

   DIng. Giefing gibt als Termin die nächste Woche an. Bis jetzt war es nicht möglich, weil beide Wägen im Einsatz standen, und die Instandsetzung der Frühkartoffelanlage vordringlicher ist. Die Isolierung wird vom werkseigenen Mechaniker durchgeführt und 2 - 3 Tage in Anspruch nehmen.

6. Dr. Moser wirft die Frage der internen Qualitätskontrolle auf. DIng. Giefing meint, daß es am Anfang versucht wurde, aber dann große Nachfrage nach dem Produkt einsetzte, und die Qualität weniger wichtig war. Herr Scharl stimmt dem zu.

7. Dr. Moser fragt DIng. Giefing, ob die Beladung jetzt mit Staplern und vor 7 Uhr vorgenommen werden könne. Hr. DIng. Giefi[ng] gibt zur Antwort, daß dieses Problem bereits gelöst ist.

8. Dr. Moser ersucht DIng. Giefing, ob es möglich wäre, die Telefonspesen den Fahrern gleich auszubezahlen und die Belege erst später zu kontrollieren.

   Hr. DIng. Giefing stellt fest, daß er den Fahrern bereits mehrmals angeboten habe, ihnen auf ein Konto für die Spesen etwas vorzuschießen, was immer mit der Begründung - das sei nicht nötig - abgewiesen wurde. Die Belege werden kontrolliert, entweder von Hr. Leidolt oder von ihm persönlich und dann zur Auszahlung angewiesen. Ohne Belege gibt es kein Geld aus der Kasse, weil es der Revisor so verlangt. An sich kein Problem.

blem u.zw. der Verkauf an Kunden ohne Rechnung. Die Fahrer schreiben auf die Scheine falsche Namen, damit dann ein Beleg für die Abrechnung gegeben ist. Man hat sich bei der Kammer erkundigt, und diese teilte mit, daß dies eine Vorschubleistung zur Steuerhinterziehung ist, und sich die KV, falls sie diesen Modus weiter dulde, strafbar mache.

Dr. Moser meinte, daß der Kunde unter allen Umständen geschützt werden müsse. Alle Anwesenden sind der Ansicht, daß dieses Problem vordringlich sei und so bald wie möglich eine Lösung gefunden werden müsse.

18. Um 18.30 Uhr veranlaßte Hr. DIng. Giefing, daß eine Backprobe von den heute erzeugten Frites vorgenommen wird. Hr. Scharl begleitete ihn, um zu sehen, von welcher Partie die Frites ausgesucht werden. Im Anschluß daran kam es zwischen Herrn DIng. Giefing und Herrn Scharl zu einer lebhaften Diskussion, von welchen Frites die Backprobe gemacht werden soll.

19. Nach einem Probekosten endete die Sitzung um 18.45 Uhr.

Hollabrunn, am 12. Juni 1972

Protokollführung: Frl. Warnung

⊕
7717 vlgkhb a
12019 vlg wn a 12.6.1972 9.25 uhr /sch

z. h. hr. ding. giefing

soeben ruft herr aichwalder an, dass bei der letzten lieferung heute bereits 500 karton verdorben (suesser geruch, schimmelig) die ware duerfte lt. aichwalder zu schwach gebacken sein. bitte sofort herrn aichwalder anzurufen, bzw. mir bescheid zu geben.

12019 vlg wn a gruss scharl

⊕
7717 vlgkhb a

exouegx⊕
7717 vlgkhb a
12019 vlg wn a 13.6.1972 15.25 uhr bi

zu handen herrn ~~kngxxdieg~~ d.ing. giefing

ich habe soeben mit der firmal dillinger wegen der weiteren belieferungen dieser woche gesprochen.

der fahrverkaeufer der firma dillinger, herr milanovic hat mir erklaert, dass er eine so schlechte ware nicht wieder ausliefern wird. er hat momentan ausser umtauschen und veraergerten kunden kein geschaeft. ausserdem hat ihnen herr dillinger dies angeblich schon gestern mitgeteilt. ich sehe mich daher ausserstande ihnen genaue bedarfsmengen fuer die naeschten tae ee tage mitzuteilen.

mfg. scharl ⊕
7717 vlgkhb a
12019 vlg wn a

⊕
12019 vlg wn a
7717 vlgkhb a 1990 13.6.72 15.30 w/g

zu handen herrn scharl

es sind 1400karton verzuckerte ware im kuehlraum.

mfg.kvh.
wurz
⊕
12019 vlg wn a
7717 vlgkhb av

12.6.72 Hollabrunn

Gespräch mit H. Kurz / Anwesend Frl. Wahrmung

H. Kurz: Habe Gießing gesagt, Ware ist stark verzuckert.

Gießing: wenn nicht schlechter, fahren wir ohne Blanchieren weiter.

Gießing: mit Blanchieren brauchen wir 10–15% Kartoffeln mehr.

Aktenvermerk 13.6.72

Dienstag 8.45 h

Anwesend: G.D. Fleuer, H. Burger,

H. DING. Griesing / H. Schaal

G.D.: Einer von Euch beiden muß gehen (Schaal oder Griesing)

Sie sind ein alter [illegible].

Wir haben 26 Mill. Schilling investiert, um um Qualität zu bekommen.

Hausenkamma [illegible] sagte auch erst gut, dann nicht zu gebrauchen.

Seit Sie da sind, ist keine Ruhe.

Ich bestätige hiermit durch meine Unterschrift, daß ich während meiner Tätigkeit beim Verband ländlicher Genossenschaften mit Herrn Scharl sehr gut zusammenarbeiten konnte.
Ich erinnere mich auch nicht, irgendwelche Außerungen gemacht zu haben, daß man mit Herrn Scharl nicht zusammenarbeiten könne, oder ähnliches gesagt zu haben.

....

Wien am 13. Juni 1972

Adeg Salzburg

GROSSEINKAUF DER KAUFLEUTE REG. GEN. M. B. H.
SALZBURG, LENGFELDEN 90 – FERNRUF 86222, [illegible]
POSTANSCHRIFT: 5020 SALZBURG-KASERN

ADEG

An die
Kartoffelverwertung
Hollabrunn

z.Hd.Herrn Scharl

2o2o HOLLABRUNN

SALZBURG, AM 2.8.72
IHR ZEICHEN:
UNSER ZEICHEN: DI/Schö

Betr.: Reklamation Pommes frites

Auf Grund einer Vereinbarung zwischen unserem Leiter des C + C, Herrn Neumayr, und Ihrem ~~sehr geehrten Herrn Scharl, wurden heute~~

197 Karton Pommes frites á S 45,--

als verdorben festgestellt und vernichtet.

Wir bitten um Gutschrift. Weiters müssen wir uns vorbehalten, für noch eintreffende Kunden-Reklamationen von Ihnen eine Vergütung zu erhalten.

Wir bitten jedenfalls Sorge zu tragen, daß wir in Zukunft einwandfreie Ware geliefert erhalten, da solche Vorkommnisse das Geschäft einschneidend beeinträchtigen.

Franz [signature]

Hochachtungsvoll

A D E G - S A L Z B U R G

TELEGRAMME: ADEG SALZBURG – BANKVERBINDUNGEN: VOLKSBANK SALZBURG, RAIFFEISENVERBAND SALZBURG

pfeiffer

Lebensmittelgroßhandel
Georg Pfeiffer
4021 Linz
Schirmerstraße 15
Telefon 0 72 22 / 82 2 51 - 4
Fernschreiber 02 1368
Postfach 393

An die

Kartoffelverwertung Hollabrunn

Seilergasse 6

<u>1011 W I E N</u>

Neu/kr 4.10.1972

Betrifft:

In der Beilage senden wir Ihnen drei Fotokopien unserer Schreiben an Sie uns müssen Ihnen mitteilen, daß uns Ihre Art auf Reklamationen zu reagieren unverständlich ist.

Da wir nicht mehr länger warten können, bis Sie uns endlich die zurecht bestehenden Gutschriften senden, werden wir uns bei der nächsten Zahlung an Sie

126 Karton Pommes frites

abziehen.

Aufgrund Ihrer uns unverständlichen Geschäftsgebahrung sehen wir auch eine weitere Geschäftsverbindung in Frage gestellt.

Hochachtungsvoll

GEORG PFEIFFER

<u>3 Beilagen</u>

IFA

Bankverbindung:
Allgemeine Sparkasse in Linz 0700-406815

IFA

5.8.74 Bankverbindung:

Aktenvermerk

Anwesend: GD Fleurer, Fr Keil, H. Schaal

Sie (Schaal) machen schon immer die Ware schlecht, darum kann man ihnen auch kein ordentliches Gehalt geben.

Schaal: ich bitte um dies zu beweisen!

G.D.: Innerhalb von 8 Tagen gebe ich es ihnen schriftlich

Was können Sie aufweisen?

7. 8. 1974

Aktenvermerk

Anwesend: G.D. Ferner, H. Burger, Fr. [illegible] [illegible]

DING. Müller, H. Veit, H. Suari

G.D. zu H. Schaal. Sie machen ständig die Ware schlecht, beschmutzen das eigene Nest, so geht das nicht weiter.

Auch wenn Sie schon 26 oder 27 Jahre im Verband sind, ich (Ferner) mache hier endlich reinen Tisch.

Sie machen großzügige Geschenke, weil es nicht Ihr Geld ist.

Reklamationen Lindwalder Füllungen usw. werden nicht vergütet.

An die
Kartoffelverwertung
Hollabrunn
z.H. Herrn Anton Scharl
Seilergasse 6,Matschakerhof
1010 W i e n

21.8.1974

Reklamation

Sehr geehrte Herren!

Unsere fernmündliche Urgenz bezüglich Pommes frites, Lieferung über GF Aigen nach Gröbming, muss ich Ihnen mitteilen, dass die Ware (150 Karton) zum Teil in sehr schlechten Karton verpackt waren und in jedem Karton ca 1 - 2 kg Pommes mit schwarzen Flecken waren. Unsere Kunden wollten die Ware nicht einmal geschenkt, da sie so eine Ware ihren Gästen nicht zumuten können. Die Pommes auszuklauben dazu ist in der Gastronomie wirklich keine Zeit!

180 Kartons Pommes aus dem Vorjahr, wo die Ware zu warm angeliefert wurde und zur Gänze kaputt war, haben wir bis heute keinen Ersatz erh alten. Wir hoffen um Verständnis Ihrer Genossenschaft und bitten um Ersatz!

Hochachtungsvoll!

11. Oktober 1972
Burger/E

Auswertung der BAB Juni, Juli, August 1972 - KV Hollabrunn

I. BAB Juni 1972 (Wirtschaftsjahr 1971/72)

		S
1) Gewinn, Wirtschaftsjahr 1.7.71 - 30.6.72		3,281.116,--
+ vorzeitige Afa	S 549.812,--	
+ geringwertige Wirtschaftsgüter	S 1,409.744,--	
- -"- 20% Afa	S 297.748,--	
+ a.o. Aufwand	S 33.086,--	1,774.894,--
= berichtigter Bilanzgewinn 1971/72		5,056.010,--
vergleichbarer Verlust 1970/71		- 2,640.021,--

Wesentliche Ursachen für das sehr günstige Betriebsergebnis:

Durchschnittswerte	1970/71	1971/72
Kartoffeleinkaufspreis FRITES	S 122,-/100 kg	S 102,-/100 kg
- " - Chips	S 96,-	S 88,-
Kartoffelverbrauch 1 kg FRITES	3,01 kg	2,51 kg
- " - 1 kg Chips	3,76 kg	3,99 kg
Fettverbrauch FRITES	7 %	6 %
- " - Chips	46 %	42 %
Gesamtkosten FRITES (1 kg)	S 9,03	S 7,15
- " -Chips (1 kg)	S 22,--	S 21,32
Verkaufspreis FRITES (1 kg)	S 7,89	S 8,46
Erzeugte Menge FRITES	1,806.498 kg	2,523.436 kg + 40%
Erzeugte Menge Chips	764.778 kg	988.327 kg + 30%

2) Ermittlung des betriebswirtschaftlichen Gewinnes 1971/72:

berichtigter Bilanzgewinn	S 5,056.010,--
- Differenz Afa lt. Bilanz - kalk Afa	S 1,432.882,--
- Differenz Zinsen lt. Bilanz - kalk Zinsen	S 1,462.026,--
= betriebswirtschaftlicher Gewinn 1971/72	S 2,161.102,--
davon entfallen auf FRITES, Gewinn	S 2,705.479,--
" " " Chips , Verlust	- S 544.377,--

Die Vertragsmodifizierung mit Kelly ist dabei nicht berücksichtigt.

Sonntag 8.9.74 (Wiener Messe)

Aktenvermerk

Anwesend: G.D. Flener, H. u. Fr. Aichwalder
H. Zellinger, H. Wagner, H DING. Müller, H Scharl

G. D. Flener: Wie wir wissen, H. DING Müller hat viel gutzumachen, Qualität war nicht in Ordnung.
Wir haben ja auch bei Anjas allein um zirka S 600.000.- verloren.

POMMES-FRITES-VERTRIEB
M. E. AICHWALDER

6020 INNSBRUCK, MARKTGRABEN 1/I., TEL. 20157 u. 256348

An die
Kartoffelverwertung Hollabrunn
2o2o H o l l a b r u n n

Innsbruck, 31.8.1974

Betrifft: Reklamation - Pommes frites v.31.7.74 - 31.8.74

Es wurden bis zum obigen Stichtag folgende Reklamationen aus der laufend geführten Kartei festgestellt:

513 Karton aus Reklamationen vom 31.7.1974 -31.8.1974
(Schwerpunkt in den Wochen 3oo3, 31o4,31o5
3334 und 3335)
Reklamationen auch aus den Lieferungen
31o1, 32o1, 32o2, 32o4, 32o5, 33o1, 33o3,
3312 und 3313.

Es ist uns unverständlich, daß im August soviel Reklamationen waren. Trotz aller Erneuerungen im Werke Hollabrunn war man nicht im Stande einwandfreie Pommes frites zu erzeugen. Wir möchten auch noch dazu fügen, daß die Haltbarkeit katastrophal war und es nur Dank unseres schnellen Abverkaufes möglich war, Sie vor größeren Umtauschen zu bewahren. (Haltbarkeit oft nur 1 Tag) Man sollte nicht immer versuchen die Schuld dem Vertrieb anzulasten,sondern bei der Erzeugung den Fehler zu suchen.

Hochachtungsvoll
POMMES - FRITES - VERTRIEB
E. M. Aichwalder
6020 Innsbruck - Pradl
Kranewitterstr. 49, Tel. 43 2 33

Max Dillinger
Pommes-Frites-Vertrieb
GROSSHANDEL und IMPORT
5023 SALZBURG
Linzer Bundesstraße 34 — Telefon 77 3 67
Bankverbindung: Raika Schallmoos, Kto. 2011-260

Salzburg, den 3.Sept. 1974

Kartoffelverwertung
Hollabrunn
z.H.Herrn Scharl
W i e n

Übersende Ihnen neuerdings 2 getrennte Pakete Gutschriften über ausgetauschte Schlechtware.

13o Karton Nr. 32ol	a 45.--	5.84o.--
8 % Mehrwertsteuer		467.2o
96 Karton aus nachfolgenden Nr.	a 45.--	4.32o.--
8 % Mehrwertsteuer		345.6o
	zusammen=	1o.972.8o

Gleichzeitig möchte ich aber auch betonen, dass es mit der Haltbarkeit der Ware noch in keinem Jahr so schlecht bestellt war wie heuer, nicht einmal im eingefrorenen Zustand ist sie auf lägere Zeit zu verwenden, weil wir von Kunden die die Ware sofort in die Tiefkühlräum einlagern ebenfalls Retourware erhalten. Wir verlieren eine Kunde nach der anderen, die auf die Firma Grabher zurückgreifen, da die Ware sehr schön, wesentlich billiger und ohnehin schon eingefroren ist.
Es wird höchste Zeit das Sie sich etwas einfallen lassen, den sonst ist der Markt in Salzburg für uns bald erledigt.
Die heurige Saison war ohnehin kurz genug, aber trotzdem hat es mehr Ärger und Verdruß gegeben als all die Jahre vorher.
Da wir bis heute keinerlei Gutschriften, oder Nauralersatz bekommen warten wir auch mit dem Begleich der letzten noch offenstehenden Rechnung, deren baldiger Begleich nur von Ihnen abhängt.

Hochachtungsvoll

POMM-FRIT Vertrieb
M. Dillinger 77367
5023 SALZBURG
Linzer Bundesstraße 34

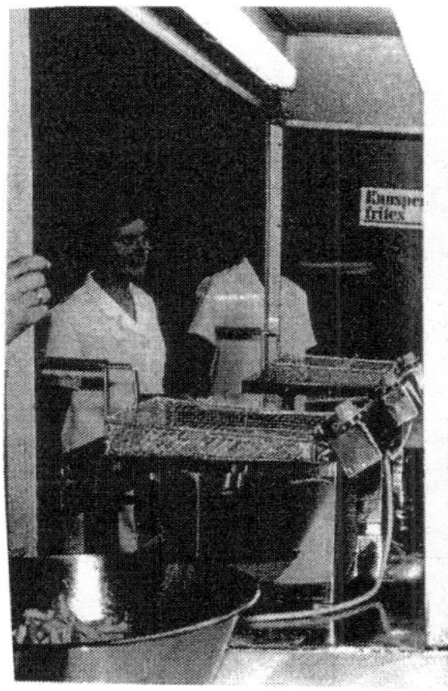
Knusper frites

Knusper frites

Knusper frites

Guthaben	KARTON
Aus Teilstorno v. 27.8.1971	176
24/03 verstauben u. Umtausch	836 *
502 Karton an SB Kunden verteilt, um die Konkurrenz auszuschalten 1/2 Anteil	251
Zusage vom Herrn Generaldirekt. Flener vom 14.4.1972	2000
Kart.	3263

24/03 = Erzeugungsdatum 7.Juni 1972

genau jener Tag, an dem H.Dipl.Ing. Giefing den Blancheur herausnehmen lies.

4020 LINZ / DONAU
HINSENKAMPPLATZ 1
TELEFON 3 23 27
FERNSCHREID-NR. 1603

Kartoffelverwertung
Hollabrunn
d. Verbandel ländl. Gen.

Seilergasse 6
1010 Wien

4020 LINZ, 9. Okt. 1972
EK/Ha/Hö

Lieferschwierigkeiten -
Pommes frites

Sehr geehrte Herren,

wie Sie ja sicher wissen, ist es bei Ihrem Großhändler in Graz bei Pommes frites zu Lieferschwierigkeiten gekommen. Wir machen Sie darauf aufmerksam, daß bei einer generellen Belieferung durch Ihre Firma ein solcher Engpaß nicht eintreten darf.

Es ist Ihnen doch klar, daß solche Mängel nicht gerade unser Vertrauen gestärkt haben und wir deshalb von einer Belieferung in größerem Rahmen Abstand genommen haben.

Mit freundlichen Grüßen

WIENERWALD RESTAURANTS
Gesellschaft mbH

Bankverbindung: Bank für Oberösterreich und Salzburg, Linz, Konto Nr. 401-7067/00
Creditanstalt Bankverein, Linz, Konto Nr. 92-30 111
Volkskreditbank Linz, Konto Nr. 3114

KARTOFFELVERWERTUNG HOLLABRUNN
des Verbandes ländlicher Genossenschaften in Niederösterreich
reg. Genossenschaft m. b. H., Wien 1., Seilergasse 6

A-2020 Hollabrunn
Telefon 02952-2333/2336
Telex 07/711

1011 Wien, Postfach 175
Telefon 0222/52 36 46/296
Telex 01/1349

Firma
M E T R O
Selbstbedienungsgroßhandel Ges.m.b.H.

Wien - Vösendorf

Wien, am 31.5.1973

Rechnung Nr. 2916

Wir lieferten auf Ihre Rechnung und Gefahr ... frei Haus

auf Schluß Nr. ... an Ihre w. Anschrift ... Station

am	Waggon Nr. Lieferschein Nr.	Karton Säcke Kübel	Gewicht kg	Ware	Preis p. kg/Karton S	Betrag S
18.5.	0100	50	Betrieb, Langenzersdorf			
21.5.	1681	150	Betrieb, Vösendorf			
		200	Karton	KNUSPER FRITES à	42,50	8,500.—
		(100)		+ 8 % MWST.		680.—
						9,180.—

METRO
SELBSTBEDIENUNGS-GROSSHANDEL GES. M. B. H.
2103 Wien-Langenzersdorf
Wiener Straße 176–196 · ☎ (02244) 31 81

KARTOFFELVERWERTUNG HOLLABRUNN
Eingelangt: 18. Juni 1973
Erledigt: ...

Betrifft: Ihre Rechnung vom ... über S ...
METRO: Langenzersdorf

METRO Selbstbedienungs-Großhandel Ges. m. b. H.,
2103 Wien-Langenzersdorf, Wiener Straße 176–196

Firma
Kartoffelverw. Hollabrunn
Seilergasse 6
1010 Wien

☐ Bitte Fotokopie der / des Lieferscheine(s) mit METRO-Wareneingangs-Nr. (Quittung) schicken.

☒ Ihre Lieferung vom 18.5.73 LS 0100 ist nicht berechnet. Wir erbitten Nachricht bzw. Berechnung.

☐ Preise / Rabatte entsprechen nicht unseren Vereinbarungen. Bitte berichtigen.

☐ Ihre Gutschrift liegt vor. Wir bitten um nähere Angaben.

☐ Rechnung anbei.

Unser Zeichen ... Datum 13.6.73 ... DANKE

RAIFFEISENVERBAND KÄRNTEN

registrierte Genossenschaft mit beschränkter Haftung

Briefanschrift: Klagenfurt 1. Fach Nr. 40
Drahtanschrift: Raiffeisenverband Klagenfurt
Fernsprecherkennzahl für Klagenfurt: 0 42 22
Direktion, Bankabteilung, Revisionsabteilung
Kardinalplatz 5, Fernsprecher 42-61 bis 42-64
Fernschreiber 04 319
Warenabteilung, Buchhaltung, Maschinenabteilung, Werkstätte
Schlachthofstraße 17, Fernsprecher 71401-71407
Fernschreiber 04 476
Mischfutterwerk und Großsiloanlage Viktring
Flatschacher Straße 261
Fernsprecher 64-57, 71-8-98, 64-30
Viehabteilung
Schlachthofstraße 3, Fernsprecher 30-95, 71-4-64
Fleisch- und Wurstwarenbetrieb
Schlachthofstraße 3, Fernsprecher 31-95, 71-6-65
Filialwerkstätten
Greifenburg, Fernsprecher 0 47 12 - 210
St. Andrä i. Lav., Fernsprecher 0 42 58 - 378
Spittal/Drau, Fernsprecher 0 47 62 - 26-76
Treibach, Fernsprecher 0 42 62 - 200
Villach, Fernsprecher 0 42 42 - 56-86
Völkermarkt, Fernsprecher 0 42 32 - 416

Klagenfurt, am 2. Juni 1969

An den
Verband ländlicher Genossenschaften
in Niederösterreich
Kartoffelwerk: Hollabrunn
Zentrale
1010 W i e n
Seilergasse 6

Ihr Zeichen: Ihre Nachricht vom: Unser Zeichen: Sa/Hn

Betrifft: Pommes frites / Knusper frites

Sehr geehrte Herren!

Wir nehmen Bezug auf die am 6.5.1969 stattgefundene Besprechung zwischen Ihrem sehr geehrten Herrn Direktor Kommerzialrat Hans Hötzel, den Herren Strobl und Scharl mit unserem Herrn Samitz in Hollabrunn und bestätigen das dort erzielte Verhandlungsergebnis wie folgt:

1.) Wir sind bereit, für Sie Knusper frites im Vermittlungsgeschäft im Bundesland Kärnten und in Osttirol einzuführen und durch unseren Vertriebsapparat zu verkaufen.
2.) Ihr derzeitiger Preis für Knusper frites beträgt ab Wien für die 5- und 10-kg-Packung S 7.-- per kg, wogegen die Differenz des von uns erzielten Abgabepreises unsere Vermittlungsprovision darstellt.
3.) Ihre Genossenschaft erstellt den für diese Abwicklung notwendigen Vertrag, worin auch der volle Gebietsschutz zu verankern ist.
4.) Warenbestellungen sind genau dosiert und termingerecht franko Wien bereitzustellen.
5.) Wir schlagen vor, daß die Überweisung der Verkaufserlöse so zu erfolgen hat, daß für Frischware ein Ziel von 30 Tagen und für gefrostete Knusper frites ein solches von 90 Tagen beansprucht werden kann.

In der Hoffnung, Ihnen mit diesem Entwurf gedient zu haben, erwarten wir rasch Ihre Rückantwort, so daß wir noch vor Saisonbeginn den Markt bearbeiten können.

Mit genossenschaftlichem Gruß

Raiffeisenverband Kärnten
registrierte Genossenschaft m. b. H.
Fleisch- u. Wurstwarenbetrieb
Klagenfurt - Schlachthofstraße 3

Girokonto bei der Österr. Nationalbank | Postsparkassenkonto Nr. 5441 | Bankverbindung: Genossenschaftliche Zentralbank AG. Wien

LAPRO

S 150.- per Stunde!

11349 vlgwn a
7717 vlgkhb a 14.6.1957 8.uhr/m

an herrn scharitzer
----

bezugnehmend auf unsere unterredung teile ich ihnen mit, dass nach meiner nochmaligen kalkulation ein preis von s 23,-- pro kg chips (lose in plastiksack zu ca. 4 kg ab hollabrunn) als nicht zu unterschreitender richtpreis angesehen werden kann.

gruss

hetzendorfer

11349 vlgwn a

7717 vlgkhb and

BUNDESKAMMER DER GEWERBLICHEN WIRTSCHAFT

WIRTSCHAFTSFÖRDERUNGSINSTITUT

Firma
L a p r o Ges.mb.H.
z.Hnd. Herrn Scharl

Seilergasse 6

1010 W i e n

„LAPRO" Eingelangt am: - 9. OKT. 1967

HOHER MARKT 3
A-1011 WIEN
TELEFON (0222) 63 57 63
TELEGRAMME WIFIBUKA
FERNSCHREIBER 07-4235

UNSER ZEICHEN WF 23.793/67/Bl/Scha

IHR ZEICHEN -

WIEN, 5. Oktober 1967

BETRIFFT 11. Rationalisierungszugprogramm" Rationelle Küchenarbeit im Fremdenverkehrsbetrieb unter Berücksichtigung vorgefertigter Produkte"
Terminplan Herbst 1967 - Niederösterreich

Ergänzend zu unserem Schreiben vom 16. August 1967 überreichen wir Ihnen in der Beilage den Terminplan der letzten Route durch Niederösterreich mit der Bitte um freundliche Kenntnisnahme.

Mit vorzüglicher Hochachtung
Für den Institutsleiter

(Herbert Blach)

Beilage:
2 Terminpläne

CREDITANSTALT-BANKVEREIN, ZENTRALE, KONTO 20-94.886

„LAPRO"

LANDESPRODUKTEN HANDELSGESELLSCHAFT m. b. H.

WIEN I, SEILERGASSE 6

Firma
[illegible] A J S I G L
Süßwarenfabrik

5082 Grödig/Salzburg

Rechnung Nr.
11670/K

Wien, am 16. Oktober 1967

Wir lieferten auf Ihre Rechnung und Gefahr franko

auf Schluß Nr. .... an Ihr Lager Wien .... Station ....

am	Waggon Nr. Lieferschein Nr.	Säcke	Gewicht kg	Ware	Preis p. 100kg S	Betrag S
2.10.	1714	30 K	67.50	Pommes-Chips 103	101,25	3.037,50
"	"	30 K	60.00	" 104	75,—	2.250,—
"	1275	32 K	48.00	" 102	67,50	2.160,—
"	"	30 K	60.00	" 104	75,—	2.250,—
4.10.	1776	70 K	105.00	" 102	67,50	4.725,—
"	"	30 K	60.00	" 104	75,—	4.500,—
5.10.	1778	60 K	90.000	" 102	67,50	4.050,—
"	"	7 K	14.00	" 104	75,—	525,—
6.10.	1531	60 K	120.00	" 104	75,—	4.500,—
10.10.	1670	60 K	90.00	" 102	67,50	4.050,—
"	"	20 K	40.000	" 104	75,—	1.500,—
"	"	2 K	4.00	" (Muster) 104		
11.10.	1780	80 K	120.00	" 102	67,50	5.400,—
"	"	50 K	100.00	" 104	75.—	3.750,—
11.10.	1782	10 K	15.00	" 102	67,50	675,—
12.10.	1555	60 K	90.00	" 102	67,50	4.050,—
"	"	5 K	10.00	" 104	75,—	375,—
13.10.	1791	30 K	45.00	" 102	67,50	2.025,—
"	"	20 K	40.00	" 104	75,—	1.500,—
			1.174.50			51.322,50
				- 35 % Rabatt		17.962,88
						33.359,62

Zahlbar: 30.11.1967

Frachtbrief-Duplikat 10 Lieferscheine

Zahlbar und klagbar in Wien. In Streitfällen unterwerfen sich beide Teile der inappellablen exekutionsfähigen Entscheidung des Schiedsgerichtes der Börse für landw. Produkte in Wien. Die Ware bleibt bis zur vollständigen Bezahlung unser Eigentum. Bei Zahlungsverzug verrechnen wir 9 % Verzugszinsen.

Telefon 52 36 46 / 52 37 42 Fernschreiber: 01/1349 über VLG N.-Ö.	Telegramme: Lahalager, Wien	Postsparkasse Wien Kto. Nr. 143.772	Genossenschaftliche Zentralbank A.G. Wien I Kto. Nr. 10.016	N.-Ö. Genossenschafts-Zentralkassa, reg. Gen. m. b. H. Wien I Konto Nr. 7825

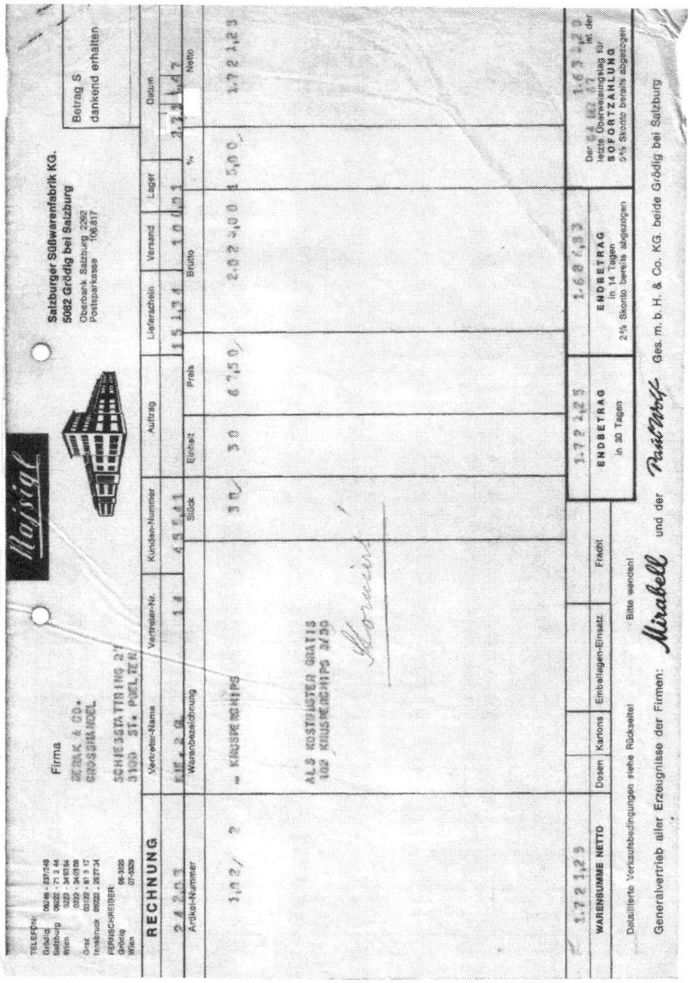
Rajsigl
TELEFON: Grödig 06246 - 237/249 Salzburg 06222 - 71 2 44 Wien 0222 - 34 93 84 0222 - 34 03 88 Graz 03122 - 81 3 17 Innsbruck 05222 - 26 27 34
FERNSCHREIBER: Grödig 06-3320 Wien 07-5329
Firma
SCHIESSTATTRING 27
3100 ST. POELTEN
Salzburger Süßwarenfabrik KG.
5082 Grödig bei Salzburg
Oberbank Salzburg 2292
Postsparkasse 106.817
Betrag S dankend erhalten
RECHNUNG
Vertreter-Name
Vertreter-Nr.
Kunden-Nummer
Auftrag
Lieferschein
Versand
Lager
Datum
Artikel-Nummer
Warenbezeichnung
Stück
Einheit
Preis
Brutto
%
Netto
KNUSPERCHIPS
ALS KOSTMUSTER GRATIS
102 KNUSPERCHIPS 3/30
Storniert
1.721,25
WARENSUMME NETTO
Dosen
Kartons
Emballagen-Einsatz
Fracht
ENDBETRAG in 30 Tagen
ENDBETRAG in 14 Tagen 2% Skonto bereits abgezogen
letzte Überweisungstag für SOFORTZAHLUNG 5% Skonto bereits abgezogen
Detaillierte Verkaufsbedingungen siehe Rückseite!
Bitte wenden!
Generalvertrieb aller Erzeugnisse der Firmen: Mirabell und der Paul Wolf Ges. m. b. H. & Co. KG. beide Grödig bei Salzburg

Manner

Salzburger Süßwarenfabrik KG
5082 Grödig bei Salzburg

bei Spar im Indiesatz, sonst schwieriges Geschäft

Firma

L A P R O
z.Hdn.H. Scharl

Seilergasse 6
1010 Wien I

„LAPRO" Eingelangt 26. JAN. 1968

Ihr Zeichen | Unser Zeichen Za/he | Ihr Schreiben | Grödig, 25.1.1968

Betrifft
Knusperchips für "Spar", Art.Nr.102 zu 1/30

Sehr geehrter Herr Scharl!

Nachstehend geben wir Ihnen die Aufstellung mit den Eintreffterminen für Knusperchips-Aktion für S p a r wie folgt bekannt:

Fa. Johann Drexel, Dornbirn, Birkenwiese	495 Krt.	für	12.2.1968 ✓
Fa. Andreas Hofer, Kufstein, Zellerberg	1.320 Krt.	für	12.2.1968 ✓
Fa. J. Philipp's Sö., Wels, Rainerstr.26	440 Krt.	für	12.2.1968 ✓
Fa. Max Wild & Co., Steyr, Blumauerg.13-15	440 Krt.	für	12.2.1968 ✓
Fa. A. Kienzl & Söhne, St.Pölten, Herzogenburgerstr.1	660 Krt.	für	9.2.1968 770
Fa. Josef Wolf, Krems, Wienerstr.4	165 Krt.	für	12.2.1968 ✓
Fa. F. Urban, Wien 21., Leopoldauerstr.108	385 Krt.	für	12.2.1968 ✓
Fa. Vauko, Neunkirchen, Lagergasse 5	330 Krt.	für	12.2.1968
Fa. Theod.Poppmeier, Graz-Puntigam, Hafnerstr.21	385 Krt.	für	12.2.1968 ✓

insgesamt 4.620 Karton

Wir ersuchen um Bestätigung des von Ihnen auszuführenden Auftrages und zeichnen

mit freundlichen Grüssen

Manner
SALZBURGER SÜSSWARENFABRIK K.G.

Raimund Geiger Födermach
330 Karton ✓

- 2 -

Gleichschriften bestätigt gem. § 25 (2) Geb. Ges. 1957
Wien, am 11. MRZ. 1968

Angezeigt am 11 MRZ 1968 ... verbucht
29451
Finanzamt für Gebühren u. Verkehrsteuern ...

V E R T R A G

abgeschlossen am unten angesetzten Tag über eine Liefer- und Bezugsvereinbarung zwischen dem Verband ländlicher Genossenschaften reg.Gen.m.b.H. Wien I, Seilergasse 6, als Lieferant einerseits und der K e l l y Ges.m.b.H. Wien III, Rudolf von Altplatz 2, als Bezieher andererseits, wie folgt : - - - - - - - - - - - - - - - - - - .

Erstens

Im Sinne der nachstehenden Punktation wird ab 1. 3. 1968 auf die Dauer von 1o (zehn) Jahren, das ist bis zum 28. 2. 1978, zwischen den Vertragsteilen vereinbart, daß der Lieferant ausschließlich und ohne jede Ausnahme mit Erzeugnissen aus seiner Kartoffelchips-Produktion sich zur ununterbrochenen Belieferung nur des Beziehers, der Kelly Ges.m.b.H., verpflichtet, demgegenüber die Kelly Ges.m.b.H. ihre eigene Kartoffelchips-Produktion einstellt und Kartoffelchips ausnahmslos und ausschließlich nur von der Produktionsstätte Hollabrunn des Verbandes ländlicher Genossenschaften bezieht. - - - - - - - - - - - - -

Der Verband ländlicher Genossenschaften räumt für Vertragsdauer der Kelly Ges.m.b.H. auch die Benützung der Marke " Knusper Chips " im Rahmen dieser Vereinbarung, auch in der Wortkombination " Kelly's Knusper Chips ", ein. - - - - - - - - - -

Der Lieferant wird auf die Mitglieder des Verbandes ländlicher Genossenschaften dahin einwirken, keine Kartoffelchips-Anlage zu errichten und auch eine solche Neugründung in keiner Weise zu unterstützen.

- 2 -

Der Bezieher verpflichtet sich, Bestellungen auf Kartoffelchips, die von den Mitgliedern des Lieferanten hereinkommen oder von solchen aufgenommen werden, auszuführen und über den Lieferanten diesen Abnehmern zu verrechnen. - - - - - - - - - - - - - - -

Der Locoverkauf ab dem Werk Hollabrunn und der Verkauf an die Kontrahenten (Kartoffellieferanten) ist dem Lieferanten namens der Firma Kelly Ges.m.b.H. nicht unter Kleinhandelseinstandspreisen gestattet. - - - -

Der Weiterverkauf an Wiederverkäufer ist nur mit Genehmigung des Beziehers zulässig. - - - - - - - - -

Exporte, die durch Iniativen des Lieferanten hereinkommen und über Bedarf und im Einverständnis mit dem Bezieher vom Lieferanten fakturiert werden, werden in der Weise verrechnet, daß der Mehrerlös über dem später beschriebenen Abnehmerpreis des Lieferanten je zur Hälfte zwischen den Vertragsteilen geteilt werde.

Die Vertragsteile haben im 7. Vertragsjahr, das ist vom 1. 3. 1974 bis zum 28. 2. 1975, über die Fortsetzung oder Nichtfortsetzung dieser Vereinbarung zu verhandeln. Kommt es zu keiner Einigung, so läuft dieser Vertrag, wie vorgesehen, am 28. 2. 1978 ab.

Festgehalten wird ausdrücklich, daß sich dieser Liefer- und Bezugsvertrag in allen seinen Punkten nicht nur auf Kartoffelchips, sondern auf alle Produkte bezieht, die auf der oder den Kartoffelchips-Maschine(n) Hollabrunn des Verbandes ländlicher Genossenschaften und aus dem Urprodukt Kartoffeln hergestellt werden können. -

Zweitens

Die Kelly Ges.m.b.H. holt die bestellte und fertiggestellte Ware selber in Hollabrunn ab. die Verladung erfolgt durch Dienstnehmer des Lieferanten, es

- 3 -

verstehen sich sohin die später genannten Preise verladen frei Hollabrunn. Ab diesem Zeitpunkt gilt die Ware seitens des Beziehers als ordnungsgemäß übernommen und geht daher das weitere Risiko darüber zu seinen Lasten.

Drittens

Die Kelly Ges.m.b.H. gibt alljährlich und zwar bis 31. 8. für das jeweilige nächste Vertragsjahr eine Rahmenbestellung für Kartoffelchipslieferungen, so für das erste Vertragsjahr von 35o to, auf. Der Abruf erfolgt wöchentlich in Teilmengen, die dem Werk Hollabrunn jeden Freitag bis 17 Uhr für die nächste Woche bekanntzugeben sind. Über Abruf der Kelly Ges.m.b.H. hat die Produktion von Kartoffelchips oder eines anderen auf der gleichen Maschine erzeugbaren Kartoffelerzeugnisses wenigstens zweimal wöchentlich zu erfolgen. - - - - - - - - - - - -

Viertens

Die Lieferung und Abnahme von Kartoffelchips und anderen auf der gleichen Maschine erzeugbaren Kartoffelprodukten erfolgt nicht zu einem fixen Endverkaufspreis, sondern zu einem Preis nach dem nachfolgenden Kalkulationsschema, das alljährlich im letzten Monat des jeweiligen Vertragsjahres für das folgende Vertragsjahr nach dem nachfolgenden Schema neu aufzustellen und durchzurechnen ist und für das ganze folgende Vertragsjahr die Verrechnungsgrundlage darstellt.

Dabei sind folgende Grundsätze gegeben :

Warenpreis

a) Zur Produktion der Kartoffelchips oder anderer Kartoffelerzeugnisse werden geeignete Kartoffeln, derzeit der Sorte Maritta, verwendet und für diese ein durchschnittlicher Stärkegehalt von 16,67 angenommen und fixiert. Für diese Kartoffel wird der jeweilige Stärkepreis als Berechnungsgrundlage des Basispreises herangezogen, derzeit S 3,--,

DIESER PREIS GILT FÜR FELDFALLENDE KARTOFFEL - DER PREIS FÜR SORTIERTE WARE IST HÖHER.

\- 4 -

sodaß sich folgender Kartoffelpreis ergibt :

16,67 % Stärke x derzeit S 3,--	S 5o,-- / 1oo kg Basispreis
+ 2o % für Bauernsortierung	" 1o,--
Bauernpreis frei Werk	S 6o,--
+ Lagerkostenzuschlag für Amortisation, Sortieren, Verlesen, Übernahme, Entnahme, Keimhemmung etc. fix	" 25,--
1o % Schwund von Bauernpreis und Lagerkostenzuschlag, abzüglich Amortisation und Keimhemmung	" 7,9o
3,5 % durchschnittliche Verzinsung für Bauernpreis	" 2,1o
Gewinnzuschlag	" 1o,--
	S 1o5,-- / 1oo kg

für die verarbeitungsfähige Kartoffel. - - - - - - - - - - - -

Dieser Kartoffelpreis gilt zunächst bis zu einer Änderung der Preis- und Lohnkosten als fix vereinbart und wird vom Abnehmer auch dann bezahlt, wenn die Anschaffungskosten des Lieferanten darunter liegen. - - - - - - - - - - -

Verändern sich Stärkepreis oder Lohnkosten, so ist das Einvernehmen herzustellen und nach den oben beschriebenen Grundsätzen für das Folgejahr der neue Kartoffelpreis zu fixieren, jedoch darf während der Vertragsdauer der Kartoffelpreis für Maritta nicht über das 2,5 fache des Kartoffelbasispreises, das sind S 125,-- pro 1oo kg, steigen.

Verlangt der Abnehmer die Verwendung einer anderen, für die Erzeugung der vertragsgegenständlichen Produkte geeigneten Kartoffelsorte, so ist ein Preisschema nach denselben Grundsätzen einvernehmlich oder schiedsgerichtlich festzusetzen. -

Sollten ab 1. 7. jedes Kalenderjahres keine geeigneten Lagerkartoffel für den Lieferanten aufzutreiben sein, so steht ihm das Recht zu, frische Kartoffel zu gleichen Preisen zu verwenden. -

TEUREN (?

\- 5 -

Sollte der Lieferant eine Änderung der Kartoffelsorte vornehmen wollen, so hat er diesbezüglich eine Vereinbarung mit dem Abnehmer zustandezubringen. - - - - - -

Die Maritta-Kartoffeln sind größensortiert von 35 bis 55 mm zu verwenden. - - - - - - - - - - - - - - - -

Der Verbrauch von verarbeitungsfähigen Rohkartoffeln darf den Erfahrungswert von 4,2 kg pro 1 kg fertiger Chips nicht übersteigen. Im ersten Vertragsjahr werden unabhängig vom effektiven Verbrauch 4,2 kg Rohkartoffel pro 1 kg Chips verrechnet. -

b) Fett und Salz sind nach dem Verbrauch und dem Einkaufspreis, der im Vorjahr bezahlt wurde, anzusetzen. Der Verbrauch von Fett darf 45 Gewichtsprozent des Fertigproduktes nicht übersteigen. Für das erste Vertragsjahr wird ein Verbrauch von S 3,9815 pro 1 kg Fertigprodukt für diese Posten angenommen. Sonstige Gewürze werden nach Anteil und kg-Preis verrechnet. -

c) Der Energieverbrauch (Öl) für Röstmaschinen, Strom für Backlinie und Förderstraße und die Abwasserkosten errechnen sich nach den effektiv gemessenen Eigenkosten und werden für das erste Vertragsjahr mit S 0,40 pro kg Fertigprodukt angenommen. - - - - - - - - - - - - - - - -

d) Das Verpackungsmaterial wird nach dem Bedarf angerechnet und zwar der Abschnittspreis plus maximal 8 % Schwund bzw. bei vorgefertigten Säckchen Säckchenpreis plus maximal 1 % Schwund, sowie Kartonpreis plus maximal 0,5 % Schwund plus der Kosten für Klebestreifen. - - - - - - - -

e) Die Löhne für 20 Arbeiter (15 Frauen und 5 Männer) sind nach dem jeweiligen Ist-Lohn plus 65 % Regiezuschlag zu berechnen, jedoch darf der Ist-Lohn nicht überdurchschnittlich hoch sein. Da die Kapazität der Anlage in Hollabrunn (einschichtig 850 to) weit über dem derzeitigen inländischen Verbrauch liegt, ist nur eine Teilausnützung der Anlage und auch der notwendigen Arbeitskräfte gegeben. Verwendet die Betriebsleitung Hollabrunn die vorhandenen 20 Arbeiter

WIESO?

WIE HOCH IST DIE TATSÄCHLICHE KAPAZITÄT

x auf welche Weise kann man bei so einer Verteilungsweise genaue Kosten ermitteln?

stundenweise für eine andere Sparte ihrer Produktion außerhalb der Erzeugung auf der Kartoffelchips-Maschine, so ist die anderweitig verwertete Arbeitskraft mit den effektiven Lohnkosten dem Verrechnungskonto der Kelly Ges.m.b.H. gutzubringen. Darüber sind im Lieferwerk Aufzeichnungen zu führen. - - - - - - - - - - - - -

Bei einer vorausgeschätzten Jahresabnahme von unter 45o to jährlich entfällt die im letzten Absatz beschriebene Verrechnungsart und wird dem Bezieher die Hälfte der Lohnkosten angerechnet, das sind im ersten Vertragsjahr S 461.o93,--. - - - - - - - - - - - - - - -

EINE RATIONALE KOSTENERMITTLUNG NICHT MÖGLICH?!

f) Als Kostenzuschuß für Erhaltung und Amortisation der unbeweglichen Betriebsanlagen, sowie Beheizung werden fix S 15o.ooo,-- jährlich berechnet. - - - - - - - -

g) Die Quote für die Amortisation der technischen und maschinellen Anlagen zur Erzeugung der vertragsgegenständlichen Produkte errechnet sich vom Buchwert der derzeit vorhandenen Anlagen in Hollabrunn am Vertragstage von S 4,915.ooo,--, davon werden die Werte der von der Kelly Ges.m.b.H. zur Verfügung gestellten Anlagegüter von S 7oo.ooo,-- laut gesonderter Rechnung abgezogen. Vom verbleibenden Wert in Höhe von S 4,215.ooo,-- werden 12,5 % jährlich auf die gesamte Vertragsdauer, daher für die bestehende Anlage mit 125 %, dies unter Berücksichtigung der Reparatur- und Wartungskosten mit 2,5 %, neben den Amortisationskosten von 1o % p.a. verrechnet.

h) Weiters ist überwälzbar die jeweilige gesetzliche Umsatzsteuer für die Ansätze der Punkte a bis g. - - -

Übersteigt die jährliche Lieferung, auf Grund dieses Vertrages, 85o to Chips, Sticks und etwaige andere Produkte, so erhöht sich die Amortisationsquote für die Chips-Maschine per Buchwert S 2,000.000,--, die die Kelly Ges.m.b.H. an den Verband ländlicher Genossenschaften zu zahlen hat, vom Jahr des Überschreitens der Abnahme von 85o to [illegible] Produkte an

- 7 - 6 -

um S 117,-- pro angefangener Tonne der Abnahme über 85o to.

Hält der Verband ländlicher Genossenschaften Anschaffungen auf dem Sektor der technischen und maschinellen Anlagen oder einen Austausch einer vorhandenen Anlage aus Rationalisierungsgründen für notwendig, so hat er dies der Kelly Ges.m.b.H. vorzuschlagen. Für den Fall der Zustimmung des Beziehers ist vom Fakturenwert der neuen Anlage ebenfalls eine Amortisationsquote von 12,5 % jährlich, inclusive der Wartungs- und Reparaturkosten für die restliche Laufzeit des Vertrages, zu verrechnen.

Verlangt die Kelly Ges.m.b.H. eine Investition von technischen und maschinellen Anlagen oder aus Rationalisierungsgründen die Anschaffung von Ersatzmaschinen, so verpflichtet sich der Verband ländlicher Genossenschaften zu einer solchen Anschaffung und sind diese Anlagen in gleicher Weise mit 12,5 % jährlich zu amortisieren. Bei Anschaffungen dieser Art steht dem Verband ländlicher Genossenschaften das Recht zu, von der Firma Kelly Ges. m.b.H. anläßlich der Auflösung dieses Vertrages die Übernahme der Neuanschaffungen, die auf Wunsch der Kelly Ges.m.b.H. erfolgten, von dieser gegen Zahlung des Buchwertes, der sich aus dem Vertrag ergibt, zu verlangen. -

Wird eine unbrauchbare Maschine - mit Ausnahme der von der Kelly Ges.m.b.H. zur Verfügung gestellten Chipsmaschine, die nur im Ausland verkauft werden darf - aus dem diesem Belieferungsvertrag gewidmeten technischen und maschinellen Maschinenpark ausgeschieden und vom Verband verkauft, so ist der nachgewiesene Erlösbetrag auf die Amortisationsquote laut Punkt g im Jahre des Verkaufes anzurechnen. Für die restliche Laufzeit des Vertrages entfällt die Zahlung von Wartungs- und Instandhaltungskosten von jährlich 2,5 %. - - - - - - - - - - - - - - - - - -

i) Für die in g festgestellten Kapitalinvestitionen werden dem Abnehmer alljährlich 5o % mit 6,5 % verzinst, das sind derzeit S 136.988,-- jährlich. - - - - - - - - - - - - - - -

- 8 -

Im Falle weiterer notwendiger Investitionen werden ebenfalls 50 % dieser Kapitalinvestitionen auf Vertragsdauer mit 6 1/2 % jährlich verzinst. -

j) Für diverse Unkosten des Lieferers werden alljährlich S 25.044,-- dem Abnehmer angerechnet. - - - - - - - - - - -

k) Alle Gewichtshinweise verstehen sich auf das Sollgewicht. Das Sollgewicht ist das vom Bezieher vorgeschriebene Mindestnettogewicht jedes Beutels. - - - - - - - - - - - - - - - - -

DAS SOLL-ÜBERGEWICHT ZAHLT DER VERBAND !

Nach diesen Grundsätzen ist jeweils für das folgende Jahr im Sinne des als Beilage 1 für das erste Vertragsjahr beigeschlossenen Kalkulationsbeispieles jeweils im letzten Monat des vorangegangenen Vertragsjahres der Soll-Gewichts-Preis für das folgende Vertragsjahr aus lit a bis lit j dieses Punktes zu kalkulieren und zu errechnen. Dieser Abgabepreis wird sodann für das folgende Vertragsjahr regelmäßig an die Kelly Ges.m.b.H. für die jeweils abgenommene Menge wöchentlich fakturiert, binnen 14 Tagen netto Kassa bezahlt und im ersten Monat des nachfolgenden Vertragsjahres das vorangegangene Jahr nachkalkuliert und aus den Ist- bzw. Höchstzahlen der Preis für das vorangegangene Jahr errechnet und Gutschrift oder Belastungsnota vom Verband ländlicher Genossenschaften der Kelly Ges.m.b.H. gegeben und prompt liquidiert. Mehrkosten außerhalb dieses Kalkulationsschemas bleiben bei der Preisermittlung unberücksichtigt. Treten jedoch während des Jahres erhebliche und unvermeidliche Preissteigerungen auf, so kann der Lieferant eine Korrektur des Abnahmepreises binnen 30 Tagen nach Anmeldung verlangen. - - - - - - - - - -

AUCH BEI HÖHEREN GEHALT??

Fünftens

Der Verband ländlicher Genossenschaften leistet Haftung und Gewähr für eine bestellungsgemäße Belieferung der Kelly Ges.m.b.H. - - - - - - - - - - - - - - - - - - -

Wird, aus welchem Grunde immer, vom Verband ländlicher Genossenschaften, Werk Hollabrunn, nicht bestellungs-

NUR DANN GERECHTFERTIGT –
NUR WENN NUR VERTR[illegible]

gemäß geliefert oder die Produktion wegen nicht prompt abstellbarer Qualitätsmängel begründet zurückgewiesen, so steht der Kelly Ges.m.b.H. das Recht zu, zu Preisen, wie sie dem diesem Vertrag zu Grunde liegenden Kalkulationsschema entsprechen, Deckungsimporte an Kartoffelchips von der Firma Flessner KG, Neu-Isenburg, Bundesrepublik Deutschland, oder preisgünstigst im Inland, durchzuführen und bezahlt der Verband ländlicher Genossenschaften die entstehenden Mehrkosten des Wareneinkaufes (Fracht, Zoll usw.) der Kelly Ges.m.b.H. gegenüber den nach dem Kalkulationsschema berechneten Abgabepreisen und entfällt für diese Zeit die Anrechenbarkeit von Kosten, laut Punkt Viertens lit e bis j des Kalkulationsschemas. - - - - -

Im Falle höherer Gewalt trifft der Schaden, der durch Mehrkosten entsteht, die Vertragsteile je zur Hälfte.

Wird Insolvenz von einer der beiden Vertragsfirmen angemeldet, oder der Geschäftsbetrieb eingestellt, so steht dem jeweiligen Vertragspartner des Insolventen das Recht zu, den Vertrag prompt für aufgelöst zu erklären und wird weiters dem Vertragspartner ein Vorkaufsrecht auf das Werk Hollabrunn bzw. alle Anlagen und Güter der Kelly Ges.m.b.H. eingeräumt. - - - - - - - - - - - - - - - - - -

Bei Verkaufs- oder Fusionierungsabsicht eines der beiden Vertragspartner ist primär mit dem anderen Vertragspartner darüber zu verhandeln, bevor Kontakte mit anderen Interessenten aufgenommen werden. - - - - -

Keiner der Vertragsteile wird sich an einem Konkurrenzunternehmen weder direkt noch indirekt beteiligen oder dies unterstützen. - - - - - - - - - - - - - - - - - - -

Sechstens

Zur Austragung von Streitigkeiten über Fragen der Qualität, der Produktionsempfehlungen und der Kalkulation laut Schema (Punkt Viertens) unterwerfen sich beide Teile einem 5-köpfigen Schiedsgericht, bestehend aus in- und ausländischen Kartoffelchipsproduzenten, mit dem Tagungsort

- 10 -

Wien. Von den Schiedsrichtern bestellt jede Partei einen durch schriftliche Bekanntgabe binnen 8 Tagen nach Aufforderung. Den Obmann des Schiedsgerichtes bestellen die beiden Schiedsrichter, für den Fall der Nichteinigung der jeweilige Obmann der zuständigen Fachgruppe des Fachverbandes der Nahrungs- und Genußmittelindustrie der Bundeskammer der gewerblichen Wirtschaft, oder der von diesem bestellte Fachmann. - - - - - - - - - - - -

Siebentens

Die jährliche Mindestabnahme an vertragsgegenständlichen Produkten wird mit 350 to bestimmt. Bei der Firma des Beziehers lagernde Verpackungsmaterialien jeder Art werden vom Lieferanten zu Einkaufspreisen übernommen, soweit sie zur Verpackung vertragsgegenständlicher Produkte verwendbar sind. - - - - - - - - - - - - - - - - - -

Achtens

Der Firma Kelly steht das Recht zu, nach vorgängiger Anmeldung mit 14-tägiger Frist Exkursionen im Werk Hollabrunn abzuhalten, soweit dadurch der Betrieb nicht gestört wird und dem Lieferer keine Kosten entstehen.

Neuntens

Beide Teile verzichten auf die Anfechtung dieses Vertrages wegen Verletzung über oder unter die Hälfte des wahren Wertes. - - - - - - - - - - - - - -

Ergänzungen des Vertrages bedürfen der Schriftform. - - - - - - - - - - - - - - - - - -

Die Nichtigkeit eines Vertragspunktes berührt die Gültigkeit der übrigen Vertragspunkte nicht. - - -

Die Kosten der Errichtung und Vergebührung dieses Vertrages tragen die Vertragsteile je zur Hälfte. - - -

Wien, am 23. Februar 1968.

Wien, am 7. März 1968

KELLY ...
WIEN ...
72 63 ... 75 22 95

11/1969 Neue Ordnung

AFFÄREN

G'schichten aus Niederösterreich

Die einseitige Ehe des Hollabrunner Kartoffelveredlungswerkes mit der Fa. Kelly

Wir beginnen mit einem Auszug aus einer Firmenzeitung: Kelly News.

So hat der Verband ländlicher Genossenschaften in Niederösterreich mit dem Sitz in Wien I., Seilergasse 6, in Hollabrunn ein hypermodernes Kartoffelveredelungswerk errichtet. Nach den fortschrittlichsten wissenschaftlichen und technischen Erkenntnissen werden dort Haltbarprodukte hergestellt; beispielsweise Potato Chips. Und fast zwangsläufig ergab sich die intensive Zusammenarbeit mit einer Vertriebsgesellschaft wie der Kelly Ges. m. b. H., die in der Lage ist, den gesamten österreichischen Markt zu betreuen. Man beschritt einen für Österreich neuen Weg: Erstmals gelang es hier, die Idee der Selbsthilfe im bäuerlichen Genossenschaftswesen mit den speziellen Interessen eines Privatunternehmens zu verbinden. Gemessen an den Nationen größten Lebensstandards, etwa den Vereinigten Staaten, liegt hierzulande auf dem Gebiet der Kartoffelveredelung noch eine zirka 100fache Steigerungsmöglichkeit!

Knabberlust im Steigen

Der Verbrauch an Potato Chips etwa, ist in Österreich bereits immens gestiegen. Kaufte jeder Österreicher 1965 nur 50 g Chips, so war der durchschnittliche Jahresverbrauch pro Kopf 1968 bereits 80 g. Die fleißigsten Knabberer sind die Wiener, Niederösterreicher und Burgenländer, die jährlich 130.7 g pro Kopf verzehren. Als weniger knabberfreudig erwiesen sich noch die Westösterreicher. Allenfalls aber hat der Chipsverbrauch in Ost-Österreich bereits die bundesdeutsche Pro-Kopf-Quote — jährlich 100 g — überflügelt. KELLY baute erst kürzlich den Vertrieb in den Bundesländern Steiermark, Kärnten, Tirol, Salzburg und Vorarlberg wesentlich aus. Es ist mit einem sprunghaften Konsumanstieg zu rechnen.

So sind der Verband ländlicher Genossenschaften in Niederösterreich und Kelly nicht nur einen für die Volkswirtschaft richtungweisenden Weg gegangen — man hat auch mit großem Einsatz ein neues Produkt in der breiten Öffentlichkeit bekanntgemacht: die veredelte Kartoffel. Ein Produkt für die Gesundheit. Für den verwöhnten Gaumen, gottlob friedlicher Tage.

Ungleiche Ehegatten

Die Fa. Kelly ist also mit der Ehe, die sie mit dem Verband ländlicher Genossenschaften für Niederösterreich eingegangen ist, sehr zufrieden. Doch kann man von einer glücklichen Ehe nicht erst dann sprechen, wenn beide Ehepartner glücklich sind?

War es wirklich notwendig, daß der Verband ländlicher Genossenschaften in Niederösterreich ausgerechnet österreichisches Vermögen an ein ausländisches Unternehmen verheiratete?

Denn wenn das Kelly-Blatt von großem Einsatz schreibt, wer hat hier wirklich etwas eingesetzt? Der Verband ländlicher Genossenschaften hat um ca. 50 Millionen Schilling, aus Eigenmitteln, aber auch aus öffentlichen Mitteln, sprich Subventionen, wie die Fa. Kelly selbst zugibt ein hypermodernes Kartoffelveredelungswerk errichtet und fragen jetzt, was bringt dem Verband ländlicher Genossenschaften in Niederösterreich diese Ehe?

Aus verläßlichen Quellen kann man hören, daß dort pro Tag S 20.000,— Verlust entstehen.

Das heißt, der Verband ländlicher Genossenschaften, die Dachorganisation der NÖ. Lagerhausgenossenschaften, die Niederösterreichischen Bauern, verlieren im Jahr ca. 5 Millionen Schilling, während ihr Ehepartner sich überaus glücklich fühlt.

Es ist sicher richtig, durch Veredelung von Kartoffeln, diese den Konsumenten näher zu bringen und es müßte durchaus möglich sein, dadurch auch die österr. Landwirtschaft durch einen höheren Anteil am Gesamtpreis, aus der unangenehmen Lage herauszuhelfen.

Nur wenn wir hören, daß die Fa. Kelly für ein Kilogramm Chips lose S 30,— und abgepackt S 45,— per kg bekommt und der österreichische Bauer für ein Kilogramm Kartoffeln 50 bis 55 Groschen, wenn uns weiter bekannt ist, daß man für 1 Kilogramm Chips 4 bis 5 kg Kartoffeln benötigt, dann kann uns niemand vorrechnen, daß hier auch der österreichische Kartoffelbauer, die österreichische Landwirtschaft, einen gerechten Anteil davon bekommt.

Dipl.-Ing. HANS STEINBÖCK, Direktor des Verbandes ländlicher Genossenschaften, und KR. HÖTZEL, Direktor des Werkes Hollabrunn. In der Mitte das Ehepaar RAST Herbert, Geschäftsführer der Firma KELLY

Wenn wir noch weiter bedenken, daß trotz riesigen Kapitaleinsatzes, die niederösterreichischen Bauern täglich S 20.000.— dazulegen müssen, dann kann hier nur mit Ausverkaufspreisen verkauft werden. Wenn man nun hört, daß auch österreichische Firmen um dieses Produkt Chips, ursprünglich mit dem wohlklingenden Namen „KNUSPER CHIPS" bemühten, wenn man sogar feststellen kann, was diese Firmen für dieses tatsächlich gute Produkt zu zahlen bereit waren, müssen uns doch sehr ernste Bedenken kommen. Es ist unrichtig, wenn die Kelly-Zeitung schreibt, erstmals gelang es hier, die Idee im bäuerlichen Genossenschaftswesen mit den speziellen Interessen eines Privatunternehmens zu verbinden.

Vom ersten Tag an war eine österreichische Firma, die Fa. Rajsigl in Salzburg, bereit, den Vertrieb der in Hollabrunn erzeugten Chips zu übernehmen. Der Firma Rajsigl wurde auch der Alleinvertrieb zugesagt, wohl nicht unter solch günstigen Bedingungen wie der Fa. Kelly, auch nicht mit einer Ausschließlichkeit wie die Firma Kelly. Die Fa. Rajsigl war nicht nur bereit, ungefähr den doppelten Betrag für 1 kg Chips, als jetzt die Fa. Kelly bezahlt, zu bezahlen, die Fa. Rajsigl fand es auch als selbstverständlich, daß der Verband ländlicher Genossenschaften durch sein 70jähriges Bestehen enorme Geschäftsverbindungen hatte und man unmöglich verlangen konnte, daß der Verband darauf verzichten sollte.

Fa. Rajsigl ohne Exklusivvertrag

Die Fa. Rajsigl wagte nicht, dem Verband ländl. Genossenschaften zuzumuten, nur Lohnerzeuger für eine andere Firma zu sein und auf das eigene Produkt im Handel zu verzichten.

Der Verband konnte daher nicht nur direkt an seine Genossenschaften, oder Genossenschaftsverbände verkaufen, sondern auch an seine bisherigen Firmen. „KNUSPER CHIPS" lagen gut im Rennen, die Umsätze der Firma Rajsigl verdoppelten sich von Monat zu Monat.

Bei der SPAR, einer der größten österreichischen Handelsketten waren „KNUSPER CHIPS" bereits im Ordersatz, die ADEG, die 2. große österreichische Handelskette war Kunde, bei den Konsumgenossenschaften hatte man fest Fuß gefaßt.

Einer der ersten österreichischen Chipserzeuger, die Fa. Ruhdorfer in Gröding bei Salzburg, stellte die eigene Erzeugung ein und bezog Chips aus dem Werk Hollabrunn.

Auch andere kleinere Chipserzeuger legten ihre Produktion still und kauften Knusper Chips.

6

11/1969

Doch nun geschah das Unvorstellbare, fast Ungeheuerliche. Auch die Fa. Kelly ohne Kontakt zum Verband ländlicher Genossenschaften, wäre doch die Firma mit Qualität der im Werk Pfaffstätten erzeugten Chips in Kürze am Ende gewesen.

Dies konnte auch den Verantwortlichen im Verband ländlicher Genossenschaften nicht verborgen geblieben sein. Noch während der Verhandlungen, wo es anfangs nach einer normalen Geschäftsverbindung, dann aber nach einem totalen Ausverkauf aussah, brach die Produktion im Werk Pfaffstätten zusammen, das heißt: Man konnte hier in diesem total überalterten, desolaten Betrieb kein Produkt mehr erzeugen, das sich mit der Qualität „KNUSPER CHIPS" hätte messen können.

Wenn auch die Fa. Kelly dem großen deutschen Bahlsenkonzern gehört, hätte es für Kellys Potato Chips nur mehr eine Kapitulation gegeben; auch wenn die Firma Kelly den großen Einsatz eines neuen Werkes gewagt hätte. Bis so ein Werk geplant und gebaut ist, vergehen nicht nur Monate, sogar Jahre.

Die Fa. Kelly mit ihren Potato Chips, Produktion Superwerk Pfaffstätten, hätte wahrscheinlich bereits nach einigen Wochen kapitulieren müssen. Doch die Fa. Kelly fand einen Verbündeten, Dir. Komm.-Rat Hans Hötzel.

Dieser Mann verstand es nicht nur, die unvermeidliche Niederlage der Fa. Kelly zu verhindern, nein er verstand es sogar, der Führung des Verbandes ländlicher Genossenschaften klarzumachen, daß die von ihm und der Firma Kelly erarbeitete Vereinbarung, eine ganz große Sache wären. Wir können dem Herrn Dir.Komm.-Rat Hötzel, hier nur beipflichten, das war nicht nur eine große Sache, das ist eine gigantische Sache. Es gab viele Stimmen gegen diesen Ausverkauf an die Fa. Kelly. Besonders die eigenen NÖ. Genossenschaften wollten auf ihr eigenes Produkt, „KNUSPER CHIPS", nicht verzichten. Doch aus Freunden wurden Feinde und aus einem Feind — ein Freund.

Man hat auf alle Firmen, dürfen wir vielleicht nochmals erwähnen, es waren nur österreichische Firmen, verzichtet, um einer ausländischen Firma, oder es genauer zu sagen, um einer hundertprozentig in ausländischem Besitz sich befindlichen Firma ein Produkt verschachert, wo für das hypermoderne Werk Bauerngelder und österreichische Steuergelder aufgewendet wurden.

Man könnte es noch verstehen, wenn es keinen anderen Weg gegeben hätte und dieser Weg zum Erfolg geführt hätte.

Wenn der Verband ländlicher Genossenschaften, durch die Zusammenarbeit mit einem ausländischen Konzern, für die investierten 50 Millionen Schilling pro Jahr 5 bis 10 Millionen Schilling Gewinn einstecken kann, was ja dann wieder unseren Bauern und unserer schwer um ihre Existenz ringenden Landwirtschaft zugute käme, könnte man nur sagen, ein guter — ein vernünftiger Weg. Wenn aber dieser Vertrag mit der Fa. Kelly, eine ganze Reihe österreichische Firmen, die eigenen Genossenschaften, buchstäblich vor den Kopf gestoßen hat und noch dazu Millionen-Verluste bringt, müßte man eigentlich nach der Kontrolle rufen.

Eine entscheidende Frage wäre noch, wer hat diese Vereinbarung mit der Fa. Kelly überhaupt abgeschlossen? Der Verband ländlicher Genossenschaften wurde zu diesem Zeitpunkt bereits von einem Direktoren-Kollegium von 5 leitenden Direktoren geführt.

Dir. Komm.-Rat Hötzel gehört diesem Kollegium nicht an, konnte er also allein so einen schwerwiegenden Vertrag verantworten? Wir haben hier zufällig ein Bild, das einen dieser 5 leitenden Direktoren, Direktor Dipl.-Ing. Prok. Hans Steinböck in Gesellschaft mit Herrn Dir. Rast von der Fa. Kelly und mit Herrn Direktor Hötzel zeigt.

Das Bild stammt vom Jänner 1969, zu einem Zeitpunkt wo Herr Dir. Steinböck, seines Zeichens Direktor der Buchhaltung und Personalchef des Verbandes ländl. Genossenschaften, die Tragik des Kelly-Vertrages bereits hätte sehen müssen. Die Herrschaften machen nicht den Eindruck, daß sie um die Millionen, die der Verband ländl. Genossenschaften verliert, weinen.

Direktor Steinböck ist der Sohn des ehemaligen Landeshauptmannes von Niederösterreich, Obmann des Verbandes ländlicher Genossenschaften usw.

Das hier sichtbare gute Einvernehmen, Dir. Hötzels und Dir. Steinböcks sind übrigens auch beide Geschäftsführer der dem Verband ländl. Genossenschaften gehörenden Ybbstaler Obstverwertungsgesellschaft, läßt eine interne Bereinigung dieser Angelegenheit, denn die müßte ja eigentlich von der Buchhaltung des Verbandes ausgehen, nicht erwarten.

Während die Genossenschafter, die Bauern Österreichs, im härtesten Existenzkampf stehen, sind diese Herrschaften anscheinend schon Gesellschafter geworden.

Oder wurde das gute Einvernehmen mit Herrn Direktor Steinböck nur deshalb hergestellt, um die total unbrauchbare Anlage der Firma Kelly in Pfaffstätten mit traumhaften Beträgen zu übernehmen.

Die Höhe der übernommenen alten, fast nur mehr Schrottwert besitzenden Anlagen spielten ja angeblich keine Rolle, da ja diese Beträge als Abschreibpost wieder von der Fa. Kelly zu bezahlen sind. Es spielt aber wohl dann eine Rolle, wenn die Firma Kelly für ein Kilogramm Chips statt S 8,— etwa S 14,— zu bezahlen hat.

Wir würden den übrigen 4 geschäftsführenden Direktoren des Verbandes ländlicher Genossenschaften, sowie dem Herrn Obmann, seinen Stellvertretern, den Mitgliedern des Vorstandes und des Aufsichtsrates dringend empfehlen, hier nach dem Rechten zu sehen.

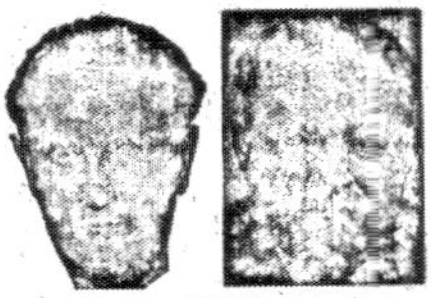

UNERBITTLICHE GEGNER sind die ehemaligen Parteifreunde BRODA und CLAH. Unentwegt sucht der ehemalige Justizminister sein Wiederkommen zu forcieren. In der Justiz spürt man noch seine Hand, besonders bei politischen Prozessen.

Marschallstab im Tornister

Vizepräsident des Rechnungshofes ist bekanntlich Dr. Dkfm. Josef Marschall. Der „Marschallstab im Tornister" dieses Mannes ist aber die Tatsache, daß er sich Urphilister und jetziger Philistersenior der CV-Verbindung „Danubia" nennen kann. Höchst aufklärungsbedürftig erscheint uns Marschalls Rolle bei der Aufdeckung des „Newag-Skandals". Marschall war der Hauptprüfer des Rechnungshofes bei den niederösterreichischen Landesgesellschaften, er deckte auch — drei Jahre nach dem Tode Generaldirektor Dr. Fritz Skacels — die zahlreichen Unregelmäßigkeiten bei der NEWAG auf. Zu Lebzeiten seines Bundesbruders Skacel waren sie ihm eigenartigerweise entgangen. Es ist wahrscheinlich auch nur ein Zufall, daß — laut gerichtlich beeideten Buchsachverständigem Dr. Wilhelm Nebechleb die NEWAG am 14. Juni 1961 (in der Skacel-Ära) an die Typographische Anstalt S 70.000,— für die K. a. V. Danubia überwiesen hatte ... Sind noch weitere Zufälle gefällig? Bitte: Laut Grundbuch KG. Innere Stadt EZ. 901 ist auf dem Haus Wien I, Rathausstraße 13, KN. 901 für die Kath. akadem. Verbindung „Danubia" ein Eigentumsrecht von 10 Prozent einverleibt ...

In der Studentenzeitschrift „Blau-Weiß Gold-Mitteilungen", Zeitschrift der kath. akadem. Verbindung „Danubia" im ÖCV, Nr. 3, Jänner-Februar 1962, wird als Träger des Bandes „Danubias Dank" Dr. Friedrich Skacel „Vulgo Mond" angeführt. Auch die Begründung der Bandverleihung wird offen verraten: Finanzierung des Budenausbaues. Skacel hatte also nicht nur einen 10prozentigen Hausanteil gekauft, die Bude ausbauen lassen und die Zeitung finanziert, die seinen Ruhm verbreiten half.

Das alles deckte aber Rechnungshof-Vizepräsident Dr. Marschall nicht auf.

12/1969

AFFÄREN

Niederösterreich – wohin gehst du?

In unserer Novembernummer 11 haben wir „G'schichten aus Niederösterreich" gebracht. Die Reaktion aus dem Publikum war über Erwarten groß, Neuabonnements und weitere Informationen schneiten auf den Tisch der Redaktion.

Der Verband ländl. Genossenschaften für Niederösterreich mit Sitz in Wien I., Seilergasse 6, als Dachorganisation der 66 NÖ. Lagerhausgenossenschaften, begann 1965 in Stockerau, der damaligen Hochburg genoss. Speisekartoffelgeschäftes mit Planung und Bau einer Pommes-Frites-Fabrik.

Die Idee zu dieser Anlage soll vom Geschäftsführer der Lagerhausgenossenschaft Stockerau, Dipl.-Ing. Franz Josef Kaiser, ausgegangen sein. Dieser verfügte nicht nur

HEERESBOSS PRADER steht als ÖVP-Landesobmann ständig unter Beschuß

über theoretisches Wissen, sondern auch über eine Portion Praxis.

Der Gen.-Dir. des Verbandes ländl. Genossenschaften, Min. a. D. Dr. Ing. Strobl, war von dieser Idee begeistert und eine Delegation, der auch Kaiser angehörte, besichtigte einige Anlagen dieser Art in Westeuropa.

Kurze Zeit später aber setzte der alternde Min. Dr. Strobl dem agilen Kaiser seinen Schulkollegen, Dipl.-Ing. Ruhs, Konsulent für Maschinenbau und Kältetechnik, als Architekt vor die Nase. Dem Fachmann und Praktiker Dipl.-Ing. Kaiser schwebte eine moderne, zweckmäßige Anlage zum Kostenpunkt von 10 bis 12 Millionen Schilling vor. Wußte doch Kaiser aus der Praxis, daß auch im gen. Betrieb die investierten Beträge verzinst und verkraftet werden müssen. Jede Million mehr verbaut, belastet nicht nur das erzeugte Produkt, sondern indirekt auch die Bauern selbst, die für ihre Kartoffel kostendeckende Preise erhoffen. Doch Ing. Ruhs sah hier etwas anders. Der Traum von der Pommes-Frites-Straße in Stockerau war ausgeträumt. Ing. Kaiser fiel in Ungnade und ging knapp an einer Entlassung vorbei, da er billig und zweckmäßig bauen und das Werk einrichten wollte.

Unter fadenscheinigen Gründen stellte man den Bau in Stockerau ein und plante und baute — schon etwas unter Zeitdruck — in der Heimat des Obmannes des Verb. ländl. Genossenschaften, Ök.-Rat und Landeskammerrat Holzschuh, in Hollabrunn.

Dort fand Ing. Ruhs nicht nur keinen Widerstand mit seinen Mammutplänen, er fand auch einen ihn noch um Einiges übertreffenden Partner. Da der Kartoffellagerungsspezialist Ing. Kaiser schon ausgebootet war, betraute man Dir. Reiner vom Verb. ländl. Genossenschaften mit der Planung und dem Bau eines Kartoffellagers. Reiner, so behaupten böse Zungen, habe den Lagerhäusern seine patentierten Drehringverteiler für Getreidesilos aufgezwungen. Ein 11 Meter hoher Kartoffelsilo wurde zur „Krönung" der 50jährigen Tätigkeit Reiners. — Für dieses Unikum aus Stahl und Beton war man bereit, 20 Millionen Schilling auszugeben. Dabei wurden natürlich wieder einige besonders gelungene Konstruktionen in diesem Silo patentiert was aber nichts daran ändert, daß die Anlage vollkommen unbrauchbar ist.

Hollabrunn ist um 20 km weiter vom Verkehrs- und Verbrauchszentrum Wien entfernt als Stockerau. Die Anlage in Hollabrunn kostete ein Mehrfaches des von Dipl.-Ing. Kaiser dort geplanten Werkes. Der erste Betriebsleiter in Hollabrunn, Dr. Hetzendorfer, konnte wohl in der Produktionshalle noch das Ärgste verhindern, dem Schildbürgerstreich Silobau mußte er tatenlos zusehen. Trotz Klimaanlage und großer Worte, der Silo um 20 Millionen Schilling blieb eine Fehlplanung. Hetzendorfer durfte unter Lebensgefahr dann die Kartoffel mit Brecheisen aus diesem Meisterwerk herausholen. Strobl hörte auch, wie bei Kaiser, auf Hetzendorfer nicht. Reiner bastelte noch lange und für teures Geld erfolglos am Silo herum.

Dr. Hetzendorfer, dem man Wohnung und Stellung versprochen hatte, verließ seinen Posten, nicht etwa, weil er, wie Min. Strobl behauptete, nichts verstand, sondern weil Nichtfachleute stets mehr zu reden hatten, als die Fachleute, die sich auch einzusetzen bereit waren. Vielleicht suchte man übrigens gar keine Fachleute . . . Nach Hetzendorfer kam nun endlich der Mann, der den Betrieb Hollabrunn zum Mühlstein des Verbandes für ein Jahrzehnt machte. Dir. Komm.-Rat Hans Hötzel, Geschäftsführer des dem Verband ländl. Genossenschaften gehörenden Obstverwertungsbetriebes Kröllendorf — wie man sieht ein ausgesprochener Kartoffel-Nichtfachmann — machte sich die Sache in Hollabrunn von Anfang an leicht. Wie ein Rennfahrer kommt er, stets auf seine Fahrzeit bedacht, „schon wieder um eine Minute unterboten", im Werk an. Auf konkrete Fragen des Betriebsleiters Strobl gibt es Ausflüchte, Schlagworte. Stets sollten Erfahrungswerte gesammelt werden, Rationalisierung, Kooperation, Koordination waren die Schlagworte. Außer etwas Parfumduft blieb nicht viel Brauchbares im Werk zurück. Stets hat er keine Zeit, alles wird immer auf das nächste Mal verschoben.

Doch bald mußte man feststellen, daß Hötzel doch Unternehmungsgeist hatte. Er wurde der Vater der „G'schichten aus Niederösterreich" (Neue Ordnung Nr. 11/69). Er brachte das patriotische Geschäft zustande, an einer rein nichtösterreichischen Firma die Erzeugnisse des Werkes Hollabrunn zum Schaden der zuliefernden Bauern und inländischer Unternehmen zu verschleudern. Rajsigl Salzburg u. a. sind Zeugen dafür — wir kennen sie alle. Gewiß muß es Hötzel schwer gefallen sein, sich mit einem international anerkannten Lebensmittelfachmann wie Dr. Kappel zu versehen. Das kann aber noch nicht dazu führen, daß man Monopol-Preise einem Abnehmer, der Fa. Kelly, zubilligt, die für das Erzeugerwerk ruinös sind. Auch die Fa. Riemer in Pulkau kann ein Lied von den Geschäftspraktiken Hötzels singen.

Die Verträge, welche Hötzel abschloß, hinderten das Hollabrunner Werk an der freien Entfaltung am Markt, retteten die Fa. Kelly in Österreich, deren Pfaffstättner Werk am Zusammenbruch war. Und schließlich führt dieser Vertrag dazu, daß das Hollabrunner Werk des Verbandes ländl. Genossenschaften jährlich 5 (fünf) Millionen Schilling-Verlust erleidet, Bauerngelder verwirtschaftet.

Auch die mit den Bauern kontrahierten Kartoffel des Gebietes Hollabrunn werden oft unter fadenscheinigen Begründungen nicht übernommen. Wie ein Hohn klingt es, daß die Hollabrunner Bauern froh sind, ihre Kartoffel der privaten Fa. Riemer verkaufen zu können, die eine richtige Einlagerungsaktion steuert. Das Hollabrunner Werk bringt das nicht zusammen. Im Herbst 1968 mußten Hollabrunner Bauern im Einzugsgebiet des Werkes, ihres Werkes, Kartoffel um 50 Groschen per kg verschleudern, während durch das Werk dann im Frühjahr ausländische Ware um S 2,— per kg eingeführt werden mußte. Lauter Meisterstücke.

Finden es im übrigen die Herren der Verbandsbuchhaltung, allen voran Dir. Prok. Dipl.-Ing. Steinböck, in echt kuenringischer NÖ. Manier, Sohn des ehemaligen Landeshauptmannes, merkwürdig was hier vorgeht? Oder wird vielleicht der etwas gar niedrig aussehende Betrag von S 8,— per kg Chips für die der Buchhaltung nicht so vertrauten Funktionäre etwas rosig auffrisiert?

DIPL.-ING. HÖLZL und KELLY RAST — umstrittene Partner

6

Alles, was wir schon in unserer letzten Nummer und heute — wir werden noch weiter berichten — aufgezeigt haben, geht nicht nur die Bauernschaft allein an. Diese muß natürlich sehen, wie sie selbst ihre eigene schmutzige Wäsche reinigt. Aber die gesamte Öffentlichkeit hat ein Recht daran zu wissen, wie und wo Millionen vergeudet werden.

Wenn Funktionäre, wie der 70jährige Obmann des Verbandes, Ök.-Rat Holzschuh die Übersicht verloren hat, sich nicht mehr durchsetzen kann, dann muß er neuen Kräften Platz machen. Die Genossenschaften müssen für die Bauern, aber auch für die Allgemeinheit wieder in Ordnung kommen.

ORF auf falscher Welle

„Nachrichten aus der christlichen Welt" tönt es jeden Samstag pünktlich um 8.05 Uhr auf Ö 1, dem anspruchsvollen ersten Programm des Hörfunks von ORF. Wer nun, fragt man sich, stellt diese Nachrichten wohl zusammen? Wer ist für die Auswahl, die Tendenz in dieser Auswahl verantwortlich?

Samstag, den 22. November hörte man: Der Papst empfing einige Gouverneure von Teilstaaten der USA, denen er in seiner Ansprache erklärte, er sei für Selbstbestimmungsrecht für das Volk in Vietnam. Er anerkenne allerdings die Ideale jener US-Bürger, die in Vietnam ihr Leben ließen.

Nach diesem Kurzbericht geht es ausführlich weiter:

Rhodesien. Die fünf kath. Bischöfe dieses Landes wenden sich mit allem Nachdruck gegen die soeben publizierte Verfassung (Neue Ordnung v. November 69, Nr. 11). Die kath. Kirche könne nur einer Verfassung zustimmen, in welcher alle Bewohner von Rhodesian gleichgestellt sind. Versteckt also eigentlich ein Aufruf zur Revolution gegen die jetzige, verfassungsmäßige, von immerhin der weißen Bevölkerung frei gebilligten Ordnung.

Brasilien. Mit Empörung wendet sich der Dominikanerorden gegen die Verhaftung von Mitgliedern des Ordens, die Kirche gegen die Verhaftung von mehreren Priestern, die bei Demonstrationen gegen die derzeitige Regierung aktiv mitwirkten und bei solchen Demonstrationen festgenommen wurden. Eine Nonne solle angeblich im Gefängnis gefoltert werden. Letzteres gewiß ein anzuprangerndes Faktum. Ist aber aktive Teilnahme am Widerstand gegen das Staatsregime Sache von Klerikern?

Portugal. Die portugiesische Bischofskonferenz wendet sich dezidiert gegen das derzeitige verfassungsmäßige Regime in ihrem Land und stellt kategorisch diverse, mit der Verfassung wohl keineswegs zu vereinbarende Wünsche an den Staat.

Lauter Länder also, in denen die christliche Religion frei, ohne Verfolgung und ohne Massaker ihre Lehre verkünden, ihren Gottesdienst feiern kann.

Kein Wort aber über die stete, unveränderte Lage der geknebelten Kirche des Schweigens im volksdemokratischen Raum.

HELMUTH ZILK'S Flimmerkiste hat oft, allzuoft einen rosa Schleier

Auch sagt der Berichterstatter nichts, was etwa passieren würde, wenn in Hanoi, Prag, Wilna oder sonstwo der Klerus sich an regimefeindlichen Kundgebungen aktiv beteiligen würde, der Episkopat zum Verfassungsbruch aufrufen würde. Von „Verfassungen", für die nicht einmal eine einzelne Gruppe im Land, wie die Weißen Rhodesiens, frei stimmen oder dagegen sein konnte.

Was vor allem aber in dieser Berichterstattung, Auswahl von Nachrichten, auffällt, ist die Einseitigkeit besonders auch in der Formulierung jeder einzelnen Meldung. Erfolgt sie freiwillig oder auf Grund höherer Weisung?

FELIX KREUZNER

IMMER WIEDER begegnen wir dem Wunschtraum der Linksintellektuellen

ÖSTERREICH

Das sozialistische Fragezeichen

Mit dem Wahltag vom 1. März 1970 steht Österreich vor einer Schicksalsfrage. Eine aufmerksame Überprüfung aller Wahlzahlen seit 1945 läßt ein Kopf-an-Kopf-Rennen der beiden großen Parteien, der ÖVP und der SPÖ, erwarten, wobei ein Überhang von 1 bis 2 Mandaten für eine der beiden Parteien als möglich angenommen werden muß. Zweimal stand die Entscheidung bei Nationalratswahlen bereits auf des Messers Schneide: die Wahlarithmetik hat in diesen Fällen die SPÖ, trotzdem sie stimmenstärkste Partei geworden war, als Parlamentsfraktion auf den zweiten Platz verwiesen. Die Erfahrung lehrt, daß FPÖ-Erfolge wesentlich auf Kosten der ÖVP erreicht werden. Daraus ergibt sich, daß es am 1. März 1970 weitgehend davon abhängen wird, ob der Wähler wohlüberlegt seiner Stimme das richtige Gewicht gibt, ohne Sentiment und ohne Ressentiment zur Urne geht, und sich unter Umständen aus prinzipiellen Gründen für die eine oder andere Partei entscheidet, dabei möglicherweise auch in Kauf nimmt, das eine oder andere eigene Interesse oder vorgefaßte Meinungen zurückstellen zu müssen. Die Vorbehalte gegenüber der ÖVP und auch der FPÖ haben wir auf diesen Seiten mehrmals formuliert. Wir wollen uns heute mit der Frage auseinandersetzen, ob ein sozialistischer Wahlsieg für Österreich gefährlich wäre oder nicht.

Die Frage muß nüchtern und ohne Leidenschaftlichkeit untersucht werden. Bislang hat die Primitivpropaganda mit der „Roten Katze" die politische Atmosphäre bestimmt. Die Beurteilung der SPÖ muß vor allem vor dem historischen Hintergrund gesehen werden. Das Streben dieser Partei nach dem primären Einfluß im Staate, das sie mit jeder politischen Partei gemeinsam hat, ist schon deshalb legitim, weil sie es war, die durch einen jahrzehntelangen Kampf als Arbeiterpartei die Arbeitnehmer zur politischen Gleichberechtigung und zur wirtschaftlichen und sozialen Emanzipation geführt hat. Und weil sie heute noch, wie Betriebsratswahlen und Arbeiterkammerwahlen zeigen, sich darauf berufen darf, die Mehrheit der Arbeitnehmer hinter sich zu haben. Das Problem, inwieweit sie damit die Arbeitnehmer zu echter politischer Reife erzogen hat, bleibe hier außer Betracht. Daß die SPÖ auf diesem Sektor schon in der ersten, erst recht aber in der zweiten Republik schwerer Versäumnisse sich schuldig gemacht hat, erweisen die Zahlen jener Arbeitnehmer, die sich von den Arbeiterkammerwahlen und auch bei vielen Betriebsratswahlen abstentieren. Das ändert aber nichts an der Beweiskraft des vorliegenden Zahlenmaterials.

Ihre Legitimität wird weiter unterstrichen durch ihre Mitwirkung am Aufbau der ersten Republik, in deren Geburtsstunde und in ihren ersten Lebensjahren. Es wird gemeinhin unter den tagespolitischen Scheuklappen übersehen, daß es der Sozialdemokratie in den ersten Jahren der

Stellungnahme zu dem Artikel "G'schichten aus Niederösterreich", erschienen in der Monatszeitschrift "Neue Ordnung" Nr.11 vom November 1969.

Dieser Stellungnahme seien folgende Erklärungen zu den persönlichen Angriffen auf Direktor Dipl.Ing. S t e i n b ö c k und Dir. Komm.Rat H ö t z e l vorangestellt :

1. Direktor Dipl.Ing. S t e i n b ö c k war an den Vertragsverhandlungen zwischen dem Werk Hollabrunn, der Firma KELLY, Rajsigl oder anderen, n i c h t beteiligt.

2. Weder Direktor Dipl.Ing. S t e i n b ö c k noch Dir. Komm.Rat H ö t z e l sind "Gesellschafter" der Fa.KELLY oder eines anderen Bahlsenbetriebes gewesen oder geworden. Diese Unterstellungen (des "Informanten" oder Verfassers) können nur als eine gezielte persönliche Diffamierung aufgefaßt werden.

Kartoffelpreis

Und nun zu den Vorwürfen des Artikels, die einen "sachlichen" Anstrich haben:

1. Unter anderem heißt es"... bekommt der österr.Bauer für ein Kilogramm Kartoffeln 5o bis 55 Groschen ...." Hiezu sei festgestellt, daß das Kartoffelwerk Hollabrunn für die Kartoffeln zur Chipsherstellung - es handelt sich vorwiegend um die Sorte "Maritta" - im abgelaufenen Geschäftsjahr einen Durchschnittspreis von 72 Groschen per Kilogramm bezahlt hat. Außerdem übersieht der Verfasser in seiner "Kalkulation", daß die Differenz zwischen Rohstoffkosten und dem Verkaufspreis noch lange nicht den "Gewinn" darstellt. Hiezu kommen noch andere Kosten, wie Herstell-, Fix- und Vertriebskosten, die Bestandteile einer Kalkulation sind. Bei der Chipsproduktion z.B. lagen allein die Kosten für den Fettverbrauch zwischen 4.5o S und 5.-- bzw. für das Verpackungsmaterial von S 6.7o je Kilogramm Fertigprodukt.

- 2 -

Fa. Rajsigl

4. In dem Artikel wird die Firma RAJSIGL, Salzburg, besonders hervorgehoben und unter anderem behauptet:
   a) "Sie wäre eine rein österreichische Firma." Die Besitzverhältnisse sind uns nicht bekannt, aber die Verbindung dieser Firma mit dem deutschen Großbetrieb "WOLF/BERGSTRASSE" - Hersteller von Kleingebäck wie "Goldfischli" etc. - ist augenscheinlich und wird sogar in der Werbung betont.
   b) "Die Firma Rajsigl war bereit, den ungefähr doppelten Betrag für 1 kg Chips zu bezahlen, den die Fa.Kelly bezahlt". Die Zahlen der Betriebsbuchhaltung in Hollabrunn zeigen ein anderes Bild: Durchschnittserlös für 1 kg abgepackte Chips

      bei der Fa. Rajsigl .... ca. S 19.35
      bei der Fa. Kelly .... ca. S 19.98;

      hiezu kommt noch, daß bei der Fa. Rajsigl das gesamte Vertriebsrisiko, ein Teil des Transportrisikos und der Werbeaufwand sowie die Kosten des Frischdienstes zu Lasten des Verbandes gegangen wären (nach dem Lebensmittelgesetz besteht Rücknahmeverpflichtung für Waren, deren Verfallsdatum überschritten ist; siehe Vertragsentwurf Rajsigl, Pkt. 5, 6, 8, 9 und 1o). Von der Fa.Kelly wird die Ware, entsprechend dem aufrechten Vertrag, ab Werk übernommen. Der Verband trägt lediglich einen Teil des Produktionsrisikos, nämlich, soweit es die Quantität und Qualität der Kartoffeln und die Funktion der technischen Anlagen betrifft.

      Zahlung

      Überdies ist hier noch zu bemerken, daß die Fa.Kelly bar und prompt bezahlt, die Fa.Rajsigl hingegen mit escomptfähigen Wechseln zahlen wollte, wobei der Verband mehr als 5o % der Zinsen tragen sollte (siehe Vertragsentwurf Rajsigl, Pkt.11). Nicht nur das, die Fa.Rajsigl forderte noch zusätzlich eine Gewinngarantie von 2 % des Umsatzes (lt.Pkt.4 ihres Entwurfes).

- 4 -

Marke Knusper-Chips

Der Artikelschreiber irrt, wenn er meint, Rajsigl hatte die Absicht, die Chips nur unter der Marke "Knusper-Chips" zu verkaufen. Im Pkt. 14 des wiederholt zitierten Vertragsentwurfes bedingt sich die Fa.Rajsigl ausdrücklich das Recht aus, Hollabrunner Chips auch unter einem anderen Namen zu verkaufen (Mirabell).

Fa. Ruhdorfer

7. Der Hinweis, wonach die Fa.Ruhdorfer in Salzburg-Grödig die eigene Erzeugung stillegte und die Chips aus Hollabrunn (allerdings unter eigener Marke) vertrieb, ist nicht vollständig; inzwischen hat die erwähnte Firma auch den Vertrieb eingestellt, weil dieser Artikel für sie, in Anbetracht des aufwendigen Vertriebssystems und der zu erzielenden Spanne, nicht lukrativ genug erschien. Selbst die Fa.Rajsigl hat mittlerweile aus ähnlichen Gründen den Vertrieb eingestellt, d.h. der Firma Kelly überlassen.

   Von anderen noch kleineren Chipserzeugern in diesem Zusammenhang zu sprechen erscheint absurd, da diese Betriebe, wenn sie nicht nur in der Phantasie des Artikelverfassers existieren, weder der Branche noch dem Verband bekannt waren, es sei denn, sogenannte "Küchenbetriebe mit Handarbeit" sollen einbezogen werden.

   Überdies ist noch festzuhalten, daß mit Spar, Adeg und den Konsumgenossenschaften keine festen Liefervereinbarungen bestanden.

Fa.Kelly-Vertrag

8. Nun zu den Überlegungen des Artikels über die Fa.Kelly, die dicht vor dem "Zusammenbruch" und der "Kapitulation" gestanden wäre und durch den Vertrag mit dem Verband aus ihrem Dilemma befreit wurde: Die Fa.Rajsigl hatte ein halbes Jahr Zeit, diese "Kapitulation" herbeizuführen. In diesem Zusammenhang ist es bezeichnend, daß die Fa.Rajsigl immer wieder auf die Bedeutung der Fa.Kelly auf dem Chipssektor hingewiesen hat und deshalb in ihrem Vertragsentwurf die Vertriebskalkulation auf die

- 5

Konkurrenz mit der Fa.Kelly abgestimmt hat.
Die Kapitulation der Fa.Kelly blieb aus; im Gegenteil, sie wehrte sich kräftig und hätte innerhalb Jahresfrist ein neues, modernes Werk im Raum Wien errichtet, wenn der Vertrag mit dem Verband nicht zustande gekommen wäre; das Grundstück war bereits gesichert und die Pläne baureif. In diesem Falle wären die Folgen eines unvermeidlichen Konkurrenzkampfes zwischen zwei kapitalstarken Großbetrieben mit einer Überkapazität um einen so kleinen Markt, wie Österreich ist, leicht abzuschätzen, vor allem dann, wenn der eine Konkurrent mit einer bereits bekannten Marke eine marktbeherrschende Position innehat und der andere - in diesem Fall der Verband - zumindest zu diesem Zeitpunkt, weder über eine ausreichende Produktionserfahrung noch über die komplizierte Vertriebsorganisation, wie sie der Fahrverkauf mit Frischdienstkontrolle für ein beschränkt haltbares Produkt erfordert, und große Werbemittel, verfügt.

Selbstverständlich versuchte der Verband vorerst über vertriebsorientierte Firmen (Rajsigl, Ruhdorfer etc.) einen der Kapazität und Bedeutung des Werkes Hollabrunn entsprechenden Marktanteil zu gewinnen. Der Erfolg dieser Firmen war sehr bescheiden, er entsprach in einem halben Jahr knapp dem schwächsten Monatsumsatz der Fa.Kelly.

Diesen Punkt zusammenfassend und abschließend seien nochmals die wesentlichen Gründe, die den Abschluß eines Vertrages mit Kelly rechtfertigen, angeführt und ein weiterer, triftiger Grund beigefügt:

a) die oben angeführten produktions- und markttechnischen Überlegungen in bezug auf Überkapazität und den sich abzeichnenden Konkurrenz- und Preiskampf,

b) die schlechten Erfahrungen mit anderen Vertriebsfirmen und eigenen Vertriebsversuchen,

c) das Fehlen einer eigenen, spezialisierten Vertriebsorganisation und nicht zuletzt die Notwendigkeit, möglichst rasch dem agrarpolitischen und strukturellen Grundkonzept des Verbandes - das ja zur Errichtung des Werkes in Hollabrunn führte - Rechnung zu tragen. Das heißt, den ständig sinkenden Verbrauch an Speisekartoffeln durch die "Veredelung" nicht nur aufzufangen, sondern wieder zu steigern und bei möglichst stabilen Preisen zu sichern.

9. Der so heftig kritisierte und als "Ausverkauf" bezeichnete Vertrag mit der Fa.Kelly ist ein auf zehn Jahre befristeter "Liefer- und Bezugsvertrag". Dieses Abkommen war und ist als Vorstufe für eine künftige, engere Zusammenarbeit mit dem Bahlsen-Konzern gedacht und garantiert dem Verband
   a) eine wirtschaftlich tragbare Auslastung der Produktionskapazität - zumindest der Chipslinie -, die das Werk ansonsten im harten Wettbewerb auf dem Markt und unter der Voraussetzung eines schlagkräftigen Vertriebsapparates sowie einer aufwendigen Werbung in frühestens einigen Jahren erreicht hätte (die Fa.Rajsigl konnte eine solche Ausweitung durch eine Abnahmegarantie nicht geben).
   b) in Verbindung mit a) einen Mindestverbrauch an Kartoffeln,
   c) ein Kalkulationsschema, in dem die Kosten, vor allem die variablen Kosten, den jeweiligen Verhältnissen entsprechend verrechnet werden können. (Natürlich sind erhöhte Kosten, die auf Funktionsmängel des Betriebes zurückzuführen sind, ausgenommen). Außerdem ist in Punkt 6 dieses Vertrages eine Sicherung für beide Partner vorgesehen.
   Dieser Punkt lautet:
   "Zur Austragung von Streitigkeiten über Fragen der Qualität, der Produktionsempfehlungen und der Kalkulation lt. Schema (Punkt Viertens) unterwerfen sich beide Teile einem dreiköpfigen Schiedsgericht, bestehend aus in- und ausländischen Kartoffelchipsproduzenten, mit dem Tagungsort Wien. Von den Schiedsrichtern bestellt jede Partei einen durch schriftliche Bekanntgabe binnen acht Tagen nach Aufforderung. Den Obmann des Schiedsgerichtes bestellen die beiden Schiedsrichter; für den Fall der Nichteinigung der jeweilige Obmann der zuständigen Fachgruppe der Nahrungs- und Genußmittelindustrie der Bundeskammer der gewerblichen Wirtschaft, oder der von diesem bestellte Fachmann". (Ein solcher oder ähnlicher Vorschlag fehlte in dem Vorschlag der Fa.Rajsigl).

Solche oder ähnliche Kooperationsverträge sind aus dem heutigen Wirtschaftsleben nicht mehr wegzudenken und in vielen Bereichen der nationalen und internationalen Wirtschaft nicht nur üblich, sondern notwendig geworden.
Aus dieser Perspektive betrachtet, wiegt die Aufgabe einer "optischen Marke", die noch keine überragende Marktbedeutung gewonnen hat, nicht soviel, als die Sicherung einer agrarpolitischen Aufgabe.

1o. Zu den in dem Artikel angeführten Verlusten wäre außer der Tatsache, daß sie z.T. auf die vorzeitigen Abschreibungen und Wertberichtigungen zurückzuführen sind noch kurz zu bemerken:
Wenn ein Unternehmen industrielles "Neuland" bei unerschlossenem Markt bearbeitet und dazu noch eine agrarpolitische Funktion erfüllen soll, dann ist es nahezu unvermeidlich, daß es - zumindest in den ersten Jahren - mehr oder weniger finanzielle Verluste erleidet; ein Beispiel:
Der Schweizerische Genossenschaftsverband "VOLG", der nur eine verhältnismäßig kleine Frites-Linie in ein bereits bestehendes Gebäude - ohne ein spezielles Kartoffellager- installierte, erleidet, trotz Bestehens einer eigenen, gut funktionierenden Absatzorganisation, seit Jahren größere Verluste und rechnet mit einer"Durststrecke" von 3-5 Jahren. Es könnten noch etliche ähnliche Beispiele angeführt werden.

11. Der letzte Vorwurf, wonach der Verband von der Fa.Kelly die alten, fast nur noch "Schrottwert" besitzenden Anlagen zu "traumhaften" Beträgen übernommen hätte, ist ebensowenig begründet, wie die anderen Vorhaltungen.

Die Übernahme der alten Chipslinie der Fa.Kelly durch den Verband war ein Bestandteil des Vertrages. Die Fa.Kelly gewährte Bucheinsicht und es wurde ein Buch-Restwert von rund 1,4 Millionen Schilling festgestellt. Im Verlauf der Verhandlungen wurde ein Übernahmswert von rund S 7oo.ooo.-- vereinbart.

1.1970

Der Rest – Schweigen

In einem fernen Land — seinen Namen sollt Ihr nie erfahren! — geschah es, daß ein Mächtiger des staatlichen Bauwesens beschuldigt wurde, seine Hände seien bei der Vergabe von Bauaufträgen nicht ganz rein geblieben. Horribile dictu kam es selbst zu einer Anklage gegen diese verdiente Stütze des Staates. Doch wer da meinte, daß mit all der Strenge des Gesetzes durchgegriffen würde, der irrt. Ein guter Stern beschützte unseren Mächtigen und die Allzukühnen, welche zuerst mutig reinen Tisch machen und unseren Baugroßen nach dem Gesetz zur Verantwortung ziehen wollten, mußten erkennen, daß der Ärmste rechtzeitig schwer erkrankte. Übles hörte man über seinen Gesundheitszustand und so mußten die Jünger von Frau Justitia eine weite Reise tun, um den armen gestrauchelten Mächtigen, nicht etwa zu verurteilen, mitnichten, nur um ihn einzuvernehmen! Und das in einem eigens hiefür freigemachten Spitalszimmer, der Zeuge zum Zeichen seiner schweren Erkrankung im Pijama, unter Ausschluß der Öffentlichkeit natürlich. Wer könnte es wagen, einen Großen des Landes der Öffentlichkeit im Nachtgewand vorzuführen? Und um das Maß schließlich voll zu machen, kehrten die unabhängigen Richter und der strenge Ankläger in ihre ferne Heimat mit den wertvollen allerhöchsten Pijamaworten zurück, fanden sie aber für so kostbar, daß sie auch nur zu hören, gewöhnliche Sterbliche nicht wert seien. Und so wurde beschlossen und alle waren ehrfurchtsvoll dafür, die Worte des Pijamamächtigen wohlverwahrt im Akt zu behalten — und niemals werdet Ihr etwas darüber wissen, was er sagte!

Liebe ist oft stärker als Verstand. Und die heißblütige südländische Geliebte eine der ganz Gewaltigen eines Staates in unserem weit entfernt gelegenen Bund freier Länder wollte es partout nicht verstehen, daß ihr Herzallerliebster von ihr einfach genug hatte. Der Große des Landes aber bestellte sein Liebchen zum Schlußmachen; wie ein Held ließ er sich von der treuen Ehefrau zu diesem Anlaß hinbringen, die feurige Liebste versäumte es nicht, wohlbewaffnet zu erscheinen, wie das dort so üblich ist. Szene. Auseinandersetzung im Zimmer, ein Schuß fällt. Allgemeine Verstörung. In der großen Spionenangst unserer Zeit wird gleich von einer Mata Hari in Taschenformat gemunkelt. Dann senkt sich die offizielle Stille im Interesse unseres Landesgroßen über die Szene. Wohl vorbereitet eine Blitzstrafverhandlung, die Schöne gesteht, der Landesmächtige braucht gar nicht vor Gericht erscheinen und es kommt zu einer bedingten Verurteilung der schießenden Exgeliebten!

Frau Justitia, ist ihre Augenbinde verrutscht, daß gerade Große und Prominente in diesem fernen Land so gut wegkommen? Bei uns wäre das natürlich völlig unmöglich, nicht wahr?

NIEDERÖSTERREICH

Zu: Affären aus NÖ — NÖ wohin gehst du?

Der Verband ländlicher Genossenschaften und ihre Funktionäre in Niederösterreich haben im Dezember ihre Hauptversammlung zwar gut über die Bühne gebracht, doch berichtete der Kontrollbericht, daß das Werk Hollabrunn zu ernsten Besorgnissen Anlaß gibt.

Unsere Beiträge in der Folge 11 u. 12/69 unter obigem Titel haben eine unerwartete Reaktion ausgelöst. Bereits auf den ersten Artikel haben die Genossenschaften ein internes Rundschreiben an ihre Genossenschaftler versandt, in dem sie zu den Vorwürfen, die der Geschäftsführung gemacht werden, Stellung nehmen. Auf acht Seiten wird zwar viel geredet, doch keiner der Vorwürfe, insbesondere, daß es sich hier um ein Verlustgeschäft zu Lasten der Bauern handelt, widerlegt. Man versucht, den Eindruck zu erwecken, als ob es sich hier um eine gezielte persönliche Diffamierung der Direktoren **Steinböck** und **Hötzel** handle. Dem ist nicht so, obwohl wir im Zusammenhang mit der Person Hötzels Anfragen erhalten haben, ob er mit jenem Hötzel identisch sei, der in der Marillenaffäre vor Jahren eine Rolle gespielt hat. Wir haben diesen Fall aufgegriffen, weil im niederösterreichischen Genossenschaftswesen Ordnung gemacht werden muß. Es geht nicht an, Defizitgeschäfte zu Lasten der Bauern zu machen, die Konkurrenz brutal an die Wand zu drücken und dies alles unter dem Deckmantel der Gemeinnützigkeit. Der Vertrag des Kartoffelveredlungswerkes Hollabrunn mit der Firma Kelly ist ein auf 10 Jahre befristeter Liefer- und Bezugsvertrag. Er soll eine Vorstufe für eine künftige engere Zusammenarbeit mit dem Bahlsenkonzern sein.

FRAU JUSTITIA scheint ihre Augenbinde verrutscht zu sein

Zahlreiche Zuschriften haben den Fehler, daß sie anonym sind, bei manchen wird gebeten von der Namensnennung abzusehen, da man Angst vor dem Druck der Genossenschaften hat. Zwei Briefe, die diese Symptome schlagartig illustrieren, wollen wir unseren Lesern nicht vorenthalten.

MAREK'S delikat
ILSE STUDENY, 1100 WIEN, Neilreichg. 96

Sehr geehrten Herrn
Bundeskanzler
Dr. Josef Klaus

Wien, am 5. Jänner 1970

Sehr geehrter Herr Bundeskanzler!

Ihre Beantwortung meines Briefes vom 14. November 1969 durch Ihren Hr. Doktor Gustav Ortner ist leider nicht zufriedenstellend.

Wesentliche Punkte meines Schreibens wurden überhaupt nicht beantwortet. Sollten Sie an einer lückenlosen Aufklärung des Falles Hollabrunn ernstlich interessiert sein, bitte ich Sie, die Monatszeitschrift NEUE ORDNUNG, Ausgabe November und Dezember 1969 unter den Artikeln „G'schichten aus Niederösterreich" — und „Niederösterreich ‚wohin gehst Du", zu lesen. In meinem Brief vom 14. November 1969 habe ich die Befürchtung geäußert, daß durch den Vertrag Kelly — Verband ländl. Genossenschaften, die inländischen Firmen dieser Branche, wirtschaftlich ruiniert werden.

Ihr Herr Dr. Ortner bestätigt nun diese meine Befürchtung, da er mir mitteilt, daß die Fa. Kelly ihren Marktanteil von 80 Prozent auf 90 Prozent erhöhen konnte.

Obwohl ich auch eine beachtliche Menge Chips erzeuge, hat man mich nicht gefragt, ob ich am Bezug von Chips durch den Verband ländl. Genossenschaften interessiert wäre.

Nach Vertragsabschluß der Genossenschaft — Fa. Kelly hat man mich zu einer Aussprache eingeladen, bei der Hr. Direktor Rast und Hr. Dir. Hötzel anwesend waren.

Mir wurde von den beiden Herren eine Partnerschaft angeboten, die ich als unseriös ablehnen mußte. Herr Dir. Hötzel hat sich daraufhin wie folgt geäußert.

„Sie sind sehr stark in Erdnüssen, es ist für uns eine Kleinigkeit, Maschinen zu besorgen und auch Erdnüsse zu erzeugen.

Dann werden wir sehen ob wir sie nicht kleinkriegen, denn bei den Obstfirmen ist es uns auch gelungen."

Da dieses Vorhaben bis zum heutigen Tage nicht gelungen ist, versucht nun die Fa. Kelly mit Klagedrohungen und Klagen, die inländische Konkurrenz mittels Gericht in die Knie zu zwingen. Ich hoffe, Ihnen, sehr geehrter Herr Bundeskanzler hiermit eine bessere Informationsquelle bekanntgegeben zu haben, als dies Ihrer Kanzlei bisher gelungen ist.

Mit vorzüglicher Hochachtung

STUDENY

6

1.1970

KARL AMON, Landwirt

Hetzmannsdorf, den 26. Dez. 1969

Sehr geehrte Herren!

Ich habe mit viel Interesse Ihren Artikel „Niederösterreich — wohin gehst du" in der Nummer 12/1969 gelesen. Der Gedanke des Verbandes ländlicher Genossenschaften beim Produkt „Kartoffel" die Veredelung in Bauernhand vorzunehmen, wurde von uns Bauern sehr begrüßt. Dadurch wird den Bauern selbst ermöglicht, an den Veredelungsspannen zu profitieren. Auch die Standortwahl der Pommes-frites-Fabrik in Hollabrunn erscheint mir raumordnungspolitisch richtig, da Stockerau ohnehin im Sog des Industrieballungszentrums Wien liegt. Die Rohstoffbasis ist in Hollabrunn im gleichen Ausmaß wie im Raum Stockerau gegeben. Also an sich alles in Ordnung. Woran es aber trotzdem fehlt: an der Überlastung einzelner Funktionäre. Eine Genossenschaft steht und fällt wie jedes andere Unternehmen mit der Persönlichkeit und dem Einsatz des Unternehmers. Bei der Genossenschaft müssen diese Unternehmerfunktion der Obmann und der Geschäftsführer übernehmen, wobei der Schwerpunkt unbedingt beim Obmann liegt, da er die Eigentümer zu vertreten hat.

Bei der „Hollabrunner-Kartoffel-Genossenschaft" ist der Obmann Ök.-Rat Landeskammerrat **Holzschuh**. Er ist ein an Ehren ergrauter Herr. Er ist heute bereits im 72. Lebensjahr und hält noch immer die Fäden im gesamten Genossenschaftswesen in der Hand. Herr Ök.-Rat Holzschuh übt etwa 20 Funktionen aus und kann beim besten Willen unmöglich alle diese Positionen mit jener Sorgfalt ausüben, die heute **jede einzelne** seiner Funktionen erfordert. So ein „Vielbeschäftigter" kann einfach die Dinge nicht mehr überschauen. Er hat sogar Funktionen in der Milchwirtschafts- und im Molkereiwesen inne und ist auch in führender Stellung im Fleckviehzuchtverband obwohl er seit Jahrzehnten kein Stück Vieh mehr hat. Er führt seit Jahren einen Pensionistenhaushalt in seinem neu renovierten Wohnhaus, wobei die Instandsetzungsarbeiten von Baufirmen vorgenommen wurden, die zufälligerweise auch größere Genossenschaftsaufträge durchgeführt haben.

Die Bauern sagen daher mit Recht, daß derartige Ämterkumulierungen der Bauernsache schaden, da jede Funktion den ganzen Mann braucht. Ein Mann wie Holzschuh, der etwa 20 Funktionen hat, kann daher nur 1/20 seiner Zeit jeder Funktion widmen. Nicht einmal Adenauer hätte sich 20 Funktionen zugetraut.

Ihre Forderung „Die Genossenschaften müssen für die Bauern wieder in Ordnung kommen" wird von einsichtigen Bauern unterstützt. In Österreich haben leider nur wenige den Mut, den in Ehren ergrauten Persönlichkeiten vom hohen Roß „zu helfen", wenn diese nicht selbst die Zügel jungen, agilen Bauern überlassen wollen. Die Bauernschaft hält Ausschau nach solchen Helfern und sucht Hilfe vor allem in der obersten Agrarführung und erwartet ehestens eine Änderung der Dinge.

Mit vorzüglicher Hochachtung

Karl Amon

Ein Vertreter des Verbandes ländlicher Genossenschafren hat in der Steiermark Unterlagen über unseren Verlag gesucht. Wir können dem eHrrn Gittel und seinen Auftraggebern nur den Rat geben, ins Impressum zu sehen, dort findet sie alles was er sucht.

STEIERMARK

Vor der Wahl

Im Lande jenseits des Semmerings wohnt das wilde Bergvolk der Steirer. Diesen guten Ruf hatte das Land zwischen Dachstein und Save, wie es in der Landeshymne so schön heißt, bereits nach dem 1. Weltkrieg, als Fürst Anton, Landeshauptmann Rintelen eine sehr eigenständige und gegenüber den Wiener Zentralstellen auch eigenwillige Politik führte. Die Zeiten haben sich geändert, doch auch in der zweiten Republik schaut man von Wien aus in die grüne Mark mit denselben Gefühlen wie einst.

Der politische Stil im Lande ist ein anderer, wie anderswo. Während in anderen Bundesländern die Kräfteverhältnisse der Parteien und die Spitzenpersonen wechseln, hat das Land eine Kontinuität in der politischen Zusammensetzung und wird von Politikern geführt, die sehr souverän ihre Mannen und die Macht manipulieren.

Das Land Steiermark ist ein sehr aufgeschlossenes Land. Es hat keine so lammfrommen und auch keine so klerikal abhängige Wähler wie z. B. Niederösterreich. Umsomehr ist es verwunderlich, daß hier seit 1945 die Volkspartei die absolute Mehrheit im Lande hat und daß nun fast schon 20 Jahre Josef Krainer Landeshauptmann ist. Dieses Phänomen ist nur dadurch erklärbar, daß nach 1945 von der Steiermark aus zwei politische Entwicklungen ihren Ausgang nahmen, die sich im gesamten Bundesgebiet nicht durchsetzten, aber im Lande selbst dieses Ergebnis brachten.

Die „Junge Front", welche der Ritterkreuzträger **Strachwitz** und der Amnestieaktionsausschuß den der KZler **Gorbach** ins Leben gerufen hatte. Beiden Institutionen gelang die Eingliederung der Frontsoldaten und die Versöhnung der historischen Gegensätze des konservativen, christlichen und nationalen Lagers zum Großteil herbeizuführen.

LANDESHAUPTMANN Josef KRAINER bestimmt seit 20 Jahren die steirische Politik.

Große Stabilität hat aber auch die Sozialistische Partei, wobei sich dort nach dem Ausscheiden des geachteten Landeshauptmannstellvertreters Machhold, der ehemalige nationale Student Dr. Blazizek Schachner im Sattel hielt und auch auf Bundesebene schon mehrmals für höhere Aufgaben genannt wurde. Er und der immer stärker werdende Landesrat Sebastian haben die Zügel im Lande fest in der Hand. Die Partei hat auch ihren Frieden mit der Vergangenheit gemacht.

Die Freiheitliche Partei hatte im Lande von Haus aus Schwierigkeiten, gelang es doch nicht, den großen Erfolg des VDU, der 10 Landtagsmandate 1949 erreicht hatte, auch nur annähernd wieder zu erzielen. Die FP wurde auch von Haus aus zu sehr mit dem Namen Götz identifiziert. Zuerst war es der Bankbeamte, Oberst der Reserve in Admont, im Kriege, der als Landesobmann die Geschäfte führte, bis sie sein Sohn Alexander, der als Beamter der Stadtgemeinde Graz tätig war, übernahm.

DDr. Alexander Götz ist der jüngste Obmann einer politischen Partei im Lande, trotzdem ist die Propaganda und der Zuschnitt in der Partei noch stärker wie in den anderen Parteien auf ihn ausgerichtet.

Die Nationalratswahlen werfen auch im Lande ihre Schatten voraus. Die ÖVP kann mehrere neue Kandidaten an aussichtsreichsten Stellen präsentieren, da verschiedene bekannte alter Politiker, wie Kanzler Gorbach, ausscheiden. Die Nachfolge ist noch offen und die Partei versucht, durch eine Volksbefragung einen Überblick über die Beliebtheit für die von ihr vorgesehenen Kandidaten zu erlangen. Doch wird es letztlich davon abhängen, ob es der Partei gelingt, nicht nur brave Gefolgsleute, sondern auch Persönlichkeiten zu finden, die den steirischen Kurs der Versöhnung der historischen Gegensätze glaubhaft repräsentieren können.

Die SPÖ wird ihren Kurs im Lande nicht ändern. Schön langsam verschieben sich die Gewichte der Macht zu Landesrat Sebastian, der besonders in seiner Personalpolitik oft mehr erreicht, als er selbst erwartet. Hofft die SPÖ auch nicht, die Mehrheit im Lande zu erreichen, so ist es doch das erklärte Wahlziel, die absolute Mehrheit der ÖVP zu brechen. Eine Aufgabe, die ihr nicht unmöglich erscheint.

Die Freiheitlichen haben bei ihrer Kandidatenaufstellung keine glückliche Hand. Einerseits werden die bisherigen Kandidaten präsentiert und andererseits sehr junge, sicher sehr ehrenwerte Frauen und Männer, die aber einflußmäßig weder im Lande noch in der Partei etwas zu sagen haben. Dies gilt sowohl für die Kandidaten zum Nationalrat, Frau Hartleb in Obersteiermark, wie für Ing. Tureck in Graz. Auf der Landtagsliste werden noch weniger Änderungen in Erscheinung treten. Es ist also trotz des günstigen Trends von dieser Seite keine Überraschung zu erwarten.

Alles in allem vertreten alle steirischen Parteien gegenüber der Wiener Zentrale einen eigenständigen Kurs. Das Problem des Landes bildet die Frage, wer kann einmal in die Fußstapfen Krainers treten?

JOSEF GRCHS

7

11 | 1970

ORF BACHER, folgt nun KLAUS?

LESERBRIEFE

ZU: ÖVP-ANALYSE

An der großen ÖVP-Analyse hätte ich allerdings eine grundsätzliche Kritik zu üben: Ich kann nicht einsehen, daß es 1970 Aufgabe der Konservativen sein soll, sich geistig mit dem Marxismus auseinanderzusetzen, der bekanntlich dort, wo er herrscht, sich in starkem Abbau befindet. Wenn einige Langhaarige im Bereich der technischen Hochzivilisation und viele Halbgebildete in Entwicklungsländern mißverstandenen Marxismus als Gebetmühle verwenden, so ist das noch lange kein Grund dafür, daß Konservative, die ohnedies in der Gefahr stehen, allzuviel nach rückwärts zu blicken, sich mit einer Doktrin beschäftigen, die vor einem halben Jahrhundert interessant und dynamisch war, inzwischen aber allzusehr in Widerspruch zur Wirklichkeit geraten ist.

Ihr K. A. R.

Zu Ihren Artikeln in Nummer 11/12 1969 dürfen wir fragen: „Niederösterreich, warum schweigst Du?"

Etwas wehmütig legen ich und auch meine Freunde seit Monaten Ihre Neue Ordnung aus der Hand. Ihre Leser und hier besonders die neuen Leser aus der nö. Bauernschaft und den Nö. Lagerhausgenossenschaften warten seit Monaten.

Die im Dezember 1969 den Genossenschaften in Niederösterreich zugegangene interne Rechtfertigung, wonach die Firma Kelly nicht S 8,— für ein Kilogramm Chips bezahlt, sondern fast S 20,— kann nicht befriedigen. Es ist uns bekannt, daß die Fa. Kelly für 1 Kilogramm Chips S 45,— verlangt und hören außerdem, daß unserer Firma, dem Verband ländl. Genossenschaftern in Niederösterreich nach wie vor Millionenverluste durch den Kellyvertrag entstehen.

Warum haben Sie diese Entgegnung, obwohl sie sehr langatmig ist, nicht wenigstens teilweise abgedruckt? Aus der Tintenburg, Seilergasse 6, haben Sie doch hoffentlich auch diese „gediegene" Stellungnahme erhalten?

Name und Adresse erliegt.

EIGENTUMER, HERAUSGEBER, VERLEGER:

WAPPENVERLAG, Frank & Co.,
Graz, Wastiangasse 1

POSTANSCHRIFT:
1015 Wien, Postfach 256

Verantwortlich:
im Sinne des Preßgesetzes:
Otto Prasch, Graz, Hohenstaufengasse 17 a
Die Zeitschrift ist in Buch- und Zeitschriftenhandlungen sowie in zeitungsführenden Trafiken erhältlich. Im Bedarfsfall können Bestellungen an den Vertrieb der Zeitschrift, 1015 Wien, Postfach 256, gerichtet werden.

DRUCK:
Buchdruckerei Franz Feilhauer OHG.,
2620 Neunkirchen, Seebensteiner Straße 1

Erscheint monatlich. Jahresbezug S 108,—, im Ausland DM 17,—.

Bankverbindungen: Österr. Credit-Institut AG., Wien, Zweigstelle Tegetthoffstraße 7, Konto-Nr. 42.260, Postscheckamt München, Konto-Nr. 1208.14

Bezugsbedingungen: Abbestellungen sind nur zum Quartalsende möglich und müssen 4 Wochen vorher der Verwaltung 1015 Wien, Postfach 256, vorliegen.

11.1970

4. 1971

EIN IRRENPROFESSOR AUS HEIDELBERG

Nun wissen wir es: Wer sich gegen Diktaturen und für die Freiheit ausspricht, der ist ein Mensch von doktrinärer Weltfremdheit. Sein Doktrinarismus besteht darin, daß er in Vorurteilen befangen zwischen Gut und Böse unterscheidet und daß er die Maßstäbe der Ethik und des Rechts nicht aufgeben will. So hat Alexander Mitscherlich kürzlich das Fernsehpublikum aufgeklärt. Man hüte sich also, z. B. den Kommunismus weiterhin eine Irrlehre zu nennen, mit der es keine Kooperation im alten ehrlichen Sinn des Wortes geben könne. Denn der Irrenprofessor aus Heidelberg steht bereit, um uns der Schwarz-Weiß-Malerei, der Unfriedfertigkeit, der Aggression zu bezichtigen.

So einfach macht man es sich, wenn man unliebsame Kritiker an der gegenwärtigen Bundespolitik bekämpfen will. Nach üblem Vorbild totalitärer Systeme wird der Oppositionelle zu einem Psychopathen erklärt. Der Professor sagt einfach dem Angegriffenen nach, er sei an einem Aggressionstrieb erkrankt, der ihn dazu bringe, einen Menschen, eine Gruppe, ein Volk oder ein System zu verteufeln, um nun ein Ziel für die Abreagierung seines Triebes zu haben. Mit der Attitüde des besorgten Arztes diffamierte Mitscherlich in einem Interview mit der Wochenzeitung „Publik" den CSU-Vorsitzenden Strauß und dann im ARD-Fernsehen, natürlich bei Merseburgers „Panorama", den Zeitungsverleger Springer.

Das alles ist so lächerlich, daß man diese professoralen Verücktheiten in die Mappe zeitgeschichtlicher Curiosa ablegen möchte. Doch ganz so harmlos sind diese Attacken nicht, denn sie mißbrauchen die populare Gläubigkeit an ärztliche Aussagen und nähern das primitive Bedürfnis nach personifizierten „Buhmännern". Mitscherlich macht sich also selber der Schaffung von Projektionszielen seines privaten politischen Aggressionstriebes schuldig. Statt zur Verständigung zu führen, wie er vorgibt, drängt er zur Frontenbildung im eigenen Volk.

Dabei ist Mitscherlich selber voller Vorurteile und Befangenheiten. In seinem „Publik"-Interview hat er den linksradikalen Grüppchen zugebilligt, daß es zahlreiche Situationen gebe, „in denen man wirklich aggressiv sein muß, sonst geht man unter. Dabei spielt das Selbsterhaltungsphänomen eine Rolle, aber auch die Idee der Freiheit oder der Menschlichkeit". Genau das sind aber eben die Beweggründe für die Kritiker einer Ostpolitik, welche Unfreiheit und Unmenschlichkeit durch Verträge legalisiert.

Wer nur mit einiger Aufmerksamkeit die gegenwärtige ostpolitische Diskussion verfolgt, der weiß, daß Mitscherlich keineswegs eine isolierte Erscheinung ist. Der Irrenprofessor aus Heidelberg ist ein prominentes Sprachrohr dieser Kolonne.

BERT BERLIN

NACHRICHTEN

Fremde in der Bundesrepublik

Ende September 1970 lebten in der Bundesrepublik rund 3 Millionen Ausländer. Gegenüber der gleichen Zeit des Vorjahres nahm deren Zahl um 600 000 zu. (Mit Absicht vermeiden wir den verlogenen Ausdruck „Gastarbeiter". Er ist typisch für die heutige Art, alles zu verschleimen und zu verniedlichen. Die ausländischen Arbeiter kommen nach Deutschland, weil sie hoffen, dort Arbeit zu finden und für ihre Arbeit mehr zu verdienen als daheim. Sie werden in Deutschland verwendet, weil man ihre Leistung braucht und auch fordert, nicht zuletzt weil deutsche Arbeiter es ablehnen, mehr zu arbeiten. Was hat das alles mit einem Gastverhältnis zu tun?).

Am stärksten vertreten sind die Italiener mit 569 000, die Jugoslawen mit 515 000, die Türken mit 469 000 und die Griechen mit 343 000. In Baden-Württemberg ist der Anteil der Fremdarbeiter besonders hoch: auf 11 Einheimische kommt ein Ausländer.

Sprache der Raubtiere

Am 10. März wurde in Paris vor großem Publikum der neueste Film des italienischen Regisseurs Fellini („Dolce Vita") über das Zirkusleben uraufgeführt. Im „Corriere della Sera" vom 11. März wird nun berichtet, daß auf die Frage Fellinis an den Dompteur, warum er mit seinen Raubtieren immer deutsch spreche, dieser geantwortet habe: „Deutsch ist die einzige Sprache, welche die Raubtiere verstehen." Diese Antwort, so berichtet der „Corriere" mit unverhohlener Genugtuung weiter, sei vom Publikum am meisten geschätzt und applaudiert worden.

Der „Corriere della Sera" ist immerhin die größte Zeitung Italiens.

Leistungen und Bezüge des Gen. Katz-Bauer

Eine graue Eminenz in der Regierung Brandt ist ein gewisser *Katz*, der sich *Bauer* nennt. Dieser Mann war seit je ein eingefleischter Kommunist. Es war schon immer bekannt, daß er an der Abfassung der „Berichte zur Lage der Nation", die Brandt 1970 und 1971 dem Bundestage vortrug, stark beteiligt war. In der Fragestunde des Bonner Parlamentes vom 4. Februar kam nun zu Tage, daß dem Katz dafür Vergütungen aus dem Bundeshaushalt bezahlt wurden. Das mußte der Minister *Ehmke* zugeben. Aber der Minister lehnte es ab, mitzuteilen, *wieviel* Katz bekommen hatte.

Fragen: a) Was legitimiert einen eingefleischten Kommunisten dazu, auf die wichtigste politische Erklärung einer sozialdemokratischen Regierung, die sich angeblich vom Kommunismus distanziert, diesen Einfluß zu nehmen? b) In welchem Dienstverhältnis zum Bunde steht dieser Katz-Bauer, um aus öffentlichen Mitteln entlohnt zu werden? c) Seit wann und wieso kann ein dem Parlamente verantwortlicher Minister diesem Auskunft über eine öffentliche Ausgabe verweigern, wo es seit je zu den Urrechten jeder Volksvertretung gehört, sich über die Verwendung des letzten Hellers aufklären zu lassen? Ebenso wie Prof. Ehmke nicht verheimlichen konnte, was er sich für seine am Ministersessel zerrissenen vier Paar Hosen bezahlen ließ, kann er auch nicht verheimlichen wollen, was sein Genosse Katz-Bauer dafür bekam, um den „Bericht über die Lage der Nation" (der Nation?) in der richtigen Linie zu halten.

Erklärung

In unseren Nummern 11 und 12 vom November und Dezember 1969 haben wir in den jeweils auf Seite 6 in der Spalte „Affären" unter den Überschriften „Gschichten aus Niederösterreich" die einseitige Ehe des Hollabrunner Kartoffelveredlungswerkes mit der Firma Kelly und „Niederösterreich — wohin gehst du?" erschienenen Artikeln verschiedene beleidigende Anschuldigungen gegen die Privatankläger, die Herren Dipl.-Ing. Hans Steinböck und Kommerzialrat Hans Hötzel, erhoben.

Wir ziehen diese Anschuldigungen mit dem Ausdruck des Bedauerns zurück und stellen dazu fest, daß die von uns erhobenen Anschuldigungen auf unrichtigen Informationen beruhen.

Wir erklären ausdrücklich, daß wir nicht die Absicht hatten, den Privatanklägern in ihrer Ehre nahezutreten.

SÜDVIETNAMS Schwierigkeiten werden von der linksliberalen Presse vergrößert.

FPÖ vor neuer Situation
Seite 6
Ist der demokratische Sozialismus glaubwürdig?
Seite 8
München – Recht oder Unrecht?
Seite 16
NEUE ORDNUNG
OKTOBER 1971
10
EINZELPREIS S 10,–
FISCHER
ERMACORA
STRACHWITZ
LISTE
2

Wir stellen vor: Die unabhäng

Ernst Strachwitz

Vor wenigen Monaten habe ich noch nicht daran gedacht, in die Politik zurückzukehren. Erst die Auflösung eines arbeisfähigen Parlaments und die Ausschreibung von frühzeitigen Neuwahlen, die deutlich gemacht haben, daß die SPÖ sich mit der Mitverantwortung und Mitgestaltung im Staate nicht mehr begnügen will, sondern allen Einfluß und die ganze Macht anstrebt, hat mich bewogen, wieder politisch tätig zu werden.

Einer Generation angehörend, die in frühester Jugend die zu bürgerkriegsähnlichen Zuständen ausartende Parteidiskrepanz erlebt hat, und dann im zweiten Weltkrieg ihre Haut zu Markte tragen mußte, liegt mir seit meiner Rückkehr aus dem Kriege nichts so sehr am Herzen, als dem Schicksal meiner Generation zu dienen, es zu mildern und fruchtbar zu machen für das Gemeinwesen, und als Voraussetzung dafür für den inneren Frieden zu wirken. Ohne das Recht des demokratischen Sozialismus zu leugnen, an der Gestaltung des Staates mitzuwirken, bin ich immer dafür eingetreten, daß diesem ein einheitliches Gegengewicht gegenübergestellt werden muß. Nach meiner Auffassung ist dies nur dann möglich, wenn traditionelle Gegensätze innerhalb des konservativen, nationalen und liberalen Bevölkerungteiles überwunden und zu politischer Aktivität harmonisiert werden. So selbstverständlich es ist, daß ein kleiner Staat, der Österreich heute ist, seine Gegenwart und seine Zukunft nach den praktischen Möglichkeiten, die ihm auferlegt sind, gestalten muß, so sehr bin ich doch davon überzeugt, daß dieser Staat ohne ein lebendiges Geschichtsbewußtsein nicht existieren kann. Der besondere Charakter und die Eigenart dieses Landes und seiner Bevölkerung stehen ebenso außer Zweifel, wie die Tatsache, daß dieses Land seiner Sprache und seinem Volkstum nach deutsch ist. Nach den historischen Erfahrungen, die hinter uns liegen, scheint mir dies kein Streitfall mehr zu sein.

In diesem Sinne habe ich gewirkt, als ich unmittelbar nach Kriegsende die Heimkehrerhilfs- und Betreuungsstellen ins Leben gerufen habe, und diesen meinen Überzeugungen gehörte auch mein Bemühen als Vorsitzender der „Jungen Front" und als ÖVP-Nationalrat ab 1949. Als ich im Einvernehmen mit meinen Freunden zu erkennen glaubte, daß die besonderen politischen Umstände ein fruchtbares Wirken in diesem Sinne unmöglich machten, habe ich mich ohne Groll aus der Politik zurückgezogen. Da heute die Österreichische Volkspartei auch unabhängigen Männern die erstmalige demokratische Chance gibt, zu wirken, kehre ich mit meinen unveränderten Grundsätzen in die Politik zurück.

Ich wurde am 22. Dezember 1919 in Wölbling, Stmk., geboren. Meine Familie stammt aus Schlesien. Ich maturierte am akademischen Gymnasium in Graz und rückte dann zu den Gebirgsjägern ein. Nach mehrfachen Verwundungen kehrte ich 1945, unter anderem mit dem Ritterkreuz ausgezeichnet, heim. Ich baute sofort Heimkehrerhilfs- und Betreuungsstellen in der Steiermark auf und begründete mit meinen Freunden die „Junge Front", zu deren Vorsitzenden ich gewählt wurde. Seit 20 Jahren arbeite ich als Rechtsanwalt in Wien. Mein Wohnsitz ist Prein an der Rax in Niederösterreich.

Rudolf Heinz Fischer

Fischer ist Gleisdorfer Bürgermeister, Kammer-Rat, 55 Jahre alt, verheiratet, hat vier Kinder. Der Ingenieur und Bau-

Die unabhängigen Kan

VERBAND LANDLICHER GENOSSENSCHAFTEN
IN NIEDERÖSTERREICH

REGISTRIERTE GENOSSENSCHAFT MIT BESCHRÄNKTER HAFTUNG
WIEN I, SEILERGASSE 6 (MATSCHAKERHOF)

Telefon 52 36 46 Serie
Fernschreiber: 01/1349
Drahtanschrift: Ländlichband, Wien
Postscheck-Konto Wien Nr. 109.900

VD/K - Direktor Komm.Rat Hötzel
Scharl

1011 WIEN 4. Juli 1969
Postfach 775

R u n d b r i e f   Nr. 1   Ordnungsnummer 4

An alle
L a g e r h a u s g e n o s s e n s c h a f t e n !

Betrifft: Kelly's Potato Chips,
ein Erzeugnis unseres Werkes Hollabrunn.

Die Firma Kelly Ges.m.b.H., welche den Generalvertrieb unseres Produktes übernommen hat, konnte durch gute Qualität unserer Chips einerseits und durch Ausbau des Direktvertriebes und Frischhalte-Service, beachtliche Umsätze verzeichnen.

Die Firma Kelly erklärt sich nun auch bereit, unsere Genossenschaften direkt zu beliefern und das Frischhalte-Service durchzuführen.

Die Verkaufsfahrer der Firma Kelly werden Sie in den nächsten Tagen besuchen.

Wir legen Ihnen eine Preisliste der Firma Kelly bei, aus welcher Sie Ihre Einstandspreise sowie die empfohlenen, unverbindlichen Verkaufspreise ersehen wollen.

Die Verrechnung erfolgt wie bisher über den Verband und erhalten Sie weiterhin 15 % Rabatt vom Einzelhandelseinstandspreis.

Wir hoffen, Ihnen hiermit gedient zu haben und zeichnen

mit genossenschaftlichem Gruss!

VERBAND LÄNDLICHER GENOSSENSCHAFTEN
IN NIEDERÖSTERREICH, reg.Gen.m.b.H.
Hötzel e.h.

Beilage: 1 Preisliste der Firma Kelly

Mirabell

Salzburger Süßwarenfabrik KG
5082 Grödig bei Salzburg

„LAPRO"
Eingelangt am:
27. JULI 1967

Firma

L A P R O
Landesproduktenhandelsges.m.b.H.

Seilergasse 6
1010 W i e n I

z.Hdn.Herrn Scharitzer

Ihr Zeichen | Unser Zeichen Dr.Ka/he | Ihr Schreiben | Grödig, 26.7.1967

Betrifft

Sehr geehrter Herr Scharitzer!

Wir nehmen Bezug auf die Besprechung unseres Herrn Dr. Kappel mit Ihrem s.g.Herrn Generaldirektor Strobl und Ihnen und möchten der Ordnung halber nicht versäumen, die dabei festgehaltenen Punkte kurz in einem Gedächtnisprotokoll zum Tragen zu bringen.

In einer ca. zweistündigen Besprechung wurde über die sich aus unserer Niederschrift vom 5. Juli 1967, welche die Besprechung von Herrn Scharitzer und Herrn Dr. Kappel in Salzburg enthält, wiedergegebenen Probleme dahingehend eine Übereinstimmung erzielt, dass von Seiten der Fa. Lapro allergrössten Wert darauf gelegt werden wird, durch qualitativ hervorragende Chips die Basis zu bieten, dass dieselben im Alleinvertrieb von der Fa. Rajsigl und Mirabell mit dem grösstmöglichsten Einsatz vertrieben werden. Übereinstimmend wurde auch festgehalten, dass gegebenenfalls die Wiener KGW, die Niederösterr. Molkerei, aber auch unter Umständen die Fa. Meinl oder irgend eine Firma, wo sich auf Grund der guten Beziehungen der Fa. Lapro ein besonders günstiger Kontakt ergeben sollte, durch die Fa. Lapro direkt zu beliefern ist. Jedenfalls würde darüber insofern das Einvernehmen gepflogen werden, weil auch hier ev. die Frage der Zustellung analysiert werden müsste.

Im übrigen hat die Firma Lapro zugesagt, dass in der ersten Hälfte September mit gleichmässigen Erzeugnissen in den bereits bestehenden ca. 50 bzw. 100gr Beuteln die Belieferung beginnen könnte.

./.

„MIRABELL - Die Marke der Anspruchsvollen", Fernruf Grödig 0 62 46 / 237, 248, Salzburg 0 62 22 / 71 2 44, Telegrammadresse: Susüwa Salzburg, Fernschreiber 06/3!
Bankverbindung: Bank für Oberösterreich und Salzburg, Zweigniederlassung Salzburg, Konto 2303 (oder deren Postsparkassenkonto 38.913)

Herr Dr. Kappel der Fa. Mirabell war, wie in der seinerzeitigen Niederschrift, erneut bereit, das grösstmöglichste Verständnis für die entstehenden Verteilungsunkosten auf der notwendigen Rabattseite dahingehend zu beweisen, dass gegebenenfalls durch eine sorgfältige Nachanalyse der Vertriebskosten dieselben nach wirklich streng kaufmännischen Grundsätzen, nach einer entsprechenden Anlaufzeit, überprüft werden sollen und dass von vorneherein nur an tangentiale Belastungen gedacht ist, die sich aus dem Transportvolumen und dem gesamten Regieaufwand anteilig gegenüber der gesamten Vertriebskosten der Fa. Rajsigi - Mirabell ergeben.

Da beide Firmen ausserordentlich interessiert sind, das Geschäft nicht nur auf lange Sicht, sondern vor allem mit einem hoffentlich kontinuierlichen Erfolg zu betreiben, ist es absolut klar, dass zwar mit grösstem Einsatz versucht wird werden müssen, in den bestehenden, seit Jahren durch Kelly und Bahlsen belieferten Markt schnellst-möglichst einzubrechen.

Andererseits muss jedoch alles getan werden, um vermeidbare Unkosten nicht zur Entwicklung kommen zu lassen, wozu in monatlichen Besprechungen mit der Geschäftsführung der Fa. Lapro immer wieder untersucht werden soll, wieweit die gegebenen Möglichkeiten mit den zum Einsatz kommenden Mitteln günstigstmöglichst Verwendung finden können. Um vorhandene Kapazitäten möglichst rasch aufzuschliessen, ist geplant, neben den Lapro-Beuteln weitere Eigenmarken, womöglich mit anderen Gewichten auf den Markt zu bringen. Im gleichen Sinne hat Herr Dr. Kappel bereits mit einer der leistungsfähigsten Firmen der Schweiz über die Belieferung von Kartoffelchips verhandelt, am 15. August sollen diese Verhandlungen bereits weitergetrieben werden. Derzeit wird die Zollsituation gegenüber der Schweiz untersucht.

Als Detaillisten-Einstandspreis für den Käufer wurde einvernehmlich der höchste, derzeit bestehende Preis gewählt, der sich auf gleiche Gewichte bezieht und es ist auch gedacht, gegebenenfalls bei Preissteigerungen jeweils den Spitzenpreis der Konkurrenz als massgebend anzusehen, trotzdem es natürlich am Anfang notwendig sein wird, für Erstbestellungen oder über die Zeit von ev. 8 Wochen durch Kostproben eine entsprechende Stützung für den Vertreter zum Einbrechen in den Markt vorzusehen.

Da die Belieferung am Anfang fast durchwegs, trotz der komplizierten Verteilung, über den Kleinhandel wird laufen müssen, müssen hiezu noch ausführliche Besprechungen mit Ihnen und unserem Vertreterstab stattfinden, um alle Details zu klären. ./.

Unabhängig davon machte Herr Generaldirektor Strobl den Vorschlag, falls es in absehbarer Zeit gelingen sollte, die derzeit nur in Tiefkühlpackung zu liefernden pommes frites ev. ebenfalls in den Verteilungsapparat einzubauen, um durch breiteste Streuung in ganz Österreich auch auf diesem Sektor optimale Marktanteile zu gewinnen.

Auch über die Frage der Propaganda und Werbung werden ausführliche Besprechungen notwendig sein, wobei wir Ihnen zusichern können, dass wir auf diesem Sektor, zumindest für Österreich, sehr bedeutende Erfahrungen aus dem Betrieb unserer Erzeugnisse besitzen.

Abschliessend kann festgehalten werden, dass im Einvernehmen beide Seiten bemüht sein werden, Erzeugung und Vertrieb zu einer organischen und organisatorischen Einheit zusammenwachsen zu lassen, die dazu beitragen soll, die Knusperchips und vielleicht eines Tages die Knusperfrites mit einem hochmodernen Verteilungsapparat so wirtschaftlich günstig als möglich zu den höchstmöglichen Marktanteilen zu verhelfen, sodass für beide Seiten daraus ein Dauererfolg werden möge.

Wenn auch in diesem Schreiben auf Details der Besprechung verzichtet wird, so hoffen wir, dass wir den Geist der Aussprache zwischen den Herren Generaldirektor Strobl, Scharitzer und unserem Herrn Dr. Kappel richtig wiedergegeben haben.

Wir zeichnen

mit freundlichen Grüssen

Mirabell
Bisquit- u. Confiserie...
KAPPEL & KLUGE
... SALZBURG

Oben: Genaue Kontrolle der Rohkartoffel ist Voraussetzung hoher Qualität

Rechts: Erzeugung der YO-Saftbox

Die Lagerung der Kartoffeln ist das Hauptproblem eines solchen ganzjährig arbeitenden Betriebes, da es sich darum handelt, bei rascher und schonender Übernahme und genauer Verlesung auch eine exakte Einhaltung der Lagertemperatur und Luftfeuchtigkeit zu gewährleisten. Da der bei der Unternehmensgründung errichtete Kartoffelsilo nicht voll entsprach, wurde im Jahre 1972 mit dem Bau eines neuen Großlagers begonnen, das bereits zur Ernte 1972 übernahmsbereit war. Als Kistenlager mit einer Übernahmskapazität von 30 bis 40 Tonnen pro Stunde weist es ein Fassungsvermögen von rund 7500 Tonnen auf und ermöglicht, auf Grund der eingebauten Isolierungen und der Vollklimatisierung, eine verlustarme und qualitativ entsprechende Einlagerung bis zum Anschluß an die neue Ernte.

Der technische Erzeugungsvorgang der Pommes chips und Pommes frites ist von der Schälung über den Backvorgang im Ölbad bis zur Kühlung und Abpackung weitestgehend mechanisiert. Pro Stunde beträgt die Erzeugungskapazität 1200 bis

Unter der berechtigten Annahme, daß Chips und Frites auch in Österreich so wie in den westlichen Ländern als gängiges Nahrungsmittel für den Alltagsbedarf mehr noch als bisher Eingang finden, ist es keineswegs optimistisch, wenn mit einer jährlichen Verbrauchszuwachsrate von mindestens 12 % gerechnet wird. Diese Prognose findet eine weitere Berechtigung in dem starken Ansteigen der Anteile der Gaststätten, Werkskantinen und einschlägigen Betriebe am gesamten Nahrungsmittelkonsum. Maßgebende Gründe hiefür sind außer den bereits eingangs erwähnten Verbrauchsgewohnheiten der Bevölkerung die Rate der jährlichen Kaufkraftsteigerung, der steigende Fremdenverkehr, die zunehmende Berufstätigkeit der Frau, was zu einem verstärkten „Auswärtsessen" am Wochenende und der Zunahme der Verpflegung in Betriebsküchen führte. Der Trend zu halbfertigen und fertigen Nahrungsmitteln ist wegen des akuten Arbeitskräfteproblems in diesem Bereiche besonders stark.

Hier wurde also durch ein Engagement in der zweiten Ver-

Genossens
Obstverwer
„YO" und „S

Die Ybbstaler Obstverwertung Ges. m. b. H
Kröllendorf, seit 1971 fusioniert mit der Enns
tungs Ges. m. b. H., liefert rund 25 % des in
sumierten Apfelsaftes und bringt noch eine ans
anderer Erzeugnisse auf den In- und Auslands
die Gegenwart.
Die Geschichte des Betriebes Kröllendorf be
Jahre 1926 und kann — wenn es auch merk
mag — als einleitende Überschrift erhalten:

Von der Gattersäge zum Süßmost

Das hängt damit zusammen, daß die kleine —
„zum Betrieb einer Gattersäge" — in Ybbs
Genossenschaft der Ausgangspunkt für die
gegründete „Ybbstaler land- und forstwirtscha
war, die in Waidhofen an der Ybbs ihren Sitz
nächst noch weiter die Gattersäge betrieb.
Das Jahr 1934 brachte eine überaus reiche Ob
die Keller der Bauern des niederösterreichis
tels den reichen Segen kaum zu fassen verm
der raschen Obstreife in diesem Jahr erwies
jedoch nicht als lagerfähig, wurde trüb und d
most ungeeignet. Das nächste Jahr war wie
Obstjahr. Mit dem Most des Vorjahres mußte
schehen, um der neuen Ernte Platz zu machen.
gen der Lagerhausgenossenschaft „Ybbstale
nehmer zu finden, waren vergeblich, so daß
Möglichkeit anbot; der Most mußte gebrann
geeignetes Objekt für die Errichtung einer B
die halbverfallene Ruine der einstmaligen h
Brauerei Kröllendorf gefunden und für den
baren Raum die erforderlichen Einrichtunge
Die gleichzeitig eingeleiteten Erhebungen er
den verschiedenen bäuerlichen Betrieben
bereiches 106 Waggons, also etwa 21 000 Eim

den Tisch zu legen.

Bund. Der Finanzausgleich ist bisher

Sollte es der Finanzminister darauf

ben. In diesem Fall müßte sich An-
drosch sein Diktat durch die sozialisti-

Ein Pionier hat kein Alter ...

Zum 65. Geburtstag von Generalanwalt Dr. Rudolf Rasser

Wer oder was ist nun dieser Dr. Rudolf Rasser wirklich, der anläßlich seines 65. Geburtstages am 1. Februar d. J. so sehr ins Blickfeld der Öffentlichkeit gerückt wurde, wie es sonst bei ihm eher zu selten geschieht?

Er ist jedenfalls einer, der als Person stets hinter dem Werk steht. Möglichst unauffällig; aber desto intensiver.

Auf eine Umfrage nach der Person würden in weitesten Kreisen unserer Leser wohl sofort – und ohne Rücksicht auf Rang und Titel – die Namen Rasser und Raiffeisen in einem Atemzug genannt werden. Und das mit Recht. Rasser und die österreichische Raiffeisenorganisation sind derzeit, und seit vielen Jahren, nicht mehr ohne einander vorstellbar.

Gerade in den jüngsten Tagen wurden dem Generalanwalt des Österreichischen Raiffeisenverbandes, Ökonomierat Dr. Rudolf Rasser, viele inoffizielle Ehrentitel verliehen: „Schlüsselfigur der österreichischen Geld- und Wirtschaftspolitik", „Manager mit Herz", „Motor der Raiffeisen-Geldorganisation", „Mitbegründer genossenschaftlicher Industrien und Förderer der Waren- und Verwertungsgenossenschaften", ein „guter, hervorragender Mann" usw ...

Alles das ist Rasser ganz sicher. Aber darüber hinaus noch viel mehr. Er ist vor allem und in erster Linie ein überragender Pionier der bäuerlichen Selbsthilfe – und als solcher alterslos und ohne jegliche Ermüdungserscheinung immer um neue Wege und Methoden zur Erhaltung eines leistungsfähigen Bauernstandes, einer modernen, fortschrittlichen Land- und Forstwirtschaft bemüht.

Rasser ist ein Raiffeisen unserer Zeit, der – ausgestattet mit scharfem Verstand und glühendem Herzen – der Idee dient, der er sein Leben verschrieben hat: der Genossenschaftsbewegung. Wahrscheinlich werden – so wie bei Raiffeisen – erst spätere Bauerngenerationen voll ermessen können, was sie Rasser zu verdanken haben.

Als Weinhauersohn am 1. Februar 1913 in Gumpoldskirchen geboren war Rudolf Rasser von Kindheit an dem landwirtschaftlichen Genossenschaftswesen persönlich eng verbunden. Auch als Student arbeitete er bereits in bäuerlichen Organisationen, wobei ihm nicht zuletzt die große Bedeutung der Öffentlichkeitsarbeit für die Land- und Forstwirtschaft bewußt wurde. Derzeit erfüllt Dr. Rasser übrigens neben all seiner anderen Arbeit auch noch als Obmann des Agrarischen Informationszentrums eine besonders wichtige Aufgabe an der vordersten Front der agrarischen Öffentlichkeitsarbeit.

Nach dem Zweiten Weltkrieg stellte sich Dr. Rasser in den Dienst der Raiffeisen-Zentralkasse Niederösterreich-Wien, wo er 1947 leitender Direktor, 1959 Generaldirektor und 1967 Obmann wurde. Gleichzeitig begann seine Pioniertätigkeit unmittelbar nach Kriegsende mit der Errichtung der Bau- und Maschinenkreditgenossenschaft für Niederösterreich und Wien, die ursprünglich für den Wiederaufbau, dann aber auch vor allem für die Mechanisierung und Modernisierung der Landwirtschaft von allergrößter Bedeutung war.

Nicht geringer war und ist Rassers Aktivität für die Schaffung und den Ausbau einer modernen Agrarindustrie. Es kam daher keineswegs überraschend, als nach dem Tode Eduard Hartmanns Rudolf Rasser zum Generalanwalt des Österreichischen Raiffeisenverbandes gewählt wurde. Und im Interesse des Genossenschaftswesens ist zu hoffen, daß er es noch lange und erfolgreich bleiben möge.

Um es kurz zusammenzufassen: Der Name Rudolf Rasser ist eng verknüpft mit Aufbau und Führung der Raiffeisen-Geldorganisation, der Österreichischen Agrarindustrie, der genossenschaftlichen Tullner Zuckerfabrik, der Raiffeisen-Bausparkasse, der Raiffeisenbank Wien, der Raiffeisen-Versicherung, der Raiffeisenakademie und des Raiffeisenhauses in Wien. Rasser ist Ehrenbürger und Ehrensenator der Universität für Bodenkultur und Träger zahlreicher hoher und höchster Auszeichnungen. Er zählt zu den wenigen Trägern des Goldenen Bauernbundabzeichens.

Mit besonderen Worten der Würdigung und des Dankes überreichte LH Maurer dieser Tage Rudolf Rasser das Goldene Komturkreuz des Ehrenzeichens für Verdienste um das Bundesland Niederösterreich. Wenn Niederösterreich seine Stellung als führendes Agrarland nicht nur bewahren, sondern auch beachtlich ausbauen habe können, so sei dies nicht zuletzt den von Rasser geleiteten Organisationen und der großen Persönlichkeit des Generalanwaltes zuzuschreiben, betonte der Landeshauptmann mit Recht.

Landesparteisekretär Dr. Bernau betonte, daß die Volkspartei den Österreichern politisch und personell die besseren Alternativen zur Wahl vorschlagen. Bernau: „Eines der entscheidenden Verdienste von Bundesparteiobmann Dr. Taus ist es, daß er das jahrelang praktizierte Doppelspiel der SPÖ und der von ihr gestellten Regierung durch die Eröffnung der Grundsatzdiskussion für jedermann sichtbar und schonungslos offengelegt hat.

Die Wähler wissen jetzt jedenfalls, daß sie mit einem Stimmzettel für die SPÖ nicht einen liberalen oder einen humanistischen Sozialismus wählen, sondern einen Sozialismus, der trotz Kreisky seinen Ahnherrn Karl Marx nicht verleugnen kann. Was die Sozialisten als Reformen verkaufen, ist nichts anderes, als die konsequente Verwirklichung sozialistischer Gesellschaftspolitik nach bekanntem Muster."

Neuer Zuckerpreis

Die Amtliche Preiskommission hat am 31. Jänner d. J. eine Preiserhöhung für Zucker beschlossen, die mit 1. Februar d. J. in Kraft trat. Demnach wird 1 Kilogramm Normalkristallzucker um 1,30 S teurer, der bisherige Preis betrug 9,30 S je Kilogramm.

Die Zuckerwirtschaft stellt dazu fest, daß die Preiskommission die im Prüfungsverfahren anerkannten betriebswirtschaftlichen Erfordernisse aus „volkswirtschaftlichen Gründen" fast zur Hälfte gestrichen hat.

Der Vorsitzende der Präsidentenkonferenz, Dr. Lehner, erklärte zu den Verhandlungen über den Zuckerpreis, ein wesentliches Problem dabei war die Erhaltung des privatwirtschaftlichen Vertrages zwischen der Zuckerindustrie und den Rübenbauern. Danach ist an eine Zuckerpreiserhöhung gleichzeitig eine Anhebung des Rübenpreises gebunden.

Wie die Zuckerwirtschaft weiter feststellt, seien ihre Leistungen während des Stabilisierungszeitraumes mit der neuen Preisfestsetzung nicht ausreichend berücksichtigt worden,

1970 Agrarverlag Wien
vom Bauernbund

RECHTSANWALT
DR. WOLFGANG AIGNER
TEL. 42 66 22, 42 54 08
PSK.-NR. 19.288

1010 WIEN, 6. 11. 1970
RATHAUSSTRASSE 6

3/Re

An den
Verband ländlicher
Genossenschaften
in Niederösterreich
z. H. Hrn. Dipl. Ing. Dir. Steinböck
Seilergasse 6
1010 WIEN

Betr.: Verband ländl. Gen. - Kelly

Sehr geehrter Herr Direktor!

Auf Grund unserer Besprechungen vom 12. und 28. 10. d. J. übergebe ich Ihnen folgende Überlegungen zur Auslegung und Novellierung des zwischen dem Verband ländlicher Genossenschaften und der Firma Kelly Ges. m. b. H. am 23. 2. 1968 geschlossenen Vertrages. Es lag mir dabei der genannte Vertrag, die Beilagen 1 und 2 zu diesem Vertrag und der Brief der Firma Kelly an den Verband ländlicher Genossenschaften vom 1. 3. 1968 vor.

I. Auslegung des Vertrages.

1. / Der Vertrag bezieht sich nur auf die Produktionsstätte Hollabrunn (siehe Punkt Erstens).

2. / Der Vertrag bezieht sich darüber hinaus nur auf die im Zeitpunkt des Vertragsabschlusses vorhandene Produktionsanlage und deren Kapazität. Ich gewinne diese zwingende Auslegung daraus, daß bei der Preiskalkulation nur die Amortisation der vorhandenen Anlage zugrunde lag (Punkt Viertens, lit g) des Vertrages), daß zum Zeitpunkt des Vertragsabschlusses die Kapazität dieser Anlage mit 850 Jahrestonnen geschätzt wurde (Punkt Viertens lit e) des Vertrages), daß bei den Lohnkosten eine Mannschaft von 20 Arbeitern, die sich ebenfalls auf die Kapazität stützte, unveränderlich zugrunde gelegt wurde (Punkt Viertens, lit e) des Vertrages) und daß bei Verlangen

Kellys nach Investitionen aus technischen oder Rationalisierungsgründen eine Erhöhung des in die Kalkulation zu übernehmenden Arbeiterstandes nicht vorgesehen war, sodaß sich offensichtlich ein solches Investitionsverlangen innerhalb der Kapazität der Anlage zu halten hatte.

3./ Hingegen hat nach dem Vertrag (insbesondere Brief vom 1. 3. 1963, lit d) Kelly die Möglichkeit, an der vorhandenen Anlage Überstunden und einen Mehrschichtbetrieb zu verlangen. Klar ist, daß dies nur innerhalb der technischen Möglichkeiten stattfinden kann.

4./ Verlangt Kelly einen Mehrschichtbetrieb, so muß Kelly nach der zitierten Bestimmung die dafür notwendigen Lohnkosten bezahlen, auch dann, wenn der Mehrschichtbetrieb die Anstellung weiterer, nicht voll ausgelasteter Arbeitskräfte verlangt. Hingegen ist Kelly nicht verpflichtet, aus der Tatsache des Mehrbetriebs andere Kosten zu bezahlen (etwa Erhöhung des Verwaltungskostenaufwandes, Erhöhung der Amortisation etc.).

5./ Der Verband kann somit innerhalb des bestehenden Vertrages nicht verhalten werden, die Anlage zu vergrößern. Andererseits fehlt eine klare Vertragsbestimmung, was zu geschehen hat, wenn der Bedarf Kellys größer ist als die vorhandene Anlage produzieren kann. Kelly ist nach Punkt Erstens des Vertrages verpflichtet, ausschließlich von der Produktionsstätte Hollabrunn zu beziehen, nach Punkt Fünftens des Vertrages kann aber Kelly Deckungskäufe bei Dritten tätigen, wenn der Verband "aus welchem Grunde immer" nicht bestellungsgemäß liefert. Da - wie oben erwähnt - der Verband zur bestellungsgemäßen Lieferung nur innerhalb der Kapazität der zum Vertragsabschluß vorhandenen Anlage verhalten werden kann, wird der Vertrag so auszulegen sein, daß Kelly jene Menge von dritter Seite beziehen kann, die die vorhandene Anlage bei voller Auslastung nicht zu produzieren imstande ist. Für jene Menge entfällt aber natürlich die Verpflichtung des Verbandes (Punkt Fünftens des Vertrages), die bei Deckungskauf bei Dritten entstehenden Mehrkosten zu tragen. Kelly wird auf Grund des Vertrages im übrigen verhalten sein, bei Überschreitung der Kapazität der Anlage nur jenen Teil bei Dritten zu beziehen, der tatsächlich die Kapazität überschreitet. In einem solchen Fall hat also der Verband das Recht, die Produktion bei voll ausgelasteter Anlage an Kelly unter den Bestimmungen des Vertrages zu liefern.

6. / Steigende Lohnkosten sind von Kelly nicht bloß dann zu tragen, wenn die Lohnkosten für 20 Arbeiter, die an der Anlage arbeiten, steigen (Punkt Viertens, lit e) des Vertrages), sondern auch dann, wenn sich die Lohnkosten im steigenden Warenpreis (Punkt Viertens, lit a) des Vertrages samt allen Untergliederungen) auswirken.

7. / Die Grundlage für die Berechnung des Warenpreises nach Punkt Viertens lit a) des Vertrages ist der "jeweilige Stärkepreis". Der Vertrag und die Zusatzkorrespondenz enthalten keinen Anhaltspunkt dafür, wie der Stärkepreis zu rechnen ist; es ist von keinem Börsenpreis die Rede. Es wird also davon auszugehen sein, daß der durchschnittliche Preis der Stärke oder jener Produkte, auf denen der Stärkepreis basiert, in der Hollabrunner Gegend zugrunde gelegt wird. Es ist durchaus möglich, daß dieser Preis vom Börsepreis abweicht, besonders dann, wenn unter irgendeinem Titel versteckte Zuschläge gewährt werden. Die Sachlage würde nur dann anders sein, wenn anläßlich der Vertragserrichtung ausdrücklich vom Börsenpreis als Grundlage des Stärkepreises gesprochen worden wäre - hier wäre die Auskunft jener Herren wichtig, die bei der Vertragsverfassung mitgewirkt haben.

8. / Falls die Jahreslieferung 850 Tonnen überschreitet, ist gemäß Punkt Viertens, lit h) des Vertrages eine Mehramortisation von S 117,-- pro überschreitender Tonne zu bezahlen. Der sonstige Vertragsinhalt, insbesondere die unter Punkt 2.) oben genannten Argumente, sprechen dafür, daß an ein wesentliches Überschreiten der Kapazität von 850 Tonnen nicht gedacht worden ist. Es gibt also gute Gründe, die beim Schichtbetrieb die Argumentation erlauben, daß für diesen Fall eine neue Kalkulation für die Amortisation aufgestellt werden muß.

II. Vorschläge für die Novellierung des Vertrages.

1. / Der Vertrag muß auf andere Produktionsstätten ausgedehnt werden,

falls an eine Verlagerung der Produktion gedacht wird.

2./ Im alten Vertrag fehlt eine Bestimmung für den Fall, daß Kelly die im vorhinein bestellte Jahresmenge nicht abnimmt. Es müßte entweder die ausdrückliche Verpflichtung in den Vertrag aufgenommen werden, daß Kelly mindestens die voraus bestellte Menge abnimmt oder daß - wenn das wirtschaftlich überhaupt möglich ist - der Verband die nicht abgenommene Menge selbst absetzt und Kelly den Schaden weiterverrechnet.

3./ Es sollte klar gesagt werden, wie der Stärkepreis zu gewinnen ist.

4./ Es sollte klar ausgedrückt werden, daß bei neuer Maschine oder bei Eintritt des Schichtbetriebes eine neue Kalkulation eintritt.

5./ Es müßte vor der Weiterführung der Vertragsgespräche eine genaue Kalkulation für die vergrößerte Anlage aufgestellt werden.

6./ Entsprechend dem bisherigen Gesprächsverlaufe müßte fixiert werden, daß für die gelieferten Säckchen nicht ein Mindestgewicht, sondern ein Durchschnittsnettogewicht (Durchschnitt bei wievielen Säckchen?) festgesetzt wird. Kelly müßte sich verpflichten, laufend die eigenen Kenntnisse (know how) für die Produktion zur Verfügung zu stellen.

7./ Bei Ersetzung von Maschinen durch den Verband müßte der Preis der neuen Maschine als Grundlage der neuen Amortisation schon jetzt vereinbart werden (praktisches Beispiel: Maschinenbruch, die neue Maschine ist teurer, als die funktionsunfähige).

8./ Am schwersten wird zu entscheiden sein, wie man sich am besten gegen ein völlig ersatzloses Auslaufen des Vertrages sichert. Zunächst muß gewährleistet sein, daß bis zum Auslaufen des Vertrages voll amortisiert und möglichst darüberhinaus Gewinn gemacht wird. Für den Fall, daß Kelly bei anderen Lieferanten einen ähnlichen Vertrag abschließt, sollte sich der Verband vielleicht ein "Vorlieferungsrecht" versprechen lassen.

Falls Sie im Zug der weiteren Vertragsgespräche meine Hilfe brauchen, stehe ich Ihnen natürlich gerne zur Verfügung.

Mit vorzüglicher Hochachtung

TAGES- ~~MONATS-~~ BERICHT - PRODUKTION

Datum: 5. Juli

Warenbezeichnung	Schälung	Erzeugte Menge	Karton	Ø K. Vbr.	Stärke %	Fett-Öl-Vbr.	Stunden-Leistung	Ausgang	Bestand
Schälkartoffel - ~~B~~ Frühk.	400	330							
Schälkartoffel - C									
Schälkartoffel - S									
Fritte 5 kg Kart.	79.710	20.410	4082	3,90	11,4	7,8	22/927,-	17.260	4150
Fritte 10 kg Kart.									
Fritte Kleinverp.									
Chips	19.260	5630,026		2,90	11,4		13/510,-	6812,68	4473

Mandl Gr.
Bearbeiter

Kostenträgerrech[illegible]

Kostenart:	Kosten laut DAB		
Rohkartoffeleinsatz	3,098.290 kg. a S 1.15		S 3,551.087.60
Kartoffelverbrauch	∅ 4.18 kg. f. 1 kg. Chips		
Produktionsmenge	740.2[illegible] kg. Chips		
Backoel	342.625 kg. a S 9.92		S 3,399.050.75
Verbrauch	46.2[illegible]		
Salz	13.550 kg. a S 2.60		S [illegible].236.--
Gewürze	1.556.10 kg. a S33.74		S [illegible]2.496.90
Energiekosten : Strom	S 0.15 per kg.		S [illegible]
Heizoel	S 0.32 per kg.		S [illegible].045.40
(moti) Amortisation (2 Woodmann nicht im Schema)			S 77[illegible].066.--
Lohnkosten laut DAB 1.67			S 1,[illegible].446.20
Reparatur und Instandhaltung			S 150.771.02
" " " " zu Ver/anlagen ? Umbauten etc			S 144.567.47
ant. Reinigungskosten			S 112.990.53
Verpackungsmaterial			S 5,201.973.87
Zwischensumme:			S 15,024.188.74
Kosten die im Schema nicht detaliert aufscheinen, für die nur zum Teil laut Vertrag ein Kostenersatz erfolgt.			
Amortisation Gebäude	ges. 214.733.--	ant.	S 92.329.--
Kosten f. Heizhaus	ges. 214.787.60	ant.	S 92.366.--
Sonst. Verwaltungsk.	ges. 280.865.67	ant.	S 120.704.--
Gehälter(ohne Vertrieb)	ges. 609.637.20	ant.	S 262.160.--
Belastung Kelly f. H Wurz			S 100.000.--
Zinsen [illegible] + Raika	ges. 345.171.67	ant.	S 148.436.--
Kalkulatorische Zinsen	ges. 415.805.25	ant.	S 17[illegible].027.--
Gesamt Summe :			S 16,0[illegible].098.74

Verlust Chips S 1,692.556.86

Hollabrunn 30. IV. 1971

[illegible]rtoffelverwertung Hollabrunn [illegible]

TAGES- MONATS- BERICHT - PRODUKTION

Datum: 18. 12.

Warenbezeichnung	Schälung	Erzeugte Menge	Karton	Ø K. Vbr.	Stärke %	Fett-Öl-Vbr.	Stunden-Leistung	Ausgang	Bestand
Schälkartoffel - B									
Schälkartoffel - C Kartoffel-	300	310	310					170	210
Schälkartoffel - S Salat	1.800	1.860	186	/	/	/	/	1.650	
	Ges. Erz.: 18/175/178.230							Ges. Ausg.: 175.515	
Fritte 5 kg Kart.	51.430	700 18.475	70 3.685	2,7	16,4	2,7	12½/1.534	20.015	6.185
	518.020	158.870	270 31.434	2,8	/	/	148¾/1.184	157.655	
Fritte 10 kg Kart. Lukaten-	/	/	/	/	/	/	/	/	Ø
Fritte Kleinverp. fut	/	/	/	/	/	/	/	/	
Eskimo Iglo	/	/	/	/	/	/	/	/	Ø
	/	18.360	1.836	/	/	/	/	17.860	
Chips	31.870	8.808,306	/	3,2	17,7	/	15/660	8.863,63	4.712
	385.150	116.331,472	/	3,4	/	/	175¾/662	116.868,836	

19. 5. 1971

A k t e n v e r m e r k

<u>Betrifft: Vertrag mit Kolly</u>

Am 17. Mai 1971 setzte sich Herr Direktor Rast abermals mit uns in Verbindung, um in Fortsetzung des ersten Gespräches konstruktive Vorschläge zu machen. Wie bereits unser erster Kontakt bewies, scheint Herr Rast bemüht zu sein, die nun einmal entstandene Hypothek und das angekratzte Prestige allmählich wieder aufzubauen.

Der Ordnung halber halten wir fest, daß wir nachdrücklich das bestehende Vertragswerk als Schandvertrag betrachten und bezeichnen. Unterstreichen wir ebenfalls noch einmal ganz ausdrücklich, daß die Firma Kolly ihre beratende Funktion nicht [illegible]führend ausgeübt hat.

Da wir uns nicht vorstellen können, daß dem überaus sor[illegible] Haus Balsen eine öffentliche Polemik, die durch Verlustza[illegible] untermauert wird, wünschenswert ist, muß im beiderseitigen Interesse ein konstruktiver Vorschlag zur Lösung dieser heiklen Frage gemacht werden.

Herr Direktor Rast ließ durchblicken, daß er in dieser, meiner Meinung mit mir konform geht und machte folgenden unverbindlichen Vorschlag, den er mit seinen Gesellschaftern besprechen wird. Wie ja bekannt ist, findet am 21. 5. d. J. die Generalversammlung der Fa. Kolly statt. Bei dieser Gelegenheit soll auch dieses Thema erörtert werden.

Bevor wir diese Punkte festlegen, erinnern wir daran, daß bei der letzten Besprechung die Bereitschaft gemeinsam eine Kapitalgesellschaft zu gründen, ventilliert wurde. Unser Vorschlag ging dahin, daß das Frites-Programm in dieses Konzept miteinbezogen werden soll. Außerdem sahen wir ein Beteiligungsverhältnis von mindestens 50 % und eine gemeinsame Geschäftsleitung vor.

19. 5. 71

Herr Direktor Rast erbat sich in der Frites-Frage Bedenkzeit, weil er darüber nicht allein entscheiden kann. Außerdem erklärte er, daß bei einer gründlichen Durchrechnung der Kosten laut BAB für die Zeit vom 1. 1. 70 bis 31. 12. 70 rund 600.000,-- errechnet werden können, die den Verlust von 1,693.000,-- für das Jahr 1970 entsprechend reduzieren und sich auch auf das Jahr 1971 dementsprechend auswirken.

Bei der Errechnung des Kostenträgers Kartoffel-Einsatz wurden 100 t als Schwund geschätzt. Daher ist dieser Kostenträger nicht genau ermittelt worden. Der Posten Produktionsmenge muß den der echten Verkaufsmenge der Fa. Kelly gegenübergestellt werden.

In diesem Zusammenhang muß erwähnt werden, daß erhebliche Fehlmengen (Plus oder Minus) durch die übernehmende Fa. Kelly festgestellt wurden, deren Verrechnung ebenfalls zu überprüfen ist.

Unter dem Titel Abfall werden laut Aussage des Herrn Wurz, I a Waren im Betrag von S 140.000,-- zum Preise von S 20,-- abgezweigt. Der Verkauf soll sich bis in das Gebiet Stockerau ausdehnen.

Allein aus diesen Feststellungen geht hervor, daß die bisherige Methode der Ermittlung der Herstellungskosten und der damit zusammenhängenden Beträge überprüft werden muß. Dazu kommt noch, daß durch die nachweisbaren Manipulationen des seinerzeitigen Betriebsführers Strobl, die Schwankung des Kartoffelpreises stets zulasten des Werkes gingen. Auch wurden im BAB die Liefermenge und nicht die Produktionsmenge angegeben. Das ergibt einen Unterschied von 3 t Chips, die ungefähr einen Betrag von 56.000,-- bis 60.000,-- ausmachen.

Herr Rast führt alle diese Mißstände in erster Linie auf die leitenden Herren der vergangenen Ära zurück. Auf Grund der nun in Aussicht gestellten Reorganisation, erklärte sich Herr Rast vorbehaltlich der Rücksprache mit seinen Gesellschaftern bereit, diesen bereits erwähnten Vorschlag zu machen.

Da die Nachfrage für Chips am österreichischen Markt sehr dynamisch ist, ist es seiner Meinung nach unausbleiblich, daß eine 2., eventuell 3. Chips-Linie installiert werden müßte. In dem in Kagran geplanten neuen Fabriksobjekt wäre der Einbau dieser Chips-Linie möglich.

Die Fa. Kelly ist nach wie vor an einer Partnerschaft mit dem Verband ländlicher Genossenschaften in N.Ö. interessiert und schlägt in diesem Fall eine Sperrminorität von 26 % vor. Im Rahmen einer gemeinsam festzulegenden Geschäftsordnung, werden alle jene Punkte einvernehmlich zu regeln sein, die die Interessen beider Partner absichern. Die Voraussetzung für eine gute Zusammenarbeit leitet Herr Rast von einem Mitspracherecht beim Kartoffeleinkauf ab. Dieser Einwand erscheint uns ebenfalls sehr wichtig, wird aber durch die bereits erwähnte Geschäftsordnung ohne weiteres zu regeln sein. Bei einem Arrangement in diesem Sinne, würden sämtliche Maschinen zum Buchwert, der dem Verkehrswert entsprechen müßte, anteilig übernommen.

Wir betrachten diese Vorschläge unter der Voraussetzung einer gründlichen Prüfung für richtig, weil die Zielsetzung der Vermarktung der landwirtschaftlichen Produkte durch den Vertrieb einer potenten Gesellschaft langfristig gesichert ist, und die Aussicht auf die Erzielung echter Gewinne gegeben ist.

Abschließend möchten wir noch einmal betonen, daß Herr Rast, wie aus dem Gesprächsklima hervorgeht, ehrlich bemüht ist, in Zusammenarbeit mit der Zentraldirektion zu einer echten Lösung dieser schwierigen Probleme beizutragen.

Aber ebenso klarstellen wollen wir, daß wir das bestehende Vertragswerk grundsätzlich ablehnen und eine weitere Zusammenarbeit mit der Fa. Kelly zu den alten Bedingungen nicht tragbar ist.

19. 4. 71 -4-

Um dieses wirklich ernste Problem rasch weiterzubehandeln, ersuchen wir die Zentraldirektion um einen Terminvorschlag Anfang Juni.

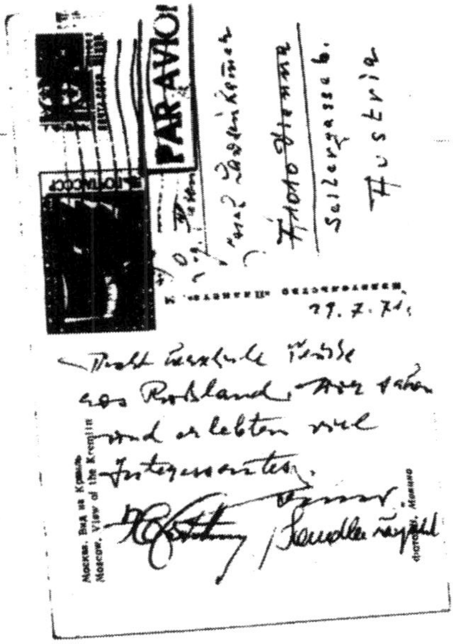

STRENG VERTRAULICH!

4/MW/H/2279 Wien, 22. September 1971

AKTENVERMERK

anwesend:

Zentraldirektor Ing. Flener, Josef Lausenhammer und Dr. Haindl in dessen Kanzlei:

In Angelegenheit Fa.Kelly wird von Zentraldirektor Ing. Flener als weitere Verhandlungsroute festgelegt, daß der Verband so wie im Exposé vom 26. August 1971 festgehalten, die Errichtung einer Produktionsgesellschaft anstrebt, an der der Verband mit 51 % und die Fa. Kelly mit 49 % beteiligt sein soll. Es ist vorerst nicht daran gedacht, bezüglich dieses Beteiligungsverhältnisses, wogegen sich die Fa. Kelly bisher ausgesprochen hat, eine konziliante Haltung einzunehmen; in harter Verhandlungsführung ist daher dieses Vertragsziel anzustreben. Zentraldirektor Flener begründet ausführlich den diesbezüglichen Standpunkt des Verbandes unter Bezugnahme auf die Person des Herrn Dir. Rast.

Wenn sich diesbezüglich unüberbrückbare Verhandlungsdifferenzen ergeben sollten, dann ist an eine Einschaltung der Herren Balsen gedacht.

Der Ausgang der weiteren Verhandlungen ist zur Zeit noch nicht abzusehen, d.h. es muß auch mit dem Scheitern der diesbezüglichen Gespräche gerechnet werden. Für diesen Fall kommt dem Gutachten Dris. Haindl vom 22. Mai 1971 besondere Bedeutung zu. Dies insoferne, ob es dann dem Verband möglich ist, das Vertragsverhältnis mit der Fa. Kelly durch eine Auflösungserklärung mittels eingeschriebenen Briefes zur Auflösung zu bringen oder nicht. Zufolge der besonderen Bedeutung, die dieser Rechtsfrage zukommt, regt Dr. Haindl an, ein Obergutachten einzuholen und wird der Name Prof. Schönherr genannt. Dr. Haindl erklärt sich ausdrücklich damit einverstanden, daß das von ihm erstellte Gutachten zu diesem Zweck Herrn Prof. Dr. Schönherr zugeleitet wird.

Wenn die Rechtsmeinung Dris. Haindls eine solche Bestätigung findet, dann kann von der Auflösungsmöglichkeit Gebrauch gemacht werden. Anderenfalls wäre eine Modifikation jener Vertragspunkte anzustreben, welche Ursachen für das negative Bilanzergebnis auf seiten der Chipsproduktion sind.

Es wird sohin Auftrag erteilt, in diesem Sinne die Verhandlungen mit Dir. Rast und Dr. Prunbauer fortzusetzen und werden zu diesem Zweck Unterlagen und ergänzende Information wie seinerzeit besprochen, rechtzeitig zur Verfügung gestellt.(Berechnung des Schemas des Kartoffelpreises, Höhe des Pachtschillings, Höhe des Abtretungspreises für den 26 %igen Geschäftsanteil an der Fa. Kelly und Höhe der von der Fa. Kelly einzubringenden Bareinlage bei der zu gründenden Produktionsgesellschaft).

A k t e n v e r m e r k

Betr.: Besprechung bei Rechtsanwalt Dr. Haindl, am 22. 9. 71, 16 Uhr

Teilnehmer: Herr Zentraldirektor Flemmr
Herr Dr. Haindl
Herr Lausenhammer

Thema: Kelly-Vertrag

Herr Zentraldirektor Flemmr berichtete kurz über die in der Zwischenzeit vorgenommenen Aktivitäten, wie Besprechungen zwischen Herrn DIng. Giefing und Herrn Direktor Rast, um Mißverständnisse im Sinne einer guten Zusammenarbeit zu bereinigen.

Im Direktionskollegium des Verbandes ländlicher Genossenschaften in N.Ö. wurde der Wunsch geäußert, das von Herrn Dr. Haindl entworfene Rechtsgutachten durch einen anderen oder durch mehrere Anwälte überprüfen zu lassen. Auf die direkte Frage des Herrn Zentraldirektors an Herrn Dr. Haindl, ob er nach wie vor der Meinung sei, daß der Verband auf Grund seines Gutachtens im äußersten Falle auf dem Prozeßwege eine Auflösung des Kelly-Vertrages anstreben kann, erklärte Dr. Haindl:

Wenn alle Unterlagen und Daten, die ihm von Herrn DIng. Giefing und Herrn Loidolt bekanntgegeben wurden, richtig sind, dann ist er nach wie vor der Meinung, daß seine Rechtsauffassung hält. Sollte dies nicht der Fall sein, dann kann auch kein Dauerschuldverhältnis abgeleitet werden und der daraus resultierende Prozeß ist von vornherein verloren.

In diesem Zusammenhang erklärte Herr Dr. Haindl weiter, daß er es sogar begrüße, wenn sein Gutachten von anderen prominenten Rechtsanwälten überprüft wird. Sollte entgegen seinen Erwartungen bei dieser Überprüfung eine gegensätzliche wohlbegründete Rechtsauffassung dokumentiert werden, dann bleibt nur ein beinharter Weg auf dem Verhandlungswege offen.

Herr Zentraldirektor Flemmr begrüßte diese Auffassung und erklärte, daß er das Gutachten Dr. Haindls durch den Rechtsanwalt Dr. Schönherr überprüfen lassen wird und das Ergebnis zum Gegenstand einer weiteren Besprechung in der Kanzlei Dr. Haindls machen wird.

Es wurde weiterhin die Auffassung vertreten, daß die Lösung des Problems auf dem Verhandlungswege nur dann zielführend ist, wenn die Rohstoffversorgung ausschließlich in den Händen des Verbandes bleibt, eine Produktionsgesellschaft mit dem Beteiligungsverhältnis von 51 und 49 % zugunsten des Verbandes gegründet wird und eine Beteiligung in der Größenordnung von mindestens 26 % an der Vertriebsfirma Kelly gewährleistet ist. Sollte von den Herren Dr. Brumbauer und Direktor Rast dieser Vorschlag abgelehnt werden, müsse sofort eine direkte Verbindung mit dem Hause Bahlsen in Hannover angestrebt werden.

Um den Status des Dauerschuldverhältnisses nicht zu gefährden, dürfen in Hollabrunn keinerlei Maßnahmen gesetzt werden, die der Vertragssituation auf der Chips-Linie wesentlich verbessern. Herr Burger wurde von Herrn Zentraldirektor Flener beauftragt, die Betriebsergebnisse der Chips-Linie im letzten Jahr und in den letzten 3 Monaten einer genauen Überprüfung zu unterziehen.

Abschließend erinnerte Herr Dr. Haindl an die Zusage des Herrn Zentraldirektors, die im Rahmen eines Fragebogens aufgeworfenen Fragen zu beantworten. Herr Zentraldirektor Flener versprach diese Fragen noch vor seinem Urlaub zu beantworten. Während des Urlaubs des Herrn Zentraldirektors (voraussichtliche Rückkehr 15. Oktober 1971) wurden Herr Dr. Haindl und Herr Lausenhammer beauftragt, die Verhandlungen im oben angeführten Sinne weiterzuführen.

<u>Thema: Kröllendorf - Lieferung Hypa-Anlage</u>

Herrn Dr. Haindl wurde durch Herrn Lausenhammer eine Briefkopie der Hesser AG übergeben, in welcher in ausführlicher Weise begründet wurde, warum mit der Lieferung der Hypa-Anlage nicht vor dem Monat Mai 1972 gerechnet werden kann. Dieser Tatbestand wirft die ganze Marketing-Vorarbeit über den Haufen und stellt die Einführung dieser Packung für das Jahr 1972 in Frage. Ganz abgesehen von den daraus resultierenden Unkosten, ist auch der Gewinnausfall für das Werk Kröllendorf zu berücksichtigen.

Außerdem besteht die Gefahr, daß durch diese Manipulation, andere bedeutende fruchtsafterzeugende Industrieunternehmen den Marktvorteil ausnützen. Dr. Haindl ging sogar soweit, daß seiner Meinung nach, Interventionen bedeutender Konkurrenzfirmen eminentes Interesse haben, daß der Verband vom Ankauf der Hypa-Anlage zurücktritt. Aus diesem Grund wird diese Angelegenheit in Zusammenarbeit mit Herrn Direktor Hötzel schnellstens überprüft.

MARKETING KONSULENT

Wien, 23. September 1971 Lausenhammer

VEREINIGTE MAUTNER MARKHOF'SCHE
PRESSHEFE FABRIKEN

TELEGR.-ADR.: TELEPHON MAUTNERHEFE WIEN
BRIEF-ADR.: MAUTNERHEFE WIEN 79 POSTFACH
GIROKONTO NR. 800.288
BEI DER ERSTEN ÖSTERR. SPARCASSE WIEN
POSTSCHECK-KONTO: WIEN NR. 46.566
FERNSPRECHER: U 13-5-55 SERIE

WIEN XI/79, den 1. Juni 1953.
SIMMERINGER HAUPTSTRASSE 101

B e s t ä t i g u n g.

Wir bestätigen hiemit, dass Herr Franz W u t z l, geb.am 15.Februar 1898 in Watzelsdorf, Bez.St.Pölten, österreichischer Staatsbürger, wohnhaft in Wien, XI., Dorfgasse 5o, in unserer Firma als disponierender Betriebsleiter unserer gewerblichen Spiritusbrennerei und Obstbrennerei tätig ist.

VEREINIGTE MAUTNER MARKHOF'SCHE
PRESSHEFE FABRIKEN
ppa. ppa.

Vertraulich!

A k t e n v e r m e r k

i.S.Verband ländlicher Genossenschaften in Niederösterreich reg.Gen.m.b.H. - Fa.Kelly Ges.m.b.H.

Besprechung Prof.Dr.Schönherr, Zentraldirektor Ing.Flenner, Dr.Koll und Dr.Haindl in Kanzlei Dr.Schönherr am 19.1o.1971:

Dr.Haindl gibt bekannt, daß auch von ihm die Frage der Auflösungsmöglichkeit des Kelly-Vertrages geprüft wurde und stellt fest,daß der Kelly-Vertrag von beiden Gutachtern als Dauerschuldverhältnis qualifiziert wurde, das aus wichtigen Gründen vorzeitig durch einseitige Erklärung aufgelöst werden kann. Weiters stellt Dr.Haindl fest, daß beide Gutachter die Einschränkung machen, daß ein selbstverschuldetes negatives Betriebsergebnis oder wenn dieses vorhersehbar war, zur Vertragsauflösung nicht berechtigt.

In weiterer Folge zitiert Dr.Haindl folgenden Absatz aus seinem Gutachten vom 22.Mai 1971:

> "Im Sinne dieser Judikatur gehe ich weiters davon aus, daß beide Teile bei Vertragsabschluß der Überzeugung waren,daß dieses Vertragsverhältnis für jeden mit einer jährlichen Rendite enden wird und daß das einseitig negative Betriebsergebnis für den Verband bei Vertragsabschluß nicht vorhersehbar war (".......... unvorhersehbare geänderte Verhältnisse ....").
>
> Es bedarf keiner besonderen Begründung, daß ein allfälliges negatives Betriebsergebnis, das allein seine Ursache in der mangelhaften Betriebsführung des Inhabers hat, dem Vertragspartner nicht angelastet werden kann (keine Berechtigung zur Vertragsauflösung). Im gegenständlichen Fall ersehe ich aber aus den mir überlassenen Unterlagen und aus der mir erteilten Information, daß das ergebene negative Betriebsergebnis vorwiegend auf die Preisvereinbarung zurückzuführen ist und diesbezüglich durch beiderseitige Bemühungen bis dato keine wesentliche Änderung erreicht werden konnte (Änderung der Kostenträgerrechnung) ...."

Demgegenüber ist Dr.Schönherr von einer anderen Information ausgegangen, nämlich davon, daß

1.) die Herstellungsmethoden "noch nicht optimalen -aber erzielbaren-Bedingungen entsprechen (Seite 5,Punkt 3, ~~litt~~.a. des Gutachtens) und daß

2.) die Verluste des Verbandes bei Reparatur.Instandhaltung und

Reinigung des Anlagevermögens,bei der Anlagenabschreibung,bei den anteiligen Gehältern, bei der Unterlassung der Wertsicherung, bei der Festlegung des Kartoffelbasispreises bei Vertragsabschluß vorhersehbar waren, so daß man,um einen im ganzen zweckmäßig erscheinenden Vertragsabschluß zu ermöglichen, diese Verluste "sehenden Auges" bei Vertragsabschluß in Kauf genommen hat (Seite 6, Punkt c)."

Dr.Haindl weist darauf hin, daß beide Gutachter zwar die gleiche Rechtsmeinung vertreten, aber bei Erstellung des Gutachtens nicht vom gleichen Sachverhalt ausgegangen sind. Dr.Haindl vermeint, daß das negative Betriebsergebnis in der Chipsproduktion nicht auf eine mangelhafte Betriebsführung zurückzuführen sein dürfte und verweist auf das Betriebsergebnis in der Fritesproduktion. Für Dr.Haindl ist es weiters schwer vorstellbar, daß für die Vertreter des Verbandes das negative Betriebsergebnis bei Vertragsabschluß vorhersehbar war und "sehenden Auges" d.h. bewußt in Kauf genommen wurde.

Das Gutachten Dris.Schönherr schließt die Möglichkeit einer vorzeitigen Vertragsauflösung nicht aus.

Die einzelnen Punkte des Gutachtens Dris.Shhönherr, nach denen für den Verband die Möglichkeit für eine vorzeitige Vertragsauflösung gegeben erscheint, wurden nochmals durchbesprochen (Verlust bei Backöl, Verlust bei Lohnkosten und wegen relativer Verlusterhöhung) und das Prozeßrisiko erörtert.

Dr.Schönherr wird kurz darüber informiert, daß mit Kelly Verhandlungen geführt werden und welche Vertragskonstruktion angestrebt wird. Er bezeichnet Punkte des Vertrages als sittenwidrig und empfiehlt,neben diesen Verhandlungen gegen Kelly wegen der Anlastung von S 1oo.ooo.-- für Herrn Wurz, was er vertraglich nicht gedeckt hält, klagsweise vorzugehen.

Die Anwesenden kommen überein, eine genaue Verlustanalyse durchzuführen, wodurch festgestellt werden soll:

1.) ob das negative Betriebsergebnis auch auf mangelhafte Betriebsführung zurückzuführen ist und
2.) ob für die Vertreter des Verbandes bei Vertragsabschluß die Verluste vorhersehbar waren und sie diese bewußt in Kauf genommen haben.

Wien,am 19.1o.1971

ALLGEMEINE FÜHRUNGSANWEISUNG

des Verbandes ländlicher Genossenschaften in Niederösterreich
reg.Gen.m.b.H., Seilergasse 6, Wien I.

Das Ziel des Verbandes ländlicher Genossenschaften in Niederösterreich ist die wirtschaftliche Förderung seiner Mitglieder durch die günstigste Verwertung ihrer land- und forstwirtschaftlichen Produkte und die bestmöglichste Beschaffung und Abgabe von Waren aller Art.

Um dieses Ziel zu erreichen, bedarf es der reibungslosen Zusammenarbeit aller Mitarbeiter. Bei der heutigen Größe des Verbandes sind klare Grundsätze der Führung notwendig, die von allen beachtet werden müssen.

XI. Die Anweisung und der Einzelauftrag

Jeder Vorgesetzte hat das Recht und die Pflicht, seinen Mitarbeitern Anweisungen zu geben, sofern sich diese aus seinem Delegationsbereich ergeben und keinen Eingriff in den Delegationsbereich des Mitarbeiters darstellen. Der Mitarbeiter ist verpflichtet, diesen Anweisungen Folge zu leisten. Die Anweisung erfolgt im Wege des Vorgesetztengespräches.

Das gleiche gilt für Einzelaufträge, die dann erteilt werden, wenn sich für den Mitarbeiter eine neue Aufgabe ergibt, die in der Stellenbeschreibung nicht erfaßt ist, aber zum Wesen dieser Stelle gehört. Im Wiederholungsfalle ist sie unter Einschaltung der zuständigen Stelle in die Stellenbeschreibung zu übernehmen.

Einzelaufträge werden auch von Vorgesetzten erteilt, denen Hilfskräfte unterstellt sind. In diesen Fällen wird keine Verantwortung, sondern lediglich Arbeit delegiert, wobei für die ordnungsgemäße Erledigung der übertragenen Arbeiten der Vorgesetzte verantwortlich ist, der voll und ganz zu kontrollieren hat.

XII. Die Beschwerde

1. Jeder Mitarbeiter hat das Recht, sich über fachliche und führungsmäßige Anordnungen seines Vorgesetzten zu beschweren, wenn entsprechende Hinweise bei diesem zu keinem Erfolg führen.

2. Kommt ein Mitarbeiter zu der Überzeugung, daß die seinen Delegationsbereich betreffende Anordnung seines Vorgesetzten dem Unternehmen Schaden zufügen und den Betriebserfolg gefährden würde, so ist er nach erfolglosen Hinweisen verpflichtet, sich zu beschweren.

3. Die Beschwerde geht an den nächsthöheren Vorgesetzten.

4. Sie kann in schriftlicher oder mündlicher Form erfolgen.

- - -

- 15 -

5. Der unmittelbare Vorgesetzte ist von der Beschwerde durch den Mitarbeiter in Kenntnis zu setzen.

6. Vor Entscheidung über die Beschwerde hat der nächsthöhere Vorgesetzte den Mitarbeiter wie auch dessen Vorgesetzten getrennt voneinander zu hören.

7. Gegen die Entscheidung über die Beschwerde des Mitarbeiters kann der Mitarbeiter eine weitere Beschwerde an den nächsthöheren Vorgesetzten richten. Der Vorgesetzte, der die Beschwerde entschieden hat, ist davon zu unterrichten. Eine weitere Beschwerde ist nur in persönlichen Angelegenheiten möglich.

8. Keinem Mitarbeiter dürfen auf Grund einer Beschwerde über seinen Vorgesetzten Nachteile, in welcher Form auch immer, entstehen.

Wien, im Dezember 1971.

VERBAND LÄNDLICHER GENOSSENSCHAFTEN
IN NIEDERÖSTERREICH, reg.Gen.m.b.H.

STELLENBESCHREIBUNG für den Sachbearbeiter Vertrieb

I. Stellenbezeichnung

Sachbearbeiter Vertrieb

II. Dienstrang

Sachbearbeiter

III. Vorgesetzte

Der Stelleninhaber ist dem Leiter der KVW unterstellt.

In Disziplinarangelegenheiten ist er dem Verbandsgeschäftsführer unterstellt.

IV. Mitarbeiter

Dem Stelleninhaber ist eine Schreibkraft (teilweise) unterstellt.

V. Ziel der Stelle

Ziel der Stelle ist es, den Verkauf der Erzeugnisse der KVW unter optimalem Einsatz aller zur Verfügung stehenden Verkaufsinstrumente so zu steuern und auszubauen, daß die von der Leitung der KVW festgelegten Marktziele mit dem größtmöglichen Gewinn auf die Dauer erreicht werden.

VI. Stellvertretung

Der Stelleninhaber wird begrenzt nebenamtlich von seinem Vorgesetzten in den Punkten 1) und 6) und

von der Sekretärin des Leiters der KVW in Punkt 2) vertreten.

Der Stelleninhaber hat keine Vertretung durchzuführen.

VII. Der Aufgabenbereich im einzelnen

Folgende Aufgaben hat der Stelleninhaber selbst durc hzuführen:

1) Er verkauft die Erzeugnisse der KVW im Rahmen der gegebenen Richtlinien. Er koordiniert die Bestellungen auf Grund der Produktionsmöglichkeiten und entscheidet gemeinsam mit dem Expeditleiter die tägliche Liefereinteilung.

2) Er erstellt die Tourenpläne für den Fahrverkauf.

3) Er schlägt seinem Vorgesetzten besondere verkaufsfördernde Maßnahmen vor und führt diese nach Genehmigung durch.

4) Er informiert seinen Vorgesetzten laufend über die Markttendenzen auf dem Kartoffelproduktesektor.

5) Er beobachtet die Konkurrenz, informiert laufend seinen Vorgesetzten darüber und macht Vorschläge, wie der Konkurrenz zu begegnen ist.

6) Er nimmt Reklamationen entgegen und erledigt sie, soweit keine finanzielle Belastung für die KVW entsteht bzw. leitet die Reklamationen an seinen Vorgesetzten weiter und berät diesen, wie die Reklamation auszutragen ist.

7) Er erstellt Verkaufs- und Umsatzstatistiken und wertet diese aus.

8) Er berät seinen Vorgesetzten bei der Festlegung der Verkaufspreise.

9) Er schlägt in besonderen Fällen Preisreduzierungen und Konditionsverbesserungen seinem Vorgesetzten vor.

10) Er hält Kontakt zu den Kunden der KVW.

VIII. <u>Einzelaufträge</u>

Neben den hier angeführten Aufgaben ist der Stelleninhaber verpflichtet, alle weiteren Aufgaben wahrzunehmen, die dem Wesen nach zu seiner Stelle gehören bzw. auf Weisung seines Vorgesetzten Einzelaufträge durchzuführen, die sich auf Grund der betrieblichen Notwendigkeit ergeben.

IX. <u>Besondere Befugnisse</u>

1) Der Stelleninhaber unterschreibt seine Post.

2) Er benützt seinen Privatwagen im Rahmen der gegebenen Richtlinien.

3) Er ist berechtigt, die zur ordnungsgemäßen Wahrnehmung seiner Aufgaben erforderlichen Spesen im Rahmen der gegebenen Richtlinien zu machen.

Jänner 1972

Verband ländlicher Genossenschaften
in Niederösterreich
registrierte Genossenschaft mit beschränkter Haftung

Herrn
Generaldirektor

K.R. Ing. Karl F l e n e r

im H a u s e

Wien am 8.März 1972

Sehr geehrter Herr Generaldirektor!

Auf Grund unserer Aussprache v.7.d.M. lege ich Ihnen wunschgemäß meine Vorschläge für den Vertrieb vor.

Zu den Vorwürfen über meine Person, (Antichambrierer usw.), muß ich zu meinen Bedauern feststellen, daß Sie damit auch jene Meinung vertreten, die schon von der bisherigen Verbands geschäftsführung eingenommen wurde.
Ich habe diesen Kellyvertrag i n t e r n immer abgelehnt und auch unvorsichtiger Weise einmal Herrn Dir.Hötxzel erklärt, daß Kelly unsere Chips für ein Butterbrot bekommen würde. Leider war ich der Ansicht, daß auch Sie sehr geehrter Herr Generaldirektor diesen Vertrag für einen Schandvertrag halten würden.
Wenn mich die bisherigen Machthaber wegen meiner Meinung über den Kellyvertrag, der immerhin dem Verband und damit den Niederösterreichisc hen - Bauern bisher Millionen gekostet hat, nicht gerade lieben, kann ich dies fast noch verstehen.

Darf ich daher um Ihr Einverstädnis bitten, diese Angelegenheit dem Herrn Obmann, Nationalrat Ing. Hofstetter, vorzutragen.

Hochachtungsvoll!

Anton Scharl

Beilagen. 12+1

KELLY GESELLSCHAFT M. B. H., WIEN

GESCHÄFTSLEITUNG

Wien, 8.März 1972
Ra/Sch

Herrn

Generaldirektor Ing.Karl Flenr
Verband ländlicher Genossenschaften
Seilergasse 6
1010 Wien

Betr.: Liefer-und Bezugsvertrag.

Sehr geehrter Herr Generaldirektor!

Der Aufsichtsrat der Kelly Ges.m.b.H. hat die Geschäftsführung ermächtigt, im Hinblick auf die von ihnen angestrebte Modifikation des Liefer-und Bezugsvertrages bezw. die Einleitung einer Neuregelung überhaupt Ihnen folgende Vorschläge zu unterbreiten:

1.) Die Verhandlungen um die Modifikation des derzeit gültigen Liefer-und Bezugsvertrages werden auf den Zeitpunkt des Vorliegens der Ergebnisse des Jahres 1972 in Hollabrunn, voraussichtlich auf Mitte Jänner 1973, zurückgestellt.

2.) Wie wir des öfteren bereits Gelegenheit hatten Ihnen mitzuteilen, stehen wir auf den Standpunkt, daß Verluste auf der Basis des derzeitigen Liefer-und Bezugsvertrages beträchtlich reduziert werden könnten. Ihr mehrfach erklärtes Motiv für die Vereinbarung zwischen uns, keinen Betriebsverlust, aber auch keinen Betriebsgewinn haben zu wollen, sondern lediglich einen Gewinn an den verarbeitenden Kartoffeln von öS. 10.-- per 100 kg, müßte erreichbar sein.

3.) Um Ihrem Haus die Sorge nehmen zu können, es könnte -2-

1972 ein Verlust eintreten und Ihr Haus vor Wiedereintritt in weitere Verhandlungen belasten, wären wir bereit, nach Fixierung einer entsprechenden Berechnungsmethode zwischen Herren Ihres Hauses und Herren unseres Konzerns auf der Basis betriebswirtschaftlicher Grundsätze und unter der Voraussetzung einer sorgsamen Betriebsführung Ihnen eine Freistellungsgarantie von Verlusten für 1972 zu geben.
Unberührt davon bleibt der Gewinn bei Kartoffeln von öS. 10.-- per 100 kg.

Die Details eines solchen Garantievorschlages, wie in Punkt 3.) erwähnt, wären wir bereit, nach Abschluß der Unterhandlungen der Kostenstellenfachleute zu unterbreiten.

Dieser Vorschlag wird davon ausgehen, daß der Kartoffelpreis vertragsgemäß mit Lagerzuschlägen bezahlt wird, obwohl kein Lagerhaus vorhanden ist. Darüber hinaus sollen Ihnen Minderverbräuche bei Kartoffeln von unter 4 kg und bei Fett von unter 43 % per 1 kg Chips als zusätzlicher Betriebsgewinn verbleiben und nicht bei der Verlustfreistellungsgarantie in Abzug gebracht werden.

Wir gehen aber auch davon aus, daß Ratschläge der Fachleute unseres Konzerns, die zur Rentabilitätserhöhung bezw. Kosteneinsparung führen, von Ihnen berücksichtigt werden.

Investitionen außerhalb des gültigen Vertragsinstrumentes, welche von uns indirekt mitfinanziert werden, sollten nur einvernehmlich durchgeführt werden.

Es müßte auch eine einvernehmliche Lösung über die Ausführung von Lieferungen über die derzeit fixierte Kapazität der ersten Schicht hinaus gefunden werden.

Mit vorzüglicher Hochachtung
KELLY GESELLSCHAFT M.B.H.

Herbert Rast

Kellys

K E L L Y   G E S E L L S C H A F T   M. B. H.,   W I E N

GESCHÄFTSLEITUNG

Wien, 8.März 1972
Ra/Sch

Herrn

Generaldirektor Ing.Karl Flenner
Verband ländlicher Genossenschaften
Seilergasse 6
1010 Wien

Sehr geehrter Herr Generaldirektor!

Der Aufsichtsrat der Kelly Ges.m.b.H. hat die Geschäftsführung unter Hinweis auf ein Gespräch, das Sie mit Herrn Hermann Bahlsen am 10.Februar 1972 in Hamburg führten, ermächtigt, zur Verrechnung des Jahres 1971 Ihnen folgenden Endfertigungsvorschlag zur Erledigung wechselseitiger Ansprüche für das Jahr 1971 zu unterbreiten und zwar:

1.) Die Kelly Ges.m.b.H. stellt keine Ansprüche aus dem Minderverbrauch von Kartoffeln bezw. Fett gegenüber den von ihr bereits geleisteten Zahlungen.

2.) Die Kelly Ges.m.b.H. zahlt ohne Präjudiz einen Barbetrag von öS. 300.000.-- binnen 8 Tagen nach Einlangen Ihres Annahmebriefes für diesen Vorschlag.

Mit vorzüglicher Hochachtung
KELLY GESELLSCHAFT M.B.H.

Herbert Rast

1030 WIEN, RUDOLF-VON-ALT-PLATZ 4 · TELEFON 73 22 95 72 63 51 · TELEGRAMM KELLYGES WIEN · FERNSCHREIBER 01 3517

Entwurf

[illegible] 1973 [illegible]

Herrn
Hermann Bahlsen
Keksfabrik KG

3, Hannover
Podbielskistraße 11

Sehr geehrter Herr B a h l s e n !

Wie Sie wissen, haben die Experten über die beiderseits gewünschte Änderung des Vertrages vom 23.2.1968 weitgehend Einigung erzielt und sollten die letzten offenen Punkte in einem Gespräch zwischen diesen Herren in Wien geklärt werden.

Herr Franz ist heute in Wien erschienen und erklärte sich zu einem solchen Gespräch nicht ermächtigt. Er wollte die Betriebsabrechnung für Hollabrunn, für das Jahr 1971 überprüfen und das gleiche Schema der Betriebsabrechnung wie bei Flessner nach Möglichkeit dort eingeführt wissen.

Ich halte fest, daß dies nicht der Absprache entspricht. Damit kommen wir in unserer Absicht, eine Änderung des Vertrages vom 23.2.1968, unter Beachtung dieses Vertragsschemas mit Wirkung ab 1.1.1972 zu erzielen, nicht weiter.

Ich ersuche Sie, Herrn Franz zu ermächtigen, das Gespräch mit uns über die noch offenen Vertragspunkte zu führen. Wir waren ~~weiters~~ beider der Meinung, daß auch in diesen Punkten Übereinstimmung zu erzielen sein wird und sollten anschließend unsere Anwälte die Vertragsformulierung vornehmen.

Ich ersuche Sie weiters, nunmehr die Übersendung des sogenannten Persilbriefes veranlassen zu wollen, in dem lediglich Ihre Zusage bestätigt werden soll, daß dem Werk Hollabrunn der für das Jahr 1971 entstandene ~~Schaden~~ mit einem ~~bestimmten~~ Betrag und der im Jahr 1972 entstandene ~~Schaden~~ zur Gänze ersetzt ~~werden soll.~~

FS. 8.3.1972

Herrn
Hermann Bahlsen
Keksfabrik KG
3, Hannover
Podbielskistraße 11

Gen.Dir.Ing.Fl

Sehr geehrter Herr B a h l s e n !

Wie Sie wissen, haben die Experten über die beiderseits gewünschte Änderung des Vertrages vom 23.2.1968 weitgehend Einigung erzielt und sollten die letzten offenen Punkte in einem Gespräch zwischen diesen Herrn in Wien geklärt werden.

Herr Franz ist heute in Wien erschienen und erklärte sich zu einem solchen Gespräch nicht ermächtigt. Er wollte die Betriebsabrechnung für Hollabrunn für das Jahr 1971 überprüfen und das gleiche Schema der Betriebsabrechnung wie bei Flessner nach Möglichkeit dort eingeführt wissen.

Die Vertragsänderung sollte auf das Jahr 1973 zurückgestellt werden. Eben erhalte ich 2 Schreiben von der Firma Kelly vom 8.3.d.M. per Boten zugestellt, die eine gleiche Regelung vorsehen.

Ich halte fest, daß dies nicht der Absprache entspricht, die wir in Hamburg am 10.2.72 getroffen haben. Damit kommen wir in unserer Absicht, eine Änderung des Vertrages vom 23.2.1968 unter Beachtung dieses Vertragsschemas mit Wirkung ab 1.1.1972 zu erzielen, nicht weiter.

Ich ersuche Sie, Herrn Franz zu ermächtigen, daß Gespräch mit uns über die noch offenen Vertragspunktezu führen. Wir waren beide der Meinung, daß auch in diesen Punkten Übereinstimmung zu erzielen sein wird und sollten anschließend unsere Anwälte die Vertragsformulierung vornehmen.

Ich ersuche Sie weiters, nunmehr die Übersendung des sogenannten Persilbriefes veranlassen zu wollen, in dem lediglich Ihre Zusage bestätigt werden soll, daß dem Werk Hollabrunn der für das Jahr 1971 entstandene Verlust mit einem bestimmten Betrag und der im Jahr 1972 entstandene Verlust zur Gänze ersetzt wird.

Da sich unsere Bemühung zur Vertragsänderung nun schon monatelang hinziehen, so werden Sie Verständnis dafür haben, daß uns an einem raschem Abschluß sehr gelegen ist.

Mit freundlichen Grüßen !

Generaldirektor Ing. Flener

Herrn
Prof. Dr. Erich Loidolsberger

Verb. Wien
Gen.Dir.Ing.Fl/W

Vorstand der Fakultät für
Betriebswirtschaftslehre an der
Universität Wien

1010 W i e n

16. März 1972

Betr.: Liefervertrag zwischen dem Verband ländlicher Genossenschaften in Wien I., Seilergasse 6 und der Firma Kelly, Wien III., Rudolf von Alt-Platz 4 vom 23. Feber 1968.

Sehr geehrter Herr Doktor Loidolsberger !

Bei Errichtung des Vertrages vom 23. 2. 1968 ist man davon ausgegangen, daß die Produktion der Kartoffel-Chips kostendeckend erfolgen soll und dem Verband beim Kartoffeleinkauf ein Gewinn von S 10,--/400 kg verbleiben soll.

Um dieses Ziel zu erreichen, wurde ein eigenes Schema erarbeitet. Siehe Vertragstext, Zusatzabkommen und Berechnungsbeispiel.

In der Folge hat sich ergeben, daß dieses Vertragsziel nicht erreicht werden konnte und die Produktion selbst, nach Beseitigung von Anlaufschwierigkeiten und unter Berücksichtigung von Produktionsempfehlungen der Firma Kelly, mit jährlich beachtlichen Verlusten für den Verband endete.

Es wurde daher eine einvernehmliche Vertragsrevision angestrebt und konnte bisher für die Änderung mehrerer Punkte Einvernehmen erzielt werden. Es sind dies folgende Vertragspunkte:

Vertragspunkt lt. Vertrag vom 23.2.68	Einigung über Abänderung
Viertens (Abrechnungsschema) 1.) Die Maritter-Kartoffeln sind größensortiert von 35 - 55 mm zu verwenden.	Kartoffelähnlicher Qualität, Größensortierung 35 - 65 mm
2.) Der Verbrauch von verarbeitungsfähigen Kartoffeln darf den Erfahrungswert von 4,2 kg pro	Dieser Verbrauchswert wird auf 4 kg herabgesetzt, der Minderverbrauch bleibt der KV. für

Ausspruch von Prof. Loitlsberger, Leiter der Betriebswirtschaftlichen
Fakultät an der Universität Wien:

Kelly Vertrag.
Herr Burger ich möchte Sie darauf aufmerksam machen, daß es ein
Glück ist, daß Sie mit dem Vertrag zu mir kommen.
Denn wenn ein Bauer mit diesen Vertrag zu mir kommt und mich um
ein Gutachten über dieesen Vertrag ersucht, muß ich ihm bestätigen,
daß die Leute, die diesen Vertrag von der Verbandsseite aufgestellt
haben
entweder Narren waren und ihr Geschäft überhaupt nicht verstehen
und deshalb eingesperrt gehören.
Oder aber sie haben absichtlich so einen schlechten Vertrag aufgesetzt,
dann sind sie Verbrecher und gehören auch eingeperrt.

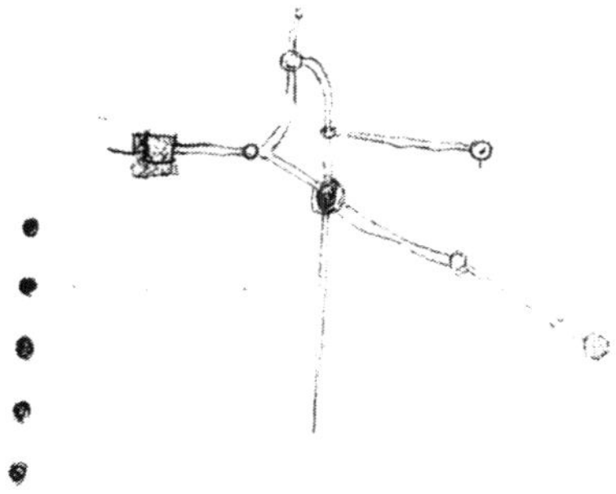

11. Oktober 1972
Burger/E

Auswertung der BAB Juni, Juli, August 1972 - KV Hollabrunn

I. BAB Juni 1972 (Wirtschaftsjahr 1971/72)

		S
1) Gewinn, Wirtschaftsjahr 1.7.71 - 30.6.72		3,281.116,--
+ vorzeitige Afa	S 549.812,--	
+ geringwertige Wirtschaftsgüter	S 1,409.744,--	
- -"- 20% Afa	S 297.748,--	
+ a.o. Aufwand	S 33.086,--	1.774.894,--
= berichtigter Bilanzgewinn 1971/72		5,056.010,--
vergleichbarer Verlust 1970/71		- 2,640.021,--

Wesentliche Ursachen für das sehr günstige Betriebsergebnis:

Durchschnittswerte	1970/71	1971/72
Kartoffeleinkaufspreis FRITES	S 122,-/100 kg	S 102,-/100 kg
- " - Chips	S 96,-	S 88,-
Kartoffelverbrauch 1 kg FRITES	3,01 kg	2,51 kg
- " - 1 kg Chips	3,76 kg	3,99 kg
Fettverbrauch FRITES	7 %	6 %
- " - Chips	46 %	42 %
Gesamtkosten FRITES (1 kg)	S 9,03	S 7,15
- " -Chips (1 kg)	S 22,--	S 21,32
Verkaufspreis FRITES (1 kg)	S 7,89	S 8,46
Erzeugte Menge FRITES	1,806.490 kg	2,523.436 kg + 40%
Erzeugte Menge Chips	764.778 kg	998.327 kg + 30%

2) Ermittlung des betriebswirtschaftlichen Gewinnes 1971/72:

berichtigter Bilanzgewinn	S 5.056.010,--
- Differenz Afa lt. Bilanz - kalk Afa	S 1,432.882,--
- Differenz Zinsen lt. Bilanz - kalk Zinsen	S 1.462.026,--
= betriebswirtschaftlicher Gewinn 1971/72	S 2.161.102,--
davon entfallen auf FRITES, Gewinn	S 2,705.479,--
" " " Chips , Verlust	- S 544.377,--

Die Vertragsmodifizierung mit Kelly ist dabei nicht berücksichtigt.

8. Oktober 1974
Bürger/B

AKTENVERMERK

Betrifft: KV Heilbrunn - BAB August 1974

I. Zur Ertragslage:

a) Gegenüberstellung

	Juli/August 1973 S	Juli/August 1974 S
Bilanzgewinn lt. BAB	1,449.000,--	996.000,--
+ vorzeitige Abschreibung	120.000,--	650.000,--
+ geringwertige Wirtschaftsgüter		5.000,--
+ a.o. Aufwand (Kartoffel aus Vorjahr)	180.000,--	117.000,--
- a.o. Ertrag	46.000,--	117.000,--
	1,703.000,--	1,651.000,--
- Differenz kalk. Posten	713.000,--	487.000,--
= Betriebsgewinn	985.000,--	1,164.000,--
davon entfallen auf:		
Frites	1,334.000,--	985.000,--
Chips (Vorjahr Verlust)	- 368.000,--	160.000,--
Sonstiges	19.000,--	19.000,--

b) Gegenüberstellung

	August 1973	August 1974
1. Frites, Gewinn lt. BAB	927.000,--	356.000,--
+ Kartoffelverluste aus Vorjahr	---	80.000,--
		436.000,--
2. Chips, Gewinn lt. BAB	65.000,--	245.000,--
Kartoffelverluste aus Vorjahr	---	[illegible]
		232.000,--

Zum Betriebsergebnis Frites August 1974

1. Kartoffelverbrauch:

Der Kartoffelverbrauch betrug 3,07 kg/kg Frites gegenüber 3,24 kg im Juli 1974. Im August des Vorjahres war er mit 2,63 kg um 0,44 kg niedriger, das ergibt einen Mehraufwand von S 176.000,--.
Begründung: Aus Qualitätsgründen höhere Ausbackung und schadhafter Sortierer, der ab September ausgetauscht wurde.

2. Fettverbrauch:

Dieser betrug 8 % gegenüber 7 % im Vorjahr, das ergibt einen Mehraufwand von S 37.000,--.
Der Einkaufspreis bei Fett lag um S 6,30/kg über dem Vorjahr, Mehraufwand S 253.000,--.

3. Die Kosten für Verpackungsmaterial stiegen um 14 g/kg, Mehraufwand S 70.000,--.

4. Die Schadensfälle aus Qualitätsgründen sind mit S 124.620,-- (entspricht einer Menge von rd. 14.000 kg) relativ hoch; sie wurden jedoch in den Vorjahren nicht im BAB ausgewiesen, sondern als Naturaluntausch buchhalterisch nicht erfaßt.

5. Der durchschnittliche Verkaufspreis stieg gegenüber dem Vorjahr von S 8,54/kg auf S 8,86, also um 32 g. Von der "Paritätischen" wurde eine Erhöhung von 70 g genehmigt. Der Erlös- bzw. Gewinnausfall beträgt rd. S 190.000,--.

6. Die Erzeugungsmenge betrug im August 1974 498 t gegenüber 454 t im Vorjahr, Steigerung 44 to = rd. 10 %.

Zum Betriebsergebnis Chips

1. Der Kartoffelverbrauch mit 3,32 kg lag unter dem Vorjahr (3,37 kg).

2. Der Fettverbrauch mit 43 % lag um 2 % unter dem Verbrauchswert vom Juli 1974 und um 1 % über August 1973. Mehraufwand S [illegible].000,--.

3. Die Erzeugungsmenge stieg gegenüber August 1973 von 159 t auf 184 t (+ 25 t, 15,[illegible]). Obwohl im Vorjahr die Produktionsmenge wesentlich geringer war, mußte an Samstagen und Sonntagen gearbeitet werden, was heuer wegfiel. Dadurch trat beim Personalaufwand eine Einsparung von S 37.000,-- ein.

A K T E N V E R M E R K

Betrifft: KV Hollabrunn
BAB Juli 1974

I. Zur Ertragslage

Gegenüberstellung	Juli 1973	Juli 1974
lt. BAB, Bilanzergebnis	+ 89.000,-(Gewinn)	- 101.000,-(Verlust)
+ Sonderabschreibung	120.000,-	650.000,-
+ geringwertige Wirtschaftsg.	--	1.000,
+ a.o. Aufwand	--	--
- a.o. Ertrag	46.000,-	1.000,-
	163.000,-	549.000,-
- Differenz kalk. Posten	359.000,-	243.000,-
Betriebsgewinn	-196.000,-(Verlust)	+306.000,-

davon entfallen auf

Frites, Gewinn	407.000,-	434.000,-
Chips, Verlust	- 433.000,-	- 121.000,-
Sonstiges, Verlust	- 170.000,-	- 7.000,-

Zum Betriebsergebnis Frites

1) Der Kartoffelverbrauch war mit 3,24 kg pro 1 kg Frites ungewöhnlich hoch, dieser betrug im Juli 1973 2,89 kg (Juli 1972 2,61 kg). Dadurch entstand gegenüber dem Vorjahr ein Mehraufwand von S 202.000,--.
Dieser hohe Verbrauch ist sicher zum Teil auf den geringen Stärkegehalt bzw. zu hohen Wassergehalt der Frühkartoffel zurückzuführen. Andererseits liegt der Kartoffelverbrauch bei Chips sogar etwas unter den langjährigen Verbrauchswerten (allerdings bis zu 3 % Feuchtigkeit). Es ist daher anzunehmen, daß auch ein überhöhter Schälverlust (nicht mehr ganz funktionsfähige Schälanlage, Ausfall des Dampfkessels) angefallen ist.

2) Der Fettverbrauch liegt mit 9 % um ca. 2 % über dem Verbrauchswert des Vorjahres. Dies bedingt einen Mehraufwand von S 134.000,-.

./.

3) Beim Lohnaufwand wurde dagegen unter Berücksichtigung einer 12 %igen Lohnerhöhung gegenüber demVorjahr eine Einsparung von 29 g/kg erreicht, was eine Einsparung von S 152.000,- bedeutet.

4) Bei den Vertriebskosten beträgt die Einsparung ebenfalls 29 g/kg, das ergibt einen Betrag von S 152.000,-. Dies ist vor allem auf den Wegfall des Vertriebes Wien zurückzuführen.

5) Der durchschnittliche Verkaufspreis stieg gegenüber dem Vorjahr von S 8,44 auf S 8,99/kg Frites. Dies bedeutet einen Mehrerlös von rund S 242.000,-.

6) Insgesamt wurde trotz der überaus hohen Verbrauchswerte durch Einsparung beim Lohnaufwand, bei den Vertriebskosten und durch höheren Verkaufspreis gegenüber Juli 73 ein Mehrgewinn von S 27.000,- erzielt.

Zum Betriebsergebnis Chips

Der Verlust betrug im Juli 1973 bei Chips S 433.000,- gegenüber S 122.000,- im heurigen Jahr.

1) Der Kartoffelverbrauch liegt wohl mit 4,26 kg über dem Vertragswert von 4 kg, jedoch betrug dieser im Juli 73 4,33 kg und 1972 4,36 kg.

2) Der Fettverbrauch betrug 50 % gegenüber 46 % im Vorjahr und 48 % im Jahre 1972. Gegenüber dem Vorjahr ergibt sich ein Mehraufwand von 4 %, d.s. S 137.000,-.

3) Beim Lohnaufwand ergab sich wie bei Frites gegenüber dem Vorjahr eine Einsparung von 50 g/kg, das ergibt einen Betrag von S 96.000,-.

4) Wesentlich für das bessere Betriebsergebnis war jedoch die hohe Produktionsmenge von rund 192 t gegenüber 142 t im Vorjahr (+ 50 t oder 35 %).

./.

Die Kosten stiegen gegenüber dem Vorjahr um S 5,32/kg, der durchschnittliche Erlös laut Kalkulationsschema 1974 dagegen um S 7,13. Das ergibt einen Mehrgewinn um S 387.000,--.

II. Umsatz Frites

Aufgliederung	Juli 1973	Juli 1974		
NÖ.,Bgld.	43,7 t	56,0 t	+12,3 t	(28 %
Wien	35,2 t	-,-		
Riemer	-,-	77,7 t		
Aichwalder,Tirol	170,6 t	156,0 t	-14,6 t	(8,6
Tillinger,Salzburg	131,7 t	55,5 t)	-24,2 t	(18,3
Schörghofer, Salzb.	-,-	52,0 t)		
Wagner, Kärnten	81,2 t	62,7 t	-18,5 t	(22,8
Landesgen.Ennstal	1.7 t	11,0 t	+ 9,3 t	
"METRO"	10,5 t	23,0 t	+12,5 t	
Sonstige	54,0 t	55,0 t	+ 1,0 t	
Gesamt	528,6 t	538,8 t	+10,2 t	(2 %

Beim Rückgang in Tirol, Salzburg und Kärnten wäre zu untersuchen, ob der Grund im Rückgang beim Fremdenverkehr liegt, oder ob die Konkurrenz mehr verkaufen konnte. Auch die Preiserhöhung trat in diesen Gebieten ab 1.7.1974 in Kraft.

3.September 1974
Burger/Bö

Burger

Anton Scharl
Kartoffelverwertung
Hollabrunn

Herrn Generaldirektor
KR. Ing. Karl FLENER
Verband ländlicher
Genossenschaften in NÖ.
Seilergasse 6
1010 Wien

Wien, 8. Jänner 1975

Sehr geehrter Herr Generaldirektor!

Obwohl Sie meinen Brief vom 8. März 1972 bisher weder beantwortet, noch zur Kenntnis genommen haben dürften, will ich Sie der Ordnung halber über die kommenden Aktionen meinerseits nicht im Unklaren lassen.

Ich darf Ihnen noch einmal kurz meinen Leidensweg bei der KV Hollabrunn in Erinnerung rufen:
Im November 1966 kam ich zum zweiten Mal zur LAPRO, um den Verkauf der in Hollabrunn erzeugten Knusper Frites unter Herrn Scharitzer durchzuführen.

Herr Scharitzer, Sohn eines Kartoffelhändlers aus Zwettl, hatte wohl vom Verkauf eines Markenartikels sehr wenig Ahnung, aber auch die Produktion in Hollabrunn war, wenn auch durch viele technische Mängel bedingt, alles andere als gut.

Herr Scharitzer war sehr unsicher, machte auch mit Karotten (Haindl & Co.) Mist und fürchtete mich mehr als er mich liebte. Ab Juli 1968 kam Herr Direktor Hötzel als Verantwortlicher nach Hollabrunn. Das Produkt Knusper Frites war, von der Qualität gesehen, noch immer nicht in Ordnung.

Wesentlich besser lief im September 1968 die Produktion von Chips an. Hier gab es nur ein Problem: die Hassia-Verpackungsmaschinen waren für Chips nicht geeignet, die Säckchen waren schlecht verschlossen und das Produkt wurde ranzig.

im Jahr 1967 unermüdlich für Niederösterreichs Bauern tätig.

./2 -

Der Verkauf von Chips war einfacher und erfolgreicher als bei Frites war aber durch das nicht gelöste Verpackungsproblem doch erschwert. Es wurde aber nicht ernstlich versucht, die Produktionsprobleme zu lösen, sondern man ging den Weg des geringeren Widerstandes: Unser Vertrieb ist schlecht, Scharl macht die Ware schlecht. Es kam der Kellyvertrag, alles redete nur mehr von Chips und dem erfolgreichen Vertrag. Die Wahrheit war zwar etwas anders, Frites wurden aufs Eis gelegt.

Die erste Bilanz Hollabrunn, wo der Kellyvertrag bereits die ersten Früchte hätte bringen sollen, war so schlecht, daß Generalanwalt Dr. Rasser in seiner Rede den bedeutenden Ausspruch tat: Dem Verkaufsleiter kommt in unserer Zeit größere Bedeutung zu als dem Betriebsleiter.

Doch es änderte sich nichts, die Vorstandssitzungen waren zwar auch damals hitzig, aber es blieb alles beim Alten. Mit Ihrer Ernennung zum Zentraldirektor hoffte ich neuerlich, daß sich die Dinge zum Besseren wenden würden; ich will Ihnen ehrlich sagen, Sie haben mich mehr als enttäuscht.

Schon bei Ihren ersten Gesprächen in Hollabrunn (Flener, Hötzel, Giefing, Daniel) haben Sie unter Punkt 4 beschlossen:
Der Vertrieb wird bis auf weiteres von Herrn Scharl unter Aufsicht des Herrn Lausenhammer durchgeführt.
Es war daher das Inserat im Kurier vom 8.7.1972 -
Unser neuer Verkaufsleiter - Anfangsdotierung S 150.000,-- + Provision und Diäten ....
Wo Sie, Herr Generaldirektor, gemeinsam mit ..... ich könnte Ihnen alle aufzählen, im Institut für ARBEITSPSYCHOLOGIE, Herrn Benzinger als meinen Nachfolger ausgesucht haben - nur ein weiterer Schritt.

Ihre Anschuldigung vom 5.8.1974:
Ich mache die Ware schlecht, darum können Sie mir auch kein ordentliches Gehalt zahlen, wobei Sie mir innerhalb von 8 Tagen den schriftlichen Beweis liefern wollten; oder Ihre weitere Entgleisung vom 7.8.1974:
Ich mache die Ware ständig schlecht, beschmutze das eigene Nest, so geht das nicht mehr weiter.

Auch wenn ich schon 26 oder 27 Jahre im Verband bin, Sie werden hier endlich reinen Tisch machen.
Wenn Sie mir vorwerfen, ich mache großzügige Geschenke (Aichwalder, Dillinger etc. - Schadensfälle);
wenn Sie dann selbst einige Wochen später (Wiener Messe) diesen Kunden erklären, wir hätten viel gutzumachen, wir wissen, daß die Ware schlecht war und wir haben auch bei Kelly allein im Juni S 600.000,- verloren, dann beweisen Sie doch selbst, daß diese Anschuldigungen nur eine bewußte Verleumdung darstellen.
Es geht aber hier nicht nur um meine Person, oder um einige Porzellanfiguren, es geht um das Ansehen des Verbandes ländlicher Genossenschaften, Bollwerk der Bauern.

Das größte österreichische Handelsunternehmen hat auch in Ihrer vierjährigen Amtszeit als Generaldirektor sehr wenig für eine erfolgreiche zweite Verwertungsstufe getan. Ob Sie selbst manipuliert wurden, oder die Manipulation nur duldeten. Wenn Sie selbst die Betriebe Hollabrunn und Kröllendorf gefährdet sehen, müßte man sich doch ernstlich fragen warum?

Durch Ihr Verhalten zwingen Sie mich nach Punkt XII/2 meiner Stellenbeschreibung zu handeln und durch eine entsprechende Dokumentation gewisse Dinge richtig zu stellen. Es wird sich herausstellen, daß durch diese ständigen Verleumdungen nicht nur mir, sondern in viel größerem Ausmaße dem Unternehmen, riesiger Schaden entstand.

Ich muß Sie auch bitten, diese Personen, die ich ausdrücklich als Verleumder bezeichne, namentlich zu nennen.

Hochachtungsvoll

Anton [illegible]

Anton Scharl
Kartoffelverwertung
Hollabrunn

Herrn Obmann
Ök.Rat Ing. Karl Hofstetter
Verband ländlicher Genossenschaften in NÖ.
Seilergasse 6
1010 Wien

Wien, 10. Jänner 1975

Betrifft: Stellenbeschreibung - Allgemeine Führungsanweisung Punkt XII/2

Sehr geehrter Herr Obmann!

In der Anlage erlaube ich mir, Ihnen Kopien von zwei Briefen an Herr Generaldirektor Flener wie folgt zu übergeben:

Brief vom 8.3.1972 (13 Beilagen - verlangte Vertriebsvorschläge)
Brief vom 8.1.1975 (Kurze Zusammenfassung)

Da ich davon überzeugt bin, daß hier nicht nur mir persönlich, sondern auch dem Verband Schaden entstanden ist und weiter entsteht, ersuche ich, mir eine Aussprache zu gewähren.

Im voraus bestens dankend zeichne ich

mit vorzüglicher Hochachtung

Anton Scharl

Beilagen

KOMM.-RAT ING. KARL FLENER
GENERALDIREKTOR
DES VERBANDES LÄNDLICHER GENOSSENSCHAFTEN
IN NIEDERÖSTERREICH

1011 WIEN,
SEILERGASSE 6, TEL. 52 36 46 SERIE

24. Jänner 1975

Herrn

Anton Scharl

Seilergasse 6
1010 Wien

Sehr geehrter Herr Scharl !

Auf Ihr Schreiben vom 8. Jänner 1975 bezugnehmend fordere ich Sie auf, am Freitag, dem 31. Jänner 1975, 8,30 Uhr verläßlich zu einer Aussprache in mein Büro zu kommen.

Ich bitte meinem Sekretariat Ihr Kommen zu bestätigen.

Hochachtungsvoll

VERBAND LÄNDLICHER GENOSSENSCHAFTEN IN NIEDERÖSTERREICH

REGISTRIERTE GENOSSENSCHAFT MIT BESCHRÄNKTER HAFTUNG

1011 WIEN 1, SEILERGASSE 6 (MATSCHAKERHOF), POSTFACH

Postsparkassenkonto Wien 1099.003

Bankkonto Raiffeisen-Zentralkasse N.Ö.-Wien, r. G.m.b.H., Konto Nr. 3000

Drahtanschrift Ländlichband, Wien

Fernschreiber 01/1349

☎ 52 36 46 Δ Durchwahl .... (Klappe)

Abt.: GD/P Dikt.: Dkfm.Reichl/I

Gegenstand: .... (In Ihrer Antwort stets anzuführen)

Herrn
Anton SCHARL
im Hause

WIEN, 31.Jänner 1975

Sehr geehrter Herr Scharl !

Der Verband ländlicher Genossenschaften kündigt Ihr Dienstverhältnis unter Einhaltung der gesetzlichen Kündigungsfrist zum 30.Juni 1975.
Sie werden ab sofort vom Dienst freigestellt und können daher während der Kündigungsfrist Ihren offenen Urlaub in Anspruch nehmen, ebenso die gesetzlichen Tage zur Postensuche.

Hochachtungsvoll !

Verband ländlicher Genossenschaften
in Niederösterreich

Verzeichnis der Obmänner und Geschäftsführer des Verbandes ländlicher Genossenschaften in Niederösterreich seit dessen Bestand

Bundesmin. Ökonomierat Josef Kraus

LH Ökonomierat Johann Steinböck

LKR Ökonomierat Leopold Holzschuh

Nationalrat Ökonomierat Ing. Karl Hofstetter

Obmänner

Prof. Franz RICHTER, Mitglied des Landesausschusses Wien	1899—1903
LAbg. Alois KERN, Hausbesitzer, Mödling	1903—1907
Reichs- und LAbg. Alois LECHNER, Wirtschaftsbesitzer, Inzersdorf an der Traisen	1907—1919
Nationalrat Hans HOFER, Haus- und Wirtschaftsbesitzer, Ebreichsdorf	1919—1923
Landesrat Leopold SCHARMITZER, Wirtschaftsbesitzer, Gänserndorf	1923—1938

Geschäftsführer

Josef FASCHINGBAUER, Landesrechnungsrat	1899—1903
Direktor Karl RICHTER	1903—1917
Generaldirektor Ökonomierat Oskar STIEPAN	1917—1938

Während des nationalsozialistischen Regimes in Österreich war die Verwaltung des Verbandes einem dreigliedrigen hauptamtlich tätigen Vorstand übertragen.
Nach Beendigung des nationalsozialistischen Regimes wurden zunächst mit der kommissarischen Leitung des Verbandes betraut:

Minister Dr. h. c. Rudolf BUCHINGER, Ökonomierat, Tulln	25. Juli bis 26. September 1945
Bundesminister Josef KRAUS, Ökonomierat und Wirtschaftsbesitzer, Kronberg	26. September 1945 bis 18. Juli 1946

Generaldirektor Komm.-Rat Wilhelm Niesner

Min. a. D., Gen.-Dir. ÖR Dipl.-Ing. Dr. Ludwig Strobl

Zentraldirektor Franz Bruckmüller

Generaldirektor Komm.-Rat Ing. Karl Flener

Nach der Aufhebung der öffentlichen Verwaltung und nach der ordentlichen Vollversammlung vom 18. Juli 1946:

Obmänner

Bundesminister Ökonomierat Josef KRAUS, Kronberg	1946—1950
Landeshauptmann Ökonomierat Johann STEINBÖCK, Frauenhofen	1950—1962
Landeskammerrat Ökonomierat Leopold HOLZSCHUH, Hetzmannsdorf 5, P. Wullersdorf	1962—1970
Abgeordneter zum Nationalrat Ökonomierat Ing. Karl HOFSTETTER, Möllersdorf	ab 1970

Geschäftsführer

Generaldirektor Komm.-Rat Wilhelm NIESNER	1946—1949
Minister a. D. Generaldirektor Ökonomierat Dipl.-Ing. Dr. Ludwig STROBL	1949—1967
Geschäftsführerkollegium unter dem Vorsitz von Zentraldirektor Franz BRUCKMÜLLER	1968—1970
Geschäftsführerkollegium unter dem Vorsitz von Zentraldirektor Kommerzialrat Ing. Karl FLENER	1971
Generaldirektor Kommerzialrat Ing. Karl FLENER	ab 1972

In den Aufsichtsrat des Verbandes ländlicher Genossenschaften in Niederösterreich wurden bei der Gründung im Jahre 1898 folgende Persönlichkeiten gewählt:

Vorsitzender des Aufsichtsrates

Josef R. v. HATTINGBERG, Direktor der Niederösterreichischen Landeshypothekenanstalt in Wien

Vorsitzender-Stellvertreter

Alois LECHNER, Realitätenbesitzer in Inzersdorf an der Traisen

Weitere Aufsichtsratsmitglieder

Adolf R. v. OBENTRAUT, Gutsbesitzer in Kilb

Josef KÜHSCHELM, Pfarrer in Guntersdorf

Heinrich EICHHORN, Realitätenbesitzer in Klein-Poppen

Johann KRAMER, Wirtschaftsbesitzer in Zistersdorf

Geschäftsführer

Josef FASCHINGBAUER, Niederösterreichischer Landesrechnungsrat in Wien

219

ÖR Ing. Karl Hofstetter 65 Jahre

Dieser Tage feierte der Generalanwalt-Stellvertreter des Österreichischen Raiffeisenverbandes, ÖR Ing. Karl Hofstetter, seinen 65. Geburtstag. Der Jubilar ist einer jener Männer, die den Aufbau des nö. Genossenschaftswesens, speziell den Aufbau der Raiffeisen-Lagerhäuser nach dem Zweiten Weltkrieg, entscheidend geprägt haben.

So denn auch der genossenschaftliche Werdegang, den ÖR Ing. Hofstetter im Raiffeisen-Lagerhaus Guntramsdorf 1951 begann. Er ist heute noch Obmann dieses Lagerhauses, ein Beweis für die Sachkenntnis, für das hohe Verantwortungsbewußtsein des Jubilars. Bald folgte die Berufung in weitere, genossenschaftliche Funktionen. So wurde ÖR Hofstetter Obmann der Molkereigenossenschaft Baden und Vorsitzender des Aufsichtsrates der Raiffeisenkasse Baden. Seit 1969 ist er auch zweiter Obmannstellvertreter des Molkereiverbandes Niederösterreich.

Seine Erfolge in der Geschäftsführung des Raiffeisen-Lagerhauses Guntramsdorf waren bestimmend für die Wahl von ÖR Hofstetter zum Obmann des Verbandes ländlicher Genossenschaften in NÖ. im Jahr 1970.

Diese Stellung führte im Jahre 1972 zu seiner Wahl als Obmann-Stellvertreter der Raiffeisen-Zentralkasse NÖ.-Wien und zur Wahl als Obmann der Warenzentrale Österreichischer Verbände und zum Obmann der WÖV-Mischfutter- und Schlachthof-GesmbH im Jahr 1975.

Nicht nur als Genossenschaftsfunktionär hat ÖR Ing. Karl Hofstetter seit Jahrzehnten beste Arbeit im Interesse der nö. Bauernschaft geleistet, auch als politischer Mandatar verstand es ÖR Hofstetter die Interessen der nö. Bauernschaft tatkräftigst zu vertreten. So u. a. als Abgeordneter zum Nationalrat, dem der Jubilar von 1962 bis 1974 angehörte.

Im Laufe seiner genossenschaftlichen und politischen Tätigkeit wurde ÖR Ing. Karl Hofstetter vielfach mit Auszeichnungen geehrt. So 1968 mit der Verleihung des Berufstitels Ökonomierat und 1972 mit dem Großen Goldenen Ehrenzeichen für Verdienste um das Bundesland Niederösterreich. Darüber hinaus ist ÖR Hofstetter Träger zahlreicher genossenschaftlicher Auszeichnungen.

Seite 8 RAIFFEISENZEITUNG Nummer 51/52 / 18. Dezember 1975

OBMANN HOFSTETTER UND DIE „GENERÄLE" LUNACEK UND FLENER
(Dazu nebenstehender Bericht)

Lunacek: „Wir müssen verkaufen lernen!"

Verband ländlicher Genossenschaften erreichte sechs Milliarden Umsatz

WIEN (RF). „Es hört sich gut an und noch besser liest es sich, wenn es da heißt, die Genossenschaften tun alles für ihre Mitglieder. Aber das sind für uns keine leeren Worte!" Das sagte der Geschäftsführer des Verbandes ländlicher Genossenschaften (VLG), Generaldirektor Heinrich Lunacek, bei der jüngsten Vollversammlung im Wiener Raiffeisenhaus. Der Geschäftsführer des zweitgrößten Handelsunternehmens Österreichs (Umsatz mehr als sechs Milliarden S) wies auf die „schwierigen Zeiten" hin, „denen wir entgegengehen". Warum würde man heute zwischen mengenmäßigem und wertmäßigem Zuwachs unterscheiden, fragte Lunacek und gab Antwort: „Weil auf Grund der Wirtschaftskrise der mengenmäßige Umsatz meist sinkt und der wertmäßige aus inflatorischen Gründen steigt." Das Kostenbewußtsein müsse noch mehr als bisher gepflegt werden. Rasch erstellte Zwischenbilanzen müßten die Grundlage für notwendige schnelle Kurswechsel in der Geschäftspolitik schaffen, denn nach wie vor sei die Marktbeobachtung außerordentlich wichtig. Auch müsse das Reagieren dem Agieren mehr Platz machen.

„Wir müssen besser verkaufen lernen", fordert Lunacek. Der Verkauf dürfe nicht dem Zufall überlassen und die Schulung müsse intensiviert werden. „Wir werden alle Wege selbstkritisch gehen", versprach Lunacek. Umsatzdenken sei nicht alles, denn eine Genossenschaft habe nach wie vor das Wohl der Bauern als oberstes Ziel im Auge. Der aktiven Preispolitik werde noch größere Bedeutung zugemessen werden müssen als bisher. „Verband und Genossenschaft müssen mit kleinsten Handelsspannen auskommen", forderte der Generaldirektor.

Konterschlag

Zu den Angriffen der Regierung, die Raiffeisengenossenschaften würden für Landmaschinen „überhöhte Preise" verlangen, entgegnete Lunacek: „Wenn wir so hohe Spannen verlangten, warum entwickelt sich dann der Umsatz bei Landmaschinen so gut?" Der Baustoffhandel allerdings sei einem äußerst starken Konkurrenzkampf unterworfen und man müsse sich neue Wege überlegen.

VLG und Kelly

nete der Ohmann, der Bau eines zentralen Abholmarktes für die Raiffeisen-Lagerhäuser im Raume Korneuburg werde demnächst beginnen. Die Vorbereitungsarbeiten für den Bau eines Holzhofes bei Pöchlarn würden laufen, doch ergäben sich Schwierigkeiten.

Fleners Abschied

Generaldirektor Karl Flener, der de jure den VLG bis 31. Dezember dieses Jahres führt, de facto jedoch schon im Sommer von Heinrich Lunacek abgelöst worden war, erstattete einen sehr umfangreichen Bericht über Tätigkeit und Bedeutung des VLG, dankte allen Mitarbeitern für die gute Zusammenarbeit und verabschiedete sich mit dem Wunsche, der VLG möge weiterhin wachsen und gedeihen. Mit dem Namen Karl Flener ist ein wichtiger Abschnitt der Geschichte des VLG verbunden, der in den Jahren seit 1930 großen Aufschwung genommen hat.

Schatten über Österreich

Der Raiffeisensektor habe bei allen Kostenvergleichen als billigste Kreditquelle Österreichs bestens abgeschnitten, denn es werde genossenschaftlich kalkuliert, auch stehe die Förderung der Mitglieder im Vordergrund der Arbeit, erklärte Generalanwalt Rudolf Rasser. Rasser sieht Schatten über Österreich bei einer Wirtschaftsschrumpfung von 2,5 Prozent im laufenden Jahr, einer abnehmenden Industrieproduktion um mindestens acht Prozent, einer geringeren Nachfrage nach Konsum- und Investitionsgütern und durch Exportrückgänge. Dies sei die kritischeste Phase der wirtschaftlichen Entwicklung sei den dreißiger Jahren, sagte der Generalanwalt.

Der VLG in Zahlen und Daten

Umsatz 1973/74 der 64 Raiffeisen-Lagerhäuser: 6,67 Mrd. S (+ 8,8%)
Umsatz 1974/75 des Verbandes: 6,08 Mrd. S (+ 7,7%)
Folgende Betriebseinrichtungen 64 nö. Raiffeisen-Lagerhäuser sind im VLG zusammengeschlossen:
64 Raiffeisen-Lagerhäuser, 226 Filialen, 104 Abgabestellen, 12 Mühlen, 4 Sägewerke, 1 Palettenwerk, 1 Kistenwerk, 1 Gemüseverwertung, 125 Reparaturwerkstätten, 168 Getreidesilos, 184 Trocknungsanlagen und 718 Tankanlagen.
Gesamtlagerraum für Getreide: 623.230 t.
Die niederösterreichischen Lagerhausbetriebe beschäftigen 4240 Personen, davon 1640 Angestellte und 2600 Arbeiter. Die Werkstättenbetriebe beschäftigen 1600 Personen. Investitionen 1973/74: 256 Millionen S.
Die Geschäftstätigkeit der Raiffeisen-Lagerhäuser umfaßt schwer-

RAIFFEISENZEITUNG Nummer 51/52 / 18. Dezember 1975

LENER

Lunacek: „Wir müssen verkaufen lernen!"

Verband ländlicher Genossenschaften erreichte sechs Milliarden Umsatz

WIEN (RF). „Es hört sich gut an und noch besser liest es sich, wenn es da heißt, die Genossenschaften tun alles für ihre Mitglieder. Aber das sind für uns keine leeren Worte!" Das sagte der Geschäftsführer des Verbandes ländlicher Genossenschaften (VLG), Generaldirektor Heinrich Lunacek, bei der jüngsten Vollversammlung im Wiener Raiffeisenhaus. Der Geschäftsführer des zweitgrößten Handelsunternehmens Österreichs (Umsatz mehr als sechs Milliarden S) wies auf die „schwierigen Zeiten" hin, „denen wir entgegengehen". Warum würde man heute zwischen mengenmäßigem und wertmäßigem Zuwachs unterscheiden, fragte Lunacek und gab Antwort: „Weil auf Grund der Wirtschaftskrise der mengenmäßige Umsatz meist sinkt und der wertmäßige aus inflatorischen Gründen steigt." Das Kostenbewußtsein müsse noch mehr als bisher gepflegt werden. Rasch erstellte Zwischenbilanzen müßten die Grundlage für notwendige schnelle Kurswechsel in der Geschäftspolitik schaffen, denn nach wie vor sei die Marktbeobachtung außerordentlich wichtig. Auch müsse das Reagieren dem Agieren mehr Platz machen.

„Wir müssen besser verkaufen lernen", fordert Lunacek. Der Verkauf dürfe nicht dem Zufall überlassen und die Schulung müsse intensiviert werden. „Wir werden alle Wege selbstkritisch gehen", versprach Lunacek. Umsatzdenken sei nicht alles, denn eine Genossenschaft habe nach wie vor das Wohl der Bauern als oberstes Ziel im Auge. Der aktiven Preispolitik werde noch größere Bedeutung zugemessen werden müssen als bisher. „Verband und Genossenschaft müssen mit kleinsten Handelsspannen auskommen", forderte der Generaldirektor.

Konterschlag

Zu den Angriffen der Regierung, die Raiffeisengenossenschaften würden für Landmaschinen „überhöhte Preise" verlangen, entgegnete Lunacek: „Wenn wir so hohe Spannen verlangten, warum entwickelt sich dann der Umsatz bei Landmaschinen so gut?" Der Baustoffhandel allerdings sei einem äußerst starken Konkurrenzkampf unterworfen und man müsse sich neue Wege überlegen.

VLG und Kelly

VLG-Obmann Karl Hofstetter berichtete, der VLG habe 141 Mitglieder, die 85.098 Geschäftsanteile zu je 1000 S gezeichnet hatten. Die Mitglieder würden außer mit diesen Geschäftsanteilen noch mit dem zwanzigfachen Betrag ihres Geschäftsanteilskapitals haften. Hofstetter sagte ferner, der Kartoffelverwertungsbetrieb „Hollabrunn" habe sich gegen den VLG an der Firma Kelly mit 51 Prozent beteiligt und würde die Chipsproduktion des Hollabrunner Werkes in diese Gesellschaft einbringen. (Kelly ist eine Tochter des deutschen Bahlsen-Konzerns). Ferner eröffnete der Obmann, der Bau eines zentralen Abholmarktes für die Raiffeisen-Lagerhäuser im Raume Korneuburg werde demnächst beginnen. Die Vorbereitungsarbeiten für den Bau eines Holzhofes bei Pöchlarn würden laufen, doch ergäben sich Schwierigkeiten.

Fleners Abschied

Generaldirektor Karl Flener, der de jure den VLG bis 31. Dezember dieses Jahres führt, de facto jedoch schon im Sommer von Heinrich Lunacek abgelöst worden war, erstattete einen sehr umfangreichen Bericht über Tätigkeit und Bedeutung des VLG, dankte allen Mitarbeitern für die gute Zusammenarbeit und verabschiedete sich mit dem Wunsche, der VLG möge weiterhin wachsen und gedeihen. Mit dem Namen Karl Flener ist ein wichtiger Abschnitt der Geschichte des VLG verbunden, der in den Jahren seit 1950 großen Aufschwung genommen hat.

Schatten über Österreich

Der Raiffeisensektor habe bei allen Kostenvergleichen als billigste Kreditquelle Österreichs bestens abgeschnitten, denn es werde genossenschaftlich kalkuliert, auch stehe die Förderung der Mitglieder im Vordergrund der Arbeit, erklärte Generalanwalt Rudolf Rasser. Rasser sieht Schatten über Österreich bei einer Wirtschaftsschrumpfung von 2,5 Prozent im laufenden Jahr, einer abnehmenden Industrieproduktion um mindestens acht Prozent, einer geringeren Nachfrage nach Konsum- und Investitionsgütern und durch Exportrückgänge. Dies sei die kritischeste Phase der wirtschaftlichen Entwicklung seit den dreißiger Jahren, sagte der Generalanwalt.

Der VLG in Zahlen und Daten

Umsatz 1973/74 der 64 Raiffeisen-Lagerhäuser: 6,67 Mrd. S (+ 8,8%)
Umsatz 1974/75 des Verbandes: 6,08 Mrd. S (+ 7,7%)
Folgende Betriebseinrichtungen 64 nö. Raiffeisen-Lagerhäuser sind im VLG zusammengeschlossen:

64 Raiffeisen-Lagerhäuser, 226 Filialen, 104 Abgabestellen, 12 Mühlen, 4 Sägewerke, 1 Palettenwerk, 1 Kistenwerk, 1 Gemüseverwertung, 125 Reparaturwerkstätten, 186 Getreidesilos, 184 Trocknungsanlagen und 718 Tankanlagen.

Gesamtlagerraum für Getreide: 628.260 t.

Die niederösterreichischen Lagerhausbetriebe beschäftigen 4240 Personen, davon 1640 Angestellte und 2600 Arbeiter. Die Werkstättenbetriebe beschäftigen 1500 Personen. Investitionen 1973/74: 256 Millionen S.

Die Geschäftstätigkeit der Raiffeisen-Lagerhäuser umfaßt schwerpunktmäßig die Vermarktung landwirtschaftlicher Bodenprodukte, den Verkauf von landwirtschaftlichen Betriebsmitteln und Dienstleistungen wie zum Beispiel Werkstätten.

Schaming und Seekirchen fusioniert

Rationalisierung erforderte diese Maßnahme

SALZBURG. Mit der nun vollzogenen Fusion der Käsereigenossenschaft Schaming bei Eugendorf mit der Käsereigenossenschaft Seekirchen bei Salzburg schloß die Salzburger genossenschaftliche Käsereiwirtschaft ein weiteres bedeutendes Strukturverbesserungsvorhaben ab. Ohne daß es dazu besonderer Investitionen bedarf, erzeugt die Käsereigenossenschaft Seekirchen nun in der Spitzenzeit der Milchanlieferung rund 16 bis 18 Käselaibe pro Tag. Die Milchanlieferung dürfte auf ein Jahresvolumen von mehr als sieben Mio. Kilogramm steigen, der Betrieb in Schaming wird stillgelegt.

Die Käsereigenossenschaft Scha-

Raiffeisen sponsort FIS-A-Rennen

ROHSTOFF KARTOFFELN: IN DIESEM WIRTSCHAFTSJAHR WERDEN 25.000 TONNEN VEREDELT
Die Lapro sorgt dafür, daß in Hollabrunn Rohstoff bester Qualität für Frites und Chips zur Verfügung steht. 400 Bauern stehen unter Vertrag.

Gescheite Bauern haben große Kartoffeln

In Hollabrunn werden in diesem Wirtschaftsjahr 25 Millionen Kilogramm Erdäpfel veredelt

»Heute erscheint vieles selbstverständlich, aber wir mußten erst Erzeugung und Vertrieb aufbauen, Herr und Frau Österreicher waren einst mit Pommes frites und Chips recht wenig vertraut«, erzählt Friedrich Loidolt, seit rund zwei Jahren Betriebsleiter der Kartoffelverwertung Hollabrunn (KVH) im niederösterreichischen Weinviertel, die dem Verband ländlicher Genossenschaften in Niederösterreich (VLG) gehört, eng mit der Firma Kelly zusammenarbeitet (26% dieser Firma gehören dem VLG) und die beide von der VLG-Tochter Lapro (Landesprodukte) mit Rohstoff versorgt werden.

Dieser Rohstoff heißt Kartoffel und schon jede Köchin weiß, daß Kartoffel keineswegs Kartoffel ist, sondern daß da erkleckliche Unterschiede zu finden sind.

»Wir brauchen für Frites große, gesunde, lagerfähige, trockensubstanzreiche Kartoffeln, für Chips mittelgroße derselben Qualität, wir arbeiten vor allem mit der bewährten Sorte Bintje«, erzählt Loidolt. Im Einzugsgebiet von Hollabrunn erzeugen rund 400 Bauern auf zusammen 870 Hektar auf Anbau- und Lieferverträgsbasis jene Erdäpfel, die dann im Werk nicht nur verwertet, sondern veredelt werden (Loidolt: »Veredeln klingt doch besser«). In der Tat ist das Wort veredeln am Platz, denn nur »Kenner knabbern Kelly's« se in der Küche für den letzten Schliff. Weiter ausbaufähig sei der Markt für Erzeugung und Absatz von Spezialprodukten wie Dukatenfrites, Kringel, Salatfrites, Schälkartoffeln, Kartoffelpuffer u. a. m., meint Loidolt überzeugt.

»Leider fehlt uns ein Bahnanschluß«, klagt der KVH-Betriebsleiter, »der Huckepackverkehr (Auto auf Waggon) wäre für uns günstig, aber die ÖBB sind zu schwerfällig, und so fahren wir eben mit unseren Lkw durch die Gegend, denn der Käufer will die Ware ins Haus gestellt haben.«

Natürlich gibt's auch Probleme, denn wo gibt's die nicht? Das Abwasser-Absetzbecken ist überlastet (Wasserverbrauch: 40.000 l/Stunde aus eigenem Brunnen). »Wir werden eines Tages an eine städtische Kläranlage angeschlossen werden, aber all das kostet Unsummen, die erst erarbeitet sein wollen«, ächzt Loidolt, der sich anfangs als harter, fast frostiger Geschäftsmann gibt, im Gespräch aber dann freundlich auftaut. »Ich bin ein Waldviertler Bauernsohn«, erzählt er über sich (»muß ich das überhaupt erzählen, das ist doch nicht so wichtig!?«); über die Lagerhausgenossenschaften in Waidhofen a. d. Thaya, Hollabrunn und Raabs (Bilanzbuchhalter) kam Loidolt (Jahrgang 1943, drei Kinder) 1968 in die im Jahr zuvor gegründete Kartoffelverwertung Hollabrunn und arbeitet ...

Sprichwort kehrt sich um: Die gescheitesten Bauern haben die größten Kartoffeln! Auch Qualitätsdenken ist eine Erziehungsfrage, man kann das auch Ausbildung nennen.

Die Bauern fahren gut mit dem Hollabrunner Werk: Im Durchschnitt zahlt das Werk als Lieferpreis heute 1,20 S je kg Kartoffeln, der Tagespreis dagegen liegt angesichts der hohen Erträge heuer bei rund 80 bis 90 Groschen. Der Kontraktpreis für die Rohware der Kartoffelbauern besteht aus 50% Fixpreis und 50% Tagespreis, das Mittel daraus ergibt den Lieferpreis. 125 Arbeitsplätze (KVH, Kelly und Lapro zusammen) im arbeitsplatzarmen Hollabrunn sind auch nicht zu verachten.

Freilich sind die Rohstoffpreise nicht immer so nobel, denn ein bisserl mehr dürfte es aus der Sicht der Bauern immer sein, aber der Vorteil der Kontraktbauern liegt in der Gleichmäßigkeit und Sicherheit des Einkommens, denn die Schwankungen des freien Marktes werden im Laufe der Jahre gut ausgeglichen und das Werk in Hollabrunn tut was es kann, denn ein Werk ohne Rohstoff wäre Regen ohne Wasser. 1968/69 waren in Hollabrunn 4400 Tonnen Erdäpfel verarbeitet worden — 1979 sollen es 25.000 t sein, das ist die fast sechsfache Menge.

BETRIEBSLEITER FRIEDRICH LOIDOLT: »AUSBAU GEHT WEITER!«

GESPRÄCHS - NOTIZ Datum

persönlich - telefonisch

geführt von O.V. Karl Pöppel

mit Herrn / Frau Rosales

von Fa. Kollmitzkastensteig 9

Uhrzeit 7 8 9 10 11 12 13 14 15 16 17 18

O.V. Karl Pöppel

1.5.1929 im Genossenschafts-
dienst
seit 1940 Verwalter

1.10.1966 fristlos entlassen

Grund: Rechenfehler bei Saat-
gutvermehrer

S 6.000.- von Angestellten
der Agrarindustrie Gmünd
(Autoreparatur) geborgt

Bearbeitet - Erledigt

Gen. kein Schaden

Kartoffelverwertung: Betrieb Hollabrunn

Zusammenstellung der BETRIEBS- und BILANZVERLUSTE von

1966/67 bis 1971/72

T E X T	1966/67	1967/68	1968/69	1969/70	1970/71	1971/72	T O T A
						-gewinn	
Betriebsverlust	1,922.272.61	4,744.768.51	3,683.416.25	3,839.469.11	2,572.616.20	5,443.268.65	11,319.274.
Bilanzverlust	14,478.764.03	6,486.617.79	7,034.852.02	5,981.007.85	2,892.075.32	3,281.116.51	33,592.200.

1

Handelsregister des Kantons Aargau, 5001 Aarau

Hauptregister

Laufnummer	Karte	Rechtsnatur	Uebertrag von	Eintragsdatum	Löschungsdatum	Archiv-Nr.
		Aktiengesellschaft		14. Januar 1972		292

Ref.	Firma oder Name	Ref.	Sitz	Ref.	Domizil — Adresse	Ref.	Statutendatum	Ref.	Zweigniederlassungen
1	~~Bahlsen Holding AG~~	1	Neuenhof	1	~~Kasse 31~~	1	30. Nov. 1965, letztmals revidiert am 8. Okt. 1968 und am 21. Dez. 1971		
2	Bahlsen International Holding AG			3	Industriestrasse 15	2	26. Mai 1972		
						4	12. Jan. 1973		

Ref.	Kapital: Nominalbetrag	Kapital: Liberierung	Aktien, Leistungen der Genossenschafter, Mittel
1	~~Fr 2'000'000.--~~	~~voll einbezahlt~~	~~2'000 Inhaberaktien zu Fr 1'000.--~~
4	Fr 17'000'000.--	Fr 9'500'000.--	17'000 Inhaberaktien zu Fr 1'000.--

Ref.	Zweck, Bemerkungen
1	~~Erwerb und Verwaltung von Beteiligungen an kommerziellen und industriellen Unternehmungen sowie Vermögensverwaltungen.~~
1	Sitzverlegung von Zürich. Erste Eintragung im Handelsregister des Kantons Zürich unter der Firma "Coperma Holding AG", in Zürich: 2. Dezember 1965; SHAB Nr. 286 v. 9.12.1965, S. 3656.
1	Uebernahme sämtlicher Aktiven und Passiven der Firma "Internura Finanz AG", in Zug, und der Firma "Nurintra Holding AG", in Zürich, gemäss Art. 748 OR, Fusionsverträgen vom 21. Dezember 1971 und Bilanzen per 31. Oktober 1971.
2	Erwerb, Zusammenfassung und Kontrolle sowie Verwaltung der internationalen Beteiligungen der Bahlsen - Gruppe, ferner Erfüllung der damit verbundenen Koordinationsaufgaben.

Ref.	Sacheinlagen, Sachübernahmen, Verrechnung von Forderungen, persönliche Vorteile, Haftung, Nachschusspflicht

HANDELSREGISTERAMT * KANTON AARGAU *

Ref.	Publikationsorgane, Aufsichtsbehörde (Stiftung)
1	Schweizerisches Handelsamtsblatt

Hauptkarte — Juristische Personen

Gesellschafter, Geschäftsführer, Verwaltung und Zeichnungsberechtigte siehe Rückseite

3P311/76

Z	Nr.	Tagebuch Nr.	Tagebuch Datum	Publikation SHAB Nr.	Publikation SHAB Datum	Publikation SHAB Seite	Ref. Nr. Ei	Ref. Nr. Ae	Ref. Nr. Lö	Gesellschafter, Geschäftsführer, Verwaltung, Zeichnungsberechtigte: Personalangaben, Güterrecht	Eigenschaft, Stammanteile	Zeichnungsart
ms	1	56	14. 1.1972	23	28. 1.1972	245	1			Verwaltungsrat: ein oder mehrere Mitglieder (der Präsident wird von der GV ernannt)		Regelung durch den Verwaltungsrat
ms	2	1069	9. 6.1972	145	23. 6.1972	1658						
ph	3	2231	7.12.1972	301	22.12.1972	3287		5				~~Der Präsident Werner Bahlsen-Dilthey und das Mitglied Hermann Bahlsen-Donnay zeichnen nicht unter sich~~
ph	4	32	17. 1.1973	24	30. 1.1973	294						
ph	5	2148	12.11.1973	280	29.11.1973	3175						
							1			Werner Bahlsen-Dilthey, deutscher Staatsangehöriger, in Hannover (Bundesrepublik Deutschland)	Präsident	Kollektiv zu zweien
							1			Peter Schmid - Wüest, von und in Baar ZG	Vizepräsident	Kollektiv zu zweien
							1	5		~~Max Kuhn - Vontobel, von Lindau ZH, in Zollikon ZH~~	~~Delegierter~~	~~Kollektiv zu zweien~~
							1			Dr.iur. Georg A. Wilczek - Terlinden, von und in Zürich	Mitglied	Kollektiv zu zweien
							1			Hermann Bahlsen - Donnay, deutscher Staatsangehöriger, in Hannover (BRD)	Mitglied	Kollektiv zu zweien
								5		Max Kuhn - Vontobel, von Lindau ZH, in Zollikon ZH	Mitglied	Kollektiv zu zweien
							5			Willy Pfister - Küpfer, von Thunstetten BE, in Uzwil SG	Delegierter	Kollektiv zu zweien
							5			Dr. Ernst Albrecht - Stromeyer, deutscher Staatsangehöriger, in Ilten (BRD)	Mitglied	Kollektiv zu zweien
								5				Der Präsident Werner Bahlsen-Dilthey und die beiden Mitglieder Hermann Bahlsen-Donnay und Dr. Ernst Albrecht-Stromeyer zeichnen nicht unter sich.

Das Handelsregisteramt des Kantons Aargau bescheinigt, dass diese Photokopie den gegenwärtigen Bestand der Hauptregisterkarte des Handelsregisters vollinhaltlich wiedergibt.

Aarau, den 14. Jan. 1974

Gebühr: Fr. 30.– Der Registerführer: in Vertretung

KANTON AARGAU HANDELSREGISTERAMT

Form. 401.12 d - 13038/3

Fortsetzung siehe folgende Karte

KV - HOLLABRUNN + KELLY

1.) KV-Hollabrunn an Kelly verpachtet:

Verband erhält: a) Kartoffelaufbringung zum Tagespreis
b) Pacht, durch den Investitionen samt Verzinsung abgegolten werden.
c) Beteiligung von 26 % an der Fa. Kelly (sämtliche Umsätze).

Vorteile:

Es können keine Verluste mehr entstehen.

Es sind keine Investitionen für Produktion und Vertrieb mehr notwendig (nur Lagerung).

Gewinnanteil Fa. Kelly ist gesichert (1 - 2 Mill. S p. a.)

Der Aufbau einer Vertriebsorganisation ist nicht norwendig.

Nachteile:

Verband übernimmt die schwierige Aufgabe der Kartoffelaufbringung.

Muß noch weitere Investitonen für Lagerung machen.

Stellt hohes Kapital zur Verfügung.

Wird vom Markt ausgeschaltet und hat nach Ablauf des Vertrages keine Möglichkeit mehr, selbst anzufangen, sondern ist der Fa. Kelly ausgeliefert.

Ablöse Firmenwert Kelly

2.) Es wird eine Produktionsgesellschaft gebildet (Ges.m.b.H. u. CoKG)

Verband erhält: a) Beteiligung an Produktionsgesellschaft (51 %)
b) Beteiligung Fa. Kelly (26 %)
c) Pachtschilling für die Investitionen + Verzinsung.
d) Kartoffelaufbringung zum Tagespreis

Vorteile:

Für den Verband entstehen keine Verluste mehr.

Es sind keine Investitonen für Vertrieb mehr notwendig.

Der Aufbau einer Vertriebsorganisation ist nicht mehr notwendig.

Gewinnanteil Fa. Kelly ist gesichert.

Der Verband hat die Mehrheit bei der Produktionsgesellschaft.

Nachteile:

Verband stellt hohes Kapital zur Verfügung.

Muß noch weitere Investitionen für Lagerung und Produktion tätigen.

Wird vom Markt ausgeschaltet.

Muß für Kelly-Anteil hohe Ablöse für Firmenwert zahlen.

Bei gleicher Beteiligung an der Produktionsgesellschaft werden häufig Differenzen entstehen.

3.) Es bleibt so wie es ist, nur wird der Kelly-Vertrag in einigen Punkten verbessert.
Der Verband kann sich eventuell mit 26 % an der Fa. Kelly einkaufen.

Vorteile:

Wenn Anteil an der Fa. Kelly, dann hat der Verband doch einen Anteil am Gewinn aus dem Verkauf Chips.

Wenn Problem Rohstoffversorgung gelöst und Kelly-Vertrag geändert, kann ein Gewinn erzielt werden.

Bleibt hinsichtlich FRITES am Markt und kann Vertrieb aufbauen.

Ein Auflauf des Vertrages macht dem Verband nichts aus; er hält die Produktion in seinen Händen.

Nachteile:

Es können weiter Verluste entstehen.

Es müssen hohe Investitionen für Lagerung und Vertrieb gemacht werden (Kühlkette).

Die Vertriebsorganisation muß noch ausgebaut werden.

Ablöse Firmenwert Kelly wird sehr hoch sein.

4.) Der Verband kündigt Kelly und macht auch den Chips-Vertrieb selbst:

Vorteile:

Der hohe Gewinn der Fa. Kelly vom Chipsverkauf, fällt bei guter Organisation dem Verband zu.

Produktion und Vertrieb liegen in einer Hand, es kann leichter disponiert werden.

Bei guter Organisation müßte ein Gewinn erzielt werden können.

Es kann ein fester Marktanteil erreicht werden.

Nachteile:

Es wird einen kostspieligen, langwierigen und risikoreichen Prozeß geben, dessen Ausgang nicht absehbar ist.

Wenn Chipslieferung an Kelly eingestellt ist, kann eine hohe Schadenersatzpflicht entstehen.

Bei schlechter Organisation und Kartoffelversorgung können weitere Verluste entstehen.

Es sind hohe Investitonen zu machen.

Es muß eine gute Vertriebsorganisation aufgebaut werden.

Burger

Wien, 8. September 1971

E i n s c h r e i b e n

Firma

Bahlsen
Keksfabrik KG

Zentr.Dir.
Ing.Fl/E

D. Hannover
Podbielskistr. 11

16. November 1971

Betrifft: Kartoffelverwertung Hollabrunn - Kelly Vertrag

Sehr geehrte Herren !

Wir beziehen uns auf das mit Ihrem Herrn H. Bahlsen am 11.11. geführte Telefonat und das Fernschreiben vom 12.11., in welchem beiderseits die Absicht bekundet wurde, das bestehende Vertragsverhältnis einer eingehenden Prüfung zu unterziehen, um im Zuge einer Modifikation eine für beide Teile nützliche und tragbare Lösung zu finden. Aus den vorhandenen Unterlagen und Protokollen, der in den letzten 3 Jahren geführten Gesprächen und Verhandlungen, an welchen die Herren Werner und Hermann Bahlsen, der seinerzeitige Generaldirektor des Verbandes, Herr Min.a.D. Ök.Rat Dipl.Ing. Dr. Strobl und Herr Direktor Hötzel, sowie Ihre Herren Direktor Rast und Dr. Brunnbauer teilnahmen, geht eindeutig die Absicht hervor, daß das gegenständliche Vertragswerk nur als Basis für eine engere Zusammenarbeit beider Unternehmen zu betrachten sei. Wie die Entwicklung der letzten Monate und Jahre und der augenblickliche Status Quo beweist, blieb es leider nur bei Gesprächen. Wir haben uns letzten Endes nicht nur deswegen an Sie gewendet, meine sehr geehrten Herren, weil wir durch diesen Schritt den Ernst der Situation besonders betonen wollten, sondern weil wir eine rasche und befriedigende Lösung dieses Problemes anstreben.
Trotz wiederholten Gesprächen mit den Repräsentanten Ihres Wiener Zweigbetriebes den Herren Dir. Rast und Dr. Brunnbauer, kamen wir bisher keinen Schritt weiter. Im Gegenteil, selbst in Kleinigkeiten wie der Abschlußrechnung des Jahres 1970 aus welchem unser Unternehmen nachweislich Beträge refundiert bekommen müßte, konnte keine Einigung erzielt werden.

Im Zuge der Grundsteinlegung zu Ihrer neuen Betriebsstätte in Wien - Kagran, bei welcher neben dem Herrn Handelsminister Dr. Josef Staribacher und dem Wiener Bürgermeister Herrn Felix Slavik, auch die Herren des Verbandes A.z.NR Obmann Ing. Karl Hofstetter und Zentraldirektor Prok.Ing. Karl Flerer anwesend waren, wurde in der, durch Ihren Herrn Direktor Rast gehaltenen Festansprache das Werk Hollabrunn als Erzeuger und Lieferant der Firma Kelly nicht einmal erwähnt, geschweige denn in die Kommunikation der Werbemedien

16.11.71

2

und public relations miteinbezogen. Im Gegensatz dazu entstand der Eindruck, daß diese neue Anlage auch der Chipserzeugung dienen soll, was sogar in der Presseaussendung einen Niederschlag fand und in der Folge eine beachtliche Unruhe bei unseren genossenschaftlichen Mitgliedern auslöste. Selbst bei bestem Willen ist auf diese Weise der Gedanke einer echten Partnerschaft nicht glaubhaft zu machen. Wir sind keinesfalls der Meinung, daß die zuletzt angeführten Punkte wesentlich sind, wir glauben aber, daß es sich um Symbole handelt, die die vergangene Ära der Verhandlungen charakterisieren.

Wie bereits eingangs erwähnt, streben wir mit allen uns zur Verfügung stehenden Mitteln eine Generallösung des Problems schon deshalb so kurzfristig an, weil wir in der am 4. 12.1971 stattfindenden Generalversammlung des Verbandes ländlicher Genossenschaften in N.Ö. eine klare Lösung präsentieren müssen. Die unserem Vorstande angehörigen profilierten Persönlichkeiten wie z.B. Herr Landeshauptmann Ök.Rat Andreas Maurer und Herr Ök.Rat Dr. Rudolf Kasser Generalanwalt des Österreichischen Raiffeisenverbandes und die durch ihre Obmänner repräsentierte Bauernschaft bekundet in den bereits vergangenen Vorstandssitzungen den begründeten Wunsch, die Angelegenheit Kelly einvernehmlich einer für beide Teile tragbaren Erledigung zuzurühren.

In der Anlage 1 übersenden wir Ihnen eine Kostengegenüberstellung der Chips-Erzeugung der Kartoffelverwertung Hollabrunn zum Kalkulationsschema des Kelly-Vertrages. Diese Zusammenstellung wurde von den zuständigen Herren unserer Buchhaltung, Dkfm. Pretsch und Burger, sowie dem Betriebsleiter des Werkes Hollabrunn Herrn Dipl.Ing. Giefing überprüft und unterzeichnet.

Abschließend möchten wir nicht versäumen, Ihnen sehr geehrte Herren, für die prompte Gesprächsbereitschaft zu danken und Ihnen versichern, daß auch von unserer Seite die echte Absicht besteht, alle in diesem Zusammenhang zu lösenden Fragen im Sinne einer echten Partnerschaft zu betreiben.

1 Anlage

Hochachtungsvoll

A k t e n v e r m e r k

Endgültig wurde festgelegt, daß dem Großhändler auf dem Detaillisten-Einstandspreis "Knusper"-chips

15 % Großhandelsrabatt und
5 % Skonto bei Barzahlung od.
2 % Skonto bei Zahlung innerhalb 14 Tagen od.
bei Zahlung innerhalb 3o Tagen netto

gewährt werden.
Erstaufträge laufen zwei Monate.

Verkaufspreise an die Fa. Rajsigl

"Knusper"-chips
K 5o

pro Beutel	S 1,4625	S 1,46
1 Karton/3o Einheiten	S 43,875	S 43,88
1 Karton/45 Einheiten	S 65,8125	S 65,81

"Knusper"-chips
K 1oo

pro Beutel	S 2,4375	S 2,44
1 Karton/2o Einheiten	S 48,75	S 48,75
1 Karton/25 Einheiten	S 6o,9375	S 6o,94

Wien, 29.September 1967

A k t e n n o t i z

Mit Herrn Dr. Kappel wurde vereinbart, daß auf den neuen Spiesszetteln das Datum angebracht und mit dem Zusatz

" Garantiert frisch bis ..... "

versehen wird. In der hier freibleibenden Spalte wird vom Werk Hollabrunn das Datum der Haltbarkeit "bis ....." eingesetzt, d.h. Erzeugungstag plus 8 Wochen.
Aus Konkurrenzgründen wird bei unserer K 50 Packung das Gewicht ab sofort auf 50 g, mindestens aber auf 45 g erhöht.

Qualität:

Es wurde Herrn Dr. Kappel von unserer Firma zugesichert, daß alles nur mögliche unternommen werden wird, damit die Verschweissungen bei den einzelnen Säckchen in Zukunft in Ordnung gehen.

Durch die Vertreter der Fa. Rajsigl wurden Herrn Scharitzer und Herrn Scharl Muster vorgelegt, wo die Schweissnähte aufgegangen und die Chips zum Teil zäh oder bereits ganz verdorben waren.

Es wurde durch die Firma Lapro die Zusicherung abgegeben, daß die Kartoffelverwertung eine ständige Qualitätskontrolle der Chips durchführen wird.

Kartons:

Für die Fa. Rajsigl ist es von der Verkaufsseite nicht von Bedeutung, wenn die Größe der Kartons auf 2o, 25 oder 3o Einheiten festgesetzt wird. Herr Dr. Kappel wird auch versuchen, unter kleinen Differenzierungen in der Grösse der Kartons, Preisoffert einzuholen.

Die verschiedensten Muster von Sticks, die Herr Scharitzer von der ANUGA mitgebracht hat, wurden von den Herren verkostet und allgemein als gut empfunden. Es wurde einhellig due Meinung vertreten, prompt mit der Erzeugung dieses Produktes zu beginnen. Man könnte sie etwas stärker erzeugen und als "Mini-Knusper-frites" (als Kleinpackung) auf den Markt bringen.

Herr Dr. Kappel beschwerte sich darüber, daß durch die Belieferung der Fa. Ruhdorfer mit unserer Ware (lose) der Firma Rajsigl Schmutzkonkurrenz gemacht wird. Die Fa. Ruhdorfer verkauft in eigenen Packungen unsere Knusper-chips, gibt bessere Konditionen und erzählt den Käufern, daß es sich um die gleiche Ware wie Knusper-chips handelt. Die Fa. Ruhdorfer packt in 60 g-Packungen ab und gibt insgesamt 22 % Rabatt.

Herr Dr. Kappel besteht darauf, daß ab sofort die Belieferung von Chips an die Fa. Ruhdorfer eingestellt wird.

Herr Scharitzer versprach nach Rücksprache mit Herrn Dir. Hötzel am Mittwoch, den 11.1o.67, Herrn Dr. Kappel Bescheid zu geben.
Herr Scharitzer sagte dann eine Ausschließlichkeit zu, wenn sich die Fa. Rajsigl auf eine Jahresmindestabnahme festlegen könnte. Zur Zeit ist das Abnahmeverhältnis zwischen Ruhdorfer und Rajsigl ca. 1 : 4 . Herr Scharitzer und Herr Scharl vertreten die Meinung, daß die Fa. Rajsigl zur Zeit sicher die stärkere ist, doch wollten sie eine diesbezügliche Entscheidung nicht allein fällen, da die Fa. Ruhdorfer eine gute Frites-Kunde ist.

10. 10. 67

A k t e n v e r m e r k

Betrifft: Revision des Verbandes ländlicher Genossenschaften in N.Ö. für das Geschäftsjahr 1970/71.

Wesentliche Feststellungen:

1.) Die 1948 erlassene Geschäftsordnung, deren Einstellung im Hinblick auf die neue Satzung angezeigt erscheint, sowie die Dienst- und Betriebsordnung sind weiter in Geltung. In der Geschäftsordnung wären auch die Kompetenzen des Arbeitsausschusses festzulegen.

2.) Per Ende Juni 1971 beschäftigte der Verband 390 Dienstnehmer (ohne die 65 Lagerhausverwalter). Der Zugang im geprüften Wirtschaftsjahr betrug 28 Angestellte und 8 Arbeiter.

3.) Durch starke Zunahme des Datenanfalls vor allem bei den Positionen Ersatzteile und Personalmangel in der Programmierung entstanden Buchungsverzögerungen von mehreren Monaten. Für Ende März/Anfang April ist die viertel- bzw. halbjährliche Lieferanten- und Kundenstatistik vom zuständigen Abteilungsleiter in Aussicht gestellt worden.

4.) Von der Revision ergeht die Empfehlung, durch systematisch organisierte Querinformationen eine Koordination der Abteilungen EDV/Buchhaltung/Kaufabteilung herbeizuführen. Außerdem werden weitere Querinformationen innerhalb der einzelnen Abteilungen angeregt, wobei monatlich gemeinsame Abteilungsleiterbesprechungen mit der Geschäftsführung abgehalten werden sollen. Dabei sollen die Tätigkeiten der einzelnen Abteilungen an Hand der monatlichen Betriebsabrechnungen, sowie Schwerpunkte im allgemeinen Verbandsgeschehen gemeinsam besprochen werden.

5.) Die Ertragslage der Lagerhausgenossenschaften hat sich im gesamten gesehen gebessert. So haben 59 Lagerhäuser per 30. Juni 1970 einen Betriebsgewinn von zusammen 44 Millionen Schilling erzielt, dem ein Betriebsverlust von insgesamt 1,4 Mill. gegenübersteht. Per Saldo errechnet sich ein Buchverlust von zusammen 4,7 Mill., der hauptsächlich aus der Vornahme der vorzeitigen Abschreibung resultiert. Es muß weiterhin das Ziel des Verbandes sein, kleine Genossenschaften mit abnehmenden Erträgen durch Verschmelzung mit stärkeren landwirtschaftlichen Genossenschaften zu modernen Betrieben auszubauen.

Durch die stattfindenden Geschäftsführertagungen ist ein guter Kontakt mit der primären Stufe gegeben. Allerdings ist der im § 6 der Geschäftsordnung vorgesehenen Besuchspflicht der Mitglieder-Genossenschaften von seiten der Geschäftsführung nur fallweise nachgekommen worden.

6.) Im Geschäftsjahr 1970/71 ist der Geschäftsumfang des Verbandes mit Ausnahme der LAPRO und aller abhängigen Betriebe wesentlich gestiegen. Die Gesamtumsätze der 12 Kaufabteilungen erfuhren eine Ausweitung um insgesamt 360 Mill. Schilling oder 9 %. Nennenswerte Umsatzsteigerungen sind zu verzeichnen bei Holz mit 44 Mill. S oder 74 %, bei Baustoffen mit 73 Mill. S oder 37 %, bei Lagerhauseinrichtungen mit 17 Mill. S oder 26 %, bei Mineralölen und Kohle mit 53 Mill. S oder 23 %, sowie bei Haus- und Hofbedarf mit 14 Mill. S oder 21 %. Der Umsatz bei Handelsdünger ist zurückgegangen.

Im Holzgeschäft ist trotz starker Umsatzsteigerungen ein Verlust inklusive Zentralregien von S 839.000,-- eingetreten.

Die Umsatzentwicklung bei Haus- und Hofbedarf könnte bei etwas regerer Beteiligung aller Lagerhäuser, was allerdings eine gewisse Schulung voraussetzt, noch mehr zum Tragen kommen. Der Standort dieser Abteilung ist durch die ungünstige Verkehrslage in der Siebenbrunnengasse als nicht gut zu bezeichnen.

7.) Der Umsatz in der KV-Hollabrunn lag mit 31 Mill. S um 46 % über dem Vorjahresumsatz. Im Werk Hollabrunn rechnen die Fahrverkäufer entgegen der bestehenden Weisung, ihre zum Teil nicht unbeträchtlichen Tageslosung, nicht täglich ab. Das bei Verlust dieser Gelder eventuell auftretende Arbeitsrechtliche Problem wurde mit der Geschäftsführung besprochen und die ehestmögliche Abrechnung veranlaßt.

8.) Bei der LAPRO ist durch Exportrückgänge von Speisekartoffeln und Zwiebeln der Umsatz auf rund 45 Mill. S zurückgegangen (26 %).

9.) Bei Gruninger & Mayr konnten die Umsätze bei 7 % auf fast 40 Mill. S gesteigert werden.

10.) Die betriebswirtschaftliche Ausbildung der Dienstnehmer der Primärstufe ist zu intensivieren.

11.) Vermögens- und Ertragslage des Verbandes ist als gut zu bezeichnen.

12.) Die Freimachung des Lokales Thonet in der Seilergasse mit Kosten von 8,6 Mill. S, wobei 3,5 Mill. S auf die Lokalersatzbeschaffung entfallen, ist als sehr teure Investition zu bezeichnen. Allerdings dürften sich die beengten räumlichen Verhältnisse des Verbandes in Zukunft etwas bessern.

13.) Die Warenvorräte per 30. Juni 1971 im Werte von 82 Mill. S liegen um 153 Mill. S oder 65 % niedriger als im Vorjahr.

14.) In der Tankstelle am Handelskai ergab sich ein Abgang von 2.261 l oder 4 % bei Superbenzin und von 1.117 l oder 13 % bei Dieselöl. Das Nachtanken des Staplers wird entgegen der bestehenden Weisung nicht immer aufgezeichnet. Darüber hinaus ist die Zähluhr bei der Dieselzapfsäule nicht in Takt.

15.) Die Analyse der Erfolgsrechnung ergab eine Expansion des Aufwandes von 10,3 % und eine Expansion der Erträge von 5,1 %. Der jährliche Gewinn sank von anteiligen 17,6 % auf nunmehr 13,6 %. Die Durchschnittsverdienstspanne des Verbandes ist von 2,82 % auf 2,69 % abgesunken.

Der gesamten Ertragsmehrung von rund 10 Mill. S steht eine Aufwandssteigerung von rund 16 Mill. S gegenüber. Von der Aufwandsmehrung entfallen 9 Mill. S auf das Ansteigen des Personalaufwandes; um 5 Mill. S stieg der Sachaufwand an, was zum Teil auf die Umstellung auf die EDV zurückzuführen ist.

Fast 500.000,-- höher waren die Fahrkosten-Vergütungen an Dienstnehmer; davon entfallen rund S 200.000,-- auf die Holzabteilung.

Rund 4 Mill. S oder 14 % beträgt die Steigerung der Wechseleskontzinsen, daher verringerten sich die Kontokorrentzinsen.

Die Steuern und Gebühren betrugen insgesamt rund 29 Mill. S, daß sind um 2 Mill. S mehr als im Vorjahr.

Vom ausgewiessenen Reingewinn in der Höhe von 27 Mill. S ist eine Warenrückvergütung von 23 Mill. S und eine 7,5 %ige Verzinsung der Geschäftsanteile mit 3,8 Mill. S zur Auszahlung gelangt, sodaß dem Verband zur Stärkung seiner eigenen Reserven nur ein Betrag von etwas über 900.000,-- verblieb.

Die Tochtergesellschaften des Verbandes erzielten im Berichtsjahr folgende Ergebnisse:

1.) LAFRO	Gewinn	S 249.502,10	
2.) Ybbstaler Obstverw.			Verlust S 388.593,73
3.) Graninger & Mayr	"	" 381.598,75	
4.) Lesotech	"	" 299.415,59	

16.) Die Einnahmen der Bauabteilung sind gegenüber dem Vorjahr um mehr als 27 % angestiegen. Da bei einer Bausumme zwischen 300.000,-- u. 500.000,-- nur mehr 2 % und über 2 Mill. S nur mehr 1 % verrechnet werden, weist die Bauabteilung ständig steigende Verluste aus.

17.) Das Rechnungswesen entspricht den handels- und steuerrechtlichen Vorschriften. Es wurden keine Mängel festgestellt.

18.) Die mit der Gewährung von Warenrückvergütung verbundene steuerliche Belastung sollte zum Anlaß genommen werden, die Preisbildung und die Frage der Geschäftsanteileverzinsung einer neuerlichen Überprüfung zu unterziehen.

19.) Von Gewinn und Verlustrechnung:

a) Zusammen mit den im Berichtsjahr eingetretenen Preiserhöhungen von durchschnittlich 9,6 %, ist in Verbindung mit dem Umsatzrückgang von über 65.000 to bei Handelsdünger eine Ertragseinbuße von insgesamt 11,5 Mill. S zu verzeichnen.

b) Die Preiserhöhungen bei Treibstoffen usw. betrugen über 6,5 % im Einkauf und 6,4 % im Verkauf. Dadurch ist die Durchschnittsverdienstspanne von 3,24 % auf 3,10 % abgesunken, was eine Ertragseinbuße von mehr als 2 Mill. S bedeutet. Dies konnte jedoch durch Umsatzausweitung von 8,2 % wieder aufgehoben werden.

c) Bei Baumaterialien steht einer Preiserhöhung von über 3 % im Einkauf nur eine Erhöhung von 1,6 % im Verkauf gegenüber. Dies bedeutet eine Ertragseinbuße von 1,5 Mill. S, was nur zum Teil durch Umsatzerhöhung wieder aufgefangen werden konnte.

d) Bei Landmaschinen und -geräten ging die Durchschnittsverdienstspanne von 9,36 % auf 8,92 % zurück. Die Rohgewinnverminderung betrug daraus S 341.000,--. Im Vermittlungsgeschäft führten Umsatzausweitung und höhere Provisionsvergütungen zu einer Rohgewinnsteigerung von 1,2 Mill. S. Bei Ersatzteilen betrug die Rohgewinnerhöhung infolge einer besseren Durchschnittsverdienstspanne um rund S 935.000,--.

e) Die ~~etwa~~ aus den Spannen anfallenden Einbußen bei Haus- und Hofbedarf wurden durch Umsatzausweitung aufgefangen und Rohgewinnsteigerungen von 1,1 bzw. 1,5 Mill. S erzielt.

f) Der Spannenabfall bei Holz resultiert zum Teil aus dem Rückgang des Schnittholzexportes von 8.060 auf 5.861 m3, andrerseits aus der forcierten Steigerung des Rundholzexportes von 5.871 auf 13.479 fm. Weiters verursachten Marktschwächen im Berichtsjahr in steigendem Maße Reklamationen, die den Verband zwangen, auch mit geringeren Spannen zu arbeiten.

g) Die Ausweitung des VÖV-Mischfuttergeschäftes um 15.600 to (16,4 %) ergab in Verbindung mit einer besseren Bruttoverdienstspanne eine Rohgewinnerhöhung von 2,4 Mill. S.

h) Durch Umsatzausweitung bei Industriekartoffeln auf 10.400 to konnte trotz Spannenabfalls eine Rohgewinnerhöhung um 10 % auf rund 300.000,-- erzielt werden.

20.) Anerkennend wird die Umsatzsteigerung und die Verbesserung der Ertragslage der KV-Hollabrunn vermerkt. Allerdings wird angeführt, daß in den 6 Jahren ihres Bestehens die KV einen Verlust in der Höhe von fast 39 Mill. S erlitten hat.

Wien, 27. Juli 1972

Über die Herkunft der Unterlagen

Zur Herkunft der Unterlagen möchte ich besonders hervorheben, die wichtigsten Unterlagen zum Fall Kelly habe ich durch Herrn Lausenhammer bekommen. Da wir durch verschiedene Gespräche draufkamen, dass der Betriebsleiter der größten Sprit-Brennerei, Ing. Franz Wutzl, mein Onkel ist, vertraute er mir alles an. Natürlich vertrauten mir auch verschiedene Kolleginnen und Kollegen Unterlagen an, wofür ich mich auch aufrichtig bedanken will. Denn diese fast unglaublichen Ereignisse kann man nur mit einwandfreien Urkunden verständlich machen. Ich versuche nun die Unterlagen anzuführen und wo ich die Herkunft noch weiß, diese dazuzuschreiben:

1) Als Patient in der Kuranstalt Pirawarth, Bild von Frau Redl
2) Foto von meinem vermeintlichen Gönner, Min. Dr. Strobl – Unterlagen vom Bauernbund
3) Kurzer Lebenslauf
4) 1. Kapitel, Vom Opfer zum Täter
5) Genossenschaft Waidhofen/Th. – 11. 10. 1962: Brief Anstand Fischmehl
6) Genossenschaft Aspang, Kirchschlag – 15. 1. 1963: Brief Dion II/B Fischmehl
7) Genossenschaft Raabs/Th. – 15. 1. 1962: Reklamation OV Pöppel
8) Verband Dion II/B – 6. 2. 1962: Versuch Interessen der Fa. Schiwitz zu vertreten
9) Der Verfasser 19. 2. 1963: Herrn Direktor Grün auf Unkorrektheiten aufmerksam gemacht
10) Der Rundblick vom 23. 5. 1963: Österreichische Banken-CA 80 bis 130 Mill. S

11) Der Rundblick vom 28. Feber 1963:
Dr. Dobretsberger ein Ministerkollege von Dr. Strobl
12) Neue Ordnung 15. 7. 1964:
offener Brief an Finanzminister Schmitz
13) Neue Ordnung 22. 5. 1965 S. 7 f.:
„Überschüsse" – Brief Min. Olah an Min. Broda
14) Dr. Gottfried Heindl:
25 Jahre Arbeit für Österreich, S. 259 – Olah 1965 aus SPÖ ausgeschlossen
15) Neue Ordnung 10. 8. 1965:
Finanzminister blickt auf 144 gestorbene Millionen Schilling (5 Seiten)
16) Foto von Minister Hartmann kurz vor seinem Tod – Bauernbund
17) Foto NR Dipl.-Ing. Hartmann u. Außenminister Leopold Figl, Bauernbund
18) Volksstimme 5. 1. 1967:
CA hat's gerichtet, bei ÖIV 17 Millionen Schilling Schulden
19) Volksstimme 12. 1. 1967:
Dr. Matznetter versucht Exminister Dr. Strobl aus dem Sattel zu heben.
20) Neue Front 14. 1. 1967 (Titelseite):
Minister Bock gegen Rechnungshof
21) Express 2. 2. 1967 S. 4:
„Zeugen im Schiwitz-Prozess: Widersprechende Aussagen!"
22) Volksstimme 2. 2. 1967:
Zeugenaussage Dr. Strobl und Dr. Hampel
23) Volksstimme 7. 2. 1967:
101 Mill Schaden, Öst. Importv. mehr als 17 Millionen S

24) Neue Ordnung 15. 2. 1967:
Meineid im Schiwitzprozess
25) Neue Ordnung 15. 2. 1967:
„Die widersprüchlichen Zeugenaussagen eines verdienten Exministers“
26) Der Österreichische Bauernbündler 3. 6. 1967:
Genossenschaften sind mehr …
27) Neue Ordnung 15. 6. 1967 S. 7:
„Reichmann und Schiwitz im Parlament“:
25 Mio ohne Aufsichtsrat
28) Der Österreichische Bauernbündler 24. 6. 1967:
Aufsichtsratspräsident der CA wird ausgezeichnet
29) Dienstzettel Verband 17. 8. 1967:
nach Schiwitzprozess von Dr. Strobl geändert
30) Verband Einstufung 1956:
K 6
31) Unser Kanzler Dollfuß 1932 von Kammersekretär Dr. L. Strobl über Wichtigkeit und Korrektheit im Genossenschaftswesen –
Buch Nationalbibliothek
32) Lebendige Betriebswirtschaft,
Mitautor Dr. Strobl – Buch Nationalbibliothek
33) Rechnungshofbericht für 1967:
Prüfungsbericht CA Wien – Absatz 89
(6 Seiten)
34) Nationalbibliothek
35) Genossenschaftsregister 29. 1. 1946:
Dr. Strobl als Vorstandsmitglied bestellt
36) Statuten ÖIV:
haften persönlich für entstandenen Schaden
37) Statuten ÖIV, § 34:
Verwendung des Reingewinnes
38) Statuten ÖIV, § 36:
Der Reservefond ist ausschließlich zur Deckung bilanzmäßiger Verluste vorgesehen.

39) Statuten ÖIV, Seite 22:
von Minister Dr. Strobl unterschrieben
40) Geschäftsbericht 1963:
Reingewinn 134 103 648,–
41) ÖIV Brief an Handelsgericht Wien 21. 6. 1965:
Kündigung der Mitgliedschaft beim Österr. Genossenschaftsverband; Obmann Dr. Strobl
42) ÖIV Seite 3:
bei Stimmenthaltung von Dir. Ekkehard EHRENWERTH
43) ÖIV Brief an Landesregierung Wien,
12. 6. 1965: Dr. Strobl
44) ÖIV Brief an Handelsgericht Wien,
16. 11. 1965: Kündigung zurückgezogen
45) Bei letzter Revision haben die Prüfer ausführlich berichtet.
46) ÖIV Seite 99, Blatt 2,
berichtet Dr. Strobl von der erfolgreichen Tätigkeit 1964.
47) OIV Seite 101, Blatt 3:
Ausschüttung einer Geschäftsanteilsverzinsung
48) ÖIV Seite 131, Blatt 2:
für 1965 eine 10%ige Dividende
49) ÖIV Seite 147, Blatt 2:
für 1966 eine 10%ige Dividende
50) ÖIV Seite?, Blatt 2:
für 1967 nur 9% Dividende
51) ÖIV Seite 183:
für 1968 keine Aussagen
52) ÖIV Seite 103, Blatt 2:
10% Dividende auf das Geschäftskapital
53) ÖIV Seite 193, Blatt 2:
10% Dividende auf das Geschäftskapital
54) ÖIV Seite 214:
105 aus dem Reservefonds – Dr. Strobl

55) ÖIV Seite 231:
10% aus dem Reservefonds für 1970
56) ÖIV Seite 227, Blatt 2:
10% Dividende auf das Geschäftskapital für 1971
57) OIV Seite 219:
aus dem Reservefonds – Dr. Strobl
58) ÖIV 12. 6. 1973:
Einladung Generalversammlung Dr. Ing. Ludwig Strobl
59) ÖIV 4. 6. 1974:
29. ordentl. Generalversammlung Dr. Ing. L. Strobl
60) Seite 12:
Es wird nochmals darauf hingewiesen …
61) AIZ 12. Juli 1974:
Minister a. D. Dr. Strobl am 9. 7. 1974 in die Ewigkeit abberufen
62) Seite 2 vom 17. 10. 1935:
bis 14. 1. 1936 Bundesminister für Land- und Forstwirtschaft
63) 2. Aussendung:
Seit 1950 war er Obmannstellvertreter der WÖV.
64) 2. Seite:
Obmann der Österreichischen Importvereinigung, Generalrat der Nationalbank
65) Raiffeisenzeitung:
Nachruf Rudolf Rasser, Generalanwalt
66) 3 Todesanzeigen
67) Raiffeisenzeitung 1. Juli 1976:
Wir sprechen jedem das Recht ab …

2. Teil Kartoffelverwertung Hollabrunn

68) Aktenvermerk 27. Oktober 1966:
Kompetenzeinteilung
69) 3. 5. 1967:
Brief Ruhdorfer Nährmittel an Herrn Scharl
70) 12. Juli 1968:
Reklamation Fa. Wurm, Linz – Bf. an Lapro
71) 23. Oktober 1958:
Lebensmittelversuchsanstalt
72) 15. Oktober 1968:
Lebensmittel Versuchsanstalt
73) 14. 1. 1969: F. Hollabrunn an Dir. Hötzel
74) 19. 11. 1970:
Brief von Frostpack an Dir. Hötzel – Lieferverzug
75) 21. Juli 1970:
Brief Firma WIKING an H. Scharl – Reklamation
76) 10. 3. 1971:
Kompetenzeinteilung Zentraldirektor Flener
77) 3. 9. 1971:
Betriebsleiter Giefing begründet Reklamationen
78) 7. 6. 1972:
Reklamationen (GD Flener) – 3263 Kartons
79) 12. Juni 1972:
Protokoll Besprechung in Hollabrunn
80) 12. 6. 1972:
Aktenvermerk Hollabrunn – mit Blancheur wird Zucker ausgewaschen
81) 13. 6. 1971:
Aktenvermerk GD Flener – Lausenhammer sagt auch, erst gut …
82) 13. 6. 1972:
Lausenhammer bestätigt das Gegenteil
83) 31. 6. 1972 (Stichtag):
Bilanzverluste bis Ende Wj. 1971/72 S 33 592 200,–

84) 2. 8. 1972:
Brief ADEG Salzburg an Herrn Scharl – Reklamation

85) 4. 10. 1972:
Brief Firma Pfeiffer an KV – Reklamation

86) 5. 8. 1974:
Aktenvermerk GD Flener – Sie machen schon immer die Ware schlecht.

87) 7. 8. 1974:
Aktenvermerk GD Flener – Reklamationen werden nicht vergütet.

88) 21. 8. 1974:
Brief an Herrn Scharl – Reklamation von Maresi

89) 11. 10. 1972:
Burger Gewinn bei Frites S 2 705 479,–

90) 8. 9. 1974:
Aktenvermerk GD Flener – Wir haben viel gutzumachen bei Chips. – S 600 000,– verloren

91) 31. 8. 1974:
Reklamation Aichwalder – 513 Kartons

92) 3. 9. 1974:
Reklamation Fa. Dillinger – S 10 972 80,–

93) 1974 Wiener Herbstmesse:
Hr. Scharl begrüßt Minister u. Präsidenten

94) Bilder zeigen Scharl mit Obmann u. Generaldirektor

95) 14. 4. 1972:
Von GD Flener zugesagte Vergütungen – 3263 Kartons Pommes frites

96) 2. 6. 1969:
Brief Raiffeisenverband Kärnten an Verband ländl. Gen.

97) 9. 10. 1972:
Brief Wienerwald/Linz an Kartoffelverwertung Hollabrunn (Lieferschwierigkeiten Pommes frites)
98) 31. 5. 1973:
Rechnung an Fa. Metro

3. Teil Knusper Chips

99) 14. 6. 1967:
Fs Dr. Hetzendorfer an Herrn Scharitzer
100) 5. 10. 1967:
Brief Bundeswirtschaftskammer an Herrn Scharl
101) 16. 10. 1967:
Rechnungskopie Fa. Rajsigl Salzburg von Lapro
102) Rechnung Rajsigl an Großhandel
103) 25. 1. 1968:
Bestellung Rajsigl für Spargroßhändler
104) 23. Februar 1968:
10 Seiten Kellyvertrag
105) 11. 1969:
Neue Ordnung – G'schichten aus Niederösterreich
106) 12. 1969: Neue Ordnung – Niederösterreich, wohin gehst du?
107) November 1969:
6 Seiten Stellungnahme – G'schichten aus N.Ö.
108) 1. 1970:
Neue Ordnung – zu Affären aus NÖ
109) 11. 1970:
Neue Ordnung – Leserbriefe
110) 4. 1971:
Erklärung – Anschuldigungen zurückgezogen

111) 10: Neue Ordnung –
Herausgeber Dr. Graf Strachwitz auf Liste 2
112) Rundbrief:
Verband an Genossenschaften – 15 % Rabatt
113) 26. 7. 1967:
Brief Mirabell an Lapro – doch viele Ausnahmen
114) Foto Kartoffellager Hollabrunn
115) Fotos Sieger über Knusper Chips mit Fabriksanlagen
116) Raiffeisenzeitung – Interesse Generalanwalt am Ausbau
117) Kartoffelsilo im Vergleich zur Fabrik
118) Kartoffelsilo nicht ganz entsprochen
119) Dr. Strobl 1970 Eigenverlag WÖV Bauernbund
120) 6. 11. 1970:
Brief Dr. Aigner an Direktor Steinböck
121) Tagesbericht Hollabrunn: Kartoffelverbrauch Frites/Chips
122) Tagesbericht Hollabrunn: Kartoffelverbrauch Frites/Chips
123) 30. 4. 1971:
Kosten laut BAB – Verlust Chips S 169 255 686,–
124) 27. Juli 1972:
Revision Verband – Verlust Kröllendorf
S 38 859 573,–
125) 19. 5. 1971:
Aktenvermerk – Vertragsänderung besprochen
126) Kopie Grußkarte aus Moskau an Lausenhammer
127) 22. 9. 1971:
Aktenvermerk – Vertragsänderung besprochen
128) 23. 9. 1971:
Aktenvermerk – Lausenhammer auch Kröllendorf
129) Aktenvermerk – vertraulich, sittenwidrig
130) Allgemeine Führungsanweisung

131) Seite 14:
zur Beschwerde verpflichtet
132) Seite 15:
keine Nachteile, in welcher Form auch immer (XII/71)
133) Stellenbeschreibung Jänner 1972
134) 8. 3. 1972:
Brief an GD Flener mit 13 Beilagen vom Verfasser
135) Brief Kelly an GD Flener:
Modifikation des Vertrages
136) Brief Kelly an Verband:
Barbetrag S 300 000,–
137) FS 8. 3. 1972:
an Herrn Hermann Bahlsen – Persilbrief erbeten
138) 16. 3. 1972:
Brief an Prof. Loitlsberger – Kellyvertrag
139) Ausspruch Prof. Loitlsberger – gehören eingesperrt ...
140) 11. 10. 1972:
Auswertung BAB – Verlust Chips S 544 377,–
141) BAB Juli 74:
Gewinn Frites S 407 000,–
Verlust Chips S 433 000,–
142) BAB August 74:
Gewinn Frites zu Chips
143) 3. 9. 1974:
Vergleich Umsätze Frites Juli 73/74
144) 8. 1. 1975:
Brief des Verfassers an GD Flener
145) 10. 1. 1975:
Brief an Obmann Hofstetter mit 13 Beilagen
146) 24. 1. 1975:
Brief von GD Flener an Herrn Scharl

147) 31. 1. 1975:
Brief Verband an Herrn Scharl – Kündigungsschreiben
148) Obmänner Verband:
Kraus, Steinböck, Holzschuh u. Hofstetter
149) Gesch.führer Niesner, Strobl, Bruckmüller u. Flener
150) Obmann Hofstetter mit Abschied Knusper Chips
151) Thonlus Canaris – 13 Seiten
152) 10. 5. 75:
Brief an Landeshauptmann Maurer mit 9 Beilagen
153) 7. 5. 1975:
Brief Verband – Gesprächstermin 14. 7. 1975
154) 18. Dezember 1975:
Obmann und 2 Generaldirektoren
155) VLG und Kelly scheinbar alles in Ordnung
156) 21. Dezember 1977:
Brief an ORF (vom Verfasser)
157) 4. 1. 1978
Brief vom ORF – Recht scheinbar nicht gefragt
158) Raiffeisenzeitung Nr.46 vom 15. 11. 1979:
Betriebsleiter war 1968 Buchhalter Raabs/Th., wo OV Pöppel fristlos entlassen wurde
159) Aufstellung Kartoffelverwertung Hollabrunn:
Bilanzverlust 1966/67 bis 1971/72 (S 33 592 000,–)
160) Auszug Handelsregister Aargau (CH):
Bahlsen International
161) 8. 9. 1972:
Vorschlag Verpachtung an Kelly
162) 16. 11. 1971:
Brief an Fa. Bahlsen; Min. Dr. Strobl bei den Gesprächen anwesend
163) 29. 9. 1967:
Aktenvermerk Großhandelspreise

164) 10. 10. 1967:
Aktennotiz Pommes frites – Chips Fa. Ruhdorfer

165) 27. 7. 1972:
Aktenvermerk – Revision Verband Ländl. Gen. 1970/71

Über die Herkunft der Unterlagen

Zum Fall Schiwitz konnte ich die Unterlagen größtenteils selbst sammeln, war ich doch mit der Sache vertraut und für die Auszahlung der Rechnungsbeträge auch verantwortlich. Es war dies daher keine Fleißaufgabe von mir, sondern es lag in meinem Tätigkeitsbereich.

Bei einem Heurigenbesuch bei Obmann Grand in Absdorf fragte mich Dr. Rasser so nebenbei, warum ich mich mit Dr. Strobl anlegte, ich sollte doch wissen, wer dieser Mann sei. Hier unterstellte man mir also Dinge, von denen ich eigentlich nichts wusste. Ich wollte mich hier mit niemandem anlegen, aber ich durfte ja diese Beträge nicht auszahlen lassen. Mir schadende Unterlagen übergab man mir sicher vertraulich.

Nach meiner vollkommen unverständlichen Kündigung hatte ich dann sehr viel Zeit mir die Zeitungsausschnitte, Bücher etc. in der Nationalbibliothek zu besorgen. Die Unterlagen „Importvereinigung" besorgte ich mir beim Handelsgericht Wien. Obwohl mir die Unterlagen recht gaben, war ich über die Vorgangsweise des Herrn Minister a. D. Dr. Strobl eigentlich bestürzt, hatte ich diesen doch nicht nur als fähig und tüchtig, sondern als sehr integer eingeschätzt. Meine Enttäuschung war also sehr groß. Mir schien es so, als müsste es sich hier um einen Doppelgänger handeln. Hätte ich nicht OV Pöppel schon versprochen gehabt hier aufzuklären und zu helfen, würde ich jetzt nicht hier bei diesen vergilbten Unterlagen sitzen.

Zu Teil 2 „Kartoffelverwertung Hollabrunn“

Ich musste die Unterlagen durch meine Tätigkeit bearbeiten, es kann aber auch sein, dass mir einige Sachen zugetragen wurden.

Zu Teil 3 „Knusper Chips und Kellyvertrag“

Mit den Unterlagen Knusper Chips war ich ja vertraut und hatte die Unterlagen nur sammeln müssen. Doch zu den Sachen Kelly hatte ich keinen Zugang. Herr Dir. Hötzel machte alles allein und ich hatte eigentlich keine Ahnung. Da ich hier etwas aufbauen wollte, Dir. Hötzel aber alles verscherbeln wollte, war das Verhältnis eher schlecht. Was ich bis heute nicht verstanden habe: Wie konnte man einem Mann wie Dir. Hötzel dies überhaupt anvertrauen? Ja, hatte denn niemand gesehen, wie der in Kröllendorf gewirtschaftet hatte?

Als ich nicht mehr weiterkonnte, versuchte ich mit Dr. Graf Strachwitz diese ungeheuerliche Sache Kellyvertrag an die Öffentlichkeit zu bringen. Doch auch diese Sache brachte nichts. Da aber die Angelegenheit Hollabrunn doch nicht zu übersehen war, gab es einen Lichtblick. Dr. Rasser empfahl uns Herrn Lausenhammer und es schien fast so, als könnte man hier wieder eine vernünftige Lösung finden. Herr Lausenhammer war aber kein Kartoffel-, sondern Getränkespezialist. Vielleicht glaubte Dr. Rasser, es würde genügen, Herrn Hötzel in Kröllendorf zu entlarven, dann würde sich in Hollabrunn alles von selbst klären. Doch hier kam es eigentlich ganz anders. Der Getränkefachmann Lausenhammer, wie es sich Dr. Rasser vorgestellt hatte, wurde in Kröllendorf nicht zugelassen und an der Causa Kelly fanden scheinbar auch andere Gefallen. GD Flener, von dem man schon früher sagte, wenn er könnte, würde er auch den Verband verkaufen, war gar nicht so sehr an der Aufklärung interessiert, hatte doch nicht GD Flener diesen Schandvertrag, wie er ihn früher genannt hatte, unterschrieben, sondern es gab Befürworter wie Dir. Steinböck, die dies verantworten müssten. Daher wurden die harten Anschuldigungen, wie: „Die gehören eigentlich eingesperrt!“, nur intern verwendet, um diese für alle Zeiten mundtot zu machen.

Wenn schon GD Flener nicht für die Genossenschaften, für die Bauern eingetreten war, war eigentlich der Obmann des Verbandes, Ing. Hofstetter, wirklich so unerfahren, um das nicht zu durchschauen? Ja, waren hier schon alle käuflich? Es gibt doch hier Unterlagen, aus denen man feststellen konnte, dass der Verkauf von Knusper Chips ein ganz gutes Geschäft gewesen wäre, denn mit 35 % an der Firma Rajsigl hätte man ganz gut leben können. Aber schon durch die vielen Kontakte zum Großhandel mit Knusper Frites hätte man Knusper Chips genauso über den Großhandel verkaufen können. Nur eines wäre dann nicht gegangen: Geschenke hätte man so keine bekommen.

Doch mein Vorteil durch den Nicht-Kartoffelfachmann Lausenhammer: Ich bekam nun endlich einmal den Kellyvertrag. Aber auch sonst war ich durch Lausenhammer wieder im Geschehen. Doch die Aussage von GD Flener: „Lausenhammer sagt, Scharl erst gut, dann doch schlecht“, ist eine schlichte Verleumdung und das wollte ich beim Obmann Hoffstetter klären, doch der liebte seinen GD mehr als das Recht. Aber warum eigentlich? Verdirbt Geld vielleicht wirklich den Charakter oder gibt es vielleicht Menschen, die solche Sachen nie gekannt haben? Lausenhammer bestätigte mir sofort schriftlich, was ich auch Herrn GD Flener vorlegte, er habe so etwas nie gesagt, doch GD Flener wollte ja das mit mir nicht besprechen und aufklären. Vielleicht waren die Geschenke oder was es sonst war doch zu wichtig, um diese durch Aufklärung zu gefährden?

Thonlus Canaris

Thonlus Canaris, 1925 geboren, besuchte die Volks- und Hauptschule in Zwentendorf und die Handelsschule in St. Pölten.

1945 kehrte er aus dem Zweiten Weltkrieg zurück. Der Autor war von 1947 bis 1975 in einem der größten Betriebe des Landes beschäftigt. Da er Wahrheit und Recht als etwas Besonderes ansah, wurde er gezwungen, seine Firma zu verlassen.

Auf Umwegen ans Ziel

Georg Borowski

In bewegenden Worten schildert der Autor seine Lebensgeschichte, erzählt von einer Kindheit, die geprägt war von den Wirren des 2. Weltkrieges. Nach der Schule heuert er bei einer Reederei an und fährt jahrelang zur See. Dabei bereist er alle Weltmeere und Kontinente, sieht fremde Länder und lernt Menschen vieler Nationalitäten und Hautfarben kennen.

ISBN 978-3-85022-226-6 · Format 13,5 x 21,5 cm · 204 Seiten
€ (A) 16,90 · € (D) 16,40 · sFr 30,10

novum
VERLAG

Landschaften in Osteuropa

Dr. Franz Kössler

Franz Kössler begibt sich in seinem Buch „Landschaften in Osteuropa" auf die Spuren der deutschen Siedlungen in Ost- und Südosteuropa. Er beschreibt die Beweggründe für den Aufbruch in die Fremde, die Neugründung von Dörfern und Städten in oft menschenleeren, unwirtlichen Regionen und die von harter Arbeit, Hilfsbereitschaft und Toleranz geprägte Lebensweise. Dabei werden bekannte Gebiete wie Schlesien und Osptreußen, aber auch dem Bewusstsein entschwundene Landschaften wie Galizien, Gottschee und Siedlungen an der Wolga oder in der Karpato-Ukraine vorgestellt …

ISBN 978-3-902514-97-4 · Format 13,5 x 21,5 cm · 380 Seiten
€ (A) 19,90 · € (D) 19,40 · sFr 34,90

novum
VERLAG

Ein Arzt blickt durch

Helmut Jenny

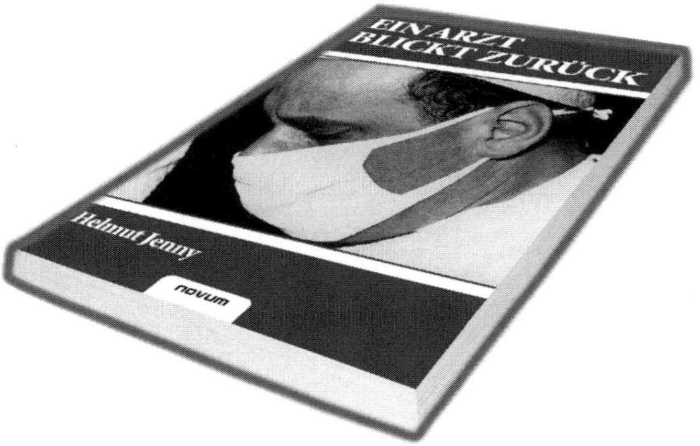

Richard Helmut Jenny wird 1916 als Sohn eines Arztes in der Schweiz geboren. Abenteuerliche Schitouren und turbulente Segelausflüge sind Teil einer unbeschwerten Jugend.
Im Zweiten Weltkrieg arbeitet er als Arzt in verschiedenen Lazaretten in Nordeuropa. Nachdem er von einem Granatsplitter verletzt wird, muss sein rechter Unterschenkel amputiert werden. Zunächst scheint sein großer Traum, Chirurg zu werden, zerstört. Doch Jenny kehrt in die Heimat zurück, beginnt in Wien seine Ausbildung zum Chirurgen und wird zum anerkannten Spezialisten auf dem Fachgebiet der Thoraxchirurgie.

ISBN 978-3-902536-50-1 · Format 13,5 x 21,5 cm · 276 Seiten
€ (A) 17,90 · € (D) 17,40 · sFr 31,70